2

天空的城

The city of the sky

超级大坦克科比
——著——

SPM 南方出版传媒 广东人民出版社
·广州·

图书在版编目（CIP）数据

天空的城. 2 / 超级大坦克科比著. —广州：广东人民出版社，2017. 1
（2019.4重印）
ISBN 978-7-218-11369-2

Ⅰ. ①天… Ⅱ. ①超… Ⅲ. ①言情小说－中国－当代 Ⅳ. ①I247.5

中国版本图书馆CIP数据核字（2016）第260815号

Tiankong De Cheng
天空的城2 超级大坦克科比 著

出 版 人：肖风华

责任编辑：温玲玲
装帧设计：友间文化
责任技编：周 杰 易志华

出版发行：广东人民出版社
地 址：广州市大沙头四马路10号（邮政编码：510102）
电 话：（020）83798714（总编室）
传 真：（020）83780199
网 址：http://www. gdpph. com
印 刷：广东鹏腾宇文化创新有限公司
开 本：787mm×1092mm 1/16
印 张：23
字 数：340千
版 次：2017年1月第1版 2019年4月第4次印刷
定 价：38.00元

如发现印装质量问题，影响阅读，请与出版社（020-83795749）联系调换。
售书热线：（020）83795240

目录

第94章

你失去的一切 我补偿

我将电话放在一边，又从方便袋里拿出一罐啤酒喝了起来。我的心情越来越失落，却连一个安慰自己的理由都找不到，更不知道自己将李小允伤得有多深，还有板爹和老妈，我可以想象此刻的他们是什么心情。

手机铃声又一次响了起来，还是乐瑶打来的，她的执着让我无可奈何。终于还是接通了电话，随即耐着性子说道："我真的已经吃过晚饭了，你自己去吃可以吗？"

乐瑶哽咽地对我说道："昭阳，我知道你心情不好，为了我的事情你一定放弃了很多吧？"

"你想多了，只是回苏州而已，顶多当作从来没有回过徐州。"

"那你出来陪我吃饭，我一个人真的没有心情。"

我沉默了半晌最后还是答应了乐瑶的要求。因为不想让她看出我的落魄，继而有心理负担，只是我真的很厌烦见面后的强颜欢笑，而这才是我一开始拒绝和乐瑶一起吃晚饭的最主要原因。

我不顾深冬的严寒，在小旅馆里洗了一个热水澡，这才拿着自己的钱包走出小旅馆，却不想被已经站在街对面等待的乐瑶看了个真真切切。

她小跑着来到我的面前，凝视我，却久久不言语。

我掐灭掉手中的烟，说道："你不是要吃饭吗，走吧。"

"你怎么住进了小旅馆里？"乐瑶眼圈泛红地问道。

潜意识里我以为女人天生磨蹭，没想到乐瑶却在我之前到了约定的地方。这才被她看到我从小旅馆里走出来。看着她，发现她不施粉黛，只是穿了一件最简单的运动款羽绒服，难怪会在我之前到达。

我避重就轻地说道："先找地方吃饭。"

乐瑶含着泪点了点头，随即两人并肩淹没在人群中，沿着街道向前面走去。

我只想在街边随便吃一些，乐瑶却执意拦了一辆出租车，让司机带我们去了一间高档的西餐厅。

西餐厅里，听着舒缓的音乐和喷泉池里的流水声，我紧张的情绪终于舒缓了一些。

乐瑶低着头吃着东西，自始至终没有和我说话，而我却没有什么胃口，只是喝了一杯红酒。

半小时后，乐瑶终于吃完，她看着我根本没有动过的食物，表情又是一阵黯然，许久才低声向我问道："昭阳，这次去苏州一定让你很为难吧？"

"没什么为难的，你不用在意。"

"那你的女朋友呢，她没有说什么吗？"

我被乐瑶说到了痛处，却又不得不忍痛说道："没什么，她支持我的决定。"

李小允确实支持我的决定，前提是我也因此丢掉了和她奔着结婚去的爱情。

乐瑶又追问道："那你为什么一个人住进了小旅馆里？"

我终于烦不胜烦，说道："乐瑶，你知道我为什么不想和你一起出来吃饭吗？我真的不希望你这么没完没了地问这问那……不管这个事情是什么后果，我都已经选择了，所以你现在所有的疑问都没有什么意义。"

乐瑶没有再言语。

我对她说道："你这次回苏州后先找罗本和CC帮你打理酒吧，我尽快赶过去，可能用不了一个星期。"

"嗯，罗本现在一直在我的酒吧驻唱，已经免费唱了一个月了，我都感觉对不起他……昭阳，如果有一点办法，我都不会找你的，我知道这会让你很为难！"

乐瑶的话让我心中滋味莫名，有时候生活就是这么残忍，根本不给人选择的余地，而活着又是这么让人身不由己。

离开西餐厅，我们踩着街灯的光影走在清冷的街头，我依旧抽着烟，而乐瑶有些茫然地看着街的尽头。

不知道以孤独的姿态走了多久，终于回到了乐瑶住的那间酒店。

我对乐瑶说道："回酒店早点休息，明天早上要是来得及的话我送你。"

"不用了，我十点的火车，你那时已经上班了吧。"

"嗯，那你自己路上注意一点，火车上三教九流的人太多。"

乐瑶却忽略我的叮嘱，眼含热泪对我说道："我真的太不懂事了，我应该听你的劝告，不该开酒吧，我害了自己，也害了你！"

我轻轻拍了拍她的肩膀安慰，道："不要哭，人的一生一定会做错事情，重要的是做错以后怎么去弥补，我会陪着你渡过难关的。"

乐瑶扑进了我的怀里，抽泣道："昭阳，你今天为了我失去的一切，未来我一定会加倍补偿你。"

我扶着乐瑶的双肩，让她离开了我的怀抱，认真地说道："记住，我们之间永远也不要说补偿这两个字，就像你为了我而挨的耳光，你想过要我补偿吗？"

乐瑶摇头说道："我不要你补偿，这是我心甘情愿为你做的。"

"所以，回苏州也是我心甘情愿为你做的。"

将乐瑶送回酒店后，我独自走在街头，再走过前面的一个站台，就是我入住的那个小旅馆，可是现在的我却不想回去，尽管此时的世界寒气逼人。

我坐在火车站广场前的一个石凳上，点上一支烟，失神地看着眼前的人来人往。此刻，这些从我身边走过的人，都与我有过短暂的交集，但下一刻他们都将乘着火车各奔四方，从此不会再有任何交集，可是他们的生活还会继续，在继续中充满悲喜。

做了一个深呼吸，我终于掐灭了手中的烟，又不禁抬头张望着天空，那座晶莹剔透的城池到底在哪里，我已经辗转苏州、徐州两座城市，无论是白天的仰望，还是黑夜的翘盼，我都不曾再看见过它，难道这真的只是一座被幻想出来的城池吗？如果是，这让人多哀伤……因为疲倦的心灵永远找不到可以栖息的地方。

如果此刻有一叶银色的小船，弯弯、摇摇、晃晃，挥霍着夜色，带我飞进那绒绒的天上，该有多好……

第95章 再回苏州

转眼又过了五天，而我也终于完成了工作交接，这是我待在徐州的最后一个夜晚。我想回家和板爹、老妈告个别，可始终没有回家的勇气，此刻他们正在气头上，回去除了给他们添堵之外，于事无补，所以我依旧一个人缩在小旅馆里，喝着啤酒，品尝着空虚和孤独。

喝着喝着人也就恍惚了起来，恍惚中又看到了墙角处立着的那把吉他，可是这把吉他明明是简薇送给我的，但第一个出现在我脑海中的却是不久前我曾用这把吉他为米彩唱了那首《爱的箴言》，她失声痛哭，我拥她入怀的画面。

想起米彩，想起我们因为那间屋子数次发生的争斗，我终于笑了笑，不知道这次回苏州，我们之间还会有什么样的交集，记得她对我说过：如果我回去，她愿意将那间老屋子让给我住，但愿她还记得自己的承诺，然后兑现。

我放空自己平躺在床上，不知道持续了多久后，我的手机响了起来，我以为是一个来电，却仅仅是一条短信，而发来短信的不是别人，正是李小允，她说：她在我们第一次见面的那间咖啡店等我，又强调了我可以不去。

对于李小允我是心怀歉疚的，所以我没有多想，穿上外套，便向那间咖啡店赶去。

到达咖啡店时，一切宛如两人初次见面时一般，我举目寻找，而李小允依旧坐在当初的那个位置，只是我却再也笑不出来，只是带着歉疚后的沉重向她走去。

我在李小允的对面坐了下来，却发现她的面容是那么憔悴。

沉默中，李小允终于开口："听周总监说，你今天已经完成全部的工作交接了。"

"嗯。"

李小允脸上出现痛色，沉默了许久才说："你明天就该离开徐州了吧？"

我点了点头，道："明天下午两点的火车。"

李小允不再看我，失神地看着窗外被寒风卷起的枯叶……

不知道过了多久，李小允才低声说道："听说每一次告别，就会有一颗星星坠灭，可……即便是坠灭，也会化作流星绚烂刹那吧？"

我知道李小允把自己比作那颗坠灭的星星，可是却不知道在这离别的时刻她要怎样绚烂。

李小允面色复杂地问我："昭阳，你实话告诉我，到底是什么样的女人，值得你抛弃我们奔着婚姻去的感情。你要让我明明白白，让我踏踏实实地过以后的生活。"

我很难定义自己和乐瑶的关系，最后只是说道："朋友，患难朋友。"

"仅仅如此吗？在你们两人之间真的没有发生过什么？"李小允质问。

在李小允的质问下，我终于坦诚道："有过，曾经我人生中最颓废的日子里，我和她上过床，但我们并没有男女间的爱情。"

"我不能理解，但我们之间已经结束，我也不想再去追究什么，我只是要一个答案，现在你给我了！"李小允失神地说道。

"对不起，小允……"

"感情没有所谓对不起，在一起或者分手都是自己选择的，你唯一对不起的是我们双方的父母，我们辜负了他们的期待。"

李小允说得很对，可我终究也不能去弥补什么，于是继续沉默着……

在我的沉默中，李小允出乎意料地说："昭阳，还记得第一次见面你和我借钱吗？"

"嗯。"

"你现在要走了，即将分开的两个人是不是应该做到两不相欠？"

"应该。"

"那好，现在我也和你借一千块钱。"

我想也没想地说道："没有问题。"说着从钱包里抽出1000元递给了李小允。

李小允从我手中接过钱，笑了笑对我说道："但是这个钱我不会还给你。"

我思索着李小允为什么会有这个举动，不是说两不相欠吗？为什么不打算再还给我？

可是女人的心有时候深似海，苦思中我也未能想透她这么做的目的。

而李小允并没有打算和我解释，只是将钱放进了自己的钱包里，随即起身准备离开。

"小允，你刚刚说，即便坠落的流星也会绚烂片刻，你要怎样绚烂？我愿意给你。"我终于向李小允已经离开的背影问道。

"昭阳，我不要你再补偿些什么……你要知道，也不是每颗流星坠落时的绚烂，都会有人看见的……只要我自己晓得，曾经绚烂过便足够了……你保重！"李小允哽咽着说完，然后再没有停留，只身离开咖啡店。我隔着落地窗户，看到她走在街上的人流中，片刻便被霓虹淹没。我再也见不到她，而这段奔着婚姻去的感情，也就这么结束在霓虹的光影中……

重重叹息，我有点不舍，却更痛苦！

次日，我搭上了下午两点去往苏州的火车，没有人为我送行，我也没有和谁告别。这种表面看上去简单的离去，让我在徐州的日子，好似仅仅一场单纯的旅行，而我只是片刻驻足，却不经意间在一条河流里扔下了一颗石子，于是便有了"哗"一声之后的美丽错误，我想我会将这个美丽的错误记住很久很久！

终于我在夜晚的八点半到达苏州，当我的脚离开火车，踏上这片我熟悉了很久的土地后，我百感交集，或许我的宿命真的已经扎根在这座伤城里，梦一场过后，我终究还是回来了，而未来是什么模样，我却无从得知，但愿在这座让我千疮百孔的城市里，我也可以找寻到快活的踪迹。

搭上一辆出租车，我直奔CC的空城里餐厅而去，因为这里有我想念的人，和我想念的音乐，不要误会，我想念的人仅仅是CC。

打开了餐厅的门，CC依旧以不变的姿态，手中捏着烟，身边放了一杯啤酒，安静地唱着她自己喜欢的歌。

我放下行李，习惯性地冲她竖了竖大拇指，而CC第一次没有将一首歌唱完便将麦克交给了身后的乐队向我走来。

“昭阳，好久不见！”

“是啊，两个多月了吧。”

CC张开双臂，我拥抱住了她，她在我耳边说道：“快三个月了……对了，你来晚了一些，米彩在这里吃完饭刚刚才离开。”

第96章 只嫁两个人

CC告知我米彩刚刚才离去的消息，让我心中产生一种很异样的感觉，却依旧带着无所谓的笑容说道：“CC，我们不聊米彩，我想见的是你，想听的也是你的歌，还有空城里的川菜。”

“是不是哟？”CC笑着离开了我的怀抱。

“当然，给我来一杯扎啤，我听着你唱歌，然后愉快地度过这个夜晚。”

“没问题。”说完CC打了一个响指，很快服务员便给我送来了一大杯扎啤和几个简单的下酒菜，于是我在空调喷出的暖气下，喝着扎啤，听着CC的歌声，享受着回到苏州后的第一个夜晚。

大约半个小时后，我吃完了这顿晚餐，而CC也唱累了，她同样要了一小杯扎啤在我对面坐了下来。

我们碰了一个杯后，她向我问道：“昭阳，我就知道乐瑶去找你，你一定会回来。”

我看着CC，忽然觉得她口中的“回来”是那么沉重，好似将我从一个世界里，硬生生拖拽到另一个世界，于是我又想到了李小允的温柔和体贴，心中溢满失去后的疼痛。

我的情绪忽然就低落下去，一时间也不知道怎么去回应CC。

CC小心翼翼地问道：“昭阳，你这次回来，你在徐州的女朋友……”

我打断了CC说道：“CC，店里闷，我想去外面坐坐。”

在我起身之后，CC也随我起身说道：“等等，我陪你。”

屋外的寒风还在呼呼地吹着，我那些沉闷终于被冷风冻结，许久才强颜欢笑，道：“我和小允结束了……她不能接受我辞掉工作回苏州，更不能接受我是为了一个女人。”

CC看着我，眼神中充满同情，我避开风给自己点上了一支烟，却在烟雾弥漫中看到了李小允昨天晚上离去的身影，又想起了老妈说，当没有我这个儿子的话语，心在一瞬间好似苍白了许多，于是眼眶也就温热了起来。我有点儿想哭，却又哭不出来，毕竟自己是一个铮铮男儿，从小就不喜欢哭。

CC轻轻搂住了我的肩，叹息后，又笑着安慰，道：“昭阳，作为这么久的朋友，我了解你，你的爱情过于复杂，或许李小允这样一个简单，代表着生活的女人并不适合你，所以看淡一些吧。”

我看着CC，许久问道：“那你的爱情呢？你期待的爱情是简单还是复杂？”

CC笑了笑说道：“我啊？我的爱情很简单，我只想嫁给罗本，如果罗本不要我，我就嫁给那个在店里留下十万块钱的男人。”

我诧异地看着CC问道：“难道你知道当初留下钱的是谁了？”

CC摇了摇头，道：“不知道。”

“那你怎么知道一定就会是男人啊？”

“直觉，女人的直觉。”

“假如是个糟老头子呢？”

CC笑了笑，道：“糟老头子我也嫁，我爱的一定是一个人的灵魂，而不是躯体……”想了想又补充道：“当然前提是罗本真的不想娶我。”

我也随着CC笑了笑，如此看来她的爱情真是简单，连选择都省去了，罗本不要她，她就嫁给那个不知姓名、不知道在何方的男人。

我一直压抑的心情，也终于在和CC的聊天中平静了一些。也确实该平静了，毕竟我已经回到了苏州，毕竟在徐州生活的两个月已经成为过去，而当务之急，是帮乐瑶解决掉因为开酒吧而惹来的一切麻烦。

离开了CC的“空城里”餐厅，我拖着行李箱走在苏州久违了的街头。今晚我不会住酒店旅馆，我要步行去那间老屋子，因为她说过只要我回来，她会将那间老屋子让给我，所以我觉得自己终于不必在这座城市担忧没有栖息之所。只是不知道此时的米彩休息了没有，如果她忽然看到我站在房门前，又会是什么表情、什么心情呢？

或许心里会高兴，也或许就像初次见面时那般，不冷不热地和我说上几句话。

晃荡着在街灯的光影中走过三条街后，我终于来到了那个小区。

我拖着行李箱靠近了那栋房子，又很无聊地绕到了对面的空地上，果然看到了米彩的Q7停在空地的正中央，笑了笑拖着行李箱向楼道处走去。

站在门口做了个深呼吸才按响了门铃，半晌却没有人回应，但我可以肯定此时的米彩在屋内，可能是已经休息了，没有听到。

我很没素质地开始用手砸门，将动静弄得更大，终于片刻之后听到了那熟悉的声音：“谁在门外？”

我无聊心理又开始作祟，没有应答，却又敲了几下门。

“说话，你是谁？”

我捏着嗓子说道：“就是我啊。”

米彩好似真没听出来是我的声音，警惕地说道："你站在猫眼能看到的地方，我看看你是谁。"

我终于不再和米彩开玩笑，用正常的声音说道："我，昭阳。"

"昭阳？你站在门口给我看看。"

"声音听不出来吗？"我不耐烦地说道。

"谁让你刚刚捏着嗓子说话，这么晚了我不见到人，怎么放心开门！"

"真麻烦！"我抱怨了一句，随即理了理衣服，四平八稳地站在了猫眼能够看到的地方。

米彩已经确认了是我，终于给我打开了房门，于是我们在朦胧的楼道灯光下四目对望。

穿着呢绒睡衣的她，还是那么漂亮，我笑着向她打着招呼："嗨，晚上好！"

"你怎么突然回苏州了？"

"一言难尽呐！你先让我进去，成不？"

米彩丝毫没有让开的意思，对我说道："不行！"

"为什么啊，你上次说过我回来，可以让我住在这里的，现在我回来了，你是准备要赖吗？"

"我当然没有耍赖，我是那么说过，可是仅限于那一次，可惜那一次你并没有和我回来。"

我顿时脸一沉，说道："有什么区别吗？总之我是回来了，房子你就得给我住。"

"当然有区别，因为你不是为了我回来的。"米彩说完后，趁我不注意，好似带着情绪般将门重重地关上。

我有点儿傻眼，不知所措，终于骂道："你是不是有病啊，这么冷的天，你不让我住下，我住哪儿……小爷今天告诉你了，我就坐在门外不走了，有本事你就看着我活活被冻死！"

第97章

丢脸的夜晚

尽管我很执着地表示自己不会离去，但米彩仍不为所动，冷冷丢下一句“随便你”后便没有了动静。

我是一个言出必行的人，所以我并没有和米彩开玩笑。我当即从箱子里找出一件厚实的羽绒外套裹在了身上，然后坐在楼道里打算和米彩死耗下去。我绝对不相信她会这么眼睁睁地看着我在冰冷的楼道里坐上一夜。

我以极好的耐心在楼道里坐了将近一个小时，但我渐渐有些绝望，目前的趋势：米彩这个恶毒的女人真的打算让我自生自灭在楼道里。

想起此时她正睡在温暖的被窝里，而我却要忍受一阵阵从楼道里窜来的冷风，便一阵阵憋屈和无奈，似乎我与这个女人就很难和平共处。今天我可是刚回苏州，她便给了我一个闭门羹，我实在不明白，她凭什么这么对我。

我在憋屈中又找了一件厚实的衣服将自己裹了起来，总算暖和了些，而一天旅途后的疲劳渐渐让我产生了睡意。

我就这么靠在墙角睡着了，不知道过了多久，感觉有人在推我，模模糊糊地睁开了眼，于是米彩的面容渐渐在我的视线中清晰了起来。

她带着惊讶对我说道：“你真没走啊？”

“我像是言而无信的人吗？”

米彩看着我也不说话。

“你就不能对我好一点吗？我才刚来苏州，你就把我关在门外！”

“谁让你不去住酒店。”

“你说得轻松，住酒店不要钱吗？”

“那你也不能在楼道里睡着呀，我要不出来看看，你就真的要这么睡一夜吗，和傻子似的！”米彩感叹道。

“傻就傻，反正在你面前我也没怎么活得有尊严过……你赶紧先把我扶起来，我腿麻。”我说着向米彩伸出了手。

米彩犹豫了一下，拉住了我的手，感受着她手的温热和柔软，我却忽然一阵没来由的心悸，米彩很费劲地对我说道：“昭阳，你自己使一点劲行吗？你把重量全交给我，我拉不动呀！”

我这才从心悸中回过神，另一只手撑在地上，终于借助米彩的力从地上爬了起来。

我跺了跺脚缓解麻木感，又对米彩说道：“你别告诉我你待会儿还不让我住进去！”

没等米彩回答，我一大步向门口跨去，打算先占据有利位置。

如意算盘是打得很好，却不想腿的麻木感还没有完全消失，一只腿完全使不上力，于是一个踉跄后重重地趴在了地上。

米彩一声惊叫，更是放大了我的狼狈，我已经很久没有这么丢脸过了。

“昭阳，你……还好吧？”米彩小心翼翼地问道。

“不怎么好！……疼！”

米彩有些紧张地问道：“摔哪儿了？”

“脸！”我就答了一个字，其实疼倒不疼，关键脸丢光了！

米彩绕到我前面，居高临下地打量我，我却埋头一声不吭。

米彩又用手指点了点我的脑袋问道：“你还能自己站起来吗？”

我索性装到底，“哼哼”了两声说道：“让我缓缓，头昏……你先帮我把行李给拿进去吧。”

“哦。”米彩应了一声，而我却看不见她到底有没有帮我拿，于是撇过头，露了一点儿缝看着她，心中松了一口气，米彩果然先拿着我的那把吉他进了屋子，又帮我把箱子也拖了进去。

等米彩帮我把行李全部拿进去后，我一跃从地上站了起来，随即若无其事地走进了屋内，在沙发上跷着二郎腿坐了下来。

米彩叉着腰，皱眉问道："你刚刚不是喊疼吗，怎么这会儿和没事人一样。"

"自我修复能力强呗！"我厚着脸皮回道，又从茶几上拿了一只蜜橘剥开吃了起来。

米彩不满地说道："什么修复不修复的，你刚刚就是装的吧？"

"谁装了，那么大一跟头，扑通摔在地上，你说疼不疼？你要不信，自己去试试！"

"无聊！"

"我本来就无聊。"我说着又四处打量起来，发现这个甚至比自己家更熟悉的屋子，还是原来的感觉，只是在阳台处多了几盆冬天也可以生长的植物。

我向站在对面的米彩称赞，道："这屋子你打理得不错嘛，原来的韵味保留了，还多了些绿色的植物，看上去很有生机啊！"

"我的屋子，我当然要花心思了，不像某些人只会在屋里抽烟，制造一氧化碳！"

我浑然不在意地笑了笑，又转移话题问道："有吃的东西吗？我饿了，想吃点宵夜。"

"上次你留下来的米和面粉都还在，你要想吃就自己做。"米彩说着打了个哈欠，转身准备回自己的屋子。

"待会儿一起吃点儿吧，我煮点养神的粥，睡前吃些有好处。"

"我现在就很困，用不着养神。"

"那你就陪我一起吃，我一个人有点无聊。"

米彩并不理会我，依旧向自己的屋子走去，我当即也尾随她走进她的屋子。

"你进我房间干吗？"米彩发现了身后的我，充满警惕地问道。

我抱怨道："咱们都这么熟了，你能不能别整天紧张兮兮的，我就是想问你借一套床上用品，这么冷的天，你总不能让我睡凉席吧？"

米彩表情稍缓："你不是饿了吗，你先去煮东西，我去帮你铺床好了。"

这次换我警惕地看着米彩说道："你有这么好心？肯定又憋着坏！"

"那你就去睡凉席吧。"米彩说着将我推出她的房间，准备关上门。

我当然不能让她得逞，推住门说道："我那么智慧，谅你也要不出什么花招，你去铺吧，我去煮东西吃。"

米彩不满地看了我一眼，这才走到储物柜前，从里面拿出了一套床上用品，随即抱着，往我曾经住过的房间走去。

米彩在房间里帮我收拾着，我则将米洗干净，倒上水，又放了些红枣和莲子。

在等待米粥煮熟时，我来到即将要住的房间，监督着米彩，被她整过好几次之后，我对她不得不保持着警惕。

第98章 谁是房东，谁是房客

米彩很平静地帮我铺着床，让我找不到一点她将要使坏的蛛丝马迹。这就更让我诧异了，以她卓美CEO的光鲜身份，怎么会帮我铺床，而且她从前可没有对我这么好过，至少在这个屋子里，我们是互相争斗的。

在我的注目中，米彩将被子铺平，然后如释重负地说道："铺好了！"

我向前一步，低头看着她，问道："说……你有没有对我使坏？"

"什么？"米彩疑惑地问道。

"比如往床单上抹胶水这样的恶作剧，总之就是让我不舒服的坏行为！"

米彩看着我，似笑非笑地说道："你说的什么抹胶水，这么幼稚的事情，我可没本事去做，当然你是肯定做得出来的，所以你会这么说。"

这深夜里我没精神和米彩较劲，于是稍稍安心，说道："没有最好。"

"那我睡觉去了。"

"等会儿，马上粥就煮好，咱们一起吃，正好聊聊天，都好久没见了。"我提议道。

"我帮你铺床，你请我喝粥，看上去还不错哦！"米彩笑了笑说道。

"当然，你以为我天天闲得慌，要和你较劲儿啊！"

餐桌边，我们一人面前放着一碗用红枣和莲子熬成的粥。

我拿着糖罐向米彩问道："你要加点糖吗？"

米彩将碗往我面前递了递说道："一点点。"

我用勺子给她舀了一点点，自己也舀了一点点，两人又各自继续低头吃了起来，而这种和谐与平静在我们之间是很少见的。

吃了快一半的时候，我对米彩说："你知道这次我为什么会回苏州吗？"

米彩好似并没有太放在心上说道："知道，CC都和我说了。"

"哦。"我也很平淡地应了一声。

米彩放下手中的勺子，用餐巾纸擦了擦嘴问道："你不是有一个要订婚的女朋友吗？你来了，她怎么办？"

当米彩提到李小允时，我的心情瞬间低落，我们的相遇、相处，好似一场短暂绚烂过的烟火，终究还是熄灭在世俗的纷扰中。

半晌，我终于对米彩说道："分了呗，还能怎样？"

"那个让你来苏州的女人真的就这么重要吗？让你放弃了那么多！"

"我当然不愿意放弃这么多，可是如果我不来，她怎么办？"

"那你想过你的女朋友吗？她得有多难过。"

我在失落中笑了笑说道："我当然想过，也知道她有多难过，可是没有了我，她还可以和别的男人生活，结婚……可是如果我不回苏州，恐怕乐瑶连生活都难以继续，所以……"

米彩没有让我再说下去，她点了点头说道："我懂了。"

吃完后我和米彩又并肩站在水池边洗涮着吃过的碗，我再次向米彩问道："你刚刚为什么要把我关在门外？是不是觉得你让我回苏州，我没回，却为了别的女人回来了。"

米彩愣了一愣才回答："你刚刚已经和我解释清楚了，我觉得这样的选择或许才是真正的昭阳，我可以理解你。"

我看着米彩，心中滋味莫名，她虽然能够理解我，可是她终究不是李小允，如果李小允愿意给我同样的理解和信任，或许我们也不至于分手吧。

可是我又怎能去奢求每一个人考虑问题的角度都一样呢，米彩或许可以理解我，但如果让她以李小允的身份，站在李小允的角度来看待这件事情，或许她便又不能理解了。

洗完了碗筷，米彩似乎真的很困，又打了个哈欠，说："我先睡了，晚安。"

"等等。"我喊住了欲转身离去的她。

"又怎么了？"

我酝酿了半天终于对她说道："这次回苏州，我就住在这个屋子里了，你是不是该给我一把钥匙呢？"

米彩的表情顿时一变，我却下意识地以为她要拒绝，赶忙又说道："做人可别食言啊，而且你是那么有原则的人，我清清楚楚记得你答应过我，我回来会让我住下的。"

"你没必要一再强调我对你的承诺，你可以住下，不过我们得先搞清楚一个事实。"

"你说，我肯定配合你搞清楚。"

米彩点头说道："我们俩到底谁是房客，谁是房东？"

"呃……"我半晌答不上来，我当然知道自己就一房客，可又不想这么轻易丢掉前面争取来的房东身份。

米彩有些不耐烦地问道："怎么，很难回答吗？"

在米彩压迫式的语气中，我又一次体会到人在屋檐下不得不低头的悲哀，咬着牙对米彩说道："我是房客。"

"那我呢？"

“……我靠啊，我都说了我是房客了，你自己是什么，你不知道吗？”

米彩不急不缓地说道：“我当然知道啊，但是我要你说出来。”

“你又开始较劲了，咱们刚刚不是相处得挺好的吗，为什么非要争一个房东和房客的虚名？”

“既然是虚名，你当初为什么要把房客的称谓强行安在我头上？”

我忽然发现，米彩的逻辑思维太强，无论我多么能言善辩，她总能找到我话里的漏洞给予反击，而我却常常不知道怎么去应对她的反击。

米彩依旧很认真地看着我，我终于“不耐烦”地说道：“怕了你了……你是房东行了吧！”

米彩笑了笑，得胜似的转过了头，也不和我说话，继而向自己的屋子走去，忽然唱起了我曾经在她面前唱过的那首王菲的《新房客》。

虽然米彩唱这首歌有嘲笑我的意思，可这也是我第一次听到她唱歌，原来她的歌声也是这么婉转动听，更让我意外的是：原来看上去淡然的她，也有如此搞笑的一面……

不过她失算了，估计她唱这首歌，是为了报复我当初小人得志的行为，可偏偏我不觉得是报复，却感觉她额外向我展示了她不为人知的另一面，真是只赚不赔啊。

于是我的心情终于脱离了纠缠着自己许久的失落和压抑。

第99章 一起吃早餐

洗漱完后，我终于躺在了米彩为我铺好的床上，而这是从米彩买下这个屋子后，我第一次以心安理得的心情住在这里，更希望米彩不要哪天不爽我，用刚刚扭转战局得来的房东身份将我再次赶走。

我觉得明天我就该和她很认真地聊聊租房的事情，我当然不会白住在这里，我们之间可以签订一份很正式的租房契约。

我枕在自己的双臂上，又想起了自己这次来苏州的主要目的，不过当务之急是帮她解决那100万的债务问题。可是我该找谁帮忙呢？身边的朋友中只有向晨和简薇有这个实力，但这很难开口去借，毕竟是100万的数目。

我忽然想到了米彩，米彩肯定也能拿出这100万，但我却排斥和她借，弄得好像要她还我一个人情似的，至少在可以选择的情况下，我情愿去和向晨借，尽管现在我和向晨之间的身份很尴尬，但在大是大非面前，也顾不上这点儿尴尬了。

转了一个身，便看到了窗外深不见底的夜色，心情忽然又烦闷了起来，这种烦闷源于我担心自己没有能力帮乐瑶解决掉借高利贷的麻烦。

第二天一早我便醒了过来，洗漱之后，我便煮上了粥，然后又去楼下那间熟悉的早餐店买了些早点，等我回去的时候，米彩也已经起床，正在卫生间内洗漱。

我在客厅对米彩说道：“我买了些锅贴和蒸饺，你喜欢吃吗？”

“还行，你买豆浆了吗？”

“煮粥了，就没买。”

“哦。”

“你要想喝我再下去买好了。”

“不用这么麻烦了。”

“没事儿，不麻烦。”我说着又穿上鞋“蹬蹬”跑了下去。

再回来时米彩已经洗漱好，坐在餐桌前，自己先盛了一碗粥喝着。我将买好的豆浆递到她面前，说道：“你不是要喝豆浆吗，怎么又吃上稀饭了？”

“饿了，就先吃一点。”说着将豆浆从我手中接了过去，却不喝粥。

我皱眉问道：“你这粥就不喝了吗？”

“有豆浆了呀。”

“这可是坏习惯啊，你不喝不就剩下了吗，这可是很浪费的！”

“你要觉得浪费你喝掉好了啊。”米彩浑然不在意地说道。

我当即很严肃地拒绝：“那怎么行，这是你喝过的，我要喝了算什么行为？”

“那你用我牙刷的时候怎么没这么说？”米彩旧事重提说道。

“两件事情的立场就不一样，不能一概而论。”

“那随便你，反正我吃不下了。”

我不和米彩争论，将她那碗只吃了几口的米粥端到自己这边，反正我也不恶心她，吃就吃呗，而真正浪费掉就可惜了，这些板爹寄过来的米，可都是板爹花真金白银买来的。

“你刚刚不是说不吃吗？”米彩一副嘲弄的语气问道。

“真的不想浪费，以后你也别浪费，这个习惯不好，告诉你，我很多亲戚都是乡下的，他们种田的辛苦，只是你没有看到而已。”我很认真地说道。

米彩终于点点头，好似犯了错般对我说道：“我知道了，下次盛多少吃多少。”

我也点了点头，却没有再说话，而心思又放在了即将要面对的危机上。

因为心不在焉，我吃得很慢，而米彩却在我之前吃完了，然后从包里拿出一把钥匙递给我说道：“房子的钥匙给你。”

我从米彩手中接过钥匙，笑了笑问道："这次是真的打算让我住下么？"

"你住吧，我搬到那一边去住。"

我当然知道米彩说的那一边，是她在苏州的另外一套房子，也不意外她的决定，毕竟她一直不喜欢孤男寡女住在一起，而且也确实有诸多不便，尤其是她这个对生活质量要求很高的女人。

我点了点头说道："那我们谈谈房租的事情吧，我就还按照和老李租时的房租给你行吗？"

"随便你……我先上班去了。"米彩说着便起身向换鞋的鞋架走去。

我将碗筷收拾掉，点上一支烟，在沙发上茫然地坐了一会儿后，从口袋里拿出手机，给乐瑶拨了一个电话，我想让她带我去酒吧先了解一下情况。

在给乐瑶打完电话后，我又分别给罗本和CC打了个电话，约他们一起去聊聊，比如罗本，我估计他可能比乐瑶本人更清楚现在酒吧的经营状况。

片刻之后我来到乐瑶开的酒吧门口，他们三人都还没有到，我将这条街走了一遍，发现这是一条很新的商业街，也是以娱乐为主的商业街。至于这条商业街的商业前景我不能做出判断，但乐瑶将酒吧开在一个前景不明的新商业街就是很冒险的行为，但估计她这也是不得已为之，毕竟成熟的商业街想挤进去开酒吧，并不是那么容易的。

这条商业街里除了乐瑶所开的酒吧，还有另外一家酒吧，和一个迪厅，以及两家新开的KTV和若干餐厅，但依旧没有形成商业气候，因为还有将近三分之一的商铺没有租出去。

我快速分析，结合这条街的地理位置、交通，以及周边配套的商业设施，可能会在一两年左右形成气候，可是这需要足够的资金去支撑。如果能支撑下去，前景不会太差，但乐瑶目前显然没有这么多的资金去消耗，而短期内转让掉酒吧，也不太实际。现在唯一能做的只有硬着头皮去经营，等经营状况好转之后，才有机会转让掉酒吧，也可以选择继续经营下去，但这些都是后话，而现在摆在我面前的问题才是真正棘手的。

第100章

约见向晨

转了一圈后，我回到了酒吧的门口，而乐瑶、CC、罗本三人也如约到来。

许久不见的罗本和我开玩笑，道："昭阳，你这转了一个圈后，化身为救世主华丽归来了啊。"

我笑了笑，搭住他的肩膀带着感激说道："这段时间酒吧让你费心了！"

"都是朋友，什么费心不费心的。"

罗本的脾气和我差不多，我点了点头，没有再说矫情的话，抽出一支烟递给他，自己也点上一根，随即打量着酒吧的招牌。

乐瑶的这间酒吧起名为"bobo音乐酒吧"，算是一个很有时尚气息的名字，但很多酒吧都在用这种风格的名字，所以也就淹没在时尚和个性中了，并没有什么特别的地方。

酒吧的营业时间是晚上七点之后，乐瑶打开了关闭的门，引导我们走了进去，随即又打开了灯。

看着酒吧的硬件配置和装修，我相信这个酒吧的投资绝对不在100万之下，但是在这个还没有形成商业氛围的商业街，这样的巨额投资显然是很有风险的。

当然如果谁够胆拿出1000万砸出一家苏州最豪华的酒吧，那就另当别论了，甚至可以带动整条商业街的发展。不过话说回来，有一千万的资金，谁还有兴趣到一条没有形成气候的商业街上投资呢？

而100多万的投资，也只是酒吧的标准投资，根本形不成轰动效应，所以只能把经营的希望，寄托在整条商业街的发展上。

但是想改变消费者的消费习惯，让他们从一条商业街转移到另一条商业街消费，实在是过于困难。这已经不是常规营销手段能够解决的，而营销的环境极其恶劣，这种恶劣完全是因为整条商业街的疲软，而不是单纯酒吧的问题。

深入分析之后，我更加不乐观了，至少我目前没有任何能够改善经营的想法。

四个人坐在沙发上，一样的愁眉不展，终于乐瑶向我问道："昭阳，现在该怎么办？"

我想了想问道："你现在手上还有多少可用资金？"

乐瑶有些黯然地回答："不到十万。"

"还行，还能支撑一段时间，酒吧的经营我们之后再说，现在先想办法把你借的高利贷还掉。"

我的话音刚落，CC便说道："我这儿还有20多万的存款，先给乐瑶用吧。"

现在不是矫情的时候，没等乐瑶说话，我便帮乐瑶给应了下来。

一直沉默的罗本也说道："我没多少存款，两万不到，也先凑合着给乐瑶用吧。"

"你牛啊，竟然还有两万的存款，我离开苏州的时候，身上两千块钱都没有！"我感叹道！

罗本笑言："你昭阳可不是一般人能超越的！"

在这样调侃的话语中，大家强颜笑了笑，而乐瑶却死活不肯要罗本的那两万块钱，因为罗本已经免费在酒吧唱了一个多月的歌了。

强颜欢笑后，乐瑶对我们说："剩下的钱，我自己会想办法的，谢谢你们大家了。"

我当即问道："你告诉我，你到哪儿想办法？"

"办法我一定会有的。"乐瑶含糊地说，却不说到底要去哪儿弄这笔钱。

"乐瑶，你听我说，这个事情我们大家一起想办法，无论如何，你不要做愚蠢的事情，明白吗？"我严肃地提醒乐瑶，生怕她让自己在一条不归路上越陷越深。

CC也随即对乐瑶说道："昭阳说得没错，人活着一定会犯错，但千万不要一错再错，我们都相信你一定会在娱乐圈大有作为的，这不过是黎明前的黑暗而已，只要挺过去了，你会发现，所有的苦难也不过如此。"

乐瑶沉默，最后终于点了点头。

四人又坐了一会儿，约着晚上酒吧营业的时候再聚，然后便各自离去。

离开酒吧后，我的心情陷入复杂之中，因为直到此刻我还没有下定决心和向晨开口借这100万，和向晨相处的这些年我多少知道一些他的性格。

他虽然不是唯利是图的人，但身上也有很厚重的商人气息，再加上是巨额，可能会让他很为难，而且自从他和简薇在一起后，虽然我们场面上表现如初，可是心里真的有了隔阂，这更让我难以启齿。

可是此刻我除了向晨根本没有什么选择的余地，无论他愿意与否，我都要去尝试一下。

下定决心后，我终于拨通了向晨的电话，而这个电话，我已经有三个多月不曾拨打过。

片刻之后向晨接通了电话，诧异地问道："昭阳，这是哪阵风吹得你给我打电话啊？"

我也笑了笑，道："你现在在哪儿呢？"

"苏州。"

"还在苏州呢？"这回换我诧异地问道。

"是啊，最近在和宝丽百货谈设专柜的事情，我准备在宝丽设一个烟酒的专柜，专卖顶级烟酒。"

我真的惊异了，没想到向晨竟然把生意做到了苏州，半晌才问道："是方圆牵的线吧？"

"对，这个事情办成了是他的工作业绩，也能扩大我们经营的腹地，试水苏州高端烟酒市场，是一件双赢的事情。"向晨解释道。

"那蛮好的，对了……今天晚上有空吗，咱们一起吃个饭，正好也有事情请你帮忙。"

向晨一口应了下来，说道："行啊，正好简薇也在苏州，一起聚聚吧。”

听到“简薇”的名字，我顿时沉默了，许久才说道：“没问题，地方你定吧。”

“好，那就晚上见。”

在向晨说完这句后，我们便各自挂了电话，而我的心情却比打电话前更加复杂，时隔三个月，我又要和简薇见面了。

犹记得自己是多么艰难才从她给我的记忆里跳了出来，而是不是真的跳了出来，今晚的见面或许就是一次检验，当我再次面对她时，我不希望再有悸动和伤痛……

做了个深呼吸，我将电话放进了自己的口袋里，随即打车回住处，这个下午我什么也不打算做，只想睡上一觉，然后去赴晚上和向晨的约，最好完全忽略简薇。

第101章 沉重的夜晚

回到住处，打开房门，却意外发现米彩正在屋内，她手中拿着一叠文件。

我诧异地问道：“你怎么回来了，不是要去那边住的吗？”

“回来拿文件。”

“哦。”我疲惫地应了一声，随即往自己的房间走去。

你怎么了，看上去很失落啊？”

“失落吗？有点累而已！”我应付道。

“你的心事看上去很重！是不是为了乐瑶酒吧的事情，还有她欠的债务。”

“CC连这事儿也和你说了！”我感叹道，我以为CC只是告诉米彩我是为了乐瑶回的苏州，却不想她连乐瑶欠着高利贷的事情都说了，看来她和米彩还真的发展成无话不谈的闺中密友了。

米彩看着我，许久对我说道：“如果你需要帮忙可以和我说，我想我可以帮得上的。”

在她说完后，我也看着她，半晌转移话题问道：“你拿完文件，还不去上班吗？”

米彩没有再多言，最后只是点了点头离开了我的房间，我想：她一定明白我是排斥向她寻求帮助的，所以并没有做无谓的坚持。

米彩离开之后，屋子忽然就安静了下来，我闭上眼睛，蜷在被子里，片刻之后竟然真的睡了过去，而醒来时，风已经包裹着黄昏袭来。

我茫然地在床上坐了好一会儿，想起今天晚上和向晨还有约，赶忙披上外套，简单地在卫生间洗漱之后，便匆匆向约定好的酒店赶去。

在我到达时，一辆银白色的奥迪A4和一辆黑色的路虎揽胜迎面驶来。我知道那辆揽胜是向晨的车，又仔细看了看，才发现开着A4的人是方圆，颜妍正坐在他的身边。原来在我离开的这几个月里方圆也买车了，想想也了然，毕竟他现在是宝丽百货企划部的副经理，是需要一辆不错的车来匹配他的身份，当然更为他感到高兴，毕竟他和颜妍的生活是越过越好了。

前后驶来的两辆车停稳后，方圆和颜妍从A4里走了下来，而简薇和向晨也从车的两边走了下来。

他们的成双成对再次放大了我的形单影只，我的腿好似灌了铅，只是站在原地挤出了一些笑容望着他们。

简薇和向晨在后，方圆和颜妍在前向我迎面走来，方圆冲我抱怨道：“昭阳，你这刚回苏州请向晨和简薇吃饭，也不叫我和颜妍，是什么意思？”

我只是笑了笑，却不知道怎么回答，此时的方圆和颜妍还不知道我已经和李小允分手，而这次事件也很难启齿，如果让他们知道，多半是要埋怨我的。

半晌我终于对方圆和颜妍说道："我请不请，你们不都来了么！"

颜妍拍着我的肩膀笑道："哼哼……我们夫妇就擅长干不请自到的事儿！"

我附和着笑了笑，随即对站在旁边的简薇、向晨说道："都别站着了，咱们进去坐吧。"

向晨笑了笑，简薇随即挽住他的胳膊，两人先行向酒店走去，而我看着他们走在一起的背影，心中又弥漫着一种说不清楚的滋味。这一刻我明白，哪怕自己很少再想起简薇，但真正面对时，她依旧会搅动着我的情绪，毕竟曾经那么炙热地爱过，毕竟要形单影只地看着她走在别人的身边，而那些遗忘她的日子，却忽然变得刻意起来。

酒店的包厢内，五人围着餐桌坐了下来，点单之后，也闲聊起来。

话痨颜妍又发挥八卦精神问道："昭阳，你这次来苏州怎么没把你的未婚妻带过来呀，我们都想见见，是什么样的女人让你这个浪子收了心。"

我选择从侧面回答颜妍的问题，强颜笑了笑，道："这次回来，我就不打算回徐州了。"

"啊？这信息量有点大呀！"颜妍瞪着一双大眼睛看着我感慨道。

不仅是颜妍，方圆也面露诧异之色看着我，而一直和向晨聊天的简薇也停了下来看着我，等待着我的解释。

我看向别处，沉默了一会儿说道："分手了。"

"不会吧，你们订婚戒指可都买了呀！"颜妍震惊地向我求证。

我终于摆出一副"浑然不在意"的姿态说道："连结婚证都捆不住两个不愿意在一起的人，何况一只订婚戒指！"

颜妍非常不理解地追问："为什么就不愿意在一起了？是你的原因，还是她的原因？……这是不是和你突然回苏州有关系？"

我点了点头，说道："是和我回苏州有关系，我遇到了一点麻烦……这次找向晨也是为了这个事情……咱们先吃饭吧，其他的事情待会儿说。"

听到我说遇到了麻烦，方圆和颜妍都很担忧地看着我，一直沉默的简薇终于开口问道："是什么麻烦？"

"说好了先吃饭……"我应了一声。

简薇依旧用一种很平静的目光看着我，等待我的答案，而向晨也是如此。

最后连方圆也对我说："你就别卖关子了，我知道你昭阳是不会轻易求别人的，所以这次出的事情肯定不小吧？"

我环视等待着答案的众人，知道是必须要说了，酝酿了一下情绪，点上一支烟，终于说道："我的朋友欠了100万的高利贷，事情很棘手，希望向晨能帮我这个忙……"说完又补充道："我实话实说，未来几年里，我不一定有能力偿还，但我肯定会尽力想办法的。"

第102章

简薇的再次约见

在我说完后，众人立即陷入沉默中，毕竟这是100万的巨款，借或不借，并不是一瞬间能够决定的。

向晨并没有表态，一向冷静的方圆对我说道："昭阳，这毕竟是100万的数额，抵得上工薪族几十年的收入了，你必须和我们说清楚事情的来龙去脉。"

众人把目光再次聚集到我的身上。

我缓了缓神，终于将事情的始末说给众人听，随即一片死寂。

许久，方圆点上一支烟对我说道："昭阳，有些话你肯定不爱听，但是不说，我憋在心里难受……这件事情你不应该管，也没有能力管……如果你听我的劝，就回徐州去，和小允道个歉，继续过好你们的日子。我觉得你现在回头一定还来得及，我的直觉，李小允会原谅你的。"

我摇头说道："劝我的不止你一个，我更知道自己没有能力管，所以我才会找向晨，无论如何，我不能眼睁睁地看着她掉进深渊却见死不救……"

方圆充满怒意，说道："昭阳，你能不能别把自己当成救世主？上次为了米彩你丢掉了工作的机会，这次又……又为了一个莫名其妙的女人，把自己的未婚妻都给弃了……这说得过去吗？"

我心情一瞬间跌到谷底，从烟盒里抽出一支烟点燃，平复了许久才说道："我也衡量过自己这么做到底值不值得，毕竟代价太大……可是每次想起一个对娱乐圈充满渴望的女人，在我需要帮助的时候，不顾自己星途，一而再、再而三地帮助我，甚至因此遭到屈辱也毫不犹豫，我便不能选择袖手旁观……因为在这个世界上愿意牺牲自己梦寐以求的东西，去成全我的人，除了她……我没有再遇到过，包括你们这些至交好友……"

我这番发自肺腑但也明显带着情绪的话让方圆等人陷入沉默。

最后颜妍问我："既然你们都能为了彼此奋不顾身，为什么不在一起？这点我也很难理解，或者说你们已经在一起了？"

我摇了摇头说道："我们没有在一起，也愿意保持着朋友的状态一直相处下去……该解释的我都解释了，向晨能不能借你给一句明白话。"

向晨面露难色，随后对我说道："最近在宝丽百货设的烟酒专柜，是按照最高标准去投资的，目前我手上可用的资金也很紧张……"

我点了点头，道："如果你那边不方便的话就算了。"

向晨抱歉地对我说道："昭阳，这次不是兄弟不帮你，确实我也有难处……"说完又向简薇问道："你那边资金宽裕吗？要不……"

简薇没想到向晨会突然问她，愣了一愣才摇头说道："我也拿不出那么多钱。"

我笑了笑，道："毕竟数额这么大，我能理解……不说这事儿了，咱们吃饭吧，今天我请客，谁都别和我争。"

颜妍带着歉意对我说道："昭阳，对不起啊，我和方圆也帮不上什么忙！"

"没关系。"我依旧带着笑容说道，我更能理解她和方圆，估计方圆的新车还是贷款买来的，指望他们拿100万更不可能。

终于在沉闷的气氛中结束了这顿晚餐。

与众人分别之后，我直接打车去了酒吧所在的商业街，在街头便停了下来，又把整条街走了一遍，发现这条街上正在经营的商铺生意都不算太好。

但是我用手机上网查询了目前在这条商业街营业的酒吧和KTV，发现都是一些连锁性质的，我明白，这些实力雄厚的娱乐企业，是打算先行抢占市场，他们也有足够的资金去维持这样的消耗。

如果当初乐瑶在开酒吧前再和我商量一次，我一定会站在商业的角度帮她做一次细致分析，让她打消念头，可是她却完全不告诉我，以至于现在陷入这样的困境中。

我在烦闷中点上一支烟，走进了酒吧。此刻该是酒吧消费的高峰期，可是里面却没有多少人，因为人少，一点酒吧的氛围也没有，倒更像是茶楼。而这便是所谓经营中的恶性循环了，因为没有消费基础，所以没有氛围，没有氛围导致更没有消费者光临。而目前几个坐在店内的消费者，可能不喜欢传统酒吧的火爆气氛，更喜欢这种安安静静的酒吧气氛，但这种非常规的消费行为，多少讽刺着酒吧现在的经营状况。

此时CC正抱着吉他在小舞台上唱着歌，乐瑶和罗本坐在一个角落里，罗本把玩着手中的打火机，而乐瑶目光有些涣散地看着对面的木雕屏风。

我来到他们身边，拍了拍罗本的肩膀，示意他给我让点位置，随后在他身边坐了下来。

罗本关切地问："怎么样，钱的事情有眉目了吗？"

乐瑶回过神，也殷切地看着我。

"暂时没有……不过，我会继续想办法的。"

罗本拍了拍我的肩膀，示意我不要给自己太大压力。

我点了点头，在向晨拒绝我后，基本就没有什么办法了，除非……除非去找米彩，可是真的要这么做吗？

我很难拿定主意。

在没完没了的烦闷中，我的电话再次响起，拿起看了看，却发现是一个陌生的号码。

我带着疑惑接通："喂，你是？"

那边传来一个熟悉又让我悸动的声音："我上次打过你的电话，难道你没存我的号码吗？"

面对简薇的质问，我有些失措，大约三个月前，简薇的确电话约我见过一次面，但是我却没有存她的号码。

"忘记存了。"我终于答道。

简薇稍稍沉默对我说道："你现在在哪儿，我去找你。"

"有事儿吗？"我万分疑惑地问道。

"见面说。"

我无奈于简薇的强势，她从不给别人拒绝的机会，但还是接受了她的要求，说道："那老地方见吧？"

"护城河？"

"嗯。"

简薇说完一个"好"字便挂掉了电话，而我更加疑惑了起来，她找我到底所为何事？

第103章 我们曾经深爱过

结束了和简薇的通话，我有些恍惚，身边的罗本发现了我的异常，推了推我问道："谁的电话啊，接完魂不守舍的！"

我回过神，道："一个朋友，你的摩托车钥匙给我，我出去办点事儿。”

罗本是爽快人，没多问，从牛仔外套的兜里掏出摩托车钥匙扔给了我，又从身边拿出头盔一并给了我。

我接过车钥匙和头盔，随即与乐瑶、罗本还有正在台上唱歌的CC打了个招呼，便往酒吧外跑去。

一路上，我将罗本的这辆改装过的赛道摩托车开得飞快，仅仅一刻钟我便到了护城河边，而简薇似乎并没有到。

今天晚上的气温很低，以至于天上的月亮看上去都那么寒冷，或许我真不该提议到这里见面，毕竟简薇是个千金小姐，她很怕冷，也不像我这个粗犷的男人那么喜欢旷野的自由。

我先行坐在河边的阶梯上，习惯性地点上一支烟，等待简薇的到来。

片刻之后我听到汽车的鸣笛声，随即站了起来，果然是简薇的那辆红色的凯迪拉克CTS，我向她挥了挥手，她发现了我，随即打开车门向我这边走来。

我也迎着她走去，两人在离彼此一米远的地方停止了脚步，彼此相望。

我看她穿得很单薄，便提议道：“今天晚上外面蛮冷的，要不去你的车上坐坐吧。”

“不用了，我找你就为了一件事情，很快就好。”

“哦。”

简薇又说道：“去河边的台阶，坐着聊吧。”

“嗯。”

在我说完后，简薇先我之前向河边的台阶走去，又在台阶上坐了下来，而我依旧在离她不远不近的距离坐了下来。

“你找我什么事情？”

简薇一点多余的废话也没有，直接从包里拿出一张银行卡递给我说道：“这张卡上有50万，是我这些年的积蓄，我的经济已经独立，很久没问我爸妈要过钱了，所以能拿出来的也就这么多了，希望能帮到你！”

我惊诧地看着简薇，我万万没有想到她约我出来是为了这个事情，可是刚刚吃饭的时候向晨问她有没有钱借给我的时候，她明明说没有……

难道向晨是故意问她的？她为了不让向晨多想，所以才说没钱，而现在又单独送给了我。

见我迟迟没有反应，简薇又将银行卡往我面前递了递说道：“怎么，你是嫌少吗？”

“我不是这个意思……”

我话还没有说完，简薇便打断道：“不是这个意思你就拿着。”说完将银行卡摆在了我的腿上。

我又赶忙将银行卡塞回到简薇的手上，道：“简薇我真的不能要你的钱，这不合适，太不合适了！”

“什么合适不合适的，给你就拿着。”简薇说着拉过我的手，又将银行卡放回到我的手上。

于是，我们的手也握在了一起，我好像被一道闪电击中，她手的柔软和纤细让我熟悉又陌生……

双手紧握中，我怔怔地看着简薇，情绪被曾经的深爱和现在的陌生剧烈撕扯着。

简薇的眼中似乎有泪光闪动，但我看不真切，因为我们背对着月光。

这是我的错觉，一定是我的错觉，我慌张地放开了简薇的手，说道：“抱歉……我失态了。”

简薇淡然问道：“没事……这张卡你收着吧，密码是101206。”

我还想拒绝，简薇却已经站起了身，又对我说道：“昭阳，你还是和以前一样，喜欢死撑，喜欢一相情愿地去揣测别人，但这没必要，这钱借给你，你完全不需要有负担，因为以后你是要还给我的。”

“你这么做向晨会不开心的。”我提醒简薇道。

“我知道他会不开心，所以我单独找了你。”

“可你为什么要这么做？”

一向雷厉风行的简薇在面对这个问题时却沉默了许久，终于说道：“我不知道……或许是因为……我们曾经深爱过！”

忽然刮起了一阵好似从湖面吹起的冷风，简薇随着这阵冷风转过了身体，轻步向河岸走去，而我就这么拿着她留给我的银行卡，怔怔地看着，直到她上了自己的车，直到车子载着她的身影彻底从我的视线中消失。

又一阵风吹得月光在河面上不安地晃动，我没有离去，躺在草坪上任风切割着我。

我拼了命放空自己，不愿想起自己和简薇的那些过去，可是记忆却随着一阵阵割过的风而翻涌着，我的眼角忽然就传来了温热感，是因为简薇的那句“或许是因为我们曾经深爱过”。

这句话让我充满了伤痛和无奈，曾经我们的确深爱过，可是追随时光的足迹，再去审视这段爱情，却已经如此的苍白，如此的乏力，所以简薇才会用曾经来诉说那段爱情。

我将那张留下的银行卡捏得紧紧的，再一次体会到那种想握却握不住的痛。

我发泄似的骑着罗本的摩托车一路狂飙，用了比来时更短的时间回到了酒吧。我将钥匙和头盔还给了罗本后，什么也没说，直接和吧台要了最烈的酒，然后在沉默中一口接一口地喝着。

乐瑶从我手中夺过酒杯，拉住我，哽咽着问道：“昭阳，你怎么了？……是不是我的事情给了你太大的压力？”

我挣脱了乐瑶，又从她手中拿回了酒杯，却挤出笑容说道：“和你没关系，我就是想喝酒，最近睡眠不好，喝点酒就不会失眠了。”

“那你少喝一些……不要喝醉了！”

“放心吧，不会喝醉的。”

说话间，CC从表演台上走了过来，对我说道：“刚刚米彩给我打电话了，说是要来乐瑶的酒吧坐坐。”

“怎么，以前你没带她来玩过吗？”我终于放下了杯子问道。

CC笑了笑，道：“有邀请她来玩啊，不过她一直很忙，可能今天晚上才有空。”

我应了一声便没有再说话。

CC忽然想起来什么似的说道：“昭阳，米彩不是卓美购物中心的CEO吗，还是宾夕法尼亚大学商学院的硕士，在商业营销上肯定很有见解，待会儿我们把酒吧的经营状况告诉她，再让她给点意见，说不定能帮上忙呢！”

第104章

米彩献唱

对于CC的提议，我并没有放在心上，仍沉浸在刚刚与简薇的画面中，直到CC不满地拍打了我一下，我才回过神。

“昭阳，你有没有听我说话？”

“你说米彩待会儿过来，我听着呢。”

CC又追问，道：“后面一句呢？”

“后面还有吗？”

乐瑶代替CC说道：“CC刚刚说米彩是卓美购物中心的CEO，还是宾夕法尼亚大学的商学院硕士，在商业营销上一定很有见解，待会儿我们可以咨询她，有没有什么好的意见。”

我点了点头示意知道了。

CC终于疑惑地问道：“昭阳，你怎么了，刚刚出去一下，回来像变了一个人似的……魂不守舍！”

我没有理会CC的疑惑，重重吸了一口烟，随后从口袋里拿出简薇的那张银行卡递给了乐瑶说道：“这张卡里有50万，你先拿着，剩下的我再想办法。”

众人惊讶地看着我，最后乐瑶问道：“这是谁借给你的？”

我不愿意告诉众人这是简薇借给我的，沉默许久之后才对乐瑶说道：“是个朋友，至于是谁你就别问了，钱很干净。”

乐瑶终于点了点头从我的手中接过银行卡，说道：“昭阳，让你的朋友放心，这个钱我一定会还他的。”

我又一次叮嘱乐瑶，道：“有能力还掉最好，没有也千万不要勉强，我和你一起想办法。”

说话间，米彩拎着手提包从入口处走了进来，因为人很少，她第一时间便发现了坐在角落里的我们，随后向我们这边走来。

CC给米彩让出了坐的位置，米彩将包放在桌子上，环视四周，酒吧冰冷的气氛让她的脸上也露出一丝同情的神色。

我不想让气氛过于沉闷，笑了笑对米彩说道：“你想喝什么，让乐大腕请你。”

“啤酒。”

米彩的回答让我诧异，随之问道：“你不是不喜欢喝酒的吗？”

米彩往表演台看了看，道：“待会儿想上去唱歌。”

“喝啤酒和唱歌有必然的联系吗？”罗本也很诧异地问了一句。

我笑了笑代替米彩回答，道：“她这是效仿CC呢，果然近墨者黑啊！”

CC则搭着米彩的肩膀笑道：“亲爱的，要不要待会儿再给你点上一支烟？我还抽烟呐！”

对于CC的调戏米彩只是笑了笑，而乐瑶招呼服务员帮米彩要了一杯啤酒。

米彩在众人的注目中，端起喝了一口，却皱了皱眉，看样子是真的没有喝酒的习惯，她放下了手中的杯子，向乐瑶问道：“酒吧的生意一向如此吗？”

“除了开业的那几天生意好些，后面都是这个样子。”乐瑶答道。

CC关切地向米彩问道：“亲爱的，有办法救救乐瑶的酒吧吗？”

米彩沉默了一下才说道：“说实话，很难！……酒吧自身其实并没有太大的问题，主要是这条商业街还没有形成商业气候……而这条街到底什么时候能发展起来我也不好判断。”

CC面露失望之色，我则点了点头，因为米彩的分析与我的判断如出一辙，而想改变整体的营销环境，对于没有资金的我们而言实在过于困难。

一直沉默的乐瑶终于向米彩问道：“你的意思是，除非这条商业街发展起来，否则酒吧就是死路一条吗？”

米彩摇了摇头，道："也不一定……但要改变经营思路，或许还有一线生机，对吗，昭阳？"

我点了点头，当然认同米彩的话，但是改变经营思路就意味着要对酒吧重新进行包装，而包装是要产生很多费用的，在目前连债务都还没有解决掉的情况下，谈改变经营思路实在是为时过早。

米彩又端起啤酒喝了一口，等她放下杯子时，我对她说道："你刚刚不是说要唱歌的吗，我们都等着你献唱呢！"

米彩对罗本说道："可以把你的吉他借我用一下吗？"

罗本点了点头，随之将身边的那把价值不菲的Fender吉他递给了米彩，米彩说了声"谢谢"便抱着吉他向表演台走去。

因为酒吧的经营状况不好，并没有请乐队，所以接下来米彩将完全是自弹自唱，而这很考验功力，我不禁怀疑她能不能驾驭得住。

只见米彩先试了一下吉他的音，闭上眼睛似乎回忆着乐谱，这才拨动了吉他的弦，只是这一下便看出她指法很娴熟，那么应该没什么问题，更期待她会唱什么歌。

几个音出来后，我和CC相视一笑，米彩在我们面前唱的第一首歌是陈绮贞的《花的姿态》，这是一首很小清新的歌，虽然和米彩淡漠的气质不太符合，但依旧很期待。

不仅我们，酒吧里为数不多的几个顾客也全放下了手中的杯子，面露期待之色地看着准备演唱的米彩。毕竟如此美女很难见到，而会弹吉他的美女就更少之又少了，如果音色还很好，那简直就是极品中的极品，至少放眼整个华语乐坛，能同时具备这三项条件的女歌手，屈指可数！

一首《花的姿态》从米彩的嘴里唱了出来，她的嗓音很清亮、细腻，没有CC的那种沧桑和颗粒感，却很干净，而演唱过程中她没有使用任何的技巧来渲染这首歌，却让整首歌更浑然天成，让人不禁陶醉。

CC看着小舞台上的米彩感叹道："这世界上真的有这么完美的女人吗？上天太偏心了，似乎所有的宠爱都给了她。"

就连一向桀骜的罗本都附和着CC点了点头，我心中却有些苦涩，其实上天并不偏心，他们或许还不知道米彩的身世，虽然她美丽、富有、智慧，可终究是一个没有家庭温暖的孤独女人!

米彩终于唱完了这首陈绮贞的《花的姿态》，台下虽然人数不多，掌声却很热烈，不多的几个顾客意犹未尽，强烈要求米彩再来一首，她却摇了摇头，示意不唱了。

米彩回到我们身边，将吉他又还给了罗本，罗本向她挑了挑大拇指，赞道："你的演奏技巧很好，完全可以媲美CC。"

这并不是罗本的谬赞，米彩演奏的过程中，单指琶音、多指琶音、扫弦、右手切音、轮指……这些吉他演奏技巧运用得炉火纯青，说能够媲美CC一点也不夸张。

对于罗本的称赞，米彩只是笑了笑，CC搂住她的肩膀说道："米儿（CC对米彩的昵称），等你有空一定要去我的餐厅捧捧场，真是太棒了！"

米彩笑了笑，道："会的。"

CC点了点头，而我们的情绪也在米彩的第一次献唱中稍稍松了一些，几个人端起杯子一起碰了一个。

放下了杯子，米彩拿过了自己的手提包，从里面拿出一张已经填好数字的支票递给了乐瑶说道："这里有100万，你先拿去把酒吧欠的债务还掉，剩下的经营问题昭阳会帮你解决的。"

米彩突如其来的举动让我们感到震惊，难道这才是她今天来酒吧的主要目的?

第105章 解除第一个危机

乐瑶迟迟没有伸出手去接米彩递给她的支票，许久才向米彩问道：“这可是100万，为什么这么随便就给了我，我们并不太熟吧！”

米彩摇头否定了乐瑶的说法，她依旧带着一贯的淡漠说道：“这并不是随便就给你的……我们虽然不熟，但是CC却是我们共同的好姐妹，帮你就是帮CC。”

我看着米彩，觉得她的理由有些牵强，终究没有开口，只是静看事态的发展。

CC这个时候将米彩的话接了过来，说道：“乐瑶你就拿着吧，这个人情算我欠米儿的，以后酒吧盈利了，咱们再还给米儿就是了。”

“这个人情太大……”

乐瑶的话没有说完，罗本打断道：“乐大腕，人情不分大小，人家支票都送到了，话更说到位了，为了酒吧的经营你就收着吧。”

“可是也要不了100万这么多，刚刚昭阳已经给了我一张50万的银行卡了。”乐瑶沉默后说道，但她已经动摇了。

米彩诧异地看着我，我点了点头肯定了乐瑶的话，说道：“问一个朋友借的。”

米彩点了点头，将支票收回去，又重新填了一张支票，递给乐瑶说道：“这张是50万的，你收着吧。”

乐瑶犹豫了一下，最后从米彩手中接过了支票，当即又让服务员去吧台拿了一张A4的纸写了一张欠条，又签上自己的名字递给了米彩说道："这是欠条，这50万我会尽快还给你的。"

米彩点了点头，平静地从乐瑶手中接过了欠条，却没有看上一眼便放进了自己的手提包里。

这个时候CC也从包里拿出一张银行卡递给乐瑶，说道："这是我先前说的20万，拿去还利息够了吧？"

乐瑶点了点头，道："才借了没多久，够了！……我也给你写张欠条吧。"

CC按住了乐瑶的手，笑了笑说道："不必了……我们之间不需要这个东西，对了，明天还高利贷的时候，你让昭阳或者罗本陪你去吧。"

罗本将话接了过来，说道："我和乐瑶去吧，我白天都有时间的。"

CC带着笑容拍了拍手，重重出了一口气，如释重负，道："咱们的第一个危机就这么顺利解除了，谢谢伟大的昭阳……谢谢伟大的……米儿！……来，大家一起喝一个。"

众人纷纷举杯，在杯子的碰撞声中终于一扫刚刚的阴霾。

米彩的酒量真的很有限，只是喝了两杯啤酒，她的脸上便现出了红晕，有些恍惚，而出了酒吧才知道她是真的冲着喝酒来的，所以连车都没开。

我对她说道："我送你回去吧。"

米彩却说道："我心口有点闷，想走一会儿。"

"那我陪你走吧。"

米彩应了一声，我们在沉默中走了一段路后，我对米彩说道："乐瑶的事情谢谢你了。"

"我是为了CC。"

我笑了笑说道："我也没说你是为了我啊，干吗这么急着强调。"

"有吗？"米彩心不在焉地应了一声，脚步却没有停，甚至快了些。

我加快了脚步才跟上她，她却忽然停了下来问道："你那50万从哪儿来的？"

"朋友，刚刚在酒吧不是说过了吗。"

"是什么样的朋友，可靠吗？"

“你是不是怕我也去借高利贷啊？”我笑问。

“不排除这样的可能性……昭阳，我不希望你做傻事，有困难你可以对我讲。”

“你是不是还觉得自己亏欠我？真的没这个必要，都过去很久的事了。”

米彩没有言语，这种不言语却像是一种默认。

我不想再将话题停留在谁亏欠了谁的问题上，便转移话题说道：“看不出来你的吉他玩得很牛啊！……深藏不露，以后我觉得咱们也可以组个乐队玩玩！”

“谁要和你组乐队。”

“怎么，看不起我啊，我的吉他玩得可不比你差！”我带着“怒意”说道。

米彩却笑了笑说道：“我还是比较欣赏罗本，如果罗本向我提议，我想我会答应的。”

我一副恍然的表情说道：“你肯定是看上罗本了，对吧？……我可很严肃地告诉你，罗本是浪子，他和CC是绝配，和你可不行！”

“说得你好像不是浪子似的……你们是……”米彩说了一半忽然停了下来，好似打算让我接下一句。

“臭味相投吗？”

米彩脸上带着笑意说道：“你还蛮有自知之明的！”

“是吧，不过这也从侧面反映出我关心你，情愿给自己背上一个浪子的臭名，也要劝阻你上罗本的那艘贼船！”我一副大义凛然的姿态说道。

“是啊，作为朋友你可真是两肋插刀！”米彩似笑非笑地感叹道。

我却不理会米彩言语里的讽刺，顺着她的话说道：“两肋插刀算什么，刀山火海我也敢闯！”

但米彩好似没有兴趣再和我贫嘴下去，却因为寒冷下意识地掖了掖衣领，而我也终于注意到她今天穿的毛衣正是我们初次见面后不久，板爹带来的两件毛衣中的其中一件，当时我送给了她。

我无聊心里作祟，当即拉开自己的外套，对米彩说道：“看，我也穿了这件毛衣，情侣款的！”

“我可不这么觉得，你要觉得是情侣款的以后我不穿了。”

“别啊，我这是美其名曰……不针对我们之间的关系。”

“不行，反正以后你不可以和我一起穿。”米彩很执着地说道。

我不爽，道：“毛病吧，照你这说法，是不是以后每次穿这件毛衣我都得打电话请示你一下啊，防止和你撞衫？”

“你要嫌麻烦，就脱下来给我保管，以后就不用穿了。”

“我凭什么配合你……你怎么不说，你脱下来我给你保管啊，再说了我又不介意我们撞衫。”我很较真地说道。

米彩摇头说道：“看你现在这样子，真想给你系上一个红领巾……幼稚！”

没等我回话，米彩伸手拦下了一辆路过的出租车，打开车门，上车之前又对我说道：“昭阳，好好想想，怎么去经营好乐瑶的酒吧……这才是你回苏州真正的目的。”

我一时没有理解她话里的意思，有些傻愣地站在原地，而出租车已经伴随着冬夜的冷风消失在我的眼前。

第106章 北京的雪

回到那个米彩让给我的老屋子，我以不变的姿态被夜的黑包裹着，于是黑夜的安静中不禁又回想着这个夜晚。

命运似乎是一种很奇妙的东西，乐瑶负债了100万，最后却是米彩和简薇各拿出了50万解决了乐瑶的债务问题。

到底是什么力量将这三个女人捆绑在一起的呢？我不太能确定，更知道这个问题会困扰我许久。

我又想起了向晨，想起了他的拒绝，想起了他刻意询问简薇有没有钱借给我的画面……人性好似忽然变得虚妄、缥缈起来。

一阵风吹来了一片乌云又遮住了月光，于是夜更黑、更厚重了，我有些疲倦，却无可奈何地笑了笑，于是更加不知道，到底要笑得多虚伪，才能融入这真实的世界中。

这一刻我情愿化身为一只没有脚的飞鸟，也想穿梭在那座晶莹剔透的城池里，哪怕不能栖息，哪怕力竭而亡，但至少曾经纯真地飞行过……

经历了一个失眠的夜，次日我直到10点钟才起床，刚刚洗漱好便接到了乐瑶的电话。她告诉我罗本已经陪她去还掉了高利贷，为了表达谢意，今天中午她打算请我们一起吃个饭，包括米彩，并让我替她约米彩。

结束了和她的通话后，我便拨通了米彩的电话，第一次没有人接听，11点的时候又打了一遍，她才终于接听了电话："有事儿吗，昭阳？"

"乐瑶已经把欠的高利贷还掉了，为了表示感谢打算中午请我们一起吃个饭。"

"我现在在上海参加一个商务会议。"

"哦，那要不就晚上吧，晚上有空吗？"

"下午还有其他的商务会谈，今天可能都赶不回去了，你们聚吧。"

我没有再多说什么，毕竟工作要紧，只是叮嘱了米彩一句"不要太累"后，便各自挂掉了电话。

我在窗户边站了很久，而正午直直射来的阳光，驱散了冬天的寒冷，我终于将米彩养的那几盆植物搬到了阳台上，让它们享受阳光的温暖，来年春暖时，它们或许会生长得更好。

中午12点，我、乐瑶、罗本三人来到了CC的"空城里"音乐餐厅，而CC早已经准备好吃喝的东西，四人围着餐桌坐了下来。

CC向我问道："昭阳，你约米彩了吗？"

"给她打电话了，她人在上海开会，来不了了。"我答道。

CC遗憾地说道："乐瑶很有诚意想请她吃饭呢！"

"改天吧，机会很多的。"

乐瑶将话接了过去说道："我今天下午就去北京了，今年可能都不会回苏州了。"

"怎么，又接到新戏了吗？"

乐瑶摇了摇头说道："没有，但是待在北京机会多一些，尽力争取今年可以接到新戏吧。"

我体会到乐瑶话语里的心酸，还没有成名的她，去北京意味着漂泊和冷落，她即将走向一条充满艰辛的路，可是有什么办法呢？人总要为活着去忙碌，去承受，去辛苦……但她终究也只是一个缺乏安全感的女人，只能在心中默默祝愿她接下来的路可以走得顺利吧。

罗本搂住乐瑶的肩膀，安慰道："北京，我有不少玩音乐的朋友，到那边我会让他们关照你的，有搞不定的事情尽管去麻烦他们，都是爽快人。"

"嗯，谢谢你，罗本。"乐瑶笑了笑道。

"别这么客气，这么多年的老朋友了。"罗本也回以笑容。

乐瑶点了点头，CC又拍了拍我的肩膀问道："昭阳，你这么沉默着，是没有话对乐瑶说吗？"

"我有话说。"我应了一声，"到北京后照顾好自己，别给自己太大压力，至于酒吧，我会帮你经营好的。"

CC也附和道："嗯，昭阳说得没错，酒吧的事情我们都会帮忙的，等你下次从北京回来，我们一定把酒吧做得有声有色的。"

乐瑶看着我们许久，眼里噙着泪水，终于哽咽着说道："人生的路上能遇到你们这群朋友是我最大的幸运，谢谢你们……这一次我一定会好好努力的，为了自己，也为了你们！"

我们都点了点头，最善于调节气氛的CC高举酒杯说道："那就为了我们的友谊干杯吧……再祝愿乐瑶一路顺风，星途坦荡！"

"一路顺风，星途坦荡！"

我们的杯子碰在了一起，酒水在杯子里晃动了起来，好似晃出了青春的创伤、生活的无奈、活着的痛苦……和对未来仅存的期待！

吃完午饭，我和罗本帮乐瑶提着行李，CC为她拦下了一辆出租车，待会儿她将乘这辆出租车去往机场，然后离开苏州，飞往北京那座承载着她梦想的城市。

乐瑶从钱包里拿出一张银行卡，正是简薇昨天给我的那一张，她对我说道："这张卡里还有15万，作为酒吧以后的流动资金吧。"

"嗯。"我点头接了下来。

出租车司机已经在催促，乐瑶看了看我们，最后对我说道："昭阳，你放心，这100万的欠款，我就算是死，也一定会还清的，我不会让你欠着别人的人情。"

我皱眉说道："什么死不死的，我们都得活着，还要漂亮地活着……钱的事情不要给自己太大压力，知道吗？"

乐瑶只是看了看我，从罗本和我的手中接过行李，向出租车走去。

看着她单薄的背影，我心中一阵莫名的滋味，在沉默中给自己点上了一支烟，而CC和罗本也给自己点上了一支烟。此刻，我相信我们是一样的心情，我们在她离去的背影中看到了活着的沉重，更担心她单薄的身躯会不堪负重！

我仰起头，闭上眼睛，重重吐出了口中的烟……这个世界真的会有一座晶莹剔透的城池吗？

如果有，请温柔地安放我们疲倦的灵魂吧！

再次睁开眼，那辆出租车已经不在我们的视线中，我、罗本、CC以一样的姿态站在阳光中，却忍受着寒风的切割。

我对二人说道："这个冬天还没有下过雪吧？"

罗本点了点头，看向遥远的北方，许久说道："听说北京下过了……一场和我没关系的雪，却盖住了我的伤口。"

CC有些不懂罗本的这番感慨，我却知道，无意中提起的"北京的雪"让他想起了那个自己忘不掉的北京姑娘。

我终于笑了笑，对不明所以的CC说道："别理他，唱民谣的都是神经病，不懂在说些什么，我们回去继续喝酒。"

我搂着CC向餐厅走着，她却回头张望，而罗本在CC的张望中依旧向北张望……这一刻甚至连我也不知道他到底在想些什么。

第107章 意外的生意

这个傍晚，我和罗本早早来到酒吧内，而CC因为“空城里”餐厅需要打理，要晚一会儿才能来。

酒吧里依旧没有什么顾客，甚至连音乐都没有开，而我和罗本坐在一个清静的角落里商量着酒吧未来的经营。

两人各自点上一支烟，罗本对我说道：“昭阳，你看咱们要不要多找一些外联人员，再多开放一些签酒（送免费酒）的权限，来带动酒吧的生意？”

我想了想说道：“这样的举措不能在根本上解决酒吧的经营问题，而且大量的对外签酒，会增加我们的经营成本，在没有消费基础之前过于冒险，而且外联人员带来的客户往往消费黏性差，在酒吧没有明确的经营特点时，很难让他们形成二次消费……所以，当务之急还是先给酒吧找到明确的经营方向。”

罗本点了点头说道：“这些你比我懂，听你的。”

“嗯。”我应了一声，随即陷入沉思中。

此刻关于经营上的想法我倒是有很多，不过都涉及大量的资金，在目前资金不充裕的情况下，我不敢冒险去实施。

我有点头疼，更感觉到棘手，此刻就算是给我充裕的资金去实施想法，我也没有太大的把握，毕竟外部的营销环境实在是太差了！

一筹莫展中，我又看了看酒吧此时的经营情况，倍感无可奈何，现在已经是晚上的八点，可是偌大的酒吧里，仅仅坐着不到十个消费者，简直是惨不忍睹，而罗本已经丢掉了上台唱歌的欲望，就这么坐在我的对面抽着烟。

快要九点的时候，CC拎着手提包匆匆来到了我和罗本的身边。

“昭阳，这个酒吧还有救么？……再这样下去，真的亏不起呀！”CC哀声叹道。

我心里没底，却仍安慰道：“别急，会有办法的。”

“那你赶紧想办法，等乐瑶回来时，我们要给她一个惊喜。”

我点了点头，又一次环视整间酒吧，却只有寥寥几个消费者，心中再次烦闷了起来。

很快又过了一个小时，酒吧里的消费者又少了几个，吧台的服务员百般无聊中连打了好几个哈欠，而CC也已经趴在桌上睡着了。

我有些无力地给自己点上了一支烟，却仍没有什么极具性价比的经营思路。

忽然入口处一阵嘈杂，接着30多个人流水一般地进入酒吧内，带头的是一个西装革履的男人，颇有气势，一看便是公司高管，而他身后的人也都身着正装，好像刚刚才结束了加班的模样。

高管模样的男人和吧台的服务员说着什么，服务员似乎搞不定又将我叫了过去。

我来到男人的面前问道：“你好，请问有什么需要我帮忙的吗？”

男人面带失望之色对我说道：“昨天在你们酒吧唱歌的那个美女驻唱今天没来吗？”

我愣了一愣才知道他说的是米彩，摇了摇头说道：“不好意思，她不是酒吧的驻唱，是我们的朋友，昨天是来玩票的。”

男人脸上失望的表情更重了，半晌才对我说道：“唉！……苏州的酒吧，没有特色，一家比一家吵，一家比一家会折腾，更没几个正儿八经有水平的驻唱。像我们这样的，一天高强度的工作后累得要死，能在这儿安静地听她唱一首歌，简直是享受，还能缓解一天的紧张，对睡眠都有好处……

唉！可惜……"

男人的话音刚落，身后便有人向他问道："白总，你说今天加班后带我们到酒吧放松、放松的，还说有什么美女驻唱，连一个影子都没见到，你不会是玩我们的吧？"

被其他人这么一说，男人有些不好意思，将我拉到一边，然后从包里抽出一沓钱递给我，和我商量道："兄弟，你看能不能打电话让你的朋友过来给我们唱几首歌，钱不是问题，你要帮我这个忙，以后我们公司有什么聚会都到你们酒吧来搞，怎样？"

我面露难色，男人赶忙又抽出了大约一千块钱递给我，道："兄弟，不管怎么说，我人都带来了，你就让她过来唱几首歌吧，这些都是我们公司的高管，你一定要给我在他们面前找个台阶下下。"

我哭笑不得，如果告诉他，昨天在酒吧唱歌的米彩是卓美购物中心的总经理，不知道他还会不会觉得这是钱能解决的事情。

CC不知道什么时候来到了我的身边，对我说道："昭阳，要不打电话让米儿过来救场吧，毕竟酒吧现在这么困难，能来这么多的顾客不容易。"

"你又不是不知道她今天去上海了，有没有回苏州，真不好说！"

"打个电话问问嘛……"CC对我说完，又对男人说道："我们的朋友今天去上海了，要是没回来，就真的没办法了！"

男人毕竟是社会精英，没有那些闲杂人等无理取闹的脾气，很理解地点了点头说道："那你们打电话确认一下，要是没回来，这个也勉强不来……不过，今天我们还是会在这里消费的，这点我保证！"

CC带着歉意的笑容说道："谢谢你的理解，我们这就给她打电话。"

CC将我拉到一边，对我说道："昭阳，你打电话问问。"

我摇头说道："还是你打给她吧，她不一定会给我面子的。"

"干吗这么没自信？"CC说着白了我一眼。

我忽略CC的白眼，催促道："你打也一样，人家那么多人等着呢，能不能来，你赶紧给人家一个答复。"

CC往等待的人群看了看，终于拗不过我，拿出手机拨通了米彩的电话。

然后便听到她说道："亲爱的，你回苏州了吗？"

“回了！那太好了，有个事情请你帮忙，你现在方便来乐瑶的酒吧一趟吗？事情是这样的……”

“嗯嗯，顾客都在等着呢，你赶紧过来吧……路上开车注意安全！”

CC如释重负地挂了电话，对我笑道：“搞定！米儿马上就过来。”

我向她竖了竖大拇指说道：“厉害，我就说她会给你面子吧……要是我请她，不噎我几句就算轻的了！”

CC笑了笑，也没有继续和我开玩笑，向那群顾客走去，把情况告知他们后，也都显得很高兴，各自找了座位，又点了东西，交谈中等待着米彩的到来。

我也因为这拨人的到来，稍稍轻松了一些，更感谢他们，因为他们的到来，仅仅时隔一天，我又有机会聆听米彩的歌声了！

第108章

第五个季节（1）

米彩没到之前，由CC先上去暖场，在没有乐队的配合下，CC拨动吉他弦自弹自唱了起来。

本来还在各自交谈的人，因为CC的歌声渐渐安静了下来，继而沉浸在CC的歌声中。

CC虽然不是第一眼美女，但却是一个非常耐看值得去细品的女人，而她的嗓音更充满了故事和沧桑，对男人极具吸引力。

一首歌唱罢，掌声热烈地响起，开始有顾客对CC评头论足了起来，觉得

CC也很不错，于是对于米彩也就更加期待了。

实际上我并不认为CC比米彩差，只是每个人的审美观不同，米彩的美丽和嗓音，是更容易被大众接受的类型而已。

CC唱了一首歌后，罗本又上去接唱，木质般的嗓音演唱出了民谣的精髓，也深受好评，尤其是人群中的女性，对罗本表现出了很浓的兴趣，意犹未尽下又让罗本唱了一首。

终于在罗本的第二首歌唱完后，穿着女款马丁靴，一身朋克打扮的米彩来到了酒吧，顿时场中一群人的注意力全部被她吸引。

那个被众人称为白总的男人表现得最为兴奋，看着米彩说道："就是她……"

立刻有人附和："不错……白总的眼光真不错！"

男人点了点头，道："歌唱得也很棒，大家别说话了，给她一个安静的演唱环境。"

众人点了点头，都不再说话，但目光依旧聚集在米彩身上，似乎她的一举一动对他们都有着极大的吸引力。

而米彩对于这些密集看向她的目光倒是看得很淡，平静地向我们走来，又将自己的肩包递给了CC。

我打量着她，感叹道："你这身打扮很酷啊！没见你这么穿过。"

CC接过话说道："上次逛街，我陪她买的。"

"你是真打算把她给同化了啊！"我感叹道。

CC却不以为然地说道："闺蜜，不就是互相影响的嘛！"

"就看到你影响她了，没看到她怎么影响你。"

"谁说的。"CC反驳一句，又指着沙发上自己的那只包说，"看到那只包没有？"

我一细看，竟然是Prada这个季度的新款，随即叹道："你们真是好闺蜜，你教她喝啤酒，她教你乱花钱！"

我的话让米彩和CC相视一笑，而坐等的顾客们终于按捺不住，用鼓掌的方式催促着米彩上台演唱。

我向他们做了个抱歉的手势之后，将自己的吉他递给了米彩，却不想米彩并没有去接，反而对罗本说道："用你的可以吗？"

我尴尬地放下了吉他，罗本不理解地看了我一眼，但还是将自己的吉他递给了米彩。

服务员帮米彩搬了一张吧台椅让她坐下，而CC抱着一把贝斯站在她的身边，帮她伴奏。

此时，两个女人一站、一坐，一个美丽、一个性感，无意识地搭配在一起后，却产生了完美的化学反应，而这也是我印象中她们第一次合作。

"《Sealed With A Kiss》，行吗？"米彩向CC问道。

"没问题，我也很喜欢这首歌。"CC点头向米彩做了个OK的手势。

于是两个女人一个主音，一个和弦，尽管是第一次合作，但很快便进入到默契的状态中，作为听众的我们也很快沉浸在她们的音乐里。

在演唱快要结束时，我和身边的罗本开玩笑道："我觉得她们俩人要整个组合出来，肯定是乐坛的新势力啊！"

罗本嗤之以鼻："得了吧，粪坑似的地方，别脏了她们两个人！"

我很无奈地看着罗本，他就是太傲了，更对流行乐坛充满排斥，所以我只是开个玩笑，却引得他如此反应。

不过我却能理解他，这些年他有几首不错的原创歌曲，被别人剽窃了去，直到现在也没能维权成功，让他灰心失落，总之娱乐圈的水深，充满了交易和不公平，并不适合他这个有严重理想主义倾向的男人。

米彩和CC唱了两首歌之后，便不愿意再唱下去，CC只得和意犹未尽的众人说着"抱歉"。

众人很关心米彩什么时候会再来，CC又很无奈地给了众人一个抱歉的答案，事实上，今天米彩能来，已经是给足了CC的面子了。

就在众人叹息时，放下吉他的米彩却出乎意料地说："以后周末有空，会过来玩的，希望大家还能来为我朋友的酒吧捧场！"

台下的众人好似失而复得般答道："会的、会的。"

米彩对众人报以礼貌的微笑后，向我们这边走来，我却有些不理解，她口中的朋友，是乐瑶，还是CC，抑或是我。

米彩将吉他还给了罗本，我很感激地对她说道："辛苦了！"

“还好，CC才辛苦！”米彩淡漠地回了一声。

我向还在台上演唱的CC看了看，这段时间她确实够辛苦的，不仅“空城里”音乐餐厅需要打理，还要兼顾乐瑶的酒吧，更要兼职驻唱歌手的角色，却没有一分钱的报酬。

作为乐瑶的朋友，CC真的没有话说，只是我不太懂，罗本为什么还不能忘记北京那个姑娘，与CC这个善良又充满个性的女人开始一段新的恋情呢？

难道他不知道，就连一直忘不掉简薇的我，也向现实妥协在徐州开始了一段新的感情，于是我更好奇:到底那个北京姑娘有什么神奇的力量，让罗本如此坚守！

暂时搁置心中的好奇，我让服务员为米彩送来了一杯热牛奶。

米彩说了声“谢谢”从我手中接过，浅喝了一口便放下，随即看着我问道：“昭阳，今天晚上来的这些顾客一定让你有了经营的思路吧？”

我诧异地看着米彩，不愧是卓美购物中心的CEO，虽然我还没有表态，但她便算到了此时的我已经在经营上有了想法。

我笑了笑问道：“你怎么知道的？”

“如果你连这点商业嗅觉都没有，我可不认为你有能力经营好这间充满危机的酒吧。”

我点头，环视这间酒吧说道：“今天这些意外出现的顾客的确给了我经营上的灵感……我的经营改造从酒吧的名字开始……从即刻起，这间酒吧改名为第五个季节！”

第109章

第五个季节（2）

在我提出要将酒吧改名为“第五个季节时”，众人都不太理解，最后CC终于问道：“昭阳，这第五个季节有什么特别的含义吗？”

“传统酒吧，都是以刺激、火爆作为卖点来吸引消费者，当然去酒吧追求的就是刺激、火爆，这也是刺激消费者消费欲望的最主要因素……但是，也不能排除有极少一部分人是追求宁静、自然的酒吧消费环境的，比如今天来的这些顾客。”

罗本和CC同时点了点头，而米彩只是平静地看着我，显然我要表达的都在她的意料之中。

我又说道：“这样极少一部分的消费需求就是我们酒吧转型的动力。举个例子，假设整个苏州城有十万消费者会去酒吧进行消费，哪怕我们以100比1的比例来进行划分，也足足有1000人会倾向于到文艺型的酒吧进行消费。如果我们去迎合这部分人的消费需求进行转型，即便只有1000人，也足够养活一个酒吧了，当然现实中肯定不会是100比1的比例，有文艺型消费需求的消费者也不会只有1000人，所以在我们对酒吧的特色进行精确定位后，就可以忽略整条商业街的恶劣市场环境，因为一旦形成口碑传播，有强烈消费需求的消费者会主动找过来的。”

CC和罗本同时露出思索的表情，这一次是罗本向我提出了疑问：“你说的这种文艺型酒吧，苏州也有一家，但是生意并不太好！”

我点头说道：“那家酒吧我知道，虽然是文艺型的酒吧，但是没有明确的主题，而且整个酒吧的消费环境跟不上行业水平，这也会降低消费者的消费欲望，而我们这间酒吧，消费环境在酒吧中属于偏上的，这就为营销奠定了良好的基础。”

“这点我认同，不过你打算怎么定位我们这间酒吧的经营主题呢？”

我略微思考了一下说道：“春天象征着生机，夏天象征着热情和活力，秋天则代表着迟暮的幸福和收获的喜悦，冬天有雪的浪漫、冰的纯洁……那么是不是会有第五个季节，包含着生机、热情、幸福、收获和浪漫、纯洁呢？如果有，那么它将是生命中最美的季节，如果没有，我们就在心底憧憬着、幻想着……而我们的‘第五个季节’主题酒吧就诞生于这样的憧憬和幻想中……最后满足部分文艺型消费者的消费需求。”

在我说完后，CC和罗本同时点了点头，甚至是米彩也若有所思地点了点头。

我继续说道：“我准备将酒吧划分为春夏秋冬四个区域，然后契合四个季节中最美的特点进行装修，比如代表着秋天的区域，会有成熟的果树，落叶的点缀，代表着冬天的区域，会有白雪的覆盖，冰的晶莹……消费者可以自由选择自己喜欢的区域进行消费。”

“那你说的第五个季节呢？”CC再次面露疑惑。

一直沉默的米彩终于代替我开了口：“整个酒吧就是第五个季节，因为它已经包含了春夏秋冬最美的景观。”

在米彩解释后，CC一脸恍然大悟，许久才叹道：“昭阳，你真的很有创造力呀，至少这是一个让我心动的经营主题，我很喜欢。”

我笑了笑，道：“你就是文艺型消费者的典型代表……不过营销的真正难点在于酒吧信息的传播上，虽然我们知道文艺型的消费者有很多，但却分散各地，我们有限的资金也不可能做覆盖式的广告传播，而消费者之间的口碑传播则效率太低，等靠他们传播开来，很可能我们的酒吧已经因为资金的匮乏而提前倒闭了！”

在我说完后，米彩点头说道：“你分析得很对，营销的难点就在这里，如果这个酒吧开在已经形成气候的酒吧街，目标用户相对集中，口碑传播起来也很快，但在没有形成消费氛围的新商业街，靠口碑传播很不实际！”

CC忧心忡忡地说道：“好不容易才看到点希望，你俩又给残忍地浇灭了……那该怎么办呢？”

我点上一支烟，做了个深呼吸说道：“唯有破釜沉舟，给我们的时间真的不多了，先对酒吧进行改造，至于酒吧信息传播的事情，边改造边想。”

对于我的表态，米彩笑了笑，道：“商业运作是很需要魄力的，在别无他法的情况下，破釜沉舟是目前唯一能够选择的。我相信你既然能想出第五个季节这样的经营主题，也就一定能在改造的过程中，找到解决酒吧传播信息的办法……加油，昭阳！”

看着米彩信任的表情，我心中莫名悸动，却又有一种男人的满足感，这种满足感让我更加充满信心，此刻，我相信可以凭借自己的能力，克服一切困难让这间酒吧起死回生。

这个时候米彩出乎意料地从手提包里拿出了支票簿，当即填了一张20万的支票递给我说道：“这个钱作为酒吧的改造资金吧。”

我并没有伸手去接，尽管现在的资金很紧张，但是乐瑶最后留给我的15万块钱，还是可以勉强支撑的。

米彩将支票放在我面前说道：“以你现在手上的资金，在装潢上是做不出效果的，所以收着吧……还有，我声明一下，这20万绝对不是为了还你的人情，是因为第五个季节这个经营主题打动了我，这20万算我入股的，可以吗？”

这次我还没有表态，CC便将米彩的支票收了起来，兴奋地说道：“昭阳，你傻啊……米儿愿意入股，不仅解决了资金问题，也代表着她对这个酒吧有了一份责任，以后少不了要来咱们酒吧唱歌了，我们和消费者都有了耳福，这可是一举多得的好事！”

在女人面前一直很酷的罗本也不酷了，同样兴奋地说道：“我同意米彩入股，酒吧或许真的有救了！”

众人表完态后，都看着我。我没有立即表态却和米彩对视着，不禁疑惑，她真的是被“第五个季节”这个经营主题打动了吗？而酒吧以后的盈利，对她这个超级购物中心的总经理真有吸引力吗？如果没有，她真正的动机是什么呢？也或者是我多想了，可能她只是把这样的投资行为作为枯燥生活的调味剂，并没有什么复杂的目的。

终于，我点头对米彩说道：“欢迎加入第五个季节主题音乐酒吧。”

米彩微微一笑，向我伸出了手说道：“合作愉快。”

而我愣了愣才握住她的手，道：“合作愉快！”

第110章 你喜欢她？

时间已经是夜晚的11点，米彩拿起身边的手提包，对我们说道：“今天有点累，我先回去休息了。”

我这才想起米彩今天在上海参加了一天的商务会谈，后又不顾疲惫来酒吧救场，心中除了感谢更过意不去。

CC推了推我说道：“昭阳，你不送送米儿吗？”

我赶忙点头说道：“嗯，我送她出去。”说着便从米彩手中接过手提包帮她提着。

走到酒吧外面的屋檐下，此刻天空竟然飘起了漫天的雪花，这个冬天终于下雪了。

我下意识 感叹道：“下雪了！”

“嗯！”米彩应了一声，却比我更珍惜这样的画面，从手提包里拿出卡片相机将眼前银装素裹的世界定格在了镜头里，然后离开屋檐，走进了漫天的雪花中。

我一直尾随其后，又很无聊地从地上抓了一把积雪，然后平静地向她喊道：“米彩。”

米彩下意识地转过了头，我毫不怜香惜玉地将手中的积雪扔在了她的身上，顿时雪在她的衣服上开了花。

米彩皱眉看着我，我特欠揍地说道："有本事你也来扔我啊，像你们这种端庄的姑娘，怎么可能放得下身段，玩打雪仗这么幼稚的游戏呢……"

我的话音还没落，米彩重重地一推我，脚下本来有积雪就很滑，这突如其来的一下，顿时让我摔了个四脚朝天。

我脸上实在是挂不住，一跃从地上站了起来，抱着米彩，将她按倒在地上，然后又压在她身上怒道："你下手可真够狠的，要是后面有个石块什么的，不把我摔成植物人啊！"

此刻我们的距离极近，米彩看着我也不说话，我甚至能感觉得到她如幽兰般的鼻息，于是我有点心跳，却不愿意起身。

米彩一点也不挣扎，面无表情地看着我，忽然就从地上抓起一把积雪砸在我脸上，顿时冰冷的感觉在我脸上弥漫了开来，我又被她给算计了。

米彩趁机推开了我，又踢了我一脚，终于开口骂道："神经病！"

我抹掉脸上的积雪，又一次顽强地从地上站了起来，怒道："你还真是不学好，好好一个端庄姑娘，看被CC给带成什么样了，出口成脏就算了，竟然还敢动脚踢我！"

米彩沉默地看着我，我也不可能真的去打她一顿，可又不知道怎么去应对她的沉默，就这么干瞪着她。

于是两个人带着迥异的情绪，站在漫天的大雪中相互对视着。

终于米彩对我说道："你继续站着吧，我走了。"

这场突如其来的雪，好似让我变得感性，在感性中不愿意让米彩离开，于是冲她喊道："打了我还想走，我告诉你，这一辈子就没人敢这么欺负我的！"

"是你先拿雪扔我的。"

"对，我是拿雪扔你了，但充其量就是打雪仗，后面你又对我做什么了，直接就野蛮地把我给推倒了！这行为，说是人身攻击不过分吧？"

"你不知道我很反感你这么无聊的行为吗？"

"反感你也不能这么干！要是那会儿你旁边有把刀，是不是还得灭绝人性地剁我一刀啊！"

“没工夫和你乱扯。”米彩终于丢掉耐心不愿意答理我，随即转身向自己的车子走去。

看着她离去的背影，我的心情忽然低落起来，却已经不知道再以什么虚伪的理由留住她，然后多说几句话。

点上一支烟，只能默默地看着米彩的车子从我的视线中消失，许久才发觉手中的烟已经燃尽，而肩头也落了一层积雪。

罗本不知道什么时候背着吉他来到我的身边，将我手中燃尽的烟抽了出来，又往我嘴里塞了一支烟续上，帮我点燃后，向我问道：“你喜欢她？”

我下意识地吸了一口烟，却很平静地反问罗本：“何出此言？”

“男人的直觉。”

我很认真地摇了摇头，说道：“罗本，你错了，男人的直觉是不可靠的，想我昭阳这一辈子什么样的感情没有经历过，真的已经不会再有女人能够打动我这颗冷酷的心了！”

罗本抬头看了看天空，感叹道：“这场雪就是被你装逼给装出来的吧？”

这个回家后的深夜，我摒弃一切乱七八糟的情绪，打开台灯，伏在桌子上开始做起了“第五个季节”主题营销策划案，又在网上寻找一些对酒吧装修改造时用得上的图片资料。

现在留给我的时间实在太少了，我必须在一天内完成资料的收集，两天时间和装潢公司确定装修方案，然后在装修期间找到传播酒吧信息的渠道，争取在酒吧重新开业后的一个月，初步打响酒吧的名气。

如果一切进行顺利，在酒吧走上正轨后，我也该认真考虑自己要不要再回徐州，相较于苏州的漂泊和不安，或许我心底更喜欢徐州的稳定和安心。

不过在考虑这个问题之前，我还得先想办法还掉欠简薇的那50万，因为不欠着什么，才能真正心安地离开。

思维的扩散中，微信的提示音响了起来，我拿起手机看了看，这条深夜里的信息竟然是米彩发来的。

“昭阳，你会堆雪人吗？”

我当即回道：“当然会，你不会现在来找我堆雪人吧？”

“现在太晚了，明天早上吧，正好是周末！”

我心里高兴，却昧着良心回道：“谁要和你堆！刚刚你还踢了我一脚呢！”

米彩很快回了我的信息：“那我找CC。”

“别逗了，CC那么一个成熟的女人，会陪你玩这种小孩子要的把戏，你让她去征服雪山或许她还有点兴趣！”

“那该怎么办呢？”

米彩的回信让我笑了笑，我们好似心照不宣地在这个下雪的夜，演着一场小孩子爱玩的怄气把戏。

但是孩子的世界却又是最纯真，最晶莹剔透的……

当晶莹剔透这个词闪现我的脑海中时，我忽然疑惑，难道这个一直和我怄气，却又靠不近的米彩，就是那座城池里长发垂肩的女子？

第111章 童真的一面

我当即否定了自己，米彩不会是那个长发垂肩的女子，我们之间即便有所依赖，也只是长期斗争后的结果，很多时候这种争斗，排遣了我的惆怅和孤独，我想对米彩也是如此。

我终于给米彩回了信息：“陪你堆雪人也不是不可以，但是你得先让我高兴起来。”

米彩很快回了我信息：“那你也踢我一脚吧，这就扯平了。”

我再一次被米彩强悍的逻辑思维能力所折服，半晌给她回了信息：“和谐社会，谁愿意踢你！……明天给我弄点早餐来，要有蟹黄包和辣汤。”

“好。”

“嗯。”

最后我们以区区两个字结束了这场夜深人静中的对话，而我也终于有了倦意，洗漱后躺在床上不一会儿便进入睡眠中。

次日醒来时，第一件事情便是拉开了窗帘，果然如昨晚期待的一般，此时窗外的世界已经完全被白雪所覆盖。

看了看时间，刚刚才过八点，但已经按捺不住给米彩发了条微信：“你来了没有，我肚子饿了！”

片刻之后米彩给我回了信息：“正在排队，你等一会儿。”

让米彩排队去为我买早餐实在是有些不好意思，赶忙回道：“你随便找一家买就行了，干吗要排队啊！”

米彩却好似开玩笑般地回了信息：“因为我踢了你一脚，当然要买苏州口味最好的蟹黄包补偿你了……你那么娇贵！”

我带着一丝“怒意”回道：“那你还是别买了，过来让我踢一脚！”

米彩只是给我回了一个流汗的表情，便再没了动静，而我也起了床，很快便洗漱完毕，坐在靠窗户的办公桌上继续昨晚没有做完的营销方案，却总是忍不住往窗外看上几眼。

终于米彩的车子出现在我的视线中，然后便看到她提着一只保温餐盒从车上走了下来，于是我也正襟危坐起来，我准备待会儿在她面前摆出一副勤于工作的正面男人形象，省得她总是嫌弃我无聊。

一会儿之后，我听到钥匙开门的声音，然后便听到米彩的声音：“昭阳，你在家吗？”

“嗯。”一个简单的嗯字，却被我诠释出忙碌的味道，不禁佩服自己。

米彩推开门走进了我的房间，我将头埋得更低了，手指“噼里啪啦”地在键盘上敲击着。

米彩果然感叹，道：“这么早就开始工作啦。”

“男人嘛，为了工作哪会管早上还是晚上，需要努力时，就要不折不扣地去努力。”我“忙”得连看米彩一眼的工夫都没有。

“那你早饭还有空吃吗？”

“等我把这段给做出来再吃，你先吃吧。”

米彩却没有离去，走到我的身边俯下身子看着我的电脑，没有发现破绽，随即对我说道：“那我不打断你的思路了，我先吃去了。”

“嗯。”我依旧很忙地应了一声，手指在键盘上敲击得更快了，当然这可不是做戏，此刻我的思维很活跃，整个方案很流畅地被我用文字表达了出来。

十分钟后，我觉得装得差不多了，终于将电脑待机，随即走向了客厅，米彩一个人坐在餐桌边很安静地吃着东西。

我舒展了一下身体在她的对面坐了下来，随即一点也不客气地夹起一只蟹黄包吃了起来。

米彩主动对我说道：“刚刚来的路上很多人在街边堆雪人。”

“嗯。”我依旧很深沉地应了一声，好似瞬间蜕变成一个成熟的男人。

“小朋友们玩得很开心啊！……”

“是吗？”

“对。”米彩应了一声，有些失神地看着已经停了雪的窗外。

我瞬间明白了她的孤独，之所以小朋友们玩得很开心，是因为有自己的父母陪伴着，守护着他们，而米彩呢？或许她在雪天里有过一段快乐的记忆，但是这样的记忆却因为人生的苦痛再也不能被复制了。

体会着米彩的遗憾，我加快了吃饭的速度，赶在她之前吃完，又去储物箱里拿出了一只可折叠的军用铁铲，对她说道：“赶紧吃，吃完我们去堆雪人。”

“你不是很忙吗？用不着迁就我的，工作要紧。”

“你早餐都给我送过来了，就算忙，我也不好意思失信于你吧……放心吧，分分钟给你堆出雪人来，不耽误时间的。”

米彩随即脸上露出笑容，从包里拿出围巾、帽子等道具，然后拉住我向楼下走去。

这一刻我发觉，任何人都是多面的，比如我，可以很无聊，也可以装出一本正经的样子。

再比如米彩，可以很一本正经，也可以有童真的一面，关键看自己面对谁。或许在对方面前，我们都是毫无保留的，所以我会和她装作一本正经，所以她会将自己童真的一面展现给我看。

原本我们并不生活在一个层面，可是偏偏被这间屋子将命运捆绑在一起，如果没有这间屋子，我们或许永远也不会产生交集，但命运就是这么奇妙，我们在无意中相遇了。

可我也并不奢求命运会让我们再进一步，因为现在这种状态便很好，我可以从这种状态中获取很多曾经未曾有过的快乐……

但是我不认为这种朦胧的状态可以定义为暧昧，就像我前面对罗本所说的那样，我已经过了情窦初开的年纪，而经历了爱情洗礼后的自己，也很难再对女人产生一种叫爱情的东西……因为不爱，就不会再痛！

反观米彩，她更不可能对我产生爱情，顶多是一种依赖，这一点我当然看得很透，这种透彻源于我有自知之明，因为一切对她不切实际的幻想都是无耻的。

所以做比普通朋友更好一些的朋友，就很不错！更切合实际。

到了楼下我滚出了几个大小不一的雪球，又用铁铲修整着，很快便堆出了人模样的雪人，而米彩不知道从哪里找来了树枝充当手臂，最后戴上帽子，系上围巾，便做成了一个雪人。

然后我们又照葫芦画瓢堆出了另一个雪人，为了区分性别，米彩很刻意地把第二个雪人弄得很是苗条又系上了一条女款的围巾，然后带着满足感打量了许久。

而我沉浸在她的满足感中沾沾自喜，最后我们与雪人拍照留念，用照片记录下了我们从认识以来她笑得最美的瞬间。

忽然响起的电话铃声，让我来不及将这个最美的笑容刻进脑海里，于是我带着不满从口袋里拿出了手机，想看看是谁这么不解风情，在这个时候给我电话，却吃惊地发现这个电话是向晨打来的。

略微犹豫了一下才接通了电话，电话里向晨邀请我中午一起吃饭，因为今天是他的烟酒专柜在宝丽百货正式开业的日子。我当然没有拒绝，这样的聚会是应该去的，至少我还把向晨当作兄弟。

只是我依旧害怕一个人去面对和向晨在一起的简薇，于是又打起了米彩的主意，反正今天是周末，她也有空，一起去吃个饭没什么问题吧！

第112章 吵嘴

我将电话放回自己的口袋里，随即向还在打量着雪人的米彩问道：“你今天中午有空吗？”

“有事儿吗？”

“朋友请吃饭，有空的话就一起吧。”

“我不想去。”米彩出乎意料地拒绝了我。

我并不放弃：“一起去吧，反正今天是周末，你就当放松一下了。”

“这样的聚会对我来说并不算放松，我和他们不熟。”

我赶忙说道：“方圆和颜妍你都认识的，不算生人了吧！”

米彩恍然，道：“那一定还有你那个前女友吧，又想让我做你的挡箭牌了吗？”

我很坦诚地说道：“没错，每次一个人面对她的时候，心里就特难受！”

“因为你还忘不掉她，不过我可以理解你的心情，但是我并不是你的女朋友，三番五次这样，我也会觉得很尴尬！”

“你可以不去，但是我要声明，我已经不爱她了，之所以心里难受……”我忽然便说不下去了，因为找不到心里难受的正当理由。

米彩注视着我问道：“嗯？为什么心里还会难受？”

“这世界上并不是每一件事情都能解释清楚的，反正我不爱她了……现在的我更愿意把她当作一个朋友。”

“如果你真的可以把她当作朋友，为什么心里还要难受，这不是很矛盾吗？”

我不耐烦地挥手说道：“不愿意和你谈这个话题！”

米彩耸了耸肩，一副无所谓的姿态。

我看了看时间，差不多也快到中午了，便对米彩说道：“那你送我去酒店总可以吧，和你现在住的地方顺路，我省了打车的钱。“

“这个没问题。”

我搭着米彩的车向约好的酒店驶去，一路上我和米彩再没有任何交流，在快要到达目的地时，米彩才向我问道：“关于酒吧的装修方案做出来了吗？”

“明天就能做出来和装潢公司沟通。”

“哦。”

我又向米彩问道：“你今天晚上会去酒吧玩吗？”

“不确定，看心情。”米彩给了我一个模棱两可的答案。

我很真挚地说：“如果有时间的话就去玩吧，对自己而言也是一种放松。”

米彩依旧没有给我肯定的答复，一副冷淡的表情开着车。

我无聊心里又开始作祟，口无遮拦地问道：“你不会是最近来大姨妈了吧，昨天踢我，今天又不爱答理我，情绪很毛躁啊！”

“昭阳，你不做一些无聊的事情，说一些无聊的话题就会死么？”米彩终于不再淡然，一双美目厌恶地瞪着我说道。

“你看看你现在的表现更验证了我的猜测是正确的，就一个不定时会爆炸的火药桶嘛！”

米彩降低了车速，随即在路边停了车，对我说道：“你给我下车。”

“还有两站路呢！……不下！”

“可是我不想再听你说废话了……你真的太烦了！”

我立即进入了吵嘴仗的状态，不爽地说道：“谁烦了？不就猜了一下你有没有来大姨妈吗？有本事你这个月别来啊！”

米彩咬着嘴唇恨恨地看着我，却又拿我一点办法也没有，半晌说道：“没素质。”

“有素质的都是衣冠楚楚的禽兽，你如果透过现象看本质，就会发现我是一个很质朴的人，当然我说的质朴单指思想，言行上是不太有素质！”

米彩被我气乐，却又咬着嘴唇不让自己笑出来，终于对我说道：“还有两站路，你能答应我别再说话了么？要不咱们就在这儿停着，反正今天我有时间陪你耗着，你也别去和你朋友吃饭了。”

米彩给了我台阶下，我也懒得再和她较劲，当即保证，道：“剩下的两站路，我不说话了。”

米彩点了点头，准备再次启动车子，我却赶忙喊住了她说道：“等等，我再问最后一句……刚刚我们是怎么吵起来的。”

“忘了。”米彩只回答了两个字，随即启动车子。

于是这两站路我一直在回想自己刚刚是因为什么和她吵起来的，终于在快要到达酒店时想了起来，心里嘀咕：“是因为她有没有来大姨妈的问题，对……就是这个问题……真够可以的，为了这个也能和我吵，告诉我不就得了，很难启齿吗？”

两站路很快就到了，在我没有下车前，两辆奥迪A4先后驶进了酒店的院内，其中一辆是陈景明的，我没有想到向晨这次连陈景明也邀请了，此时看来，不带米彩去赴约倒是一个明智的选择了。

如果让陈景明得知我和米彩的关系，他肯定会把上次泄露卓美内部争斗的事情与我联系起来，尽管我已经离开了宝丽，但这样的节外生枝还是要避免的。

我解开安全带对米彩说道：“我走了啊，你路上开车注意安全。”

对于我的关心，米彩却不耐烦地回道：“少说话，赶紧下去。”

我下了车向酒店走去，心情却好似坐过山车般转换了，此刻我的身体虽然站在酒店的院内，可是潜意识却有些排斥接下来的聚会，但又逃脱不得，于是我再次体会到那种硬着头皮的无奈。

在这种无奈的反衬下，我才发现和米彩在一起斗嘴的时光竟是如此值得留恋。

驻足遐想间，那边的陈景明和方圆也已经停好了车，陈景明在第一时间发现了我，喊了我一声，便向我这边走来。

此时此刻面对陈景明我依旧心存愧疚，勉强笑了笑迎着他走去。

第113章 简薇的维护

方圆跟在陈景明的身后，各自走了几步便碰了面，陈景明心情很好地拍了拍我的肩膀笑道："昭阳，你小子什么时候回苏州的？"

"快一个星期了。"

陈景明转而对身边的方圆说道："你看这小子还是老样子，一点也不懂人情世故，回来了也不知道请我这个老上司吃个饭。"

我开玩笑道："都不在你手上混饭吃了，干吗还巴结你！"

"在我手上混饭吃的时候也没见你巴结我，篓子倒给我捅了不少。"

陈景明的话让我心怀歉疚，终于收起玩笑之心，认真地说道："等改天您有空，我单独请您，在宝丽的这两年真的让您费心了！"

陈景明拍了拍我的肩膀说道："不至于……对了，上次你策划的爱情不奢侈这个营销主题的活动效果很好，当天八个奢侈品牌，一共送出了200多张活动纪念卡，这次活动后，他们对我们宝丽百货的企划部评价很高！"

"是经理您领导有方。"我一个马屁顺势拍向了陈景明。

陈景明被拍得很舒服，笑了笑，又言归正传地向我问道："这次来苏州不回去了吧？"

"暂时不回去了。"我给了陈景明一个模糊的答案。

"我觉得你可以考虑再回宝丽，我们企划部的门随时为你开着。"

陈景明的话让我沉默了，实际上我对宝丽百货是有感情的，毕竟这是我人生中第一份正儿八经的工作，可我终究回不去了。

在我和陈景明说话间，一辆白色的别克英朗GT在我们不远处停了下来，接着便看到了赵里意气风发地从车上走了下来，原来他已经将那辆奥拓小王子换成了别克，他的生活也在进步。

似乎身边所有人都在进步，可我还像一个麦田的守望者，站在原地品尝着百年孤独。

赵里老远就和我打起了招呼，迈着很娘的步子向我小跑而来，然后搭着我的肩膀语气颇高兴地说道："昭阳，你回来了啊！"

我拿开赵里搭住我肩膀的手，随后习惯性地损了他一句："你我男女有别，请保持安全距离。"

赵里一点也不生气又搭住我的肩膀感叹道："时间能带走一切，唯独带不走你昭阳这又损又坑的脾气！"

我终于也搭住了赵里的肩膀笑了笑，随即问道："你那辆奥拓小王子不开了？"

"在家搁着呢，你要么？便宜处理给你了。"

赵里的话让我想起了米彩的那辆奥迪Q7，如果我有一辆奥拓小王子代步也不错，随即对赵里说道："不错的提议，待会儿吃完饭咱们细聊！"

而一直沉默着的方圆终于接过了赵里的话，也辨不出是认真，还是开玩笑地说道："赵里，我觉得你的那辆小王子送给昭阳得了，如果他当初没有离开宝丽，可没有你体面的今天。"

"方经理说得是，如果昭阳当初不走，我也没机会当上文案企划组的组长，不过我个人对昭阳选择离开宝丽还是很遗憾的。"赵里很认真地说道。

我相信赵里的这番话并没有什么做作的成分，他这人向来没什么心机。

我们几个人一起向酒店内走去，又在服务员的引导下来到了向晨订好的包间里，此时包间里已经坐着向晨和简薇，以及宝丽百货其他几个部门的高管，看样子这次向晨在宝丽百货设置的高档烟酒专柜很受公司的重视。

照例和一圈人寒暄过后，我很自觉地选了一个离简薇和向晨最远的位置坐了下来。

此刻向晨俨然成为全场的焦点，游刃有余地和宝丽百货的高管们说着场面上的话，众高管也很给面子地附和着，夸赞他年轻有为。

这个时候的我总是最没有存在感的，只是在一个角落里有点沉闷地喝着酒，甚至没有底气去看简薇一眼，而我也终于明白自己为什么怕参加这样的聚会。

这样的聚会总让我觉得，当初简薇与我分手是一个多么明智的选择，因为我向来支配不了自己的生活，过着窘迫的日子，而向晨就不一样了，他永远是人群中的焦点，可以心安理得地享受别人的赞誉。

而物质生活，终究会让人做出正确的选择，所以现在和简薇在一起的人是向晨并不是我。

我在茫然中，向晨和陈景明的杯子碰在了一起，恍恍惚惚听到陈景明对向晨说道：“我代表宝丽百货和向总喝一个，你们的烟酒专柜给了我们很大帮助，毫不夸张地说，你们的专柜是宝丽百货的第九个奢侈品牌。”

“陈经理您言重了，我很希望我们的专柜能在宝丽百货这棵大树的庇护下，茁壮成长！”

陈景明笑了笑，道：“你们的专柜肯定没有问题的，在苏州，烟酒专柜过千万投资的，你们是第一家，没有低于千元酒的超高档定位，已经形成轰动效应了！”

“那就借您吉言了。”向晨说完一口喝掉了自己杯中的酒，最后看了我一眼又对陈景明说道：“陈经理，我还要和您再喝一个，这次为了我的兄弟昭阳，他这人生性散漫，这些年多亏了您照顾着！”

我看着向晨，他的一句生性散漫像钢针一样刺中了我的软肋，我好似瞬间坠落在自卑的深渊中，更觉得自己和向晨一个在天上绚烂、一个在地下腐烂，但我仍情愿他只是无意说起，并真心为我向陈景明表示感谢。

陈景明有些尴尬地看着我，顿了顿才说道：“应该的。”

却不想向晨身边一直沉默的简薇冷冷地对向晨说道："你是不是酒喝多了？昭阳已经离开宝丽百货那么久了，说这些还有意义吗？"

场中的气氛因为简薇这突如其来的一句而变得尴尬，好在来的都是久居职场的高管，应变能力极强，找了个话题后又纷纷与向晨敬酒，慢慢化解了尴尬。

而我终于自宴会开始后第一次看向简薇，她却没有看我，但情绪看上去并不太好，于是我更觉得自己丢脸。

我知道简薇的维护并不是因为还爱着我，之所以反感向晨在众人面前说我生性散漫，是因为骄傲的她不愿意承认自己曾经的选择是错误的，因为在我们恋爱的过程中，她曾对我充满期待，甚至是崇拜，只是现在看来那些期待和崇拜，只是年少时的无知罢了。

第114章 回忆往事

好似没有人在意刚刚的那个插曲，整个宴会始终保持很好的气氛，酒更是没少喝，反正今天是周末，所有人都借着这场宴会放松自己。

唯独我没有放开了去喝，因为酒吧的装修方案还没有做出来，我需要一个清醒的头脑为酒吧的明天去努力。

看了看时间已经快12点半了，我实在没有情绪继续再待下去，便先行和众人告了别。

走出酒店呼吸到室外的空气，我的心情终于不那么沉闷，不知道什么时候赵里也跟着我从酒店里走了出来。

我抽出一根烟给自己点上，才向他问道：“你怎么也出来了。”

“我待会儿要去公司组织商户参加一个商户管理会议。”赵里解释道。

“周末也要加班啊！”我下意识地叹了一句。

赵里笑了笑，又对我说道：“对了，我那辆奥拓你要么？”

“什么价？”

“算了，你拿去开吧，反正那车也卖不出什么价钱，不过我保养得还是很好的。”

我一点也不客气地说道：“那行，回头你搞定工作的事情后送到我住的地方。”

我和赵里正说话间，两个男人与一个女人从酒店里走了出来，我忍不住多打量了一眼，因为与两个男人走在一起的女人极具知性美。

赵里语气羡慕地对我说道：“昭阳，你知道那两个男人是谁不？”

我摇了摇头示意不知，但却知道一定是成功人士，因为他们各自上的车都是豪车。

“他们在餐饮业很出名的，一个是海景咖啡的掌门人张一西，另外一个来头更大，是华利集团的少掌门韩枫……都是这两年才崛起的青年企业家！他们应该是来苏州参加商务会议的。”

我没有言语，心中产生了巨大的落差感，但也谈不上羡慕他们，因为各有各的际遇和造化，半晌向赵里问道：“那个女人是谁？”

“张一西的老婆陈清怡，是一个挺知名的女主播。”说完又感叹了一句：“这就是上流社会啊！我们这些平民只有仰望和羡慕的份了。”

我笑了笑说道：“你怎么知道上流社会的人就一定过得好呢？说不定那什么张一西和那个女主播的婚姻还不幸福呢！”

“这不可能，我要能娶到这样的老婆，我这一辈子就满足了，死而无憾！”

“等你到达那个高度说不定就不那么想了，人是善变的，对吗，赵里？”

赵里想了想说道：“可能吧，谁又能理解谁的世界呢……我去公司了，待会儿把车送给你。”

我点了点头，却看着两个男人开着豪车从我面前驶过，不禁想，看上去光鲜的他们过得真的很好吗？至少我身边有一个同样光鲜的米彩，却是如此孤单。

那么人活着到底该追求什么呢？而物质财富的价值又有多重呢？

不懂！也许永远都不会懂！因为活着就是一道无解的命题。

回到住处，我又开始让自己沉浸在工作状态中，直到傍晚时分才终于做好了装修方案，然后又在网上收集苏州各个装潢公司的资料，以便明天能够提高洽谈的效率。

窗外的天色已暗，我合上笔记本，仰躺在办公椅上给自己点了一支烟，心思却不知道飘到了哪里。

从口中吐出的烟雾弥漫在没有开灯的房间里，我再一次感觉到压抑和沉重。今天在午宴上发生的事情让我意识到这些年自己过得有多失败，我竟然沦落到要前女友帮我去维护尊严，我到底是怎么了？

而简薇的离开一定是对我失望了，我记得那是在她去美国后的不久，我们还没有分手。那天，俩人开着语音视频聊天，简薇问我：有没有好好为了我们的未来去努力工作时，我从柜子里拿出了一袋彩票，告诉她这就是我努力后的成果。

那天简薇对我发了很大的火，觉得我不靠谱……后来虽然我们还在联系，但频率却越来越低了，直到分手。

分手的那天我抱着那一堆彩票抱头痛哭，因为简薇她不懂我……买彩票并不是不靠谱，是因为我太爱她，太在乎她，怕自己不能在她回来后，给她物质上的交代，更怕自己娶不起她，于是便可笑地将希望寄托在彩票上，每天买十张，持续了好几个月。

想起这件事情，我的心又疼得一阵抽搐。活着，谁又能真正理解另一个人的世界呢？

所以简薇永远也不会懂，我曾经为了我们之间的爱情所做过的努力，在没有分手之前，我甚至每天下班后还要去酒吧驻唱到凌晨，就是为了能多赚些钱。

无论多累，只要想起她离开时在车窗上用口红写下的“等待”，我便不觉得累，想起我们曾一起幻想的幸福，更觉得所有的等待都是值得的。

可是现在我真的累了，好似找不到生活的方向，更不知道自己想要一份什么样的爱情，或者说已经拒绝了爱情，因为不愿意再承受那种撕心裂肺的伤痛。

所以我才会想和李小允结婚，迷恋她给过我的安全感，可是我真的爱她吗？我并不爱，所以在我和李小允分手时，板爹并没有感到可惜，相反却认为是我放过了李小允！

这是莫大的讽刺，让我无奈，更让我疼痛。

终于，窗外的路灯重复昨天的姿态亮了起来，我的情绪渐渐在昏暗中平静了下来，却在不经意间又看到了那把立在墙角，刻着我和简薇名字的吉他……于是我哭了，委屈地哭了。

我在抽泣中，又给自己点上一支烟，弥漫的烟雾中我却看透了未来，哪怕给现在的自己装上一双翅膀，也到不了曾经和简薇幻想的地方了！

窗外响起的汽车鸣笛声，终于将我从过去的记忆中唤醒，我往窗外看了看，是赵里开着他的那辆奥拓小王子来找我了。

我赶忙用手抹掉了脸上的泪痕，我可以一个人哭得很伤心，但是在别人面前，我依旧是那个生性散漫对什么都不在乎的昭阳，和从前一样，我可以瞬间换上一张带着无谓笑容的面具去面对赵里。

第115章

偶然相遇

我收拾好自己的情绪，下了楼与赵里见了面，赵里将车钥匙递给我说道："已经加满油了，你拿去开吧。"

我从赵里手中接过了车钥匙，笑道："那我就不客气了啊，改天请你吃饭。"

"吃什么饭你得先说好了，别像以前一样，说是请我吃饭，结果街上买了俩羊肉串就把我给打发了！"

我拍了拍赵里的肩膀笑道："你要嫌少，下次给你买四串。"

"真坑！"

"开玩笑的，最近帮朋友打理酒吧挺忙的，等酒吧重新开业，请你过去坐坐。"

"这还差不多！……时间不早了，我还得回去做饭呢，先走了啊。"

在临走之前我又向他问道："你和潘晓云结婚了吗？"

"结了，上个月结的。"

"赵里，你真可以啊，不声不响地就和潘晓云把婚给结了，也不通知我参加婚礼！"

"我是打算邀请你的啊，可是方圆说不用了，他说你怕回苏州。"

赵里的话让我想起了一个月前的自己，那时候的我正沉浸在和李小允的爱情中，对苏州不堪的过去充满了排斥，不过如果赵里邀请我，我还是会克服排斥过来参加婚礼的，毕竟这是赵里人生中第一次结婚，意义重大！

赵里离开后我便开着他留下的那辆奥拓小王子驶往酒吧。此时的酒吧已经开始营业，可是除了工作人员依旧是一片冷清，这种冷清让我意识到改造酒吧的过程是多么任重道远。

我选了个较偏僻的角落坐了下来，又从手提包里拿出电脑，准备写一份暂时歇业公告，我计划在三天内对酒吧进行装修上的升级改造。

因为是星期六，酒吧里陆陆续续来了一些人，而又过了一会儿之后CC和罗本也到了，我终于得空出去吃些东西。

走在街灯已经全部亮起的街头，我有点无所适从，感觉到一事无成的自己被排斥在这座偌大的城市之外，而我从来都没有像现在这般自卑过。

我在路边的小吃摊上要了一份炒面，一碗稀饭，便算作是晚餐。

吃完这顿简单的晚餐我回到了酒吧，却发现酒吧的门口停着简薇的那辆红色的CTS，我在吃惊中进了酒吧，果然发现简薇和颜妍两人在一个角落里坐着，俩人也没有聊天只是喝着东西，听着台上的CC在唱歌。

颜妍先发现了我，冲我挥着手说道："昭阳，来这边坐。"

我点了点头来到两人身边，下意识地想坐在简薇的身边，愣了一下之后在颜妍的身边坐了下来，随即问道："你们怎么来了？"

颜妍说道："我让简薇陪着来看看你，关心你的事业和生活。"

"谢谢你啊，谢谢你这么关心我。"

颜妍瞪着我说道："昭阳，好好说话，别阳奉阴违的。"

简薇也语气不悦地附和道："怎么，你是不欢迎我来你的酒吧吗？"

"欢迎啊，来了就是顾客……"我很自觉地将简薇的身份定位成顾客。

简薇点了点头，好似很认同我给她的顾客身份，端起面前的饮料喝了一口。

颜妍却好似很刻意地对我和简薇说道："你们先聊着，我去下洗手间。"说完便离开了座位。

我和简薇相对而坐，为了避免尴尬，我绞尽脑汁地想找一个话题，可是在我们之间已经没有一个可供我们消遣的话题，于是在不安中重复着沉默。

终于还是简薇先开了口，她环视着酒吧向我问道："你朋友的债务都还掉了吗？"

“嗯，还掉了，谢谢你啊。”我很客气地说了一句。

简薇却不理会我的答谢，追问道：“另外那50万是谁借给你的？”

“也是个朋友。”我敷衍着答道。

“哪个朋友？”

我不满地回道：“朋友就是朋友，非要指名道姓地告诉你吗？”

面对我的不满，简薇依旧平静地说道：“是你的那个前女友吧。”

猛然听见前女友这个词，我下意识地以为简薇在说她自己，直直看着她，以为她逻辑混乱了，片刻才意识到她说的是米彩，直到现在，她只当我在离开苏州时和米彩分手了，却不知道我和米彩从来就没有开始过。

既然简薇已经猜到，我也不隐瞒，点头说道：“对，剩下的50万是她搞定的。”

简薇得到答案后，便不再言语，随后有些入神地听着台上的CC唱着歌。

这个时候颜妍也回来了，她又在我身边坐下，看了看我，再看了看简薇，说道：“你俩就这么一直傻坐着，没说话？”

“说完了，你没听见。”我应道。

“哦……有点无聊啊！昭阳，要不你上去唱首歌，好久没听你唱歌了。”颜妍推了推我说道。

“今天不想唱。”

简薇不冷不热地对我说了一句：“耍大牌吗？”

颜妍又附和道：“昭阳，女人一个月确实有那么几天什么都不想做的，可是男人也有吗？真新鲜！”

我没心思和颜妍开玩笑，玩起了沉默是金，也不提上去唱歌的事情。

简薇看了我一眼，不满地说道：“你不唱，我唱。”说着起身向表演台走去。

她和CC说了几句之后，CC便将话筒递给了她，然后又去帮她调试唱歌的设备。

而我也终于趁简薇离开后给自己点上了一支烟，因为现在的她并不喜欢我在她面前抽烟。

简薇点了一首王菲版的《千言万语》，一开口台下便响起了掌声，我甚至听到有人说：这个酒吧真牛，美女扎了堆地到这边来唱歌。更表示以后要常来。

对此我很无奈，无论是简薇还是米彩都是来玩票的，如果她们真的是这个酒吧的驻唱歌手，我也就不必为了包装酒吧的事情过于头疼了，因为美女效应是最容易传播的，也是最容易形成轰动的。

简薇的一首歌还没唱完，忽然人群中又是一阵骚动，我随即向酒吧的入口处看去，竟然是米彩来了。

中午时她和我说：来不来看心情，看样子今天她的心情不错，也或者是因为周末的缘故，总之她是来了，于是也和正在唱歌的简薇有了一场偶然的相遇！

第116章 节操碎了

米彩和台上唱歌的简薇几乎同一时间发现了对方的存在，但目光却没有在对方身上停留，甚至连个点头示意都没有，其实这也没什么，毕竟两个人只见过区区数面。

这一次米彩却没有到我这边，而是去了CC和罗本那边。

颜妍疑惑地问我：“她来了怎么都不和你打招呼啊？”

“你不是说女人都有那么几天什么都不想做的吗？可能她正赶上了，也就懒得和我打招呼了。”

颜妍却白了我一眼说道：“昭阳你这张嘴可真不是一般的损，我看她是介意我和简薇来了吧。”

我往米彩那边看了看，点头说道：“可能吧，她不太喜欢人际交往。”

颜妍点了点头，也没有再说什么，那边简薇终于唱完了一首歌，可是台下的观众却不肯罢休强烈要求她再唱一首，而CC也和众人一起附和着，于是简薇又唱了一首，可这次她唱的却是那首曾经我们在一起时，被我无数遍唱起过的《私奔》，只是前奏响起，我的情绪便已经翻涌了起来。

与我唱得撕心裂肺不一样，简薇唱得很柔，甚至没有什么表情的变化，只是很平静地演绎着。

颜妍忽然推了推我说道：“昭阳，我私下和你说点事儿。”

“什么事儿？”

颜妍沉默了片刻才对我说道：“就是简薇和向晨的事情。”

“他们怎么了？”

颜妍又是一阵沉默后才对我说道：“他们最近相处得不太开心……”

我的情绪又开始翻滚了起来，最后却平静地回道：“是吗？”

“嗯。”颜妍叹息着说，“简薇想自己工作，向晨死活不同意，最后直接给了简薇一张面额200万的支票，让她打消工作的念头……他不太懂简薇！”

听完颜妍的诉说，我往台上的简薇看了看，愈发不懂她，难道向晨给她的锦衣玉食的生活也不是她想要的吗？而我们曾经在一起的生活她也是不满意的，那么她到底追求的是一种什么样的生活呢？

我不知道答案，所以我没有回应颜妍，只是抽着烟沉默着，许久才问道：“难道他们现在在冷战吗？”

颜妍点了点头，道：“嗯，但一直是向晨哄着简薇，简薇现在也很纠结，但是她的态度很明确，她一定要工作，不愿意做个居家的女人……向晨也真是的，他也不想想简薇在美国留学了三年，怎么会甘心做一个居家的女人呢！”

没等我回应，简薇已经从演唱台上走了下来，随即又在我们对面坐了下来，于是我和颜妍的聊天也戛然而止。

那边的观众又开始喊着要其他人接唱，我以为会是CC去接唱，却不想米彩和罗本一起走向了演唱台，看样子是米彩向罗本邀歌了。我倒也不意外，毕竟她很多次在我面前说过欣赏罗本，只是他们会唱什么歌我倒是很好奇，一般男女合唱肯定是唱情歌，而罗本作为一个有思想深度的民谣歌手，这么多年还真没见他和哪个女人一起唱过腻歪的情歌。

演唱台上米彩和罗本各自拨动吉他弦找了一下感觉，对视了一眼，然后我便听到了《明明白白我的心》的前奏。

我傻愣地看着二人，只感觉罗本的节操碎了一地，他竟然唱起了这种腻歪的情歌……

我向CC那边看了看，CC也无奈地耸了耸肩，显然也被罗本不要节操的行为给震惊了，或许这就是美女的威力吧，罗本也抵御不了。

两人唱着情歌就算了，还时不时有眼神交流，我顿感罗本的节操更碎了……要知道是我和米彩先认识的，至今我也没有机会与她合唱，更别说唱情歌了，于是更加觉得罗本的节操碎成渣了！

在米彩和罗本唱到一半的时候，简薇和颜妍两人先后起身对我说道：“我们先走了。”

“不再玩一会儿吗？”

简薇没有言语，颜妍笑了笑说道：“不了，我们和美容会所有预约，时间差不多到了。”

我点了点头也不再挽留，起身将她们往酒吧外送去，然后看着她们上车，最后目送着她们，直到彻底消失在我的视线中。

我的心情有点空，也不想立即回酒吧，只是点上一支烟站在冰雪还没有消融的屋外，呼吸着冰冷又潮湿的空气。

我渐渐静了下来，又想起颜妍今天趁简薇不在的时候和我说的话，也疑问，简薇和向晨会在一起走到最后吗？

或许会，因为向晨一直深爱着简薇，他会包容简薇的。

我又想起了过去的自己，好似一直是简薇包容我多一些，从这一点来说，可能简薇和向晨在一起会更幸福吧。

回到了酒吧内，米彩和罗本意犹未尽地唱起了第二首情歌，这次我和CC坐在了一起。

我喝了一口啤酒感叹道："他们今天兴致不错嘛，还来个情歌连唱！"

CC笑了笑，征求我的意见道："要不等他们唱完，我们也上去合唱几首？"

"几首怎么够，至少要比他们多，还要唱那种爱得死去活来的情歌！"

CC白了我一眼说道："不至于吧，昭阳！人家也就合唱了两首，你这酸气就冲了天了，那什么爱到死去活来的歌我可唱不出来！"

"我有酸吗？不唱也无所谓啊，那咱们就听他们唱，看他们唱多久！"

说话间罗本和米彩唱完了第二首歌，两人很客气地互相表示了谢意，又一起往我和CC这边走来。

罗本和米彩还没有坐稳，CC却忽然对米彩说道："亲爱的，昭阳刚刚说要和你邀歌呢，你休息一会儿还是现在就和他唱？"

尽管知道CC是故意这么说的，但我还是没有拆穿她，竟抱着一丝期待等待着米彩的答复。

米彩看都没看我一眼说道："谁要和他唱！"

我顿时不爽，道："说得我有多想和你唱似的，那种爱得死去活来的情歌我就唱不出口。"

米彩立即针锋相对地说道："对，你是唱不出口，你就喜欢唱《私奔》那样的歌嘛！"

我忽然意识到，上次我唱《私奔》时她在场，这次简薇唱《私奔》时，她正好也来了并听到了，但这有什么联系吗？

我又延伸了一下思维，为什么今天简薇会选择这首歌呢？她是不是想表达什么？

想了想我便否定了，《私奔》是她今天晚上唱的第二首歌，也是在观众的强烈要求下才唱的。原本她自己并没有打算唱第二首，如果她真的想表达什么，应该一开始就会唱这首歌，而这首歌她也仅仅是喜欢而已，并没有什么特殊的含义，因为我记得她唱的时候甚至没有一丝情感上的变化。

于是我告诫自己别想太多了：我和简薇真的已经是过去式，我们之间不会再发生什么了，永远也不会。

第117章

再次拒绝

这是我和米彩无数次针锋相对中的一次，但这一次我选择偃旗息鼓，然后陷入沉默中，可顾客们的情绪依旧很高，要求米彩为他们再唱一首歌。

CC向我挤了挤眼睛，示意我趁观众们起哄拉着米彩上去合唱，可我却已经没有什么唱歌的欲望，从烟盒里抽出一支烟向酒吧外走去。我又想呼吸室外的空气了，尽管很潮湿很冰冷。

自回苏州的这些天以来，我似乎每天都很烦躁，这种烦躁源于主观也源于客观，可是我暂时却找不到克服的办法，所以情绪总是在一些微不足道的事情中大起大落。

将一支烟吸了一半，忽然发觉身边多出一个人，撇过头才发现是米彩站在了我的身边，有趣的是，我的奥拓和她的奥迪也在不远处并排停放着。

我又吸了一口烟，吐出后许久才向米彩问道："你怎么出来了？"

"看看你，然后弄清楚你到底有没有因为我拒绝和你唱歌而生气。"

"没什么好生气的，我已经习惯了。"

米彩没有回应我的话，许久说了一句意味深长的话："其实喜欢一首歌，很多时候并不是真的喜欢，只是借一种方式去怀念一个人……所以你和简薇都唱了那首《私奔》……"停了停又看着我问道："昭阳，我说得对吗？"

这是一句值得我去深思的话，可我却累了，累得什么都不愿意去想，于是转移话题笑着对米彩说道："看到对面的车没有，现在是我的了，酷吧？”

米彩好似有意成全我转移话题，没有再追问什么，却很配合地说道：“是那辆奥拓吗？”

“对，我曾经还开过这辆车请你去空城里吃饭呢，还记得吗？”

米彩只是点了点头，不再搭腔，因为我们现在聊的话题有些无味。

于是我们再次沉默，可是我一点也不害怕这种沉默，因为我有烟可以解救所有在沉默中的尴尬和不适。

有烟在手，果然最后打破沉默的是米彩，她对我说道：“明天我休息，如果你有空的话，可以尝尝你做的饭吗？”

“不可以，你连歌都不愿意和我唱，我凭什么给你做饭吃啊！”

“有必要这么小气吗？”

我很认真地说道：“错，这不是小气，这叫冤冤相报。”

米彩皱眉说道：“冤冤相报这个词用得不好，我记得以前就对你说过，我从来没有把你当对头。”

见米彩很较真，我也不想继续和她开玩笑，对她说道：“其实是明天没时间，我那边的装修方案已经做出来了，明天一天都要跑装潢公司的。”

米彩略失望地对我说道：“那就下次有机会吧。”

我点了点头又想起自己的房租还没有给她，当即从口袋里拿出钱包数了1500元递给她说道：“这是一个月的房租，你收着吧。”

米彩并没有伸手去接，她对我说道：“房租你留着给家里添一些盆栽吧，到了春天一定很漂亮。”

我遐想着，下意识地点了点头，然后又将钱放回了自己的钱包。

“昭阳，等春天那些盆栽都开花了，你也一定经营好酒吧了吧？”

米彩这个问题让我诧异，即便我的能力再出众也不可能在短短几个月内经营好酒吧，这需要一个漫长的过程，可是作为宾夕法尼亚大学商学院毕业的研究生，她怎么会问出这么有失水准的问题呢？

我带着疑惑向米彩问道：“你说的经营好到底是指将酒吧带上正轨，还是生意火爆，实现盈利了呢？”

米彩沉默了很久后对我说道：“都不是，我说的经营好，是指你可以离开这间酒吧，结束对你朋友的帮助。”

我笑道：“原来你是这个意思啊！可是你很希望我脱离这个酒吧吗？而且你现在也算是这个酒吧的股东之一了，这不合常理啊，你应该希望我将这个酒吧做得越来越好才对！”

米彩转过身与我相对，表情严肃语气却很低落地对我说道：“我希望你能来卓美工作……现在我的身边没有一个可以真正信任的人，很累……很无助！”

这一次我更震惊地看着米彩，半晌说不出话。

“希望你到卓美去工作并不是为了回报你什么，是因为我看到了你的能力和才华，你离开苏州前为宝丽百货做的爱情不奢侈这个促销主题我研究过，真的很好，还有酒吧第五个季节的文艺型定位，也很有新意和创造力，卓美需要你这样的人才，我更相信卓美会成为你施展才华的最好舞台！”

米彩的语气依旧诚恳，但此刻的她却是陌生的，因为充满了职场CEO的气质，我无法将现在的她和那个时常带着小性子与我争斗的她联系起来。

但此刻的她又是无助的，所以她会让我去卓美。我知道在她心中，我是一个可以值得信任的人，但如果我接受了她的信任也就意味着多了一份责任，而这种因为信任产生的责任恰恰是最沉重的，所以我不会给她答复，至少现在不会，此刻我的身上已经背负着一份因为乐瑶的信任而产生的沉重责任，我不会把自己当成救世主，更承担不了那么多的责任。

终于我对一直等待我答复的米彩说道：“我现在只想经营好酒吧，而且这会是一个很漫长的过程，所以你说的事情对我来说过于遥远，遥远到不适合现在做出决定。”

对于我委婉的拒绝，米彩只是点了点头，她没有再说什么，一如既往的平静。可是她的心情呢？一定会失落，会无助，但她却比一般的女人坚强，所以有没有我都不会影响她是否可以彻底掌控卓美，而她把生活中对我的依赖延续到商场上也只是一种惯性，没有什么特殊的意义，我想正是因为她心里明白这点，所以在我拒绝后什么都没有再说。

一阵寒风吹起了地上的积雪，纷纷扬扬，却无限放大了我们的沉默，我终于在极长的沉默后对米彩说道：“我们进去吧，今天可是周末，玩得开心点！”

米彩点了点头，随我向酒吧内走去，而在进入酒吧的那一刻，我似乎就已经忘记了米彩刚刚对我说过的一切，因为我更喜欢我们之间的小吵小闹，而不是刚刚那般的严肃正经。

话再说回来，即便我经营好这间酒吧，我也不会去卓美，因为对不起陈景明的信任和这些年对我的栽培。时至今日，我仍不能释怀自己一手毁掉了陈景明得来不易的升迁机会，尽管这样的机会看上去有些下作，但整个事件并不是陈景明策划的，他只是有可能在事件中受益的人，所以这份负罪感一直在纠缠着我。

第118章 为米彩送餐

次日，我一早便起了床，匆匆吃了早饭之后，我便带着做好的装修方案奔走于各个装潢公司之间，并对它们进行比对和筛选。

到下午的时候，我一共走了本市八家比较大的装潢公司，在我说明了要赶工程进度后，都表示会加急在两天内给我出装修预算，在出装修预算后我还要再做进一步的筛选，但等真正开始动工装修可能要五天后了，而我之前预计的三天内动工装修显然是过于乐观了。这也说明我缺乏相关经验，所以无论是创业还是经营，都不能过于乐观，因为无法预计和掌控的突发事件太多。

结束和装潢公司的接洽已到下午五点，我想起昨天晚上米彩和我说，让我给她做午饭，却被我拒绝的事情，现在时间还够，我便打算为她做一顿晚餐作为补偿。

随即我便拨通了米彩的电话，许久她才接通，语气依旧很急促：“喂，怎么了？”

一般米彩用这副语气和我说话便证明她在忙工作，可是今天不是周末吗？我当即带着疑惑问道：“你在公司？”

“嗯，你有事吗？”米彩应了一声，也没说为什么周末在公司。

我估计米彩也没时间过来吃晚饭了，便说道：“没事儿啊，就是打电话逗你玩嘛！”

“无聊！”

“我又不知道你周末还要上班……”

我的话没说完米彩已经挂掉了电话，果然一如既往地反感我无聊的行为。

将电话放回口袋里，忽然一个想法闪现在我的脑海中。米彩虽然没空回来吃饭，但我可以做好了后送到她们公司去，虽然我在事业上一再拒绝她，但是在生活上我愿意给她最好的照顾，更相信我花心思做出来的晚餐，一定要比工作餐吃起来更爽口。

做了决定后，我当即去超市买了些菜和水果，回到家中便开始忙碌起来，这一忙足足有一个多小时，等做好晚饭时天色已经暗了下去，我怕去晚了米彩已经吃过，赶忙将饭菜装进保温盒里，以最快的速度向卓美赶去。

到了后，我在卓美的楼下选了个餐厅，然后再次拨通了米彩的电话，这次米彩倒是很快接通了电话，语气却比刚刚还不耐烦：“昭阳，我正在工作没空陪你无聊。”

我一点也不在意米彩的不耐烦，笑着问道：“你吃过饭了没？”

“没有。”

“知道你就没吃，我给你做饭了。”

“啊！……可是我现在没空回去啊。”

“没关系，我给你送过来了，我现在就在卓美楼下的餐厅，你下来吃饭的时间总有吧？”

米彩想了想说道：“咱们又不在人家餐厅点餐还占着位置不太好，你送到我办公室来吧。”

“这方便吗？”我很意外地问道，但心中还是希望米彩说方便，因为我很想去看看她工作的地方。

“没关系，今天是周末，不是正常上班时间，你到办公区我让助理去接你。”

我说了声“好”便挂掉了电话，提着保温盒就离开了餐厅，一路小跑进了卓美购物中心又随着人群上了电梯。

来到卓美的办公区，果然一个女人站在访客登记处等着我，我还没有确认她是不是米彩的助理，她却先对我说道：“你是米总的朋友昭阳先生吧？”

“没错，你眼力不错，一眼就认出我了，是不是我太有特点了，比如潇洒倜傥、魅力四射？”我和米彩的女助理开起了玩笑。

女助理笑了笑说道：“我一眼认出您是因为我见过您，那次我和米总出来巡场，见你进了一个女式内衣店，所以印象很深刻！”

“能不强调是女式么？说得我有特殊癖好似的……我那天是慌不择路，最后穷途末路了才进去的！”

女助理又笑了笑对我说道：“您挺幽默的，难怪我们米总愿意和你做朋友。”

“你的意思我要不幽默，她就不和我做朋友了吗？你应该挖掘我身上更深层次的内涵，而不应该停留在这么肤浅的层面。”

女助理连连点头，然后又引导我向米彩的办公室走去，一路上她拿出总经理才有权限使用的工作卡刷开了好几道门后才终于到达了总经理办公室。这让我不禁感慨卓美管理的严格，哪怕是卓美内部的人，如果不是真正的高层，想见米彩一面恐怕也是很难的。

女助理敲了敲门，道：“米总，昭阳先生已经到了。”

里面传来米彩的声音：“进来吧。”

女助理帮我打开了门又做了个请的手势示意我进去，工作素养真是好得没话说，我不禁还想和她再说几句话，比如打听一下她有没有男朋友，一个月薪水多少什么的，可是她却先行离去了。

我提着保温盒走进了米彩的办公室，顿时感觉大得有些晃眼，只是一间办公室竟然足足有一百多平方米，至少我还没见过这么气派宽敞的办公室，更认可卓美的实力，不愧是苏州的第一百货，气势真足！

此时的米彩正对着电脑办公，我将保温盒放在茶几上，向她问道：“现在有空吃吗？”

“嗯，马上就好。”米彩应了一声。

我也趁这个空隙打开了保温盒，又替她摆放好了碗筷，而米彩也终于来到我的身边，打量着桌上的饭菜说道：“看上去很丰盛啊！”

“能不丰盛嘛，花了一个多小时呢，你赶紧吃吧。”

米彩在我身边坐下，我将筷子递给她，她疑惑地问道：“你不吃吗？”

“我就带了一副碗筷，你先吃吧，我回去再吃。”我说完起身向米彩的办公桌走去，想体验一下当CEO的感觉。

坐在宽大又舒服的办公椅上一本正经地举目眺望，真的有一种指点江山的感觉，颇感叹地说道：“你们做高层的真是爽啊！”

“爽吗？”

“当然爽啊，你知道吧，我以前上班时候坐的那个办公椅，屁股大一点的坐着就嫌挤，真没法和你这总经理办公室的硬件比！”

米彩心情不错，笑了笑说道：“宝丽的办公环境有你说的那么差吗？”

“肯定比不上你们卓美。”

米彩没有再应我的话，低头继续吃了起来，而我因为无聊拉开了她的办公桌抽屉，顿感好笑，原来看上去淡漠的她竟然还有如此一面。

第119章 冰冷的手在作祟

只见米彩办公桌的抽屉里贴满了各式各样的卡通贴纸，我忍住笑意不敢把动静弄得太大，生怕米彩发现后会影响我继续深入探究。

我左顾右盼假装打量办公室里的陈列布置，手却小心翼翼地继续往外拉着抽屉，终于眼角余光在抽屉的深处发现了一只拍立得相机，相机旁边还有一小叠照片。

我心中一喜，立刻将桌上一叠文件故意弄得掉下去，然后顺手拿着照片假装去捡掉下去的文件，却蹲在地上细细打量着手中的照片。

只见照片中的米彩摆着各种造型玩着自拍，有嘟嘴卖萌的，还有剪刀手的。

我拼命忍住笑意，这可是好东西，赶忙抽了几张最值得回味的照片偷偷塞进了口袋里，最后才装模作样地捡起文件又一本正经地端坐在办公椅上。

我当然知道这是米彩减压的一种方式，可这也和平时的她反差太大了，而就是因为反差大我才有了收藏的价值。

米彩浑然不觉地低头吃饭，半晌终于对我说道："我吃完了。"

"哦。"我应了一声很自觉地离开了她的办公椅，毕竟她才是这间办公室的主人，像我这么有素质的人肯定不会做喧宾夺主的事情。

米彩并没有坐回办公椅上，对我说道："你也吃吧，菜还热着呢，把碗筷洗一下就可以了，或者我让助理去公司的员工餐厅帮你拿一套餐具。"

我往餐盒里看了看，米彩似乎有点挑食，好几个菜她都没动，而回去再热菜也麻烦，索性就在这儿吃了。

米彩吃过的餐具我也懒得去洗，直接装上饭就吃了起来，这个不讲究的行为惹得米彩盯着我看了许久。

我一边吃，一边打开另一个没有打开的餐盒对米彩说道：“这是我给你做的果盘，饭后吃少量的水果可以帮助消化的。”

米彩接过我递给她的餐盒，对我说道：“谢谢你对我这么贴心！”

“你的房子都让给我住了，我为你做的这点小事儿真不足挂齿。”我不在意地说道，心中却想：如果让她知道我刚刚偷了她的照片会不会还觉得我贴心呢？

肯定不会，可能还得骂我一句“无耻”，当然，我绝对不会给机会让她知道的，因为我确实很“无耻”。

只用了米彩一半的时间我便吃完了晚饭，然后将餐盒什么的都收拾好准备和米彩告别，因为待会儿我还得去酒吧，目前酒吧还没有歇业。

我对正在办公的米彩说道：“我走了啊。”

“等等。”

“怎么了啊？”我心虚地问道，以为米彩发现我偷了她的照片。

“我和你一起走。”

我心中松了一口气，问道：“你工作做完了吗？”

“没什么特别重要的工作了，我收拾一下就走。”米彩说着拉开抽屉将桌上的文件往里面放，这个举动又让我一阵紧张。

好在米彩并没有发现抽屉被我动过，摆好文件后便从架子上拿起手提包向我走来。

我再次松了一口气，但还是一番感慨：人真的不能做亏心事儿，这提心吊胆的感觉太不好了。

我和米彩并肩向办公室外走去，我问她：“你待会儿要去酒吧坐坐吗？”

“嗯，去放松一下。”米彩出乎意料地没有拒绝。

我点了点头，米彩却又对我说道：“刚刚才吃完晚饭，我们散步过去吧，正好还能看看雪景。”

“太远了吧！隔着好几条街呢！”我立马拒绝。

“累了我们就打车好了。”米彩很坚持地说道。

“这还差不多，不过事先说好了，打车的钱得你付。”

米彩瞥了我一眼说道：“是不是刚刚吃饭的钱也要给你啊？”

我想了想说道：“这个……就不必了，给你做饭是我的荣幸！”

“不懂你的逻辑！”米彩感叹了一句。

出了卓美，米彩闭上眼睛做了个深呼吸，如此简单的一个动作，却因为她的身姿，她的美丽，将整个冰天雪地都衬托得那么唯美。

我想拿出手机将这个画面拍下来，可是米彩却已经恢复了常态，冰冷地问道：“你要干吗？”

“你不觉得这雪景很漂亮吗？我想拍下来。”

“你拍可以，但是镜头别对着我。”

米彩的排斥让我清醒地意识到：只是拍一张照片她就这么反感，要是让她知道我偷了她的照片，指不定哪天又把我骗到那什么临近沪宁高速的郊外了，类似的苦头我可真没少吃。

相处深了以后我发现她有点蔫坏，比我明晃晃的坏要高明多了，总之我不想做她的对手。

我讪笑着将手机放回兜里，然后又将保温盒放进了车里，与米彩压着雪徒步向前走。

一路上米彩拿出她的卡片相机走走拍拍，拍到好玩的场景还会和我分享，我也终于明白她为什么要徒步去酒吧了，因为她很善于发现这一路上的乐趣，并且享受这种乐趣，再结合她往别人看不见的办公抽屉里贴卡通纸的行为，才真正明白她有多孤独，更明白她一直带着一张比别人更沉重的面具活着。

我轻声叹息，心里怜悯她，可实在也不知道能为她做些什么。

米彩终于将卡片相机放进了自己的手提包里，在地上滚出一个小雪球后用脚踢着向前走，可是手早已经被冻得通红，放在嘴边哈着气获取温暖。

我向她问道：“你的手很冷吗？”

“嗯。”米彩应了一声，又往两手间哈着气。

我告诉自己一切都是冰冷的手在作祟，终于鼓足勇气，牵住了她的手。

两手握在一起时，我顿时感到一阵热流在身体里涌起，米彩更是愣在原地，随即脸红。

我支支吾吾地说道：“那个……帮你焐手……我手，挺……挺暖和的。”

米彩低着头不言不语，我心中更惶恐，好似蜕变成一个完全没有恋爱经历的男人……两人却都低着头，谁都不好意思去看谁！

第120章 俩神经病

可能是因为紧张，我和米彩始终不能保持一致步伐，冰冷的冬天我们的手竟然都冒出了冷汗。这种反应让我始料未及，我是怎么了，米彩又怎么了，我们只是拉了手而已。

一棵突兀的树挡在我们的前面，为了避开这棵树我很配合地向米彩那边靠了靠，却不想米彩为了避开也向我这边靠来，于是两人毫无默契地撞在了一起，又下意识地松开了拉在一起的手。

我们终于尴尬地对视着，但这次米彩却将自己的手放进了口袋里。

这个动作让我有些失落，更觉得自己冒犯了她，半晌对她说道：“我拉你的手没其他意思啊，我平常和颜妍……CC她们还勾肩搭背呢！”

米彩看向别处，迟疑了片刻才对我说道：“我知道，你不用解释的。”

我终于点了点头，然后伸手拦下了一辆出租车，我们已经走得够远，也达到了散步的目的，继续走下去，或许会让我们有些难堪。

这个夜，米彩并没有在酒吧玩太久，只是坐了半个小时后就先行离去了，这更让我觉得自己冒犯了她，也埋怨自己没有克制，更不希望因为这件事情让我们之间的关系蒙上阴影，所以有时候不试探、不点破，才是最好的，至少还能像从前那般吵吵闹闹又相互关心。

回到家，我简单洗漱后便躺在了床上，然后点上一支烟将今天从米彩办公室偷来的照片拿在手上细细地看着，然后就被她嘟嘴、卖萌、装可爱的样子逗笑了。笑着笑着又莫名溢出一些伤痛，半天我也没弄懂这些伤痛从何而来，或许是因为同情她，也或许是因为靠不近她。

我渐渐有些明白，可能我已经在潜移默化中爱上她了……可是这对我而言是一件多么可怕的事情，因为潜意识中我从来没有觉得我们会在一起。如果不能在一起，那这唐突产生的爱意是多么孤独，在孤独中得不到回应……只能遥遥望着。

我掐灭掉手中的烟，将米彩的照片放进了书本的夹页里，再关上灯，便黑了房间，亮了寂寞!

很快又过去了一个星期，在这个星期里，我选定了合作的装修公司，“第五个季节”主题音乐酒吧也正式进入到二次改造中，而我也终于迎来了自回苏州以后最轻松的一段时间，唯一要做的事情便是每天下午去酒吧对装修进行监工。

在这一个星期里，我没有和米彩联系，她也没有找过我，好似又回到了陌生人的状态。开始的前三天我并不适应这种陌生，好几次想打电话约她出来，但渐渐也就克制了，以至于完全断了要联系她的念头，这种了断源于我已经不再是一个对爱情充满追求和期待的男人，我可以舍弃一切对爱情的幻想，活在自娱自乐中。

这是一个阳光不错的午后，我待在家中哪儿也没有去，坐在沙发上操控着一辆很久前买的遥控汽车消遣着无聊，但心思却还在酒吧二次开业后的营销上，直到现在我也没有想到什么好的营销方案，因为在资金不充裕的情况下，想把酒吧的信息传达给分散在四处的目标消费者真的很难。

心烦意乱中，我操控着遥控汽车直线提速，挂了个倒挡，又打个转向，车子瞬间漂移了起来。

正在玩下一个漂移的时候，门忽然被打开，接着我便看到了米彩，米彩却看着漂移着的遥控赛车。

终于她一脸不理解地问我："你还玩玩具车？"

"这是遥控赛车不是玩具车，好吗？"

米彩又看了看，说道："我看没什么区别。"

我放下手中的遥控，不愿意和她继续这个话题，便问道："你怎么来了？"

"来拿几件衣服。"

"哦。"我机械地应了一声。

米彩看了看我，好似要说什么，最后却只说道："那你继续玩吧，我拿完衣服就走。"

我没有回应米彩，拿起遥控器又开始玩了起来，而米彩也进了自己的房间，大概过了五分钟拎着一只手提袋走了出来，她来到我面前沉默了一会儿说道："……我走了。"

我不言语，却操控着赛车去撞她，米彩躲了好几次，终于不胜其烦地一脚将我的遥控赛车踢翻，皱着眉质问道："你干什么呀？"

我心里不想她离开，却又不知道怎么挽留，离开沙发将被踢翻的车子扶正，然后又操控着向她撞去。

这一次米彩毫不犹豫地一脚踢翻，怒道："昭阳，你又犯病了吗？"

"对啊，我就犯病了，犯的还是神经病！"

"那你赶紧去精神病院吧。"

"我已经放弃治疗了。"

米彩无语地看着我……

"要不你也犯神经病吧，咱们俩神经病凑一起玩儿。"

对于这不靠谱的提议，我以为米彩会骂我一顿，却不想她很有兴致地问道："玩什么？"

我想了想说道："我们去广场玩赛车啊。"

"就你这破遥控汽车。"

"没错。"

米彩想了想说道："那走吧。"

而她这么轻易就答应了我的要求，让我有些意外，也有些高兴，更不介意像个神经病似的带她去玩遥控赛车，于是赶忙去房间拿了袋子将遥控汽车装了起来，然后"俩神经病"一起下了楼。

来到附近的一个广场，我和米彩找了个长椅坐了下来，接着便从袋子里拿出遥控赛车玩了起来，米彩则托着下巴看着我玩。

我开始各种炫技，但是米彩却不为我鼓掌，很快我便丧失了继续玩下去的动力，将遥控递给米彩说道："你要玩吗？"

米彩终于露出笑容从我手中接过了遥控，我这才发觉：原来她刚刚是故意冷落我的，目的就是让我感到无趣，然后让给她玩。

我不想和她计较，拿出一支烟点上，仰靠在长椅上，又从烟盒上抽出薄膜，看着蓝天白云，也冷落着米彩不愿意去答理她。

米彩完全无视了我的不答理，学着我的样子，有模有样地玩着赛车，许久才拉了拉我的衣服问道："你刚刚那个漂移是怎么玩的，感觉很酷啊！"

"想学吗？"

米彩很期待地点了点头。

我往旁边正在操控着另一辆赛车的小胖墩看了看，然后对米彩说道："你用我们的车去把那个小胖墩的车撞翻我就教你。"

第121章

赛车

对于去撞小胖墩赛车的提议，米彩显得有些犹豫，半晌对我说道："这不太好吧，他那个车那么小，撞坏了小胖子会难过的！"

我立刻给米彩打气："怕什么，在这个广场玩赛车的谁没被撞过。"

米彩依旧很犹豫。

我又开始出馊主意："你就假装无意撞上去的嘛，咱们开真正的车还有意外交通事故呢，对不对？"

"那好吧。"

米彩说完便拨动摇杆，直直向小胖墩的车撞去，顿时将小胖墩的车撞得翻了好几个跟头。

小胖墩立刻就怒了，从地上捡起被撞翻的车向米彩跑了过来，我立马起身逃离了案发现场，然后站在十几米外的地方幸灾乐祸地看着。

小胖墩毕竟还是个孩子，哪里懂什么怜香惜玉，骂咧着用手在米彩身上胡乱地拍打着，米彩在尴尬中不停地道歉，小胖墩却依旧不依不饶。

我有点不高兴了，扔掉了手中的烟向小胖墩走了过去，一把将他提了起来，放在另一边，板着脸说道："小东西，人家都和你道歉了，你还有完没完了？"

小胖墩果然被我吓住了，眼中噙着泪对我说道："你们欺负人……"

"都是出来混的，撞你车怎么了，你没撞过别人的车吗？"我依旧沉着脸说道。

米彩却看不下去了，拍打着我说道："你别那么凶，他还是个孩子。"

小胖墩见米彩护着他，顿时壮了胆冲我嚷道：“哼……你们的车不就是大一点嘛，欺负人，撞人家的小车，有本事和我的车比快啊，我的车最快！”

“小东西比就比怕你啊！”我说着往小胖墩的车子看了看，就是一般小孩玩的地摊货，马达转速绝对不超过20000转，我的车虽然大却是30000转的马达，虐他还是毫无压力的。

小胖墩又冲我嚷道：“你要输了怎么办？”

“你说怎么办就怎么办！”我很自信地将话撂了出去。

身边的米彩拉了拉我轻声对我说道：“昭阳，你别和一个小孩子较劲了，要是输了你会很丢脸的！”

我满不在乎地给了米彩一个放心的眼神。

小胖墩想了想，然后看着广场对面的麦当劳对我说道：“你输了请我到麦当劳吃鸡翅，行不行？”

“小意思，来吧，少年，战个痛快。”

我和小胖子约定谁的车先到喷泉的护栏边就算谁赢，随即两人将车摆好，米彩当裁判，倒数3、2、1后，两辆车便跑了出去，却不想小胖墩的车刚开始就甩开我的车一大截。

我惊道：“我靠……你这车打药了吧，这么牛！”

小胖墩得意地看着我，眨眼间他的车已经冲到了喷泉的护栏边，我竟然输了。

小胖墩笑眯眯地拿回了自己的车，我从他的手上将车抢了过来，又拆开，发现是田宫纪念版的四驱车，马达转速竟然达到了50000转。

我丢人丢到姥姥家了，在沉默中将四驱车还给了小胖墩。

米彩似笑非笑地看着我，道：“叫你不要较劲，这下丢人了吧！”

小胖墩立马和米彩统一战线，叉着腰对我嚷道：“刚刚你说的话还算不算数？”

米彩也跟着附和，道：“昭阳你不会和人家一个小朋友耍赖吧？”

“成王败寇，我认了，不就是吃麦当劳嘛，请你们吃就是了。”

三人来到麦当劳店里，米彩和小胖墩坐享其成，我则挤在人群中去为他们点餐，等了好久才点好了东西。

我端着点好的东西来到餐位边，又在米彩的身边坐了下来，小胖墩饥渴难耐，伸手就抓，却被米彩给阻止了，用餐巾帮他包住鸡腿的根部递给他说道："小朋友吃饭要讲究卫生呢！"

小胖墩一点头就从米彩的手上接过了鸡腿，我和米彩对视了一眼，随即又打量着小胖墩，这才发现他的衣服很陈旧，手上带着一块已经掉色的儿童电子表，看样子家境并不是很好，或许麦当劳这种工薪消费的快餐，他却是不常吃的。

我和米彩只是喝着果汁，并没有吃东西的欲望，而小胖墩却一直吃得很专注。

我终于问他："小胖，你叫什么名字啊？"

"魏笑。"小胖墩应了一声又吃了起来。

我点头说道："魏笑，微笑，名字不错！"

米彩感叹道："你叫昭阳，谐音朝阳，他叫魏笑，一个朝阳，一个微笑，搭配起来很阳光啊！"

米彩这么一提我发现还真是这么回事儿，不禁又看了看魏笑，他却一点也不在意，依旧吃得很专注，吃了一半却忽然停了下来，又喊来了服务员，将没有吃完的东西全部装进了方便袋里，这个举动让我和米彩很是诧异。

没等我们问他，他已经拎着方便袋离开了座位对我们说道："我要回家了，爷爷在家等我呢。"

我和米彩当然不勉强他，又叮嘱他回去的路上别贪玩。

魏笑点头，想了想又对我说道："你叫昭阳对吗？"

"怎么着，想记着我名字，以后玩赛车尽挑我这个软柿子捏，是吗？"我不满地瞄了魏笑一眼说道。

魏笑"嘿嘿"笑道："那你明天还敢和我比吗，输了还要请我吃麦当劳，不对，明天去吃肯德基。"

我大为感慨地对米彩说道："看看，现在的孩子真不得了，屁大点的东西就敢明目张胆地蹭饭吃了。"

米彩笑了笑，我又对魏笑说道：“小东西，我的饭是这么好蹭的嘛，要是明天你输了怎么办？”

魏笑信心十足地说道：“我不会输的，老爸给我买的车是最厉害的。”

“好，有气势！明天我就让你知道什么叫人外有人天外有天！……你给我听好咯，明天还是这个时候，咱们广场见，你要输了得请我和这个姐姐吃肯德基，怎么样？”

魏笑想了想说道：“好吧……但是我不会输的！”

“希望你不会输……祝你好运！”我回以轻蔑的笑容。

魏笑“哼”了一声也没再说话，一手提着打包的麦当劳，一手拿着四驱赛车向外面走去。

看着他离去的背影，我和米彩相视一笑，因为这场偶遇，我们这个午后过得一点也不无聊。

又坐了一会儿后我起身对米彩说道：“我们也走吧？”

“去哪儿？”

我笑了笑，道：“陪我去玩具店买个10万转的马达，我要改车！”

第122章 你快乐 所以我快乐

在我提出要去玩具店买10万转的马达后，米彩有些不能理解地问我：“真的有必要这么做吗？”

“是不是觉得我和一个小孩子较上劲特别幼稚？”

米彩沉默了一会儿才答道："这不是幼稚，相反我觉得这种行为是对生活绝望后的掩饰。"

米彩的话让我愣了愣，不禁回忆起自己是什么时候开始变得这么无聊的，时至今日我仍记得，那天和简薇分手后，我在崩溃的边缘失眠，然后用彩票中奖的钱在网上购买了这辆遥控赛车，以后的日子又没完没了地买了其他玩具，想来那时候的自己是绝望的，或许米彩说得没错，一切的幼稚和无聊只是为了掩饰绝望。

被戳到痛处的我又下意识地为自己点上了一支烟，深深吸了一口，才反问米彩："你为什么会这么认为？"

又是一阵沉默，米彩才神色黯然地回答我："因为我曾经体会过那种绝望，所以后来我学会了弹吉他，学会了自娱自乐！"

这一刻不仅是自己，我好似也听到了米彩伤口崩裂的声音，只是我们的绝望是有区别的，我的绝望源于和简薇的分手，她的绝望源于米仲信的逝世，可却一样痛得撕心裂肺，于是我们便活在了自我虚设的洞里，以另一种姿态抚平心中的创伤……

我终于对米彩说道："所以，今天晚上你会陪着我无聊，陪着我幼稚，对吗？"

米彩怅然笑了笑，道："走吧，我们去买10万转的马达，祝你明天旗开得胜。"

在玩具店买齐改装需要的材料后，我和米彩便回到了那间老屋子，我当即投入到复杂的改装工作中。

为了能够在明天大获全胜，我减轻车身的重量，卸掉了车子的防撞杆，改进了电池槽，又换了相对平滑的轮胎……

而天色在我的忙碌中渐渐暗了下去，米彩不知道什么时候泡了两碗面端了过来，对全身心投入到改装工作中的我说道："先吃点东西吧，待会儿再弄。"

我终于抬起头看着她，笑了笑问道："你这后勤保障做得不错嘛，明天要是赢了小胖墩，记你一功，分你一个大鸡腿。"

“你可别太掉以轻心，要是小胖墩回去也改装了车子，换上高速马达，你还是赢不了的！”

我不屑地说：“别逗了，改装不是每个人都会的，而且他那个车可没有改装过的痕迹，所以结论是小胖不会改车。”

米彩笑了笑，道：“好吧，那我继续对你充满信心。”

我点了点头从米彩手上接过了泡面，两人盘腿坐在地上吃了起来，这一刻我们就好像是两个无知的孩子，过着简单而有趣的生活，忘却世俗的苦痛挣扎。

米彩忽然对我说道：“昭阳，你能不能送我一辆遥控赛车？”

“你要什么样的？不过我得声明太贵的我可送不起。”

米彩想了想说道：“网上有卖的吧，咱们去网上看看吧。”

我点了点头，起身打开电脑，于是和米彩两人坐在电脑桌边，边吃边在网上挑了起来。

我只肯送米彩一辆300块钱左右的车，可是她却看上了一款四驱赛车，售价竟然高达4000多人民币，这严重超出了我能承受的价位，于是规劝道：“你是初学者，这种赛车很难操控的，你先买个简单的练练手不行吗？”

米彩摇了摇头说道：“我就喜欢征服有挑战力的。”

“那你自己买呗……你那么有钱！”

“可是我想你送给我。”

“你别强人所难行不行，我真没钱……”

米彩随即面露失望之色对我说道：“你要不愿意就算了。”

“你这说法不对，我是不愿意吗？是根本就买不起！”

看着我的窘迫，米彩笑了笑对我说道：“你干吗那么较真啊，我是和你开玩笑的。”说完想了想又转移了话题对我说道：“你说如果将传统百货的实体销售与网上销售结合起来去做，可操作性有多大？”

“怎么突然有这个想法，是不是我们刚刚的网购行为激出了你的灵感？”

米彩点了点头，道：“我想听听你的意见。”

“很难，因为需要整合的东西太多，毕竟实体销售和网络销售的平台差异性太大，而且网络销售已经被几个电商巨头所垄断，没有雄厚的资金和人力资源根本不可能在他们面前形成竞争力……”

米彩又点了点头，也没有再说什么，毕竟我能想到的东西，她肯定也能想到，但是她这个想法让我感觉到：卓美现阶段在经营规划上的混乱，也一定程度反应了米彩和米仲德在经营意识上的高度不统一，而米彩对网络销售平台表现出的兴趣，更证明此时的她急于挣脱米仲德的束缚，或许很快她就会和米仲德兵戎相见。

等我改装好车，夜变得深不见底，而米彩已经躺在我的床上睡去，我轻轻为她盖上被子，又坐在床边打量着那辆我费尽心思改好的赛车。

看着看着，我便笑了，或许米彩永远也不会知道，我之所以和一个小胖墩较上劲，并不是我童心未泯，因为有了和小胖墩的约定，明天我又可以名正言顺地和她在一起待上一天了。

要知道，最近的我总是苦恼找什么合适的理由去约她，可是很多想出来的理由，都显得我对她别有用心，我害怕她感知到这种别有用心，然后和我保持距离。

现在好了！有了这个理由，我终于可以心安理得地带着她去玩，带着她去疯……

坐回到电脑桌旁，打开网页，我又打量起了米彩希望我送给她的那辆赛车，然后从口袋里拿出钱包，数了数也只剩下3000块钱不到了。

我当然不会拿酒吧的经费去送她赛车，但我真的想把这辆赛车送给她，于是我安慰自己，一定会有其他办法的。

想着她收到赛车时的惊喜，我发自内心地笑了笑，是不是这就是暗恋中的“你快乐所以我快乐呢？”

第123章 可怜的身世

这个夜，米彩睡在了我的床上，我则睡在了客厅的沙发上。

清晨，我在米彩之前醒来，但因为寒冷不愿意即刻起床，躺在沙发上拖延着。

片刻之后米彩穿戴整齐地从房间走了出来，看样子昨天夜里她醒过，然后又回了她自己的房间。

她来到我身边问道："你还不起来吗，已经快八点了。"

"我又不上班干吗起那么早。"

"哦，那你再睡一会儿吧……对了，你早饭想吃什么，我待会儿下去买。"

我却不在意吃早饭的事情，向她问道："你今天下午有空吗？咱们说好要去和小胖墩赛车的，赢了有肯德基吃哦！"

"应该有吧，今天的日程安排不算满。"

"今天不是周末吗，你也要去公司吗？"

"嗯，最近都很忙，明天还要去上海，卓美在上海的店已经开始筹备运营了。"

"哦。"我应了一声，却知道米彩在卓美的"一线城市"战略上已经向米仲德妥协了，要不然上海的店也不会这么快就筹备运营了。

我在米彩下去买早饭的空隙中起了床，她回来后俩人又一起吃了早饭，之后米彩便去了公司。

整个上午我都在调试改装过的车子，以确保下午可以万无一失地虐小胖墩，然后在米彩面前找回丢失的面子。

终于等来了下午，可是米彩却迟迟没有给我电话确认她是否有空，我担心她有重要的工作，也没有冒昧地打电话去打扰，只是在焦急中等待着。

此时已经是下午四点，而冬天一般过了五点天就开始黑了，于是我越来越焦急，以至于躺在沙发上抽了好几支烟。

电话铃声终于响了起来，我条件反射似的在第一时间拿起了电话，果然是米彩打来的，于是心中充满了欣喜。

我接通电话开口便问："你今天的工作都做完了吗？"

"嗯……不过我不能和你去广场赛车了，我一个在美国留学时的朋友回国了，现在已经到了上海的机场，我得去接他。"

我的心瞬间凉了半截，失落地应了一声："哦，那我自己去吧。"

"嗯，我挂电话了。"

米彩急不可待地挂掉电话，让我更加失落，能让淡漠的她如此着急的赶去上海接机，那这个朋友在她心中的地位肯定不一般，而且肯定没有事先通知米彩，刻意给米彩制造了惊喜。随之我对她这个朋友的性别产生了好奇，如果是女人，我可以保持平静，如果是男人……

我不愿意再想下去，又给自己点上了一支烟，这才用袋子装起了遥控赛车，然后关上门离开了屋子。

在我来到广场的时候，小胖墩魏笑已经到了，老远就冲我喊着："昭阳，你快点，等你好久了……"

我来到魏笑的面前笑了笑说道："小胖墩，你这是找死啊！"

"你昨天已经输给我了，今天你还会输！"

"刻舟求剑学过吗？你要执迷不悟地以昨天作为参照，今天你会死得很惨的……我今天心情不好，所以给你个机会，现在放弃还来得及。"

魏笑冲我嚷道："老爸给我买的赛车是最棒的！我才不会放弃呢。"

"不作就不会死，来吧。"我说着从袋子里取出了赛车。

魏笑却左顾右盼着，然后问我："昨天那个裁判姐姐呢？她没来吗？"

“又不是F1，没裁判就不能比了吗？你赶紧放下车让我来虐你。”

“好吧。”

我和魏笑同时摆好车，我倒数3、2、1后，两人同时启动了车子。这次我改装后的成效当即显现，10万转的马达发挥着强悍的动力，远远将魏笑的车甩在身后，瞬间就到达了终点。

魏笑张大了嘴看着自己的车，又看了看我，终于带着哭腔说道：“老爸送给我的车怎么会输呢？……我的车是最快的。”

“小傻帽，改车懂吗？你那车5万转的马达，能和我这10万转的比吗？”

魏笑听了我的解释后，仍哽咽着嘀咕：“不可能输的，老爸说这是最快的车。”

“傻孩子，世界上没有最快的车只有更快的车，你老爸是骗你的！”

魏笑顿时号啕大哭，用脚踢着我说道：“你骗人，老爸不会骗我的，他是我的偶像！”

“嘿！你小子是不是故意和我耍赖，想输了不认账啊？”我皱着眉说道。

谁知我话音刚落，魏笑便跑到喷泉的护栏边拿起自己的车抖着一身肥肉就向广场外面跑去。

“小滑头……”我骂了一句立马撒腿向魏笑追去。他本身就是个小胖子，哪里跑得过我，几步就被我给逮住了。

魏笑一边挣扎一边哭道：“你作弊，你的车根本跑不过我。”

“放屁，你见过玩赛车不改车的吗？……我和你一小屁孩解释什么啊，你赶紧带叔叔吃肯德基去，别小小年纪就学着耍赖，坏品德！”

魏笑在我的镇压下终于不再挣扎，依旧带着哭腔和我说道：“我没钱请你吃肯德基。”

“寻我开心呢！没钱昨天还敢约着和我比赛车？”

魏笑被我吓住了，半天支吾着说道：“我以为我会赢……”

“我还以为我是巴菲特呢……你给我说点靠谱的理由，要不然就把你的车抵给我。”

魏笑一听我要拿他的车做抵押，顿时慌了神又开始挣扎，哭着对我说道："我求求你别拿我的车，这是我老爸送给我的生日礼物，他已经死了，以后再也不会送我礼物了……"

我顿时愣住了，然后松开了魏笑，打量他许久，他依然穿着昨天那套陈旧不堪的衣服，裤腿甚至不能遮住鞋子，显然已经穿了很久，不适合他现在的身高了。

我不能确定自己听清楚了他刚刚的话，又疑惑地问道："你刚刚说你爸死了？"

魏笑点了点头，道："他得病死了。"

我心中弥漫着歉意，许久才向魏笑问道："那你妈妈呢？"

魏笑沉默了很久，带着怨恨说道："跟坏男人跑了。"

我的心里忽然像灌了铅一般沉重，久久说不出话，这又是一个被命运戏弄的可怜孩子，也终于想起昨天他拿着打包好的麦当劳说带回去给他爷爷吃的画面，或许他只是想通过这种方式与他的爷爷再分享一次吃肯德基的快乐。

终于我摸了摸魏笑的脑袋，低声说道："走吧，我带你去吃肯德基。"

"我没钱，你放了我吧，大哥。"魏笑说着下意识地往后退了一步。

"谁要你的钱，我请你吃。"我笑了笑，道。

魏笑依旧对我保持戒备，看样子被我吓得够呛，我为了解除他的戒备从钱包里拿出100块钱递到他手上，说道："这钱给你保管，待会儿你用这钱付账，行了吧？"

魏笑想了想才从我手中接过钱，终于露出笑容，随即对我说道："好，待会儿找的钱我再还给你！"

我点了点头随即和魏笑并肩向对面的肯德基走去，手机却忽然响了起来，我当即从口袋里拿出来看了看，发现是一条短信，是米彩发来的，内容如下："今天晚上八点到CC的餐厅聚会，我把我的朋友介绍给你们。"

我的心情瞬间变得复杂起来，更在意她的朋友是男人还是女人！

第124章

是男是女

到了肯德基之后，我找了个餐位坐下来，魏笑则去点东西，片刻之后端着餐盘来到我身边，又将没用完的30多块钱还给了我。

此时还没到吃饭的点，加之情绪复杂我也没什么胃口，便和魏笑聊了起来。

聊天中我得知魏笑现在和他的爷爷生活在一起，日常的生活便靠他的几个叔伯维持，生活拮据又艰辛。

听完他的叙述，我的心情又沉重了些，更同情起魏笑充满苦痛的命运，而他自己并没有和命运做抗争的能力，唯一庆幸的是，他还算是一个开朗的孩子，没有因为命运的不公而封闭自己的童年。

我把自己吃的那份也让给了魏笑，又去帮他买了一份全家桶，对他说道："我先走了，你自己慢慢吃，吃完就回家，别贪玩知道吗？"

"哦，好……昭阳，你真是个好人，我输给你了，你还请我吃东西。"

我笑了笑，道："以后喊我叔叔，别叫我名字，不礼貌！"

"我都上四年级了，又不是小孩子，以后喊你大哥吧。"

我要赶着去酒吧监工，没时间和他继续说下去，便点头说道："喊大哥也成。"

"那我下次还能和你赛车吗？"

"赛车就算了，不过以后你要想吃肯德基或者麦当劳可以给我打电话，我请你。"我说着从包里拿出纸和笔将自己的手机号码留给了魏笑。

魏笑从我手中接过字条，然后很认真地对我说道："等我有钱了，我也请你和那个裁判姐姐吃肯德基。"

对于魏笑的承诺我只是笑了笑，并没有放在心上，随即又叮嘱他别贪玩后便离开了肯德基。

因为我每天去监工，酒吧的装修进度很快，按照目前的速度，要不了一个星期便可以再次营业，于是将酒吧二次开业后的信息，高效传达给目标消费者便成了迫在眉睫的事情。

我在装修的嘈杂声中持续思索着，一套套方案在我的头脑里成型，又因为执行难度大而放弃，时间也就这么在如此反复中流逝，很快已经到晚上七点半了，按照米彩给的聚会时间，此刻我该去CC的"空城里"餐厅了。

打车向CC的餐厅驶去，一路上心思又沉浸在对米彩朋友性别的揣测上，却越想越不舒服，因为直觉告诉我她的朋友一定会是一个男性，因为有一个定律，但凡美到一定程度的女人身边的同性朋友往往很少，而异性却很多，因为同性会嫉妒，而异性则会无法抗拒被吸引。

以罗本为例子，那么高傲的一个男人，那么有思想深度的一个民谣歌手，竟然也会在米彩的邀请下碎掉节操与她合唱了一首能腻歪死人的情歌。

胡思乱想中，出租车已经载着我来到目的地，下了车我便看了看时间，刚刚七点五十，想必米彩还没有到，便独自穿过那条幽暗的小巷子来到了"空城里"音乐餐厅。

推开门进去，CC依旧在演唱台上为顾客们唱着歌，而罗本则在她身后为她伴奏，此时此景我倒挺为CC感到高兴的。自从乐瑶的酒吧需要帮忙后，她和罗本在一起的时间大大增加，这让我相信细微的量变后一定会引起质变。如果有一天他们真的可以成为夫妻，一定会让很多人重新相信爱情的纯净，因为特立独行的他们绝对不会用物质去衡量爱情和婚姻的。

我找了个空位置坐下来，看着台上的罗本和CC，不禁又想到了其他几个在苏州的朋友，好似方圆、向晨他们象征着社会的现实，而CC和罗本则充满理想主义，最后我又想到了已经远在北京的乐瑶。她的身上可以看到社会的现实，也能看到感性的向往，好似一个综合体，而这三种类型的朋友，也让我见识到了生存的多面性，他们或多或少地影响了我，所以我更弄不懂自己到底是个什么样的人，不过可以肯定的是：这些年我活得不快活！

CC和罗本合作完一首歌后，先后来到我这边坐了下来，CC对我笑道：“昭阳，来得挺早的嘛，是不是迫不及待地想见米儿的朋友？”

“不至于。”停了停我又问道，“她那朋友是什么来历你知道吗？”

CC带着意味深长的笑容说道：“我和米儿可是无话不谈的闺蜜，她的事情都会和我说，包括一些你不知道的。”

“是吗？”

CC又带着玩味的笑容问我：“那你想不想知道她的朋友是男还是女啊？”

“既然只是朋友，那是男是女又有什么区别吗？”

CC不理会我的回答，转而对罗本说道：“有没有从昭阳的话里听出点什么？”

罗本看了看我，又弹了弹手中的烟灰，言简意赅地说了俩字：“心虚。”

“你俩玩的是哪出啊？夫唱妇随吗？……俩神经病，谁心虚了！”我说着也想弹掉手中的烟灰却弹到了烟灰缸的外面。

这个举动引得罗本和CC相视一笑，在他们眼里我心虚已经是不需要再证实的事情了。

我懒得再答理俩人，只是在沉默中抽着烟，却随着时间的流逝，更加在意起那所谓的“是男是女”，可又不太好意思向CC求证，于是憋得好难受，简直度秒如年。

CC故意似的不再说起米彩和她的那个朋友，却转而和我聊起了乐瑶：“昭阳，最近乐瑶有和你联系吗？”

“没怎么聊，发过几条短信。”

“说什么了吗？”

我想了想回道：“好像说她的上部剧，年后会在各大电视台公映。”

“卫视台么？”

我摇头，道：“她没说，不过宫廷戏一般都是大制作，播出的平台应该不会太差吧，毕竟好几个大腕呢。”

CC感叹道："真希望她能借这部剧证明自己，她也真的挺不容易的！有一场夜里跳湖的戏为了保证效果，她拒绝用替身，事后发高烧了好几天，简直是拼命嘛！"

"什么时候的事儿，我怎么不知道？"

罗本将话接了过去，道："这事儿我知道，那时候她刚进剧组。"

"刚进剧组！"我叹了一句，随即想起，那时候的她刚做完人流手术不到一个月，这真的是拿自己的身体开玩笑！……也忽然理解了她为什么如此想开酒吧，她只是想为自己的生活寻找另一种保障，因为她在演艺圈挣扎得太辛苦了。

我因为乐瑶的苦痛陷入沉默中，而餐厅的门在我的沉默中被打开，CC随即推了推我说道："昭阳，米儿和她的朋友来了！"

第125章 不受待见的我

在CC的提醒下我回头向身后看去，果然看到了米彩以及和她走得很近的朋友，准确地说应该是男性朋友，而且还是一个长得很帅的男性朋友。

这个男人一副英伦风的潮男打扮，身材挺拔，面容俊朗，最让人过目不忘的是他深邃的眼神，好像看谁都是深情款款的。

米彩亲昵地将男人拉到我们身边，面带微笑向我们介绍，道："这是我的好朋友Abner，中文名蔚然。"

正当CC和罗本要和他打招呼时，他却打量着我和罗本问道："你们谁是昭阳？"

对于他这个意外的举动，众人互相看了看，我保持着礼貌起身对他说道：“我就是昭阳。”

“以后对Betsy（米彩的英文名）客气点，否则我对你不客气！”

我愣了一愣，顿感来者不善，刚想发作，米彩赶忙拉住蔚然说道：“那都是很久以前的事情了……”

米彩的话让我意识到她真的和这个男人关系很亲密，连我以前欺负她的事情都当成苦诉给他听了，心中忽然一阵没来由的不爽，冷眼看着蔚然说道：“小海龟，你和我说话也得客气一点，我这人脾气不太好。”

蔚然瞪着我，道：“怎么，你是想和我决斗吗？”

“我靠，洋味儿真重，你跨洋过海地把美国西部牛仔那套老掉牙的东西带回来不累吗？直接说打架就行了，来，我陪你。”

气氛顿时变得紧张，CC赶忙拉住我劝道：“昭阳，你别这么流里流气的行吗，人家远来是客！”

“我可不觉得他把自己当客人，也没见过这么做客人的！”

我的话音刚落，米彩便语气很重地对我说道：“我已经帮你和蔚然解释过了，你能不能有一点绅士风度？”

被米彩和CC一顿数落，我心中更加不爽了，可也不能真的动手去揍那个蔚然，只觉得自己有些多余，终于说道：“我知道，我这人一向不招人待见，我走，省得破坏你们聚会的氛围。”说完拿起自己的外套便向外面走去。

CC跟着我从餐厅里走了出来，拉着我说道：“昭阳，你不觉得自己这么一走特不合适吗？有点男人的风度行不行？”

我不顾CC拉着我，依旧向前面行走着，又保持克制对CC说道：“我要没风度，早动手抽他个小海龟了！”

“可你就这么走了让米彩怎么看你？”

“她一向觉得我没风度，不差这一次。”

“你这人怎么老是在关键时候掉链子呢？”

我停下脚步对CC说道：“你扯远了啊！”

CC面色认真地说道：“你摸着自己的良心告诉我，你喜不喜欢米彩？”

我沉默不语。

“你这是默认了吧？看得出来那个蔚然好像也挺喜欢米彩的，你这么负气出走，和人家比起来是不是缺了点风度？显得高下立判！”

“你瞎分析什么，谁告诉你我喜欢她了……行了，你回去吧，我得去酒吧一趟，那边还有点装修的细节要沟通。”

CC却依旧不肯放过我，追问道：“真的不喜欢？”

我“不耐烦”地回道：“不喜欢。”说完挣脱了CC向路边走去。

却忽然听到CC的感慨声：“你就是怂，不过这也怪不得你，毕竟人家蔚然也是宾夕法利亚大学毕业的硕士研究生，家境更好，听说是一个家族企业的未来接班人呢！你没有自信很正常……”

CC的话还没说完我已经坐进了出租车里，打开车窗冲CC喊了一句“关我鸟事儿”后便催促司机开车离开，司机很配合地踩油门，转眼间CC便和路灯融在一起，最后在我的视线中缩成一个点。

这个夜我并没有去酒吧，却来到护城河边躺在已经枯萎的草坪上，抽着烟排遣着自己心中的烦闷。

看着天上的星星和月亮，终于懂了自己为什么一直不敢和米彩表明心意，情愿这么当朋友相处下去。

今天，蔚然的出现让我更明白，她这样的女人注定是天空最美的皓月，而我只是一颗平凡的星星，甚至连送她一辆油动力赛车的愿望都不能满足，而蔚然就不一样，如CC所说：他高学历，家世显赫，而米彩也很在意他，他们在一起才是真正的般配。

我已经痛入骨髓地经历过一次向晨和简薇给我的悲剧，难道还要在米彩身上再体会一次吗？

我不傻，更不想重复过去的痛苦，我就是一颗平凡的星星，我的另一半也注定是一颗平凡的星星，这样自己才不会被闪耀的光芒所灼伤。

闭上眼睛，我的世界陷入黑暗中，却忽然看到了那座晶莹剔透的城池，它在满天星辰的包围中越来越闪亮，可我却在它的光辉中越缩越小，然后无力地看着它载着那个长发垂肩的女子再次消失在我的视线中……

忍受寒风的切割，我不知道躺了多久，直到一个熟悉的声音在我耳边响起，她喊了我的名字。

我睁开了眼睛，那被我刻进记忆里的女人幽香却先飘进了我的鼻腔里，此刻站在我身边的竟然是简薇。

“你……你怎么会在这儿？”

简薇笑了笑说道：“和你一样，不开心了，就想来这里坐坐。”

听了简薇的解释，这种偶然的相遇也显得不偶然了，因为她也把这里当作是一个避难的地方，总有一天我们会在这里相遇的，或许今天，或许明天……

简薇的出现让我心中的失落感又重了一分，不能自控地从烟盒里抽出一根烟点燃，深深地吸了一口才向她问道：“你为什么不开心？”

“是你先来的，根据先来后到的原则，还是先聊聊你的吧。”

我沉默了很久才对简薇说道：“被生活给揍了，就不开心了……”

简薇笑了笑，道：“你这个回答有点敷衍哦，所有人不开心，都是因为被生活给揍了，我想听具体一点的。”

我又经历了一阵极长时间的沉默后，终于鼓起勇气向简薇问道：“大学毕业后，你是不是挺看不起我的？……我只是一个挣扎在社会边缘的男人！”

简薇好似很意外我会问她这个问题，她就这么看着我……而我更加忐忑，因为接下来她给我的答案很可能就是导致我们分手的真正原因。

第126章 最漂亮的愿望

简薇的表情渐渐痛苦，她看着我许久，终于反问："看不起你？……如果我看不起你，会和家人闹翻，从上海跑到苏州和你生活在一起，每天吃的是泡面、炒饭，穿的是网上买来的地摊货……当然，这也没什么，因为都是我心甘情愿的，甚至觉得是一种同甘共苦的快乐！"

我感到窒息，好似无视时光的侵蚀，回到三年前在一起的那段日子……

那年，我们在冬天抱着一只热水袋取暖，吃着同一盒薯片看电视取乐。对，那时候的我就是那么贫穷，租不起有空调的屋子，也没有闲钱带她去看一场电影，但她依旧跟着我，听我弹着吉他唱着那首《私奔》然后感动得掉泪。

我极力克制自己的情绪，半晌对身边的简薇说道："对不起，我不该那么问你……可是，你为什么要和我分手？"

简薇的神情有些恍惚，许久才哽咽着对我说道："我们都做错了，而我更错得离谱，错到我们必须要分手……"

"什么错？"我迫不及待地问道，终于害怕在我们俩人之间存在误会。

简薇摇了摇头说道："不要问了，我们已经分手三年，所有真相都已经随着这三年的过去，变得没有意义，如果你一定要知道，只会让我们加倍体会曾经的痛苦！"

"我不怕痛苦，我要真相……"我咬着牙说道。

"三年前你为什么不要？……现在我已经和向晨在一起了，或许很快就会结婚，你觉得还有必要吗？”

“我……”我忽然说不下去，理智告诉我，简薇说得对，真相对于现在的我们而言，除了痛苦，什么也得不到。

沉默中，寒风吹起了河面的波浪，于是霓虹在河面的倒影也开始不安地抖动了起来，我的心情随着没有规律的抖动而慌张。

简薇终于低声对我说道：“因为全世界都那么脏，才会找到最漂亮的愿望……昭阳，我会一直默默祝福你的，直到你找到那个最漂亮的愿望！”

我无法理解简薇想要和我表达什么，还想追问，她却已经起身离去，然后将最决然的背影留给了我，仿佛告诉我，所有过去的一切，终将化作怀念淹没在岁月中，没有必要再去深究什么。

可是到底什么才是我要去追寻的最漂亮的愿望呢？是那座天空的城，还有城池里长发垂肩的美丽女子吗？

我无法确定答案，夜却忽然黑得深不见底，我该回去了，因为暂时看不到天亮，才会看见自己最诚恳的梦想，而我的梦想一定不在这条流淌着虚妄的护城河里。

回到住处，我心神不宁地打开屋子的门，却意外发现鞋架上多了一双女式的冬款长靴，然后我便看到了坐在沙发上看文件的米彩，又忽然想起几个小时前，我们在CC的餐厅弄得很不愉快，难道她是来兴师问罪的？

我来到米彩的身边，疑问道：“你怎么来了？”

“我的房子，我不能来吗？”

“你不是租给我了吗？”

米彩放下文件抬起头看着我：“我是租你了，可是你给我房租了吗？”

“你上次说不用给，买些盆栽放家里就行了，怎么着，你是想出尔反尔吗？”

米彩环顾四周不冷不热地说道：“那你买的盆栽呢？”

“还没有时间买，但是我肯定会去买的。”

“没有时间？我看你挺闲的呀，还有空玩赛车。”

我终于确定米彩就是为了那个蔚然来找我碴的，顿时不爽地说道：“我乐意玩赛车，就不乐意去买盆栽，怎么了？”

“所以你就是一个没风度、没信用的无赖，一辈子都改不掉。”

米彩的冷嘲热讽让我愈发憋屈，看着她半晌，怒道：“我是无赖，我是没风度，就你那朋友是翩翩君子，行了吧？”

“你干吗要拿自己和他做对比？”

对啊！我干吗要拿自己和他做对比？瞬间有点心虚：“你管我和谁做对比……说你来这儿的目的。”

“我那边的房子让给蔚然住了，不来这里去哪儿？”

米彩的回答让我一愣，我当即问道：“你不介意和我住在一起啊？”

“介意，所以待会儿你去住酒店，这几天你都得去住酒店。”

我在自作多情中羞愧难当，也更恼火，几步走到米彩身边，快贴着她的脸，怒道：“凭什么啊！你怎么不让你那什么朋友去住酒店？……我告诉你，小爷我哪儿也不去。”

“你……”米彩气得说不下去。

战局瞬间扭转，我有恃无恐地说道：“别做无谓的挣扎，但凡是事儿都得讲一个理字，房子你已经租给了我，现在你可没有使用权，至于那个盆栽的事情，你事先也没限定我什么时候买，我明天补上就是，所以今天晚上你能不能住在这里还得征求我的同意。”

“那你是要我去流落街头吗？”

我笑了笑说道：“你可不会流落街头，你那么有钱，哪怕是出去了，也是住五星级酒店，而我就不一样了，要是真被你赶出去，不是去住小旅馆，就是真的流落街头。”

米彩的语气终于软了些：“别把自己说得那么可怜。”

“可怜不是说出来的，也不是装出来的，自从我们认识后，我怎么活的，你不清楚吗？”

米彩沉默，好似在回忆我们认识后，我活得是多么穷乏，许久，终于对我说道：“那我去住酒店吧。”说完便从沙发上拿起了自己的手提包。

我从她手上抢回了手提包，又放在了沙发上：“都几点了，就别瞎折腾了好吗，又不是没一起住过，你赶紧洗洗睡，明天不是还要去上海的吗？”

“你怎么知道我明天要去上海？”

“你今天早上和我说过，赶紧去睡，明天早上我给你做早饭，不比你住什么酒店要差。”

米彩看着我，点了点头，然后回自己房间换了衣服，又去卫生间洗漱。

我却因为这个夜而疲倦，坐在沙发上，点上一支烟缓解着这种身心俱疲，却已经忘记了米彩还在屋子里，要是见到我在客厅抽烟，又得数落我了！

第127章

表白吗？

好在米彩洗漱的时间够长，我吸完烟后便打开了窗户，很快屋内便没有了烟味，一切恢复如初，只是我的烦闷却未能随着烟雾飘散到窗外，头脑里满是简薇离开时的影子。

米彩终于从卫生间里走了出来，虽然此时的她素面朝天，可美字仍好似刻在了她的脸上，以至于夜深人静时，我觉得她是如此的不真实，我觉得：女人真的不应该美成这个样子，她该平凡一些才好。

“昭阳，今天你去和魏笑赛车，谁赢了？”

“我。”

“哦，10万转的马达果然很厉害!”

“还好。”

米彩并没有发觉我不太愿意说话，又追问道：“那他请你去吃肯德基了吗？”

“没有，我请的他。”

“不是你赢了吗？……以你的品行，会轻易放了小胖墩？”

米彩的话让我想起魏笑孤苦的身世，心思又被拉了回来，将魏笑的身世告诉了米彩，说完我看着她，却发现她哭了，不可抑制地哭了。

我这才意识到魏笑的身世和她很像，区别是她有充裕的物质去填补生活，而魏笑除了一个相依为命的爷爷什么都没有。

我从纸巾盒里抽出一张面纸递给她，我有点埋怨自己，我不该和她说起魏笑的身世。

夜深人静时，一个女人在自己身边柔弱地哭着，让我的内心充满煎熬，却又不知道怎么安慰，只怪夜让人感性……

无措中我对米彩说道：“如果你不介意的话，我可以把肩膀借给你哭一会儿。”

米彩真的趴在了我的肩膀上抽泣着，好似找到了一个依仗哭得更凶了。

其实我懂她此刻的心理，她是累了，她真的很想念她的父亲米仲信。如果米仲信还活着，就不会让米仲德操控着卓美为所欲为，而她也不必如此孤独地去面对残酷的商业争斗，依然是那个被父亲庇护着的千金小姐。

许久，米彩终于离开了我的肩头，可却在我的外套上留下了一片泪迹，她抽出纸巾擦掉脸上的泪痕，抱歉地对我说道：“你的外套等我有空送去干洗。”

“不至于，我不嫌弃你的眼泪。”

米彩的情绪已经平复了一些，她看着我说道：“你没有听过眼泪鼻涕一大把吗？”

“你的意思是，你连鼻涕也蹭在我衣服上了？”

“难过的时候谁还顾得上那么多，所以真抱歉，弄脏了你这么帅的夹克。”

我打量着自己的夹克，随即感叹，道：“呃……你这么一说，好像真的挺帅的啊！”

随即便和米彩相视一笑，笑过后，我们又沉默着，因为所有的苦中作乐都是暂时的，而苦痛却已经刻进骨髓里，许久我终于问米彩：“如果我没有猜错的话，那个蔚然在你人生最苦痛的时候，一定陪伴着你，给了你很多帮助吧？”

米彩点了点头，道：“嗯，就是他教会我弹吉他的，如果没有他，我不敢想象自己要怎么熬过那段日子！”

我沉默，心中却有些羡慕蔚然，如果那时候的我遇到米彩，我想，我也会教她弹吉他……

米彩又笑了笑说道：“其实我还是蛮幸运的，在美国有他这个朋友，回国了又遇到了你，又因为你认识了CC和罗本，你们都对我很好！”

我有些失落，或许米彩对我并没有什么特别的感觉，我只是她所有朋友中的一个。

我掩饰了失落，笑道：“你可不要掉了伤疤忘了痛，我对你很好吗？……我可还记得我扔了你的被子和床单。”

“人和人的关系是基于了解后一点点建立起来的，那时候的我也恨不能把你送进派出所，可现在的我却完全没有这样的想法，虽然你还是原来的你，但我却更加了解你了。”

我很认同米彩的说法，更感受到她心思的细腻，虽然她看上去淡漠，但内心世界却和我一样的丰富，在我感知和揣测她的同时，她也在感知我，揣测着我。

但是，我们到底是因为什么转变成现在这样的呢？我不希望是因为我曾经帮助过她，更希望是日积月累的细微生活改变了我们。

夜更深了，米彩也更安静了。看着她，我疲乏的心忽然一阵悸动。这一刻我不愿意再想起那些让我伤痛的过去，我想和她表白……可是却开不了口，我觉得她没有理由该成为我昭阳的女朋友，就算她真的要找男朋友，也应该是那个富有、且在她苦痛时同样给过她许多安慰和照顾的蔚然……于是我的表情越来越挣扎！

米彩注视着我，疑惑地问道：“昭阳，你是不是有什么话想对我说？”

“呃……”

米彩看着我，呼吸好似有些急促，又好似没有，总之这一刻我充满紧张，无暇细看她的表情。

“呃……我的夹克你拿去干洗了吧。”我说着从身上脱下了夹克扔给了米彩。

米彩接过我的夹克，对我说道：“这个事你也要这么吞吞吐吐地和我说吗？”

“那要怎么和你说啊？”

米彩将夹克叠好了放在茶几上，许久才对我说道：“时间不早了，我去休息了。”

“哦，好！”

“那你也早点休息吧……对了，等我从上海回来，我们一起去找魏笑吧，我想帮帮他。”

“好，没问题。”我赶忙应了一声。

米彩又看了看我，却没有再说什么，然后从沙发上起身向自己的房间走去，于是空荡的客厅里又只剩下我一个人。

我赶忙跑到阳台给自己点上了一支烟，心中一阵后怕，刚刚幸好克制住了，我很明白：夜深人静时，人是极度感性的，一切基于感性的表白都是在耍流氓，我很不愿意在米彩的人生中留下流氓的一笔。

其实更害怕被拒绝后的苦痛！

第128章

广场卖唱

抽完一支烟后我回到客厅，好似空气里还弥留着米彩身上的幽香，可我却快遗忘了刚刚要和她表白的冲动，于是我觉得：只要不见到她，我都是理性的。

洗漱之后，我收起了一切情绪躺在床上，而那些想不通的事情我选择遗忘，因为这样会好过一些，很多时候我真的不愿意太认真地活着。

次日，我一早便起了床，却不想米彩比我起得还早，以至于没有机会为她做上一顿早餐。

酒吧不营业，我这一整天也变得无所事事，我想兑现诺言去花木市场买些盆栽，可最后却放弃了，因为我更希望用仅有的钱为米彩买一辆油动力的赛车。

我打算将自己这辆改装过性能还算不错的赛车卖掉，然后加上身上的钱勉强可以买一辆油动力的赛车送给米彩。

我打开了电脑准备将赛车的信息和照片发布到网站上，却恰巧看到一辆油动力的赛车正放在网上卖，看了下配置，都是比较顶级的，但是卖主的要求却很奇怪，他想以车换车，而且是换一辆电池动力的赛车。

我当即和他取得联系，才知道，原来那辆油动力的赛车是他买给他儿子玩的，却因为操作难度高，小孩子根本掌控不了，可放置着又可惜，所以打算换一辆电池动力的车给他儿子先练手。当然，如果要换，还是得补贴给他一些钱的，毕竟两种类型的车差价很大。

我约了他到卓美购物中心的门口见面，然后将自己的赛车给了他又补给了他两千元，最后顺利地完成了这笔交易。

当将这辆油动力的赛车拿在手上时，我心中充满了欣喜，我的欣喜源于米彩见到这辆赛车时会欣喜。于是，我更加期待米彩会在今天晚上之前赶回来，我已经迫不及待地想把这辆车送给她。

我拿出手机当即给她发了一条微信：“你今天晚上会回来吗？”

片刻之后她回了信息：“不回了，蔚然也来上海了，今天晚上打算陪他在上海逛逛。”

看着这条信息，我好似被迎面浇了一盆冷水，心中失落，可又无可奈何，毕竟米彩没有义务每天和我待在一起，毕竟她有她的朋友。

我看着手中的赛车一阵无奈，也没有再回米彩的信息，只是将手机又放回了自己的口袋里。

今天轮到罗本去酒吧监工，于是我更加无事可做，便带着刚换到手的赛车打算去广场显摆显摆，然后借此排解心中因为米彩今天晚上不回来而产生的失落。

来到广场时已经是黄昏，而这也是广场一天中最热闹的时刻，所以会看到一对对情侣热情地拥抱在一起，时不时啃对方一口，又会看到年轻的父母带着满足的笑容，看着自己正在戏耍的孩子。可这些别人的幸福却将我映衬得更加孤单，连抽根烟都得躲在树后，生怕被广场的管理员逮到罚款。

终于吸完了一根烟，我又从树的后面走了出来，然后将赛车放在地上自娱自乐地玩了起来。赛车强悍的性能很快便引得许多小孩前来围观，在他们叽叽喳喳的声音中，我也终于好受一点。

我举着赛车对这一群小孩说道："你们都给我听着，想玩我的赛车，就得叫我声大哥，谁叫得最响亮，就先给谁玩。"

顿时一个小孩扎着马步，气沉丹田，带着爆破音喊了我一声"大哥"。

见他喊得这么撕心裂肺，我也不好意思食言，便将遥控递给了他，却又生怕他操控不了，撞坏了这辆我要送给米彩的车，于是又十分紧张地死盯着。

等几个孩子都玩了一遍后，我终于松了口气收回了赛车坐回到长椅上，看着那群仍意犹未尽的小孩又随之想起了魏笑，今天他好似没来广场玩车。

我四处看了看，意外地在广场另一边的角落里发现了魏笑，他好像摆了个什么小摊，太远看不清楚，我便起身向他那边走去。

我站在魏笑的面前，只见他坐在一张小板凳上，身前垫了几张报纸，上面放着一些手工编织的手提篮。

他随即发现了我，很开心地向我喊道："昭阳，你怎么又来广场了？"

"我上次让你喊我什么的？"

魏笑"嘿嘿"笑了一声又改口喊我"大哥"，并将自己的小板凳很客气地让给了我坐。

我看着这些手提篮向他问道："这些都是你爷爷编的吧？"

“嗯，10块钱一个，你要买一个吗？”

“小东西，真会搞推销啊！”

魏笑噘着嘴语气低落地对我说道：“今天还没有人买呢！”

我不想他太失望，便从钱包里抽出10块钱递给他说道：“那成，我买一个，编得挺漂亮的！”

魏笑高兴地从我手中接过钱，感叹道：“大哥，你真是一个好人，我要是像你这么有钱，爷爷就不用天天编篮子了！”

“我算哪门子有钱啊！”

“你就是有钱，你都吃得起肯德基和麦当劳！”

魏笑的幼稚却让我有些伤感，在明星随便走个秀都几十万出场费的今天，却仍有一个孩子天真地觉得吃得起肯德基和麦当劳就算有钱。我真的不知道这到底讽刺的是哪个阶层。

心中重重一叹息，只恨自己没有能力，现在我能给予魏笑的帮助，也仅仅是请他去吃肯德基再买上一只手工编织的手提篮。

我决定再多帮魏笑一些，于是回家拿了自己的吉他，坐在他的小摊边充当着流浪歌手，开始了街头卖唱……

很快便有人向我们这边聚拢过来，这些人中有看魏笑可怜买了他编织篮的，也有听完歌后扔了些碎钱给我的，总之在这个黄昏中我和魏笑因此赚了些小钱。

天色终于暗了下去，气温开始骤降，广场上的人也少了一些，我将路人们给我的钱全部送给了魏笑，收起吉他准备离开，却忽然看到远处一个曼妙的身影向我们这边走了过来。

我看不太清，但随着她越走越近才发现竟然是米彩，她从上海回来了，我随之疑惑，她不是要陪着蔚然吗？

第129章 去卓美设柜

我有些发愣，身边的魏笑一声惊呼："哇，大哥！裁判姐姐来了！"

"我眼不瞎，你把持一点，别乱叫！"

魏笑冲我吐了吐舌头，果然是小孩子心性，而米彩也已经来到了我们面前。此时，她的身上还穿着商务装，好似没来得及换上厚衣服，于是在这个冬天的傍晚，她在寒风中看上去更单薄了。

天色已经完全暗了下去，我估摸着不会再有广场管理人员出现，便明目张胆地从口袋里抽出一支烟点燃，吸了一口向米彩问道："你不是要留在上海陪蔚然的吗？"

"我觉得你有很重要的事情找我。"

米彩的回答让我一愣，才问道："你这么判断有什么依据吗？"

"因为你很少主动联系我，后来我给你发信息你也不回，肯定是因为失望心里不快活了，你蛮小气的！"

我当即从口袋里拿出手机，果然有米彩后来给我发的微信，询问我有没有什么事情，可是我一直在嘈杂的广场玩赛车、唱歌，根本没有听到微信的提示音。

我将手机凑到米彩面前，道："看到没，你发的信息我都没打开，所以不是你说的小气，是根本没有听到。"

话刚说完，我心中却产生了一种异样的感觉。上次，我在徐州时因为联系不上米彩差点连夜从徐州赶回苏州寻找她的踪迹，这次米彩以为我失望又从上海赶回苏州，虽然上海到苏州的距离要比徐州到苏州的距离近上很多，但也足够说明她是在意我的。

“昭阳，醒醒，千万不要自作多情！”我赶忙又心有余悸地提醒自己。

“那是我误会你了！”米彩稍稍停顿后又补充，“我昨天说过让你带我找魏笑，我以为你今天说的就是这个事情，要不然我不会回来的。”

米彩的话真让我庆幸事先提醒自己不要自作多情，她只是为了和她有同样苦痛的魏笑才从上海赶回来的，否则也不会找到这个魏笑有可能会出现的广场上来。

我还没有说话，魏笑却疑惑地看着米彩问道：“裁判姐姐，你为什么要找我啊？”

米彩摸了摸魏笑的脑袋说道：“因为姐姐想帮你。”

魏笑面露喜悦之色说道：“那你买我爷爷编的篮子吧，昭阳也说编得很漂亮呢！”

这个时候我也不和魏笑计较他习惯性地喊我昭阳，意味深长地对魏笑说道：“傻孩子，你的目光要放远一些，站在你面前的这个人忒傻、钱特多的姐姐，买一间肯德基送给你都是小意思！”

魏笑张大嘴看着米彩，米彩却瞪着我说道：“我很傻吗？”

“谈不上聪明。”我没有底线地损着米彩，如果她也傻的话，天下恐怕就没有聪明的女人了。

却不想话音刚落，不知从哪儿冒出来一个广场管理员大妈，冲我一声怒吼：“那个抽烟的小伙子你把烟给熄了！”说完快步向我走来，那架势，不罚我个百来块钱都不解她心头之恨似的。

我将烟往地上一扔，对米彩和魏笑说道：“肯德基，待会儿肯德基汇合……”说着人已经背着吉他绝尘而去。

片刻之后三人在肯德基碰了面，我略带得意地说道：“怎么样我的速度还可以吧？”

米彩不屑地看了我一眼说道：“明明是不讲公德后的落荒而逃，为什么你还能说出沾沾自喜的味道呢？真是奇葩！”

我被米彩说得脸上无光，怒道："那你刚刚有没有吸到我的二手烟，吸到了你就是我的同伙……不比我高尚到哪儿去！"

"真是百年难遇的奇葩，逻辑更奇葩！"米彩一副无语的表情。

站在两人中间的魏笑也插话道："大哥，你刚刚还不如不跑呢，那个大妈和裁判姐姐要罚款了。"

我向米彩问道："你给了？"

"不给怎么办？我可没有你那么厉害的速度！"

我不理会米彩的挖苦，似笑非笑地说道："那你可不就是我的同伙嘛，要不然你干吗帮我缴罚款，我的逻辑完全没问题啊！而且我刚刚说你人傻钱多也没说错吧？我抽烟是为国家的烟草税做贡献，凭什么罚我这个良民的款！"

"你刚刚跑那么快不累吗？……现在还能说这么多废话！"米彩噎了我一句。

我却浑然不在意地笑了笑，道："你这么一说还真的挺累的，赶紧进去吃东西……你请客。"

三人在肯德基吃了些东西后，米彩便开着车和我一起将魏笑送回了家。

魏笑和他的爷爷住在本市已经很少能见到的一个棚户区内，居住环境不是一般的差，甚至车子都开不进去，我们只能步行着进了棚区内。

路上魏笑告诉我们，本来他们家是有房子的，可是为了给他爸爸看病便卖掉了，可即便这样最后也没能治好病，而听完魏笑的叙述后，米彩的表情更加凝重了。

终于来到了魏笑现在的住处，他带着我和米彩避开了一个个障碍物终于进了低矮的屋内，然后我们便看到了在昏黄灯光下编织竹篮的老人，也就是魏笑的爷爷。只见他的身边放着一根拐杖，一条腿无力地蜷缩着，而饱经风霜的脸上布满了皱纹，似乎生活的艰辛已经刻进了这个老人的骨子里。

魏笑说明我们的来意后，腿脚不便的老人挣扎着要帮我和米彩倒水，我和米彩连连阻止。此刻我相信米彩的心情和我一样沉重，所以她几乎第一时间便从手提包里拿出了一沓钱给了老人，并表示有什么困难尽管和她开口。

老人连连道谢，可是靠接济去生活终究不是长久之计，而魏笑还太小，根本不能为这个家庭做些什么。

我和米彩陪魏笑的爷爷聊了一会儿后便离去，走出棚户区的路上我们却因为沉重谁都没有开口说话，直到我坐在了她的车上才对她说道：“……你能接济他们一时，也不能接济他们一辈子，我觉得与其给他们鱼，不如给他们一根可以钓到鱼的鱼竿。”

米彩若有所思地点了点头，向我问道：“你有什么想法吗？”

“看你愿不愿意了。”

“只要能帮到他们我肯定愿意的。”米彩看着我神色认真地说道。

我稍稍酝酿了一下，对米彩说道：“魏笑的爷爷会手工编织，也是一门手艺，我觉得可以把他编的东西包装成产品，然后去你们卓美设柜，这样不就从根本上解决了他们的生计问题了吗？”

第130章 打肿脸充胖子

在我提议将魏笑爷爷做的手工品包装成产品到卓美设柜后，米彩一脸思索的表情，半晌问道：“有更具体的想法吗？”

我想了想说道：“我的构思是在商场里划出一小块地方，能够放一个展示柜就行，用来陈列产品，然后再动用媒体的力量对这件事情进行报道。这么做的好处有三个：一来，可以提升你们卓美的美誉度，毕竟这件事情带有公益性质；二来，也多少能够引起人们对弱势群体的关注；三来，就是实质性地帮助他们爷孙俩了，我相信这么大的城市里，总会有爱心人士愿意花一些钱去买这些手工品的，要求不高，只要能维持他们的生活开支就行……另外，我建议可以在展示柜的上方安装显示器，找专业的制作公司，制作几期专题片，利用显示器循环播放，让人们更直观地了解到弱势群体的生存状况……我相信以卓美的影响力，这件事情操作起来没什么难度吧？”

米彩点了点头说道：“嗯，我会尽快让人去操办这件事情的，你的这个想法不错，原本我还担心……”

“担心你叔叔有意见？”

米彩点了点头说道：“嗯，事情虽然小，但终归是不盈利的，他是一个商人，很排斥这样的事情，按照你的策划去操作，确实会提升卓美的品牌形象，他即便有意见也提不出来了。”

米彩的解释让我更加反感米仲德这个人，但这个世界上真的不缺他这种为富不仁的商人，可这种人恰恰是最可怕的，此刻，我也更能理解米彩的心力交瘁。

米彩将我送回到住处，却没有下车的打算，我疑惑地问道：“蔚然没回来，你今晚打算去那边住吗？”

“我还得去上海，我答应了蔚然会回去的。”

“这都八点半了，不至于吧？”

“上海也不远，一个小时就到了。”

尽管有些不放心她疲劳开车，但却知道她是一个言出必行的人，我是拦不住她的，而且我也没有正当的理由阻止她赶回上海和蔚然约会。

终于带着些失落对她说道：“那行吧，你路上开车注意安全。”

“嗯。”

我又看了她一眼，心中还期盼她能改变主意，可是她的表情告诉我，上海她是回定了，于是我打开车门，准备下车。

却不想这个时候的米彩一阵咳嗽，好像感冒了……

能不感冒嘛！本来体质就差，这么冷的天还穿着如此单薄的商务装跟在我后面跑来跑去的！

“你感冒了？”

“没事儿。”

“有事儿，你给我下车，这感冒了，注意力涣散能开夜车吗！”

“可是……”

“别可是了，要是那蔚然这都不能理解的话，我现在就去上海抽他个小海龟！”

“你能不能别这么粗鲁！”

我不理会米彩的抱怨，摸了摸她的额头，隐隐有发热的迹象，于是更坚决地说道：“下车。”

米彩还在犹豫……

“你是不是要我抱你下来啊！”

“你敢。”

米彩显然忌讳这种亲密的肢体接触，我不强人所难，便看着她给她最后的机会让她自己下车，却不想她还在犹豫。

我当即打开了车门跳下了车，为了防止米彩将车门锁死，冲刺着跑到她那边，拉开车门，不给她挣扎的机会，顺手拔下了车钥匙，又解开了她身上的安全带，一把将她从车上抱了下来，整套动作一气呵成，没有一点儿拖泥带水的。

“你干吗呀！”米彩惊慌失措中扯住了我的衣领。

“回家，给你治病。”又一脚将打开的车门给踹了回去。

我原本以为米彩会让我将她放下来自己走，却不想她忽然便不挣扎了，也不吱声，好似等我将她抱到楼上去。

此时我以一个很别扭的姿势抱着米彩极其费力，便和她商量：“换个抱姿吧，要不然我背你上去。”

“不换。”米彩说着死死地搂住我的脖子。

于是我就这么打肿脸充胖子，保持着原有的姿势抱着米彩向楼道处走去……

“我靠……你怎么这么重！”我在抱怨中蹒跚地向上爬着，每上一级台阶都好似用了吃奶的劲儿。

虽然女人很在意别人说自己重，偏偏米彩不在意，她依旧保持着沉默，而这种沉默源于绝对自信，她的身材是完美的。

其实，此刻就算抱着的是一个孩子，以这种别扭的姿势爬上五楼，也是吃不消的，于是我越来越崩溃，可又不想丢了男人的伟岸形象，咬着牙继续向上爬着，却感觉自己的脸越来越肿了！

我终于将米彩抱到了五楼，手酸胀得好似不是我自己的，她却还没有下来的打算，我不得不提醒她："到了，你该下来了吧？"

却不想她原形毕露地对我说道："让你再占我便宜啊，累死你！"

"你怎么这么蔫坏？……赶紧下来，我真扛不住了！"

"你得和我保证下次别再占我便宜了。"

"别用占便宜这样的字眼行吗？"

"你又不是我男朋友，你这么抱着我就是占我便宜！"

"哇，真新鲜！我占你便宜，你还这么死赖在我身上不下来？"

"反正已经被你占了，索性给你长点记性……"

我刚想回话，却不想房门忽然被打开，然后便看到板爹站在我和米彩的面前……

我和米彩几乎同时本能地松开了对方，极度震惊中，破天荒地没喊他板爹："爸……"又语无伦次地问道："你……你怎么……来了？"

板爹看了看我，又看了看身边低着头的米彩，半晌说道："出差。"

"你来怎么不打我电话啊？"

"怕打扰你工作，正好钥匙你放在门框下了。"

极度窘迫中，我总算还有一点理智，随之疑惑：为什么板爹来苏州就认定了我还会住在这里，难不成他真以为我是为了米彩才回苏州的？

再看看身边的米彩，朦胧的楼道灯下，她的脸红得像苹果，想咳嗽还拼命忍着，好像做了什么亏心事儿似的！

第131章 不要感动到哭才好

板爹又分别看了看我和米彩，这让我们更加尴尬，我终于在尴尬中用一副正人君子的腔调解释，道："板爹，小米同志有点感冒，所以我就发扬风格……"我没有说下去，毕竟有点难以启齿。

板爹点了点头说道："我以为她崴脚了。"

板爹这么一说，我和米彩更加无地自容，板爹的意思很明显：区区感冒，抱什么抱！

我和米彩就这么尴尬地站着，板爹没有再为难我们，说道："给你们煮了点宵夜，进来吃吧。"说完进了屋内。

终于我和米彩两两相对，我埋怨道："让你下来自己走，你偏不，这回知道尴尬了吧。"

"臭流氓……"

回到屋内，板爹已经给我和米彩盛好了汤圆，他向我们问道："家里还有感冒药吗？没有我去买。"

我问米彩："上次给你买的感冒药你吃完了吗？"

"还有。"米彩应了一声依旧低着头，没从刚刚的羞涩中缓过神，毕竟她在板爹眼中是一个很正经的姑娘，可偏偏板爹看到的那一幕，就是她死死赖在我身上不肯下去。

板爹点了点头，道："那行，你们吃吧，我去住宾馆……昭阳，你吃完记得给她煮一碗姜汤。"

“板爹，你不再坐一会了吗，我想和你聊聊。”我起身说道，毕竟因为李小允的事情，让他和老妈对我失望透顶，我想说点儿什么，让他好过一些。

“明天再说，明天中午我来给你们做饭。”

“哦，那我送送你吧。”

“不用，宾馆就在你们小区对面，你待会儿记得给小米煮姜汤，感冒不重视，也会落病根的！”说完转身向屋外走去。

我轻声对米彩说道：“你不和我下去送送我爸么？”

“你自己去吧……他不知道怎么看我呢！好丢脸！”

“知道丢脸就好，你简直就是毁了我爸的三观，这次他是肯定把你给看扁了……太不矜持了！”我故意危言耸听道。

米彩默不做声，许久轻叹一声，又一声轻叹……悔不当初！

将板爹送到楼下后，我又回到了屋内，而米彩已经回了自己的房间，碗也没收，我来到她的房门口，轻轻将门开了一条缝，猫着腰往里面窥视着，房间里只留了一盏小夜灯，米彩已经裹着被子躺在了床上，估计也没洗漱。

我打开门走了进去，问道：“你还没洗漱吧，怎么就躺下了。”

“没心情洗漱。”

我沉着脸教训，道：“不洗漱的行为不好……你可是女神！”

“我不是女神，是女神经病！”

“干吗这么说自己？”

“我要不是神经病，干吗让你抱我！”

“哟，你还惦记这事儿呢？……虽然你死赖在我身上不肯下去，还好死不活地被我爸看到了，但他也没说你什么啊，你就不要太较真了！”

“都怨你！”

对于米彩的使小性子，我无计可施，终于说道：“好……好……好，都怨我！……那个，你先别睡啊，我去给你煮姜汤，你喝完了以后再睡。”

“我吃感冒药了。”

“你受寒了，要喝点姜汤把寒气给逼出来，再配合感冒药双管齐下才保险。”我耐着性子劝她。

“不喜欢喝姜汤，味道太重了。”

“你又不天天感冒，偶尔喝一次死不了人。”

“不想喝。”

我又哄小孩似的说道：“听话，你待会儿喝完了，我送你一个好玩的东西。”

米彩终于来了兴趣：“是什么好玩的东西？”

“肯定是你喜欢的。”我充满信心地说道，因为她当然会喜欢，否则上次也不会让我送一辆油动力的赛车给她了。

“那我喝吧。”

“这就对了，身体可是自己的，不能马虎……你先躺着，我现在就去给你煮。”

米彩又提醒我：“那你说的好玩的东西要记得送给我。”

我一阵无语，更感叹她玩心重，弄得好玩的东西比她的命还重要似的，然后便想起了初次见面时她冷淡的模样，不禁感慨时间的力量，我们都随着它的流逝，变得越来越真切，越来越像自己。当然这只针对我和米彩，而相较于她之前的冷淡，我更喜欢现在这个真实的她，至少不像曾经那般遥不可及，我也不必站在一个不能逾越的海角，遥遥看着隔岸的她。

半个小时后，我将熬好的姜汤端到了米彩的房间里，她正在打电话，听聊天内容，对方应该是那个蔚然，因为米彩说自己感冒了，不能回上海，并表示改天一定会抽时间陪他。

等米彩打完电话，我将姜汤递给了她，假装不经意地问道：“你没回上海，那小海龟生气了吧？”

“没有生气，他在上海还有别的朋友。”

“是嘛，我就说你不值得赶回去吧，人家这会儿指不定在哪个会所里左拥右抱呢，多奢靡的生活！”

米彩皱了皱眉：“什么叫左拥右抱的！”

“你是不是想歪了？我的意思其实特简单，就是左面拥着自己的朋友，右面抱着的还是自己的朋友，都是朋友，也没说抱的是那些搞特殊服务的嘛！”

“龌龊、无聊，一点也不好笑！”

“先把姜汤喝了，治好了感冒，才能骂得更活灵活现！”

“你还真是伟大。”

“没有我的伟大，谁来衬托你的刻薄？”

米彩懒得再和我贫嘴，从我手中接过了姜汤，勉为其难地喝了几口之后，向我问道：“你说的好玩的东西呢？该送给我了吧？”

“喝完，喝完送你。”

“你先给我看看，谁知道你是不是骗我的。”

“别讨价还价，说了喝完送给你，以我一言九鼎的高尚品行不至于骗你一个生着病的女人。”

“我看一言九谎还差不多。”

“一句话能说出九个谎，你这是在夸我吗？语言大师也没这么牛的水平啊！”

“别贫嘴，反正你不先给我看，我就不喝了。”

我不至于和一个要着小性子的女人较劲，妥协道：“好、好、好，我去拿，希望你待会儿不要感动到哭才好。”

第132章 就是我偷的

在米彩的强烈要求下，我回自己的房间拿来了那辆换来的赛车，并手持电筒，充当追光灯，营造出一种粉墨登场的隆重感觉。

米彩从床上坐了起来，满脸期待地看着用报纸包裹着的礼物。

我持着手电一阵晃动，装模作样地咳嗽了两声，然后故弄玄虚地说道：“下面就是见证奇迹的……”

米彩聚精会神地看着，脸上期待的神色又重了几分。

我忽然关掉了手电，平静地说道：“你猜猜是什么东西。”

米彩咬着嘴唇，一脸生气地看着我，然后就将床上的抱枕扔在了我的身上，怒道：“你能不这么无聊吗，浪费人的情绪！”

“不无聊我会死的……”

米彩似乎真的生气了，又躺回到床上裹着被子背对着我，一言不发。

“喂……就逗了你一下，不至于吧？”

“至于，没见过你这么不正经的人，和你相处浪费情绪。”

“咱俩都不正经，好吧！你忘了你刚刚是怎么抱着我的，还被我爸看到了。”

“我不正经也是被你传染的……你已经是不正经的晚期了，无药可救！”

“你意思是，你还能抢救一下？”我顺着米彩的话问道。

“废话，只要你离我远远的，不接触病原体，我就还有救。”

这原本并不是一句很搞笑的话，可是从米彩嘴里说出来，我莫名想笑，半晌忍住笑意推了推她说道：“我离你远远的没有问题啊，但是那个我送给你的东西你真的不要了吗？”

“不要了，反正你也送不出什么正经的东西。”

“那可不一定。”

我说着解开报纸拿出了赛车，启动后，强劲的马达声音顿时嚣张地在房间里响起，汽油味随之弥漫了开来。

米彩果然又从床上坐了起来，盯着赛车看了许久……

“怎么样，很酷吧……送给你了！”

“昭阳……你真的买了！”

“你不用太感动的，喜欢就好。”

米彩向我伸出了手，我心中一虚，这是感动后的拥抱吗？我不能接受这种拥抱！毕竟骨子里我还算是一个正经的男人。

忽然米彩向陷入挣扎中的我催促道："遥控器给我。"

顿感一盆凉水迎面泼来，愣了半晌才对米彩说道："房间太小不能玩，汽油味也太大了！"

"那我们出去玩。"

我将赛车熄火，很严肃地对米彩说道："今天晚上你就死了这条心吧，马上把姜汤喝了，然后好好睡一觉。"

这次米彩却出乎意料地顺从，从床头的柜子上端起姜汤，几口喝完了，又很安静地躺在床上，然后看着我，却不说话。

我有些心虚，嗫嚅着问道："你干吗这么看着我。"

"这个赛车花完了你所有的钱吧？"米彩轻声回道。

"也没有全部花完，我拿自己的那辆赛车加了些钱和别人换的，身上零花的钱还是不缺的。"我赶忙解释，生怕她要给我钱，那我将赛车送给她的意义就没有了，也显得我很吃软饭。

"你拿自己的车换的？"

"对啊，换了就换了，没什么大不了的，那车我早就玩腻了。"我带着笑容如是说道，心却一阵沉痛，又想起了当初绝望中，用彩票中奖的钱买这辆车的情形，好似鞭笞着我的灵魂，审判着我的人生……现在换掉了这辆车，我情愿当作生命中的另一个开始。

米彩没有再说话，而我拿着她喝完姜汤的碗离开了房间，洗涮后，站在阳台上迎着寒风，又习惯性地给自己点上了一支烟。

烟雾弥漫中，不禁想起回到苏州后的日子，我好似在这短暂的时间内爱上了米彩，可又觉得爱得没有什么道理，更害怕这种爱是肤浅的，毕竟米彩这样的女人有着一种让男人无法抗拒的美丽。

那爱情到底是什么，又产生何处呢？我有些想不透，或许所谓的爱情只是一只彩色的蝴蝶，看起来美丽，却永远也不能接近；倘若你真的想把她攥紧在手里，她便会挣扎，然后在挣扎中摩擦掉所有的色彩，从此苍白。

我好似有点明白，为什么我会如此小心翼翼了，因为害怕触及不到她的灵魂，却擦掉了那层美丽的色彩！

无奈地笑了笑，又抬头看着天空，发现今晚的月色真好，那散发的光辉，好似向我述说着千万年的爱情传说，于是我身临其境地看到了那一段段如此斑斓的传说，却又在岁月的流淌中渐渐丢失了色彩！

所以，倒不如麻木所有的欲望，顺其自然，看淡一切！哪怕没有爱人，还可以对着月亮唱歌……

深深吸了一口烟，然后掐灭，终于收起一切情绪，再次去了米彩的房间为已经入眠的她掖好了被子。这一刻我不想从她身上获取什么，只想做一个默默在她身边付出的男人，保护着她那双色彩斑斓的翅膀。

次日等我起床的时候，米彩依旧没有给我为她准备早餐的机会，早早便离开了，却留下了那件她已经给我拿去干洗过的夹克。

我想起：昨天白天她都待在上海，也就是说，这件夹克她是带到上海去干洗的，这让我有些自喜，毕竟她把我的事情很放在心上。

于是安慰自己，不要去强求什么，这些她给我的小喜悦便是一种千金不换的收获。

快到中午时分，板爹果然如昨天所说，买了不少菜来到了我们的住处，为我们准备起中饭，又询问我米彩是否会回来吃饭。

我同样很关心这个问题，当即给米彩打了电话，她人倒是在苏州，却不愿意回来吃中饭，说是不好意思面对板爹，但又不愿意错过板爹做的中饭，所以让我吃完饭后，再给她送一份饭到卓美。

我劝了她半天，表明板爹并不会因为昨天她死抱着我的行为而看轻她，可她死活就不肯回来。

这更让我费解，她为什么那么在意板爹对她的看法，弄得好像是我们昭家未过门的媳妇儿似的。

片刻过去，我还在与米彩通话，板爹忽然从我房间里拿出了那几张当初从米彩办公室里偷出来的照片，好奇地向我问道："昭阳，这照片上的姑娘是小米吗？"

我赶忙捂住话筒，压低声音向板爹问道："你哪儿找到的呀！"

"帮你收拾房间从书里掉下来的，你应该弄个相框装上，夹在书里容易褪色。"板爹说话间又拿着照片回到了房间里，很热心地找起了相框。

我半天没回过神，却听到电话里米彩冷言向我问道：“昭阳，我办公抽屉里的照片是你偷走的吧？”

“别血口喷人啊！”

“呵呵，除了你，我办公室里的东西根本没有人敢动，我早就怀疑了……昭阳，你还算男人吗，有本事偷，没胆子承认！”

一听米彩说我不是男人，我就火了，当即承认，道：“就是我偷的怎么了？不就几张嘟嘴、瞪眼，像中了毒似的照片么！”

第133章 初遇米仲德

电话那头的米彩沉默了许久，这种沉默显然是因为生气，我忽然觉得自己真够缺德的，偷了她的照片不算，还对她一通带有人身攻击的臭损。

“昭阳，你爱怎么损我无所谓，但是你好好给我解释一下偷照片的事情。”

面对米彩的质问我有些心虚，我要不喜欢她，她的照片就算送给我，我也不要，可我也不能告诉她，自己真实的动机，半晌说道：“孔乙己都说了，偷照片不算偷。”

“你是不是以为我没上过小学？人家说的是偷书，不是偷照片。”米彩的语气愈发不悦。

“对啊！书印制了就是给人看的，照片拍了也是给人看的，本质是一样的嘛。”

米彩：“……”

“那个……我刚刚说你的照片像中了毒，似乎有点过分啊！其实……你真的挺美的，也很可爱……你知道生活中根本没有机会见到你那个样子，所以，那些被我偷走的照片对我来说，很珍贵！”许久，我言真意切地说道。

米彩又一次沉默，终于不再提照片的事情，对我说道：“记住待会儿替我把午饭送过来，到了给我电话，我去接你。”

米彩说完后便挂掉了电话，我却一时没有反应过来，她刚刚好像是说要亲自接我，而不是委派她的助理，我没听错，一定没听错！

片刻之后板爹已经准备好了中饭，我告诉他米彩工作忙没时间回来吃，待会儿我送到她们公司去，板爹平静地点了点头，所以我觉得米彩真是想多了，假设板爹把她当作我的女朋友，那么别说抱着我，就算和我睡在一张床上，板爹也不会觉得有什么，毕竟都是21世纪了，不是么！

吃饭间我和板爹聊了起来，最关心的当然还是老妈，我向他问道：“我妈最近还好吗？”

“麻将都打得少了。”

对于这个极具板爹特色的回答，我有些难过，我放弃李小允真的让老妈失望透顶，也更能理解她那颗巴不得我赶紧结婚的心，在她心目中李小允就是最适合与我结婚的对象。

沉默了许久我终于向板爹问道：“你是不是最近连鱼也少钓了？”

“大冬天的钓什么鱼？”

我沉默，我本想借这句玩笑话不让气氛太凝重，却不想更惹出了板爹的情绪。

板爹喝了一口酒又向我问道：“昭阳，小米的家庭是什么个情况？”

经板爹这么一问，我终于确定他是真的把米彩当成我的女朋友了，并认为我放弃李小允就是为了她，所以相较于老妈当时的表现，他要平静很多。

随便板爹怎么认为，但关于米彩的家庭情况我并没有隐瞒的必要，便将自己知道的都告诉了他。

板爹听完后表情显得有些凝重，许久才又向我问道：“那她的母亲呢？”

我一愣，好似米彩从来没有在我面前提起过她的妈妈，我也不太好冒昧去问，随后摇了摇头对板爹说道：“不清楚，她没说过。”

“小米这姑娘怪可怜的，你要好好对人家，今年过年要是有时间，你就带她回徐州，省得她一个人在苏州无依无靠的。”

我试探性地问道：“板爹，你真的不介意她的家庭？还有咱们俩家也门不当户不对的！”

“对于你的感情我一向主张你自己选择，所以你当初回徐州选小允我能接受，你回苏州和小米住在一起我也能接受，关键你做什么选择之前，一定要考虑好到底能不能和人家姑娘走下去，再把日子过好……类似小允的事情千万不能再发生，你把小允这姑娘的心伤得太重了！”

我不语，之所以不语是因为自责，关于和李小允仓促开始的爱情，是我人生中犯的一个重大错误。在这段感情中我是极度自私的，自私到希望李小允拯救我脱离苦海，又自私到没有对她尽到一个男朋友应尽的责任。此刻想来，李小允是我这一辈子唯一对不起的女人，所以板爹说得没错，我要引以为鉴，不要再辜负另一个可能在我生命中出现的女人。

吃完饭，板爹用保温盒将另一份没动过的饭菜装了起来，对我说道：“你回头把这份饭送给小米，我要赶下午一点发徐州的火车，就先走了。”

“我还以为这次你会在苏州多待几天呢！”

“事情都办妥了，单位还有其他工作要安排。”

“哦，那你路上注意安全。”我叮嘱道。

板爹点了点头，随即拿起自己的老式公文包准备离去。

我忽然头脑一热，喊住了他：“板爹……”

“还有什么事情？”

“……你不觉得我配不上小米同志么？到现在连份正经的工作都没有！”

板爹看着我，笑了笑说道：“我对自己的儿子有信心，好好努力，以后去做小米的依仗，别让这姑娘再受苦了！”

板爹的话让我眼眶发热，原来他从来没有看不起我这个一事无成的儿子，他的话给了我莫名强大的动力，我会努力奋斗，在奋斗中告别曾经的自己……

板爹就这么走了，带着一份误解走了，我之所以没有解释，是因为所有的解释都不再有说服力，毕竟米彩曾经去徐州找过我，毕竟我回苏州还是住进了她的房子里，毕竟我还偷偷藏了她的照片，还有昨晚她赖在我身上被板爹撞见的那一幕。

如此种种，甚至让我自己都产生了幻觉，幻觉中米彩就是我昭阳名正言顺的女朋友。

开着那辆已经属于我的奥拓小王子飞速驶往了卓美，而时间刚过12点，正是吃午饭时候。

因为事先联系过，等我到达卓美的访客登记处时，米彩已经先到了，她在等我。

我登记过后便随米彩一边走，一边聊天，但谁都没有再提照片的事情。我觉得：经过我一番胡搅蛮缠的解释后，米彩已经无力和我计较，而我也终于可以光明正大地拥有那些绝版的照片了。

走在通往总经理办公室的过道内，忽然转角处迎面走来一群人，为首的是一个有些白发，五官硬朗却看不出年纪的中年男人，他的气场很是强大，身后跟着的人都显得唯唯诺诺的。

很快我们就碰了面，他停下脚步，打量着我，硬朗却又阴沉的脸上带着一丝笑容向米彩问道："小彩，这是你朋友？"

听他对米彩的称呼，我当即明白，眼前这个男人很可能就是久闻臭名的米仲德！

第134章
乐瑶的讯息

对于米仲德的提问，米彩笑了笑说道：“嗯，是我的朋友。”

米仲德回应了米彩一个笑容，然后他身后的人又毕恭毕敬地喊了米彩一声“米总裁”，米彩与他们点头示意。

米仲德又对米彩说道：“我这几天要去南京开会，上海那边的事务你多费些心。”说完再次看了看我。

我发自内心地厌烦米仲德，但还是冲他笑了笑，与此同时，米彩点头对米仲德说道：“叔叔，你自己也注意身体不要太劳累了！”

米仲德轻轻拍了拍米彩的肩膀示意她放心后，随后在众人的簇拥中向出口处走去。

米仲德已经走远，我又向他的背影看了看，更觉得这个人深不可测。而反观米彩，在他面前是那么柔弱，简直不是一个层次的较量。当然，这个比较只是针对外形而言，米彩自有她的手段，否则上次也不会在一个星期内便瓦解了米仲德针对她的阴谋。

不过以刚刚的情形来看，米彩和米仲德还没有真正撕破脸皮。这也说明他们目前应该正处于势均力敌的平衡状态，但又互相牵制。至于谁能彻底掌控卓美，很难说，可潜意识里，我总觉得米仲德的胜算更大，毕竟他在卓美的根基要比米彩深厚太多。

我再次跟随米彩向她的办公室走去，开玩笑似的问道：“你刚刚让米仲德注意身体的时候，心里想的是什么？”

“没有想什么。”

“不可能吧，他那么对你，你还真希望他长命百岁啊？……也对，一般祸害都能活千年！”

米彩停下脚步，皱着眉说道：“我不许你这么说他。”

我震惊于米彩的态度，愣了许久才问道：“他不值得你这么去维护吧？”

米彩的表情有些黯然，沉默后才回道：“他始终是我的叔叔。”

我看着米彩，无奈于她的回答，因为她的善良在商场的争斗中是致命的，但是我又能说什么呢？像她这样高学历又有主见的女人，不会轻易被别人影响价值取向的，再者我站在外人的角度当然可以去鄙视米仲德的为人，但事实他确实就是米彩的亲叔叔。

来到米彩的办公室，我依旧很不把自己当外人，坐在米彩的办公椅上，然后又明目张胆地打开了她的抽屉，将那些没有偷完的照片拿出来细细打量着。

“昭阳，你不觉得随便翻人的抽屉很不礼貌吗？”米彩一副厌烦的语气向我问道。

“知道啊，但你不是经常说我是小学生吗，所以我的克制力差些很正常啊！”

米彩无语地看了我一眼，一副懒得理会的模样，低下头继续吃着东西。

我在无聊中又将她的相机也拿了出来，然后对着吃饭的她一通乱拍，典型的小人得志，却乐此不疲……

将拍好的照片全部塞进兜里后，我终于很正经地向米彩问道：“小米同志，那个帮魏笑的爷爷在你们卓美设柜的计划你开始办了么？”

米彩点了点头：“今天早上已经通知企划部出方案了……”稍稍停了停又向我问道：“对了，酒吧重新开业后的宣传营销你有思路了吗？”

我带着无奈回道：“还没有，你也明白在整体营销环境恶劣的情况下，很多营销创意是很难被实现的！”

米彩点头说道：“这确实是一个很有困难的挑战，但也最磨炼人不是吗？”

我笑了笑：“如果你愿意每天晚上去驻唱，我可以围绕这个点，用极少的资源，做出具有轰动效应的营销效果！”

米彩一副似笑非笑的表情：“我去驻唱可以啊，只要你付我演出费。”

我当然知道米彩在和我开玩笑，但顺着她的话说道：“你出个价钱吧，钱对我来说完全不是问题。”

“问题是没有钱，对吧？”

“你太了解我了……不过，咱们谈钱是不是有点伤感情，毕竟我们还算是朋友。”

“谁和你是朋友。”米彩下意识地噎了我一句。

我却不在意，问道：“那我们不是朋友，是什么关系呢？”

“我是房东，你是房客……”

“仅此而已吗？”

米彩抬头注视着我，许久才说道：“你觉得呢？”

“其实这么定义挺好的，我是你的男房东，你是我的女房客……”

尽管我故意混淆了房东和房客的身份，但米彩习惯性淡漠，没有再说什么又继续低着头吃起了饭，而我心中却有些失落，如果只是房客和房东，为何还会如此牵肠挂肚呢？

离开了卓美后的整个下午我都在酒吧监工，目前酒吧的装修进度已经过半，要不了多久便能以新的形象对外开放。这是好事儿也是我们所期盼的，但也让我焦躁，因为到目前为止，我还没有营销宣传上的思路。如果一直这么持续下去，我担心花了重金重新装修后的酒吧依旧会走上以前的老路，然后死在惨淡的经营中。

我想：我很难承受这样的打击，毕竟这个酒吧寄托着太多人的希望，而且欠简薇和米彩的各50万，也只有用酒吧的盈利去偿还才是最好的结果。因为我很担心乐瑶会在这么沉重的债务下走上一条错误的路，她的心性是我认识的女人中最不稳重的。

这个傍晚我有点孤独地在广场上玩着赛车，并且这种孤独还会持续到深夜，因为米彩下午去上海出差，晚上自然是陪着蔚然。

想起她和蔚然在一起的画面，我心中莫名难受，我知道这种难受不应该产生，可是谁又能控制得了自己的思维呢？于是我便自我谴责了起来，可在自我的谴责中，我好似更加孤独了！

天色已暗，我收起赛车准备离去，却忽然收到了CC的微信，她让我看今天的娱乐新闻，我有些诧异，但还是拿出了手机。

接着我便在某个网站的娱乐版比较醒目的位置看到了一条关于乐瑶的新闻，新闻爆料说：她与国内某知名男演员在酒店共处一夜，疑似有恋情。

当然，这条新闻的爆点是那个知名男演员，毕竟乐瑶还只是个没有知名度的新人。

我无法确定这条新闻的真实性，当即拨通了乐瑶的手机，准备向她求证，我希望这只是一条娱乐圈的炒作新闻，可如果是炒作，为什么炒作的对象会是乐瑶这个名不见经传的新人呢？毕竟她的炒作价值并不高，而且她与另外一个炒作对象在娱乐圈的地位也相差甚远，显然不符合炒作的规律。

于是在手机拨通后的提示音中，我更迫切地想知道真相了！

第135章 震惊的消息

电话在拨通后许久，乐瑶才接听，她有些诧异地向我问道：“昭阳，你怎么突然给我打电话啊？”

我因为迫切地想知道答案，没有一丝拖泥带水地问道：“我看今天的娱乐新闻了，就是想问你是不是真的。”

乐瑶先沉默，然后笑了笑说道：“当然不是真的，你应该知道我上部戏要开播了，所以这是开播前的例行炒作而已。”

虽然乐瑶给了我一个还算合理的解释，但我仍有些质疑：“就算是开播前的例行炒作，也应该是炒同部戏的女一号吧？”

乐瑶不屑地说道：“一个被炒烂的货色还有什么话题可炒的，我虽然不是女一号，但也是女主之一，而且比她年轻、漂亮，在我身上制造话题肯定比在她身上更有价值……对了，我已经正式和影视公司签约了，会是公司明年力捧的新人。”

乐瑶话中对女一号的愤恨让我意识到：上次打她耳光的很可能就是此人。

我陷入沉默中，娱乐圈向来就是一个充满规则的名利场，想在这个名利场出位，需要做出的牺牲是常人难以想象的，或许我真的不该将目光放在针对乐瑶的炒作事件上，相反，我应该真心诚意地对她说一声“恭喜”，毕竟签约了影视公司，也算在这个圈子里有了一份保障……

在我的沉默中乐瑶又对我说道：“昭阳，我先不和你说了啊，待会儿我有饭局要参加。”

“好，那我就不打扰你了。”

我以为乐瑶会挂掉电话，她却在电话里沉默了，许久对我说道：“谢谢你关心我……我会永远记得那座海对岸的小岛和那个为我在岛上升起炊烟的男人。”

“仅仅是记得却放弃去追寻了吗？”

乐瑶失落一笑：“世界就像一片泡沫，当你看破了泡沫的虚假，也就不愿意再去追寻那份可望而不可即的真诚了……你应该明白：当走进这个圈子，我便已经由不得我了。”

乐瑶没有再给我说话的机会，她说完后便挂掉了电话，而我却有些失神。

为什么她会在去北京的短短一段时间里便获得了和影视公司签约的机会，而那样的炒作机会她又是通过什么途径得到的呢？

或许此时的她已经选择了自己的路，但我却无法去判断她这条路是走对了还是走错了，因为本就无对错之分，只是审视的角度不一样而已，在常人看来可能是一条错误的路，可如果站在娱乐圈的角度去看，却恰恰是一条适者生存的路。

一声轻叹，我将手机又放回了自己的口袋里，天色却已经暗得没了边，我沿着路灯的光亮向城市的繁华走去，在黑暗和光影的重叠中世界渐渐变成了乐瑶口中的泡沫，如此之虚假！……所以我又怎能以自己置身于这片泡沫中的灵魂去苛责乐瑶什么呢？

回家的路上CC又给我打了电话，接通后她向我问道："昭阳，你和乐瑶联系过了吗？"

"嗯。"

"她怎么说？"CC关切地问道。

"她说是新剧开播前的例行炒作，对了，她签影视公司了。"

CC沉默了一会儿后，说道："我知道，她和我说过了……咱们作为朋友还是恭喜她吧，毕竟签约的是一个规模不小的影视公司，以后也就算有个着落了。"

"嗯。"我在情绪复杂中应了一声。

CC又想起了什么似的对我说道："还有件事情，这次乐瑶还帮罗本介绍了一个活儿，是帮一部正在筹备的戏创作主题曲，罗本可能明天就要去北京洽谈了，所以酒吧的事情你要多费心了！"

"真的吗？这样的机会对罗本而言实在太难得了，这是大好事儿！酒吧的事情我一个人扛没问题的。"

CC笑道："什么你一个人扛！不是还有我的嘛……不过，我也真的挺为罗本感到高兴的，听说乐瑶给他介绍的这部戏是大制作，希望他能抓住这次的机会，毕竟他也苦了这么多年了！"

"是啊，祝福他和乐瑶都能在这个圈子里走得更远！"

回到住处我躺在床上抽着烟，却没有一点想吃晚饭的心情，而乐瑶曾经简单、单纯的身影总是在我的脑海中晃荡着，于是我有点不能想象：下次和她见面时她会变成什么模样，也许已经是一个带着明星光环的成熟女人。

时间已经是晚上的九点，我终于有了饥饿感，却不想太费力气为自己做一顿晚餐，便从冰箱里拿出了挂面，准备煮一碗面凑合着吃。

吃面的过程中我意外地接到了方圆的电话，电话里他的声音很低落，让我陪他出去喝几杯，我问他发生了什么事情时，他却已经挂掉了电话。

我以为他和颜妍闹了什么矛盾，面也顾不上吃，当即打车往与他约好的餐馆赶去。

来到餐馆时方圆已经到了，他点好了酒，一个人有些沉闷地喝着。

我在他的对面坐了下来，关切地问道：“怎么了，是不是和颜妍吵架了？”

方圆给我倒上一杯酒示意我先喝酒，我因为想知道他找我到底所为何事，一口便喝掉了一杯白酒，然后等着他的回答。

方圆又喝掉了一杯白酒，重重叹息后对我说道：“陈景明这次可能要在公司栽了，高层里面有人想动他！”

我处在深深的震惊中，万万没有料到方圆找我竟然和陈景明有关，更让我意外的是，在职场中有着丰富经验的陈景明竟然会栽！！

陈景明是一个给予我很多帮助，让我敬重的上司，我关切地向方圆问道：“他怎么了？”

“……宝丽百货的执行副总李君仁你还记得吗？”

“当然记得！”

方圆叹息说道：“陈景明丢掉了上次成为公司副总的机会后一直很不甘心，所以便对李君仁下了手，你知道这些高层身上或多或少都有一些污点，陈景明便收集了一些李君仁在个人作风上的错误，通报给了总经理杨华清，可是……”

我代替方圆说了下去：“可是杨华清保住了李君仁，而且陈景明对李君仁下手的事情也被李君仁知道了。”

方圆点头说道：“嗯……陈景明太心急了，虽然李君仁作风不正，但并没有影响到公司的根本利益，以他在公司的地位，高层顶多是警告，不会有什么实质性的严惩……”

我已经明白了事情的始末，更深深自责，我知道以陈景明的谨慎，原本是不会犯这种低级错误的，之所以犯了，是因为他的年纪已经决定了他升迁的机会越来越渺茫，于是他才冒着这么大的风险动了执行副总李君仁，但遗憾的是，他失败了！

归根究底，陈景明的失败是我间接造成的，如果不是我当初破坏了他的机会，现在他已经名正言顺地成为宝丽百货的副总经理了，也根本不必兵行险招，落得如今这岌岌可危的下场。

方圆沉默了很久，才对我说道："如果陈景明倒了，宝丽百货我肯定也是待不下去了……昭阳，这个时候我不得不为自己和陈景明准备好后路……希望你能帮我们。"

我一时没有反应过来，问道："怎么帮？"

"把我和陈景明引荐到卓美……以你和米彩的关系，我相信没有问题的，而且卓美在上海的商场马上就要投入运营了，公司的中高层人员肯定很紧缺。当然以陈景明这些年在职场掌握的资源，或多或少也能帮到卓美，这对双方都有好处！"方圆说完后面露期待之色等待着我的答复。

第136章 蔚然表白了

我点上一支烟，心中权衡着这件事情的轻重。实际上我倒是希望陈景明和方圆能够去卓美任职，因为他们的能力都很出众，在以后很有可能成为米彩的助力，毕竟现在的米彩在卓美根基还不稳，需要培养自己的势力。

我终于对方圆说道："我回头和她聊聊吧。"

"把握有几成？"

我摇了摇头，道：“这个很难说……”

“你尽力吧，你也知道，整个苏州就卓美和宝丽两家大型百货，如果不能到卓美任职，我可能就要离开苏州了，不到万不得已我真的不想离开，因为这对颜妍不公平……唉！我这也是没有一点办法了，要不然也不能和你开这个口，让你为难！”

我拍了拍方圆的肩膀安慰，道：“都是自己兄弟，说为难就见外了，放心吧！我一定会和米彩说清楚的，争取让你们到卓美后有更好的发展，毕竟你和陈经理的资历在这儿呢，我相信对米彩而言也是一件好事。”

方圆点了点头，道：“嗯，我也就不和你说谢谢了。”

我笑了笑，随后想起一个关键的问题，我对方圆说道：“对了，如果通过我去找米彩，上次的事情想瞒住陈经理也就不可能了，改天你帮我和他解释一下吧，我是没脸去面对他了。”

“解释的事情不急，如果能办下来我们去卓美的事情，那时候再和他解释他也能接受，如果办不下来，也就没有说的必要了，这事儿咱们就烂在肚子里。”

不得不承认方圆考虑问题很全面，比如这个事情，如果我还没有办下来便跑去和陈景明解释，他心里多半很难释怀，如果办下来，也算是我将功补过后给他的一个心理补偿了。

带着复杂的情绪离开了小餐馆，回到家后准备给米彩打个电话先初步和她聊一下这个事情，却不想在鞋架上看到了她的鞋子，然后又听见了从卫生间里传来的水流，今晚她竟然从上海回来了！

我坐在沙发上等待着，片刻之后她洗漱完毕从卫生间里走了出来，又来到我的面前，问道：“你刚刚去哪儿了？”

“被朋友约出去谈了点事情……你怎么从上海回来了，不是说要陪蔚然的吗？”

米彩神色顿时变得有些复杂，半晌向我问道：“昭阳，我们是好朋友吗？”

我有些诧异米彩为什么会突然这么问，但还是点了点头说道：“当然算！”

“那我还是告诉你吧……”

我更加诧异了，许久才问道：“你要告诉我什么？”

米彩却又沉默了，好像很难以启齿，这让我心中一阵紧张，一阵着急，于是催促道：“你倒是说啊……”

米彩终于鼓足了勇气对我说道：“……蔚然今天和我表白了……”

我的情绪顿时翻涌了起来，好似又看到了当初向晨在颜妍和方圆的婚礼上向简薇表白的画面，心中忽然产生一阵挡都挡不住的刺痛。

许久我在一阵难忍的刺痛中强颜欢笑着对米彩说道：“我觉得你对他也挺有好感的，所以这应该是好事儿吧！”

“你真这么认为的？”米彩注视着我问道。

我忽然很想抽烟，却无法在米彩面前点上烟，因为这会暴露我真实的情绪，如果米彩真的接受了蔚然的表白，我会因此难过很久！

见我不语，米彩自言自语道：“唉！为什么相处久了的异性朋友最后都会变味了呢？”

米彩在我的身边坐了下来，忽然思维一跳跃向我问道：“昭阳，以后我们相处久了你会不会也学蔚然那样啊？”

“呃……蔚然这么做你不喜欢吗？”我总算不慌乱，转移话题问道。

“我不知道……”

米彩有些茫然的回答总算让我得以喘息，又赶忙充当情感专家，问道：“难道这么多年你就没有喜欢过一个男人吗？”

她的神色又变得黯然，许久说道：“没有吧，自从爸爸去世后，我好像对什么都没有兴趣了。”

此刻，我终于明白她的性子为什么会如此得冷漠，或许在米仲信没有去世前，她也和正常的姑娘一样，会嬉笑，会撒娇……

沉默了许久我又旁敲侧击：“是不是蔚然的表白不够创意，没能打动你啊？”

米彩摇头说道：“我们曾经在一起经历的很多画面他都用DV记录了下来，今天他去影院包了场，鲜花和气球布满了整个影院，然后他将那些画面，在只有我们两个人的播放厅里播了出来……我很感动……”

“真矫情！”我嘀咕了一句。

“你说什么？”

“真动情！”我赶忙改口。

米彩点了点头，好似还在回想蔚然向她表白的画面。

“然后呢，你接受了吗？”我有些紧张地问道。

米彩再次注视着我，半晌才轻声说道：“然后……我就跑回苏州了。”

我的大脑里忽然浮现出米彩从影院里落荒而逃的模样，但这并不能说明她就不喜欢蔚然，至少她也没有拒绝，只是因为她的注意力一直未放在爱情上，所以蔚然贸然的表白并没有给她足够的心理准备。

又是一阵沉默后，我依旧疑惑地问道：“你回苏州，为什么不去那边住，反而跑到我这边来了啊？”

“我心里有些乱，想找个人说说话可以吗？”

“那你怎么不去找CC？”

米彩的表情顿时变得不悦，随即从茶几上拿起了自己的手提包，对我说道：“既然你这么不愿意和我说话，那我就去找CC，我也不稀罕再和你说什么！”

实际上我并没有不情愿和米彩交流的意思，只是觉得这种事情米彩如果和CC说才更有道理，毕竟两个人都是女人。

我一把拽住了欲离去的米彩，皱了皱眉说道：“什么坏习惯，一句话说得不对就要往外面跑，你这是公主病知道吗？”

米彩挣脱了我，怒道：“为什么你总是对我这么凶？又对我……那么好？……你到底让我用什么情绪去面对你？”

我忽然就怔住了，我从来不知道自己在米彩心目中是什么样的人，原来我是如此让她没有主张……可这并不是我故意为之，对她凶或者好，似乎只是一种原始的本能，就好像我喜欢上她一样，没有太多的理由，只是一种本能。

我在无言以对中，活活跳过了所谓蔚然和米彩表白的话题，换了一副认真的表情说道：“你先别急着和我翻脸，我有正经事情和你说。”

米彩看着我，等待我即将要说的正经事。

我终于收起情绪，思考着用什么方式和米彩说方圆与陈景明有意向跳槽到卓美的事情。

第137章 天空之城在哭泣

当真的要和米彩说起方圆、陈景明跳槽的事情时，我才发现有些不太好开口，而米彩一直保持耐心等待着。

半晌我终于对米彩说道："我有一个朋友叫方圆，在宝丽百货任职，你一定有印象吧？"

"嗯，你继续说。"米彩的语气虽淡却自有威严，这便是工作状态中的她。

我又是一阵沉默后才说道："……他和我的老上司陈景明在宝丽百货遇到些麻烦，现在有意向……跳槽到你们卓美，让我问问你的意思。"

米彩并没有当即表态，而是很谨慎地问道："什么麻烦？"

"无非是权利争斗失败后的麻烦……"

米彩点了点头并没有表现得太意外，毕竟身处职场，权利争斗是不可避免的，只是有人因此获利，有人却黯淡收场。比如此时的陈景明，如果没有人给他一条出路，很可能因为年纪的关系，从此灰心失意地退出职场，而方圆多半也要落得个背井离乡的下场。这也说明职场是残酷的，或者放大一些说，人生更是残酷的。

"你希望他们到卓美吗？"米彩许久向我问道。

"我当然希望，而且我觉得这会是一件对双方都有利的事情。"

米彩笑了笑说道："陈景明的个人履历我了解过，他在这个行业有着很深的资历，这些年更为宝丽百货做过不少贡献。我很好奇是什么样的权利争斗让宝丽的高层情愿损失掉这么优秀的一个中层管理者？"

米彩的追问更让我感觉到她身居高位的气质，她的思维和逻辑真的很细腻且紧密！

稍稍沉默后我终于回道："你是有什么顾虑吗？"

"顾虑谈不上，我只是想弄清楚事情的来龙去脉，如果他们到卓美任职，便会影响卓美中高层的人员变动，谨慎一些没有错，对吗？"

我点了点头，米彩这么说，便证明她是有意向接纳陈景明和方圆加入卓美的，于是便将陈景明此次在宝丽百货的遭遇一五一十地告诉了米彩。

米彩听完后陷入沉默中，好似在思考怎么处理这个事情，许久对我说道："这样吧，你安排一个时间我想和他们进行一次面谈。"

"好……"我立刻应了下来，心中也随之松了一口气，以米彩在卓美的地位，愿意与陈景明、方圆进行面谈，那这个事情办妥的可能性也就很大了。

"还有没有其他什么正儿八经的事情了？"米彩又向我问道。

我不理解米彩这么问的含义，想了想回道："没有了，正儿八经的事情就这么一件。"

米彩随之拿起自己的手提包，说道："那我去CC那里了。"

"都这么晚了！你是打算今晚住CC那里吗？"

"嗯。"米彩面无表情地应了一声，好似还在意我刚刚疑问她为什么不去找CC说蔚然和她表白的事情。

"CC住的是单身公寓，就一张小木床，你去住有点儿挤吧？"

"是吗？"

"当然，我在她那张床上睡过好几次了，真的小，两人睡肯定很膈应！"

"你睡在CC的床上，还好几次？"

我顿时反应过来刚刚说出的话有些不妥，赶忙解释，道："那都是喝酒喝断片了以后，CC是一个好姑娘，肯定得收留我啊，但她都是睡在客厅的沙发上，把床让给我睡了。”

“你的生活真乱！”

我一皱眉说道：“这事儿扯着CC，你可别乱说……”

“我说的乱是指你喝酒喝断片的事情，你想哪儿去了？”

看着米彩似笑非笑的表情，我的思绪又被拉扯进那段不堪回首的画面中……

好似刚和简薇分手的那段日子，我几乎每天都在CC的餐厅喝到烂醉如泥，于是才有了CC后来的多次收留，所以米彩说的也没错，一个人每天在清醒和烂醉中切换，难道还不够乱吗?

我陷入沉默中，米彩也没有追问，拎着自己的手提包从沙发上站了起来，随后向门外走去。

米彩就这么走了，走了也好，至少我又可以肆无忌惮地抽上一支烟了！

夜的深不见底将从我口中吐出的烟雾渲染得那么厚重，我一时冲不破这弥漫的厚重，便陷入失神中，整个人都是轻浮的。于是又仿佛看到了那座城池的轮廓，它依旧那么晶莹剔透，美丽如初。

可她却忽然哭泣了，便丢掉了原来的模样，于是疯狂地撕裂了我，在撕裂的疼痛中，我好似又看到了那些在沉默中欢喜的过去。

洗漱后我躺在床上，什么也不愿意去想，就这么重复着抽烟和阵阵失神这两件微不足道的小事儿，直到微信的提示声响起。

我拿起看了看，是CC发来的：“昭阳，出大事儿了，今天蔚然和米儿表白了？”

信息的内容让我意识到，米彩真的去了CC那里，只不过CC有些大惊小怪了，她这只是二手消息而已，我早就知道了，于是很平静地给CC回了信息：“我知道……米彩现在在你那边吧？”

CC发了一张照片，照片中的米彩素面朝天，却带着她的美丽进入了梦乡，我不禁感叹：这就是女神，尽管被表白了依旧不影响睡眠，却不知道此刻有人为她失眠。

我当即给CC回了信息：“你这是近水楼台先得月啊！赶紧再拍几张发过

来瞅瞅。”

CC回了个流汗的表情：“人家蔚然都表白了，你还这么坐得住吗？”

“为什么坐不住，又不是动物世界，一只向雌性示爱了，另一只就非得上去咬一口！”

CC又回了个笑喷了的表情：“昭阳，你能不能别这么幽默……”

我不知道怎么回这条信息，便将手机扔在了一边又给自己点上了一支烟，心中却想象着如果某一天米彩真的成为蔚然女朋友时的情形，不禁一阵窒息！

可就像我刚刚和CC说的那样，我毕竟是个人，既然为人就肯定不能像动物那样简单、直白，此刻我有诸多人的顾忌，这些顾忌让我感到无力。

哪怕我真的追求到米彩，可是她会不会在未来的某一天也像简薇那样，厌恶了我的一切呢？

我不敢再想象下去，因为真的害怕再次看到那座丢了晶莹剔透而哭泣的天空之城！

第138章 她是怎么了？

一支烟抽完，CC又给我发了一条微信：“昭阳，你和我说句实话，你到底喜不喜欢米儿？”

我因为这个问题而悸动，许久才静下心回道：“喜欢，可就像你当初喜欢罗本一样，你和他表白后，他是不是疏远了你很久，差点连朋友都没得做，所以不要让我重蹈你的覆辙，好吗？”

我好似在不经意间触到了CC的痛处，许久她才回了信息：“你的担忧我明白，也体会过……这样吧，我找个机会问问她对你是什么感觉。”

“你可千万别，她的聪明和敏锐你不知道吗？你稍微露点儿苗头，她就知道你的动机了，我情愿这事儿顺其自然，所以你就别管了……行吗，CC姐？”

半晌CC回了一个“唉”字，而我们的聊天也止于此，之后我又在床上失神地坐了好一会儿才关掉了灯，然后将自己淹没在沉闷的夜色中，重复着失眠的焦虑。

我又开始胡思乱想了起来，甚至幻想着某一天我以男朋友或者丈夫的身份与米彩睡在同一张床上，聊聊人生的无奈，憧憬未来的美好。那么夜对于我来说便如白云一般轻柔，因为有她的陪伴我可以抛弃一切焦虑安然入睡，可是……这又是一个多么不切实际的幻想，而我能做的只是将这个幻想深埋在心中不去触碰，这样幻想就不会质变成折磨人的欲望！

因为失眠了很久，次日我睡到快中午时分才起床，简单吃了个中饭后又开始准备着“第五个季节”主题音乐酒吧的营销宣传方案，可是我的思维依旧打不开，哪怕经历了一个绞尽脑汁的下午仍旧没有找到好的营销思路。

看着窗外黄昏中的夕阳我疲倦地靠在了椅子上，直到抽完一支烟，我才拿出手机拨通了米彩的电话。我想约她明天就和方圆、陈景明见个面，这个事情不能拖太久，早点确定结果，方圆和陈景明也就能早点踏实下来。

拨通后的一小会儿米彩便接通了电话，我直切主题：“你明天有空吗？”

“怎么？”

“要是有空的话我想安排方圆、陈景明和你见个面，争取早点把这个事情落实下来。”

“再等等……”

“等？是因为忙还是其他什么原因？”

“我自有我的用意，至于见面的时间咱们定在一个星期后，好吗？”

我虽然觉得一个星期有些漫长，但这本身就是请米彩帮忙的事情，也不好过于勉强，沉默了一会儿后我终于说道：“好吧，听你安排就是。”

“嗯。”

“那你先忙吧，我就不打扰你了。”

“等等……”

“还有什么事情吗？”

“呃……我马上就下班了，想去你那边吃你做的饭可以吗？”

米彩的要求让我有些不解，随即问道：“到我这边吃饭没有问题啊，但是你不陪小海龟了吗，人家可是专程从美国赶回来看你的！”

米彩很认真地对我说道：“首先他从美国回来不是专程为了看我的，再者，我如果去陪他，他要是再和我表白怎么办？我可不想再像昨天那么尴尬了！”

此刻，我真想把米彩的这段话录下来给CC听，看她还要不要怂恿我和米彩表明心意，这个时候我真的庆幸自己够理智，否则现在的蔚然就是明天的我，也更加确定所有非理智的表白是一定会有后遗症的。

一阵沉默后，我和米彩开玩笑，道：“你是把我这里当成避难所了啊！”

“你这说法不对，房子本来就是我的……对了，我让你买的盆栽你买了没有？”

对于米彩的旧事重提我带着些许窘迫回道：“没有钱买了。”

“是因为买了那辆赛车吗？”

“对，可一码归一码，那些盆栽等我手头宽松了后一定会买的，我肯定不会因为送你赛车而赖账的。”

米彩忽然换了一种欣慰的语气说道：“昭阳，你这种无赖到快无药可救的人能改过自新我真的很欣慰，盆栽的事情就算了……”

我根本不理会米彩的明褒暗贬，说道：“你这是老和我蹭饭吃后的心虚吧？”

被我一语道破后，米彩赶忙转移话题：“呃……吃完饭后我们去广场玩赛车吧，自从你送给我后，我都还没有好好玩过呢！”

我懒得和她计较，也觉得这个提议不错，至少可以放松自己，排遣掉这一天的疲劳，便应了下来，只是结束通话后，我忽然发现自己和米彩的角色互换了，好似她变得越来越无赖，而我却学会了享受她的无赖，只是不能确定当初的她，是享受我的无赖还是当成折磨，我觉得很有可能是后者。

傍晚，我在厨房里忙碌着，而已经回来的米彩则在自己的房间里批阅着文件。这多少让我觉得有些尴尬，毕竟我是一个男人，她是一个女人，如果此时将我们手头正在做的事情进行互换才是一个应该有的状态，我想：这也是我不愿意向她表明心意的原因，毕竟没有多少男人愿意在恋爱中接受女强男弱的局面。

终于做好了晚饭，我脱掉了围裙，然后又将饭菜悉数端到了桌子上，准备喊米彩吃饭时，手机却意外响了起来。

这是一条信息，是简薇发来的，内容很简洁：“我在护城河边，有点闷，如果有时间的话来陪陪我，可以吗？”

我顿时陷入纠结中，因为这该是一个在万家灯火中享受晚餐的时刻，可是想起简薇一个人坐在护城河边吹着寒风的画面我就不忍心！

最近的她是怎么了？在我的潜意识里总觉得她和向晨在一起是幸福的，为什么会如此频繁地去护城边寻找失落后的安慰呢？

茫然中，米彩从自己的房间里走了出来，她看着满桌色香味俱全的饭菜感叹道：“今天的晚餐很丰盛啊？……心情不错，可以陪你喝一点点糯米酒。”

我沉默着，片刻才对米彩说道：“你自己吃吧，我要出去一趟。”

米彩当即面露失望之色：“吃完饭不行吗？”

我摇了摇头，随即回房间换了一套厚实的衣服，等再次出来时，米彩却没有坐在桌旁吃饭，她又回了自己的房间。

我挣扎了一下，最终也没有询问她为什么不吃，随即打开屋门下了楼，然后开着车迎着夜色向那条承载着我许多情绪的护城河边驶去，心中愈发担忧，更害怕现在的简薇不幸福……

毕竟我们曾经深爱过！这是不久前简薇对我说过的话，此刻的我也被这种情绪占据着。

第139章

这是我的梦想

车子的光将黑夜撕裂出一道豁口，我的心顺着这道豁口狂奔着，于是追上了乘着月光的寒风，我感觉有些冷！

终于来到护城河的边上，我又看到了简薇那辆红色的凯迪拉克CTS，它依旧是那么耀眼夺目，只是沉溺在这无边的黑夜中，多少有点形单影只。

顺着陡坡往下走了些，我便看到了坐在台阶上穿着红色羽绒服的简薇，她背对着我，我暂时看不到她的面容，可我知道她一定是失落的，否则没必要来这里忍受着寒风的肆虐。

我走近了她，又在她的身边坐了下来，随着她黯然的目光看向了漆黑的河面，却谁都没有说话。

沉默中我从口袋里拿出烟，却摸不到打火机，正当我准备放弃的时候，简薇却从包里拿出一只打火机，“啪嗒”一声中窜出了一束可以成全我的火焰。

我叼着烟凑近了火焰，于是烟雾失而复得般从我指缝间弥漫了开来。

我重重地吸了一口烟，然后看向了简薇手中握着的那只打火机……

这是一只蓝色的火机，无数次点燃了我的香烟，可我却从来没有拥有过，因为它一直被简薇保管着，从我们恋爱初始她就一直为我保管着。

我永远也不会忘记她对我说：她喜欢为我点燃香烟，然后看着我满足的样子。

呼！这一刻我差点把持不住，倒在过去的美好中……可却死死的沉默，什么也不能说，因为我们之间已经隔着一个叫时过境迁的东西。

我终于掐灭掉手中没有抽完的烟，为了融化凝固了的气氛，笑了笑说道："我们不会这么只坐着从开始到离开，你会对我说点儿什么，对吗？"

"我什么也不想说，只要你陪我坐一会儿就可以了。"

我从口袋里拿出手机，再次找到简薇发给我的那条短信，果然她只是说让我陪陪她，却没有说聊天。

我点头，不说话就不说话，只当偶然邂逅的两个陌生人好了，然后我趁机将悸动的心再次凝固。

可被风蛊惑的夜好似有一种魔力，它拉扯着我回到了若干年前的那段青葱岁月，于是我徜徉在这段岁月中，却被曾经的幸福四面威胁。

只是幸福和威胁明明是两个对立的词，为什么却兼容在我的思维中呢，许久我才明白，因为那是曾经的幸福，而所有美好的事物若牵扯上曾经，便会成为一粒让人享受过后又荼毒着现在的毒品。

我终于不堪忍受，开口向身边的简薇问道："你是不是和向晨闹矛盾了？"

"我们一直有矛盾。"

"两个人在一起有一些矛盾是很正常的……"

简薇终于抬起头看着我，说道："我知道……我想问你一个问题，如果你的女朋友想工作，你会不顾一切地去阻止吗？"

我想了想回道："我不会……不过，你得明白，我也养不起一个不工作的女朋友，这是客观原因，而向晨不一样！"

"如果你养得起呢？"

"我不晓得，因为我没有到达那个高度，我以现在的处境去想，给你的答案可能是不准确的。"

简薇陷入茫然中，许久对我说道："你不会束缚的，因为你是一个喜欢追求自由且不自私的男人，所以你一定会让你的另一半自由。"

简薇对我的评价让我愕然，她真的比我还了解我吗？不仅了解过去的我，还了解未来可能会有所成就后的我。

又是一段极长时间的沉默后，简薇好似在对我说又好似自言自语，道："我一定会开广告公司的，并且要做中国最顶尖的广告公司，这是我的梦想……谁也阻止不了我。”

我劝解道：“其实有时候为爱情妥协，也是一种收获，过于执着最后痛苦的是自己！”

简薇注视着我，神色复杂：“你知道吗？如果我不能实现这个梦想，我会觉得自己的人生完全没有价值……除了这个梦想，我真的不知道自己还剩下些什么了！”

我久久不言语，但却体会到了简薇的挣扎和痛苦。只是有些不解她为何如此悲观，她现在拥有的明明很多，只要不和我在一起，她的父母一定会释怀她曾经和我在一起的过去，给予她家庭的温暖，再不济还有来自向晨的爱。

重复的沉默中，简薇跳过刚刚的话题向我问道：“你还要抽烟吗？”

“嗯。”我说着从烟盒里抽出了一支烟。

与此同时，简薇也再次拿出了那只蓝色的打火机，在窜出的火苗中，烟雾又一次弥漫了开来……

可是，还没来得及享受一支烟的满足，简薇已经拿起了自己的手提包，离开前她对我说道：“昭阳，谢谢你来陪我，我的心情好些了，这些天我就会筹备广告公司的组建……哪怕没有人支持，我也会为了这个唯一的梦想一直坚持下去的。”

“你一定会成功的。”我说道，但这绝对不是客套话，因为简薇的爸爸就是广告行业的翘楚，在上海拥有一家4A级的广告公司，而简薇是他唯一的女儿，他一定会鼎力相助的。

不过，简薇的个性还是太强，如果去继承她爸爸的广告公司，至少要比她自己奋斗来得轻松很多，但人各有志，作为前男友，我还是默默地祝福她吧，祝愿她能够实现自己的梦想，甚至在广告行业超越她的父亲。

简薇离开后，我又独自在护城河边坐了一会儿。现在的我和简薇已经越来越像个朋友，哪怕是见面我们也不谈过去，所以我有些相信：分手了以后还可以做朋友的观点，事实上我并不排斥做朋友，但也不迎合，一切顺其自然就好，因为我不愿再给自己增加无谓的痛苦，至少目前我仍不能和简薇彻底撇清关系，毕竟我还欠着她50万的巨款。

回到住处打开屋门后，我下意识地看了看鞋架，却没有发现米彩的鞋子，再看看餐桌上的饭菜，根本没有动过的痕迹，这让我意识到米彩可能是负气离去了。

可又觉得不至于，因为一顿饭她自己吃也完全没有问题的，而且她更犯不着和我耍脾气，毕竟我又不是她的男朋友。

疑惑中，我从口袋里拿出了手机，随即拨通了米彩的电话，我想问问她为什么没有吃饭便离开了。

第140章 女人心海底针

电话很快便拨通，响了两声后却被挂断，我不放弃又拨打了一次，这次更快，瞬间被挂断。

我有些不解，但还是给她发了条微信，问她为什么不接电话，结果信息如石沉大海一般，久久得不到回应。

我倍感无奈，猛然想起之前答应过她吃完饭去广场玩赛车的，我这么一走了之意味着失信，所以惹得她不高兴了。

我一声叹息，自己忽然也没有了吃饭的欲望，想去房间休息一会儿，路过米彩的房间时发现没关门，下意识地往里面看了一眼，却意外发现那辆摆在桌子上的赛车不见了。

“她不会自己一个人跑去玩赛车了吧？”我嘀咕了一句。

还真有这个可能！我当即也顾不上休息，从口袋里拿出车钥匙，带上门快速向楼下跑去。

一路开着车来到那个我们经常玩赛车的广场，停好车，便顺着人行通道向广场内跑去。

此时是冬天，加上已经快九点了，广场上几乎没有什么人，于是我很容易便发现了坐在长椅上的米彩，她的手上还抓着一只遥控，看上去有点无聊又有点孤独。

我轻手轻脚地靠近了她，然后站在了她的背后，忽然说道："你怎么不玩赛车了啊？"

我以为会吓她一跳，却不想她冷静地回了一句："要你管！"

我从她的背后绕到了她的面前，笑了笑问道："哟，生气呢？"

"谁愿意和你生气……"

"你这是不打自招啊，我又没说你生我的气。"

米彩看了我一眼也不理会我，起身从地上拿起遥控车向广场的出口处走去。

我锲而不舍地跟上了她的脚步，然后拉住了她说道："我怎么发现你最近这公主病越来越重了？……我不就出去了一下么！"

米彩挣脱着，皱眉说道："你松开，别惹我！"

"以前还真没看出来你脾气这么大，隐藏得够深的啊！"我感叹道，手却不松开她。

"你不是说女人每个月都会有那么几天的吗，我脾气大怎么了？这是你赋予的权利！"

我一副恍然的表情说道："哟，来大姨妈了啊……不过这可不是我赋予你的权利，准确说是大姨妈赋予你的权利！"

面对我的调侃，米彩反而不怒了，似笑非笑地说道："那你还惹不惹我了？"

"不对啊？……你上个星期不刚来过的吗？你这周期是不是短了点儿？"

"上次是你强加给我的，好吗？"

"哦。"

米彩一用力挣脱了我，随即又向出口处走去，我再次追上却没有拉住她，跟着她的步伐边走边说："别生气了，行吗？今天是特殊情况！"

"你哪次失信于我不是特殊情况了？"

我一阵无语，想想还真是，于是底气不足地说道："那你就给我个弥补的机会吧。"

米彩忽然停下了脚步，看着我许久，问道："行，给你弥补的机会，你答应我一件事情。"

我警惕地问道："别是什么伤天害理的事情吧？"

"当然不是，很容易就能做到的。"

"那行，你说吧，我分分钟就帮你办了。"

米彩看了看对面的便利店对我说道："我那个东西快用完了，你去帮我买。"

我愣了一下，瞬间明白了，惊呼道："哇靠！你这是刁难我的吧？你让我一堂堂男子汉去买那玩意儿！"

"这是刁难吗？进了便利店分分钟就能办好的事情而已！"

"你们女人都有病！"我嘀咕了一句，又想起很久前被乐瑶强迫着去洗内衣裤的事情，好似她们都乐于以这种事情来压迫男人的伟岸。

"你不愿意就算了，我不会勉强你的，反正不守信用已经刻进你的骨子里了，像你这样的男人以后哪个女人敢把终生托付给你，活该当一辈子光棍儿！"

"你说话别这么损，我才26岁，你就把我定义成光棍了啊！"

"46岁你还是光棍儿！"

"照你那逻辑，是不是我帮你去买那玩意儿，天上立马就掉一个媳妇儿给我啊？"

米彩看着我说道："你去试试不就知道了吗？……说不定真的会白捡一个媳妇呢！"

"少来，别想挖坑让我往里面跳，你那些搬不上台面的小伎俩我早就领教过了，指不定憋着什么坏折磨我呢？……"

米彩盯着我看了很久，再次问道："你真的不去吗？"

“不去。”

米彩点了点头，语气忽然低了下来，道：“是我把自己看得太重了，我不该强人所难……”

她的转变让我有些摸不着头脑，也不愿意多想，半晌转移话题问道：“你还没吃饭吧？我回去把饭菜热一下……”

我的话没说完，米彩便打断：“不用了。”说着将手中的赛车递给了我，道：“这个你拿回去吧。”

我的心忽然就一沉，却本能地不想从米彩的手中接过赛车。

米彩将赛车和遥控一起放在了地上，又看了我一眼，表情却如同我们初次见面时那般，充满了冷漠和距离感，瞬间将看似靠近的两个人隔离在天上和地下。

回不过神的我就这么愣在原地，然后看着米彩在街灯的光晕下越走越远，直到她上了自己的车，彻底消失在我的视线中。

可我始终不能明白，一包卫生巾的力量为何如此强大，假设我去买了，此刻我们又是什么情形呢？

我不知道，只感叹：女人心海底针！

带着米彩留下的赛车，我又回到了住处，心中充满了一种说不出的滋味，而桌上那一桌已经冰冷的饭菜更好似一种讽刺。

点上一支烟，我有些烦闷地抽着，总觉得米彩这样的女人不会因为这些鸡毛蒜皮的小事儿而耍上性子，可她确实耍上了！

唉！或许力量强大的并不是卫生巾而是大姨妈，虽然它的周期很有限，可却在这有限的几天里不可阻挡地改变了女人的心性，让她们变得无理取闹又不可理喻！

所以，还是等她摆脱了大姨妈的纠缠后再去找她吧。

躺在床上，我依旧不太放心米彩，生怕她因为窝火而不吃晚饭，所以给CC发了微信：“CC，你待会儿以你的名义问问米彩有没有吃晚饭。”

“干吗要以我的名义啊？”

“闹了点儿小矛盾，她这会儿不爱答理我！”

“不能吧……傍晚的时候我约她去逛街，她告诉我要去你那边吃饭，还说你要带她去什么广场玩赛车，高兴得和一傻小孩儿似的。”

看着这条信息，我呆愣了很久，直到CC又发了一条追问的信息才回过神。

“你把她给怎么了？”

我一时不知道怎么回CC，总不能告诉她，俩人是为了买不买卫生巾的事情弄得不开心吧！这不真成俩傻小孩了么！

许久我终于给CC回了过去：“也没什么，就拌了几句嘴……你别管了，就帮我问问她吃饭了没……要不，今晚你直接去她那边住吧，给她煮点儿面什么的，她身体不太舒服。”

“行吧，我这就过去，非得弄清楚你俩是怎么回事，真替你们揪心，就像俩傻小孩似的！”

第141章 糙老爷们

结束了和CC的微信对话后，我便陷入等待中，这种等待包含着关心和焦虑。

点上一支烟平复着自己的情绪，终于平静了些，我也开始重新在大脑里回忆着刚刚和米彩一起经历的某些事、某些画面。

层层过滤后，米彩临走前对我说的那句“是我把自己看得太重了，我不该强人所难！”最终在我的脑海中定格。

我反复咀嚼着这句话，然后磨碎成一个字、一个字，去揣测着米彩当时的情绪。

实际上在和女人相处时，我算不上是一个细腻的男人，而真正与我谈过恋爱的也只有简薇，在那段刻骨铭心的恋情中，开始和过程都是那么的自然。自然地相爱，自然地体会着恋爱中的喜怒哀乐，可是结果却是急转急下的生涩。

这种落差让我变成了一只刺猬，于是我再也没有恋爱过，喜欢的只是直来直去的放纵。

细细揣摩之后，我好似有些理解米彩话里的意思，至少她是希望自己在我心中占有很重要的位置，反过来思考也恰恰说明她是在意我的。

可是刚刚我为什么没有察觉呢？或许是因为在长期相处的过程中我们总是处在争斗之中，这种争斗让思维产生了一种惯性，惯性地认为她让我去买卫生巾是有所企图，让我难堪，实则是因为亲密，以她那冷漠的性子，能让一个男人去帮她买那么私人的东西，无疑是因为亲密。

此刻我明白，无论我们以什么身份相处，那一段要走下去的路，仍需要相互磨合才能避免类似今天的误解。

不知道过了多久，手机的微信提示音终于响了起来，我第一时间拿起了手机，果然是CC发来的，而微信中有一张泡面的照片，照片的下面附了一行字：她正在吃。

看着这条图文并茂的信息，我踌躇了很久，也不知道该回些什么，只觉得自己有点作，本来这个夜晚的剧本，应该是我们一起吃完丰盛的晚餐后去广场玩赛车的，可现在却沦落到我仍空腹，米彩回去之后吃泡面的结局，这是多么辛酸！

许久我终于给CC回了信息："你别让她吃泡面了，看看家里面有没有其他什么东西，你给她煮点有营养的。"

片刻CC给我回了信息："我俩一人一半，分着吃完了！"

"你还真是她的好闺蜜！有福同享，有难同当！"

CC回个龇牙笑的表情："那是，我俩可以共用一只品牌包包，也可以共吃一碗添加了防腐剂的泡面。"

这个夜米彩有CC陪着，我也就安心了些，随即将电话扔在了一边，躺在床上，将被子拉到了头顶，我有点倦了，为何而疲倦却懒得再去想，更厌烦这需要不停去揣测的生活，好似再次坠落到一个缺乏激情，有点颓靡的黑洞中。

半睡半醒中，我的手机再次响了起来，下意识以为还是CC，却发现是乐瑶发来的。

“昭阳，酒吧最近怎么样了？”

“正在装修，很快就可以再次营业了。”

“辛苦了……对了，告诉你一个好消息，我已经签到新戏了，酒吧的欠款我会用最短的时间还清的，你不要有太大的压力！”

我看着这条信息失神了好一会儿，才回道：“我总觉得你这次去北京有点儿太顺了……”

这次过了许久乐瑶才回了信息：“每个人积累到一定程度都会有自己的机遇，这次我遇到了并抓住了，你应该为我感到高兴而不是担忧。”

只是短短的一句话，我感觉到乐瑶的转变，她的话里带着些许敷衍和强势，这实在不像那个曾经极度缺乏安全感的她，或许灾难真的会让一个人成长，现在的乐瑶已经告别了过去，但是我却真的不知道是否应该为她感到高兴。

半晌给她回了条信息：“时间不早了，早点休息吧，空了联系！”

“晚安。”

一句毫不拖泥带水的“晚安”让我再也感觉不到她曾经的黏人和带着渴望的依赖。

“呼……”我重重地吐出一口气，再次将电话扔在一边，想拉上被子继续睡眠，却忽然给自己点上了一支烟，然后在黑暗中等待着那遥不可及的黎明。

时间继续往前推进，这又是一个周末，而在这过去了的4天中我没有再和米彩联系过。当然，她也没有再联系过我，只是零零碎碎地从CC那里听到了一些关于她的消息。

最近这一个星期她都是在上海度过的，因为卓美在上海的商场就要临近运营了。当然在上海的这些天里她肯定会有很多的空闲陪着蔚然，只是他们是保持着原来的关系，还是有所发展我就不清楚了，CC也没有告诉我。

另外酒吧的装修也临近尾声了，而二次开业的时间也正式确定在下个星期的周末，不过遗憾的是我仍没有想出什么好的营销宣传思路，我开始越来越有紧迫感，也越来越紧张。

日落的黄昏中，我独自带着赛车来到了那个广场，准备缓解一下最近的压力。

因为是周末，广场上的人比平常多了很多，以至于所有可供休息的长椅都被先到的人抢占了。

我很不讲究地盘坐在地上，然后操控着赛车玩了起来，约莫过了半个小时，忽然看到两个熟悉的身影，手中各拿一辆赛车，不是米彩和魏笑还有谁。

魏笑的手上依旧是那辆田宫的纪念版四驱车，而米彩的手上则拿着一辆崭新的油动力赛车。

魏笑老远就冲我咧着嘴笑，而米彩却完全忽略我的存在，在我不远的地方停了下来，然后放下了手中的赛车。

米彩启动了好几次都未能启动成功，我终于借机凑了过去，对她说道："我来帮你吧，你这启动的方法不对。"

"谢谢，不用。"米彩说着又拉了一次启动绳却依旧未能启动车子。

我在她身边蹲了下来以闲聊的语气问道："你今天怎么回苏州了？"

"周末不能回来吗？"

魏笑又插话道："大哥，裁判姐姐是回来帮爷爷的，她说以后我不用再来广场摆摊了。"

尽管魏笑表达得不是很清楚，但我已然明白，帮魏笑的爷爷在卓美设柜卖手工品的事情，米彩已经搞定了。

我笑了笑对魏笑说道："小胖，我和你裁判姐姐有大人的悄悄话要说，你先去那边玩一会儿，待会儿请你去吃肯德基！"

"好耶，又有的吃了！"魏笑一蹦老高，然后很配合地拿着自己的赛车跑到了一群孩子的中间玩了起来。

我厚着脸皮对不理会我的米彩说道："你这新车不错，花了不少钱买的吧？"

"我为什么要花钱买，你以为除了你，就没有别人送给我了吗？"

米彩的话让我有些失落，我费尽周折也只能送一辆二手的赛车给她，而别人却分分钟就能搞定，而且性能更好，这就是差距。

我掩饰失落，从米彩手中将车拿了过来，一边操作一边说道："你这是新车，需要磨合，主油针和副油针都要略微富油，要不然启动后会有很多问题的，还有启动前不要插点火棒，用手指堵住风门，先拉几下启动绳，要让泵油进机匣，知道吗？"

米彩终于不像刚刚那般爱理不理，她看着我点了点头，随后问道："你以前都没有油动力的赛车，怎么懂这么多？"

米彩的问题让我想起了向晨，我之所以懂这么多，是因为大学的时候向晨有一辆油动力的赛车，被我们玩过很久，而我是肯定没有闲钱去买这个的。

"玩过朋友的。"我轻描淡写地回了一句，而米彩也没有再追问。

我帮米彩调试着车子，蹲得累了又很不讲究地坐在了地上，却不想米彩也很不讲究地随我坐在了地上，饶有兴致地看着我给她调着车。

我一把将她从地上给拉了起来，道："你坐地上不冷吗，这刚过生理期抵抗力差，生病了怎么办？"

"你不也坐着了吗？"

"我一糙老爷们扛得住，你行吗？"

"可是蹲着真的很累啊！"

我往四周看了看，也没找到合适的东西可以供她坐的，于是将自己的羽绒服脱了下来铺在地上对她说道："坐吧，这样就不会受凉了！"

我又开始坐在地上调试着赛车，米彩却没有坐下，她正目光复杂地看着我。

第142章

幸福的骚扰

黄昏的夕阳中，我就这么与米彩对视着，终于我放下了手中的赛车，笑了笑问道："干吗这么看着我？"

米彩没有回应我却将我铺在地上的羽绒服拿了起来，拉开我的手臂帮我穿回到身上，带着些责备说道："难道你自己就不会受凉了吗？"

"你见我感冒过吗？这么棒的身体，就是在寒风中磨砺出来的！"

米彩笑了笑说道："别贫了，赶紧调赛车吧，我蹲一会儿没事的。"

看着米彩的笑容，我短暂失神，记忆中她最近可真没怎么对我笑过，为了能让她将这个笑容延续下去，我赶忙又蹲在了地上调试起赛车。

片刻之后，车子终于在我的调试中顺利启动，我将遥控递给了米彩，说道："拿去玩吧。"

米彩却出乎意料地摇了摇头说道："这是买了送给你的。"

"啊！……你不是说这是你朋友送给你的吗？"

"那是生气后的说法，谁让你老是惹我不开心了！"

我心中感动，却依旧嬉皮笑脸地说道："我知道你还气那天的事儿，不过也不是没有弥补的机会，反正你下个月还会来的嘛，到时候我去帮你买一箱！"

"傻不傻啊……谁要你去买一箱。"

我讪讪地笑了笑，有些不太好意思面对她，因为此刻我们的对话有点类似于小情侣间的打情骂俏。

见我不说话，米彩又正色对我说道："这辆赛车其实我上次就买了，准备吃完饭送给你的，可是……"

"可是我却撇下你出去了，害得你连吃饭的心情都没了，对吗？"

"你知道就好。"稍稍停了停米彩又问道，"你能告诉我那天晚上是谁约你的吗？看你一脸着急的模样！"

我犹豫了一下，还是以诚相待，道："简薇，那天晚上是她约我的。"

米彩点了点头，目光没有再停留在我的身上，却有些失神地看着喷泉旁那群哄闹的孩子。

等我们从肯德基出来后，天色已经完全暗了下去，三人立在冬天的寒风中也随之迎来了分别的时刻。

我对米彩说道："待会儿我送魏笑回去，你最近也挺累的，早点回去休息。"

"还是我去送吧，明天是周末不影响休息的。"

抱着一只全家桶的魏笑忽然插话，道："大哥、裁判姐姐，你们都不用送我，我自己回家就可以了，反正又不远。"想了想又补充，道："你们谈恋爱的大人不都应该在星期五的晚上去看电影吗？"

我和米彩看了看彼此，最后由我说，道："你个小屁孩，小小年纪就学着八卦，谁告诉你我们谈恋爱了？"

"不会吧，谈恋爱多幸福啊！"

我无奈于魏笑单纯的逻辑，看了看米彩才对他说道："我们已经厌倦了幸福的骚扰了！"

魏笑挠着自己的脑袋半晌向米彩求助，道："裁判姐姐，这是什么意思呀？"

米彩笑了笑："你不用理他，他就喜欢装深沉，故弄玄虚！"

对于米彩的否定加讽刺，我并没有出言反击，但这绝对不代表我承认自己在装深沉，因为所谓厌倦了幸福的骚扰，是确有其事，只是需要时间去领悟其中的含义罢了，想必此刻的米彩是没有情绪去深入理解的。

最终，我和米彩一起步行将魏笑送到了他的住处，又陪他的爷爷聊了一会儿天后，两人这才离开。

走在棚户区的小路上，寒风顺着巷子往我们的身上扑打着，我担心米彩抵御不住这刀割般的寒风，再次脱下了羽绒服披在了她的身上。

她依旧不肯穿，我强行用羽绒服裹住了她，带着些责备说道："你忘了上次自己是怎么感冒的吗？……体质弱就不要逞强！"

米彩面对我的强硬欲言又止，终于没有再挣扎，对我说道："你自己不要着凉了才好。"

"对男人而言，这样的着凉是一种幸福！"

"受虐狂。"

我笑了笑，道："等出了这条巷子你再骂吧，这里的窜风真大，我这个受虐狂都快扛不住了！"

米彩点了点头，却忽然将我冻得通红的手放进了已经穿在她身上的羽绒服口袋里，于是我的左手被温暖包裹着。

我愣了愣，才跟随着她的脚步往巷口走去，我们的影子紧紧靠在一起，好似从彼此的身上获取着抵御严寒的温暖。

回到家，我照例在洗漱后躺在床上抽着烟，心中回想着自己与米彩认识以来的一点一滴，却乍然发现，我们已经经历两个季节的变迁。

我仍清晰地记得那个深秋的雨天里，我是多么粗鲁地将她的被子、床单从楼上扔了下去，也记得她是怎么把我骗到荒郊野外，让我受尽了折磨……还有，她千里迢迢去徐州找我时，我为她弹吉他，她依偎在我身上哭泣的样子。

原来，在季节的变迁中，我们已经经历了这么多，只恨我没有蔚然那么高的情商，如果我也用DV记录下这一切，或许这每个有影像可以回味的夜晚，自己也是充实的！

掐灭掉手中的烟，我又看向远处柜子上摆放着的那些被我偷来的照片，尽管朦胧的灯光下看不真切，可依旧看到了她那颗需要安慰的心，可是，我为什么就做不了一个勇敢的人呢？

或许我真的是自卑的，我怕自己安慰不了她那颗被重创的心。我现在所能为她做的，似乎只是煮上一顿饭，给她披上一件抵御严寒的外套，再时不时做几件缺德的事情惹她生气。

而这些微不足道的给予，真的可以支撑起一份差距悬殊的爱情吗?

这是多么无解的命题！可如果我不去尝试怎么会有答案，如果尝试后却支撑不起来，那岂不是让彼此痛上加痛?

而以上已经是乐观的假设，悲观一些，甚至连尝试的机会都没有，因为在米彩的身边还有另外一个对她无微不至的蔚然，假设拿我去和蔚然做对比，我一点也不怀疑自己是一个战力只有5的渣渣。

于是真的该洗洗睡了！省得老这么不靠谱是庸人自扰着……终于关掉了灯，在黑暗的房间里，重复地体会着亮了的寂寞。

可那渐入佳境的寂寞却被一阵忽然而至的手机铃声所打断，但我仍过了许久才拿起来看了看，竟是米彩发来的。

“昭阳，刚刚忘记和你说了，明天下午你约方圆、陈景明和我见面谈谈吧。”

这条信息霎时让我忘却了刚刚的孤独，因为这关乎着方圆和陈景明的工作命运，心中更期待着明天的米彩会给他们一个好的结果！

第143章 那首私奔不错

我立刻给米彩回了信息：“明天下午几点见面？”

“两点可以吗？”

“没问题，我们肯定要配合你的时间。”

这一次米彩过了好久才回了信息："上次的事情，就是从陈景明那里泄露给你的吧？"

我觉得米彩好似还介意上次那个事件，赶忙解释道："对，但是陈景明在整个事件中是被动的。"

"放心吧，我不会那么狭隘的，再怎么说，他也是因为你的泄露而丢掉了进阶成宝丽高层的机会，你欠他的，我会帮你弥补的。"

这条信息让我的情绪有些异样，没等我回过去，米彩的第二条信息又发了过来："当然，我更看重的是他们的工作经验和能力，我相信他们一定会为卓美创造价值的。"

我心中稍稍平静了些："他们一定会的，我对自己的老上司和兄弟有信心。"

"嗯，我也相信你的眼光！"

米彩回的信息终于让我踏实了下来，方圆和陈景明去卓美工作的事情基本可以确定了。不过我仍担心米仲德那边，虽然米彩作为卓美的CEO有人事任免权，但是中高层人员的调动最终还是需要米仲德这个代理董事长审批签字的。

黑暗中摸到了柜子上的烟，抽出一支点上，重重吸了一口又绵长地吐出，这才给米彩回了信息："这么晚了，你怎么还没有休息？"

"看各种报表呗……有没有好听的歌推荐一首，听完睡觉。"

我想了半天也没有想到一首适合睡眠前听的歌曲，便回道："我喜欢的都是民谣和摇滚，你不一定喜欢的。"

"那我还是听《私奔》吧，私奔不错！"

"几点了，用得着这么调侃我么？"

却不想米彩变本加厉地回了一条语音信息，语音里她唱了《私奔》的开头："把青春献给身后那座辉煌的都市，为了这个美梦我们付出着代价，把爱情留给我身边最真心的姑娘，你陪我歌唱、你陪我流浪、陪我两败俱伤……"

我见招拆招地也给她回了条语音信息，当然是接着她没唱完的又唱了一句。

然后，我们就这么一人一句，在微信里将这首《私奔》完整地唱了出来，再然后我便困了，想必米彩也是，但这个原本厚重的夜却忽然变得轻柔了起来。

次日一早我便去了方圆和颜妍的新居，事实上从他们结婚后，我甚至没有再去做过客，这和以前三天两头过去蹭饭吃形成了极大的反差，而我却有点弄不太清楚这样的变化源于何处，可能是因为我不在卓美任职了，中间又回了徐州很长一段时间，才让我们有了些许距离感。

方圆和颜妍的新居是个三室一厅的标准房，韩式的现代装修风格让整个屋子很显精致，客厅里方圆和颜妍的结婚照更让这间屋子充满了家的温馨，而这是我很久以来梦寐以求的生活，可终究离我太远。

实际上也不远，至少在徐州时我曾经无限接近过，只是现在看来，那不过是一场有些不太真实的梦，梦里现实和幻想激烈交锋，以至于快乐和痛苦并存着。

我强迫自己收回了念头，不愿意让自己沉浸在胡思乱想中，因为所有的胡思乱想只能证明我现在的生活是糟糕的，不让自己满意的。

中午时分，我和方圆、颜妍三人围着桌子吃着午饭，也顺便聊起了一些家常，聊着聊着话题便聊到了简薇的身上。

颜妍向我问道："昭阳，你知道简薇要开广告公司的事情吗？"

"她有和我聊过，怎么了？"

颜妍一副不能理解的语气说道："你说她不愿意做个居家型的女人，这可以理解，但要是工作的话，完全可以去她爸爸的公司啊，或者帮向晨打理事业，自己开广告公司，这不是作么？"

"向晨同意了吗？"我挑着重点问道。

颜妍撇嘴摇了摇头说道："向晨肯定不同意啊，但简薇那性子，向晨还真束不住她，这不气得向晨跑去法国了么！"

我有点惊讶地看着颜妍，问道："他去法国是什么意思？"

方圆笑了笑接过话说道："你别听颜妍添油加醋地乱说，向晨是去法国谈红酒代理的事情。"

颜妍却不服方圆的说法又说道：“他们公司不是有专门谈国外业务的人吗，这事儿根本就不需要他亲自去跑，我看就是因为生简薇的气。”

许久我终于问道：“那简薇人呢？”

“前些天回上海了，说是去筹备组建广告公司的资金，也不知道她到哪儿去弄这笔钱，按她的性子多半是不会问她爸要的。”

颜妍的话让我陷入沉默中，这件事情是我难为简薇了，如果她不将自己这些年攒下的50万给我，用来开一个小型的广告公司是完全没有问题的，所以我得尽快想办法将这笔钱还给她。

吃完饭后颜妍在厨房洗刷碗筷，我和方圆坐在客厅的沙发上抽着烟，我习惯性地重重吸了一口，弹掉手中的烟灰向方圆问道：“你和陈经理联系过了吗？”

方圆点了点头，道：“联系了，他那边没问题，我们可以按照约定的时间和米总见面。”

“嗯，听米彩的语气，我估计这个事情办下来的可能性很大，如果你和陈经理真的可以到卓美任职，希望能够多帮帮她，你也知道卓美的水有多深，她始终也只是个女人。”

“放心吧，这对我和陈景明而言是再造之恩，说肝脑涂地有点过了，但一定会尽心尽力去辅佐她的。”稍稍停了停方圆又说道：“昭阳，说句心里话，我蛮希望你也能到卓美去任职的。上次爱情不奢侈的促销主题已经充分显示了你的创造能力，其实相较于我和陈景明，或许你给她的帮助更大！”

面对方圆这推心置腹的一席话，我心中倒真有些动摇，毕竟陈景明和方圆去卓美任职后，我也就没有了原先因为对不起陈景明而内疚的顾虑。

许久，我笑了笑对方圆说道：“现在酒吧正在筹备开业的节骨眼上，这事儿以后再说吧。”

方圆点头，道：“嗯，反正我劝你好好考虑考虑，毕竟做酒吧也不是什么稳定的事业，生意好坏都是旦夕间的事情。”

“放心吧，等酒吧生意稳定后，我会认真考虑的。”

两人稍稍沉默片刻后，方圆开玩笑似的问道：“那个平面模特现在是什么情况？她可真给你惹了不少麻烦！”

“去北京了，挺不错的，最近也接到了新戏。”

“那挺好的，其实从当初GUCCI非指定让她去拍宣传海报就能看出来，她天生就应该是吃这行饭的，或许以后还真的能帮到你昭阳，要是能在那个圈子混出来，能量可真不是一般的大！”

我只是笑了笑，并没有说什么，因为我不太喜欢把未来看得太远，所以乐瑶的未来到底是什么模样，我也不觉得和自己有太大关系。

时间终于到了下午的一点半，我和方圆是时候出发了，而陈景明那边也已经向约好的茶楼赶去，事情到底能不能顺利办成，就看下面的约谈了。

第144章 为了生活

下午的1点50分我和方圆率先到达茶楼，几乎在同一时间陈景明也驾车赶到。

片刻后，陈景明摘掉墨镜从车上走了下来，我和方圆前后迎着他走去。

我相信此刻陈景明已经知道了当初那件事情的真相，我有些抱歉地和他打招呼，道：“陈经理……上次卓美的事情……”

我话没说完，陈景明便笑了笑，打断道：“你不用和我解释，该说的方圆都已经和我说了……祸兮福所倚，福兮祸所伏，到我这年纪，很多事情都已经想明白了！”

尽管陈景明并没有表现得太在意，我还是带着歉疚和他说了声“抱歉”。

陈景明拍了拍我的肩膀，没有再说什么，然后三个男人向米彩会出现的方向张望着。

准时两点，米彩开着她那辆红色的奥迪Q7出现在我们面前，而方圆和陈景明的神色下意识地变得正式起来，毕竟米彩在业内是他们需要仰望的存在。

终于，米彩打开了车门，拎着白色的香奈儿手提包，穿着一身商务正装从车上走了下来，陈景明和方圆有着丰富的职场经验，几乎同一时间带着谦逊的笑容迎着米彩走去。

倒是我和米彩吵吵闹闹惯了，潜意识里也从来没有把CEO的光环套在她身上，以至于慢了半拍后才随着方圆、陈景明向她走去。

“米总，很荣幸有机会与您见面。”

米彩回应了一个职场中的笑容，向陈景明伸出了手说道：“您是百货行业的前辈，有机会和您见面才是我的荣幸！”

陈景明可能没有料到米彩竟是如此谦虚、随和，愣了愣才握住了她的手，随即方圆也与米彩握了手，完成了职场见面后的礼仪。

我作为中间人对三人说道：“这外面风挺大的，具体事宜我们进去边喝茶边谈吧。”

陈景明和方圆点了点头，却不想米彩向我问道：“你也要进去吗？”

“啊？……我不用进去吗？”

“这是卓美内部的事情，你不太合适参与。”

看着米彩严肃的面色，我觉得她说得也不错，因为谈判的过程中很可能会涉及两边商场的商业机密，便笑了笑对三人说道：“那你们谈吧，我去对面的咖啡店坐一会儿。”

我要了一杯咖啡在咖啡店里坐着，心里虽然关注约谈的结果，可也不得不耐心等待着。

等待中的我有些无聊，终于想起了简薇，我想问问她现在是什么情况，如果开广告公司的资金真的很紧缺，我必须要想办法还掉她借我的那50万。

我找到简薇的号码拨了出去，许久之后她才接通：“很难想象你会主动给我打电话。”

我沉默了一会儿问道：“你现在人在上海吧？”

“嗯，有事吗？”

“我听颜妍说，你正在筹集组建广告公司的资金，呃……如果你那边很急的话，我最近就想办法还掉那50万？”

“你怎么还？还问那个米彩借吗？”

简薇凌厉的语气让我有些错愕，半晌回道：“终归会有办法的，也不一定要和她借！”

“我的事情不需要你操心，开个广告公司的资金对我来说也不是什么大问题。”

“是吗？那你至少得告诉我通过什么途径去弄这笔资金吧？”我生怕简薇走乐瑶的老路，又追问道。

可简薇似乎不太愿意和我聊这些，沉默后才不耐烦地说道：“我在美国留学的朋友中有做投资的，我可以拿到他们的投资，不知道这个答案你满意吗？”

我并不质疑这番话的真实性，因为简薇所处的阶层注定了她会比寻常人更容易弄到创业的资金，且不说投资，以她爸爸在业界的地位，即便某个人借她几百万，也不会担心她没有偿还的能力。

可她向来的强势让我感到压抑，所以沉默着。

她又放轻了语气对我说道：“昭阳，那50万，我借给你并不是为了去解你的燃眉之急，只是希望你可以活得轻松些、自由些，做那个最本真的你，所以你不用急着去偿还，而我也肯定有能力去解决这笔创业资金的。”

简薇的话让我有些失落，更发现自己活得是多么没有底气，我终究只是一个靠着前女友的救助，在垂危边缘做着事业的男人。

可又有什么办法呢？社会就是如此现实，能一夜暴富的只是极少数，我能做的只是在妥协中积着跬步，遥遥无期地向前方走着。

我终于对简薇说道：“还是和你说声谢谢吧，但你借给我的这些钱，并没有让我轻松，也没有得到自由，相反是一种负担，我终究是一个男人，渴望成功和崛起，但一定不是以你们的救助为前提……我会努力去偿还这笔钱的。”

这一次换简薇沉默，很久才声音低沉地问道：“昭阳，我很想知道，是谁给了你现在这样的动力和向上的欲望。”

这个问题对我而言好似一种拷问，实际上很久前我便有了这样的动力和欲望，当然那时候只是为了她……现在再次找回却已经是为了生活，而不是某某某。

重重吐出淤积在心中的闷气，我笑了笑对简薇说道：“……是生活给了我这样的动力和欲望！”

结束了和简薇的通话，却意外发现，一束午后的阳光不知道在什么时候映在了我面前的玻璃桌上，让桌面看上去是那么晶莹剔透，然后我在瞬间的恍惚中看到了那座天空之城的倒影。它的出现让眼前这现实的世界忽然变得模糊，于是我短暂地享受到了轻松和自由。

伴随着咖啡溢出的香气，我觉得：这真是一个还不错的午后，如果方圆和陈景明跳槽的事情也能够在这样的一个午后办妥，那就更锦上添花了！

我又喝了一口咖啡，随之向对面的茶楼眺望着，不知道这么望了多久，终于看到了米彩、陈景明、方圆三人先后从茶楼里走了出来。

我心中有些紧张、有些期待，当即向咖啡店的楼下跑去，然后穿过车来车往的马路，来到了他们的面前。

我第一时间向方圆问道：“你们谈得怎么样了？”

方圆言语间带着兴奋回道：“很感谢米总这次给我们的机会。”

我看向米彩，她却表现得很平静，并没有什么特别的情绪，在和方圆、陈景明点头示意后便向自己的车子走去。

方圆压低声音对我说道：“米总已经许诺，陈经理可以担任苏州卓美购物中心的执行副总！”

我由衷地为陈景明感到高兴，因为这个职位是他在宝丽百货所梦寐以求的。

我又向方圆问道：“那你呢？”

“我担任企划部的经理。”

我又一次为方圆感到开心，心中却疑惑这两个极其重要的职位，米彩是如何轻易给出去的，难道这个事情就一点阻力也没有遇到吗？还有之前，她让我等一个星期再约见方圆和陈景明又是什么用意？

想到此处，我匆忙与陈景明、方圆告别，随即向已经打开车门的米彩喊道：“你等等我，我搭你的车回去。”

喊声中我快步向米彩那边跑去，心中想弄清楚这些疑问的欲望却更强烈了！

第145章 往日时光

我生怕米彩不愿意带着我，冲刺般跑到她的车边，拉开副驾驶的门就坐了进去又赶忙系上了安全带，这才觉得保险了。

米彩很无奈地看了我一眼说道：“你这人怎么老是神经兮兮的啊？”

“是你总不爱答理我好吗，我要不死皮赖脸地缠着你，咱们也只能隔着天堑遥遥相望了。”

“谁要隔着天堑去望你！”

“你这人太没有意境了，你想想那幅画面，多无奈、多悲壮……”

“还很悲伤！”

见米彩被顺利地带进话里，我挑了挑眉说道：“所以你才不愿意隔着天堑去望我，因为看不到一个完整的我，你会很悲伤！”

米彩用眼角的余光看了看我，却没有理会，随即启动车子，跟随车流行驶在冬天午后的马路上。

待米彩将车子开进一条路况简单的车道上时，我这才向她问道：“听说陈景明会担任苏州卓美百货的执行副总？”

米彩点了点头，算是确认了这个消息的真实性。

“……很难想象你们卓美内部的利益集团会轻易支持你的决定，毕竟执行副总不是一般的职位！”

面对我的疑惑，米彩很平静地说道：“这次主要是他们遇到了对的时机，你应该知道卓美在上海的商场马上就要投入运营了，而且总部也将搬到上海去，所以给苏州这边留下了很多机会……”

米彩没有再继续说下去，但我隐隐明白了其中的一些缘由又问道：“以后是不是你的叔叔偏重于上海总部的管理，而你主要负责苏州这边？”

“可以这么说。”

我再次领教到了米仲德的老谋深算，他正在一步一步地架空米彩的权力。因为苏州的卓美和上海总部的卓美是完全不能相提并论的，而且相互隔离之后，更有利于米仲德培植自己的体系，或许他执意要开启“大城市”战略便是此动机，毕竟在上海这样的一线城市设商场，总部也会顺理成章地迁过去；相反如果在二三线城市发展，总部还是会留在苏州，这样就不利于他摆脱米彩的制约。

当然，我能想到这些，米彩也一定会想到，稍稍沉默片刻后我向她问道：“那你准备怎么应对呢？”

米彩看了看我，道：“我不想和你聊这些。”

我有些自讨无趣，但还是厚着脸皮追问：“那你押后了一个星期才和陈景明、方圆见面是什么用意，这总可以告诉我吧？”

“你又不是当事人，我为什么要告诉你。”

她的态度让我有些无语，但也隐隐明白，可能是因为我多次拒绝加入卓美所致。

我知道问不出什么结果，终于不再追问，而米彩也加快了车速，好似巴不得赶紧将我送到目的地，然后摆脱我。

可明明昨天晚上我们还很愉快地用微信合作了一首《私奔》，怎么今天就变得这么冷淡了？女人的心思啊……真是弄不懂！

米彩将我送回到住处后便离开了，然后又去了上海，至于是为了蔚然，还是为了工作我就不太清楚了。

晚上，我与方圆、陈景明还有赵里，一起吃了饭，这次赵里也将随方圆他们跳槽到卓美，毕竟在宝丽百货，他也分属陈景明这个派系，陈景明在宝丽倒了，他自然也待不下去，而跟随陈景明和方圆对他而言是一个很好的选择，至少来到卓美，他的职位不会比以前在宝丽低。

饭间，陈景明、方圆都向我表达了浓厚的谢意，酒自然也没有少喝，直到把我喝高了，才结束了饭局。

回家的路上我并没有选择交通工具，而是晃晃悠悠地随着人群走在街头，消化着体内积存的酒液。

走累了，我便坐在人行道的路沿上看着过往的人群发呆，我一点也不喜欢这只有自己一个人的夜，因为喝酒后的我总是有那么多的牢骚要发，可是现在还有谁愿意去听这些牢骚呢?

于是我又怀念起了大学时的生活，无论喝了多少的酒，总会有一个人陪我到最后，耐心地听着我的胡言乱语……

想起那些旧的时光，我不免惆怅，于是低垂着眼眉为自己点上了一支烟，心中懊悔不该喝那些酒，因为一个人的酒后是那么孤独。

夜渐渐在我的脑海中晃荡了起来，为了不让自己倒在街头，哪怕没有吉他我也要歌唱，我从口袋里拿出了手机，找到与米彩昨天的语音对话记录，按住语音键放声地唱了起来。

我为米彩唱了一首《往日时光》，撕心裂肺地唱着：“人生中最美的珍藏，正是那些往日时光：虽然穷得只剩下快乐，身上穿着旧衣裳；海拉尔多雪的冬天，传来三套车的歌唱；伊敏河旁温柔的夏夜，手风琴声在飘荡；如今我们变了模样，为了生活天天奔忙；但是只要想起往日时光，你的眼睛就会发亮；人生中最美的珍藏，还是那些往日时光，朋友们举起了啤酒，桌上只有半根香肠……”

唱完后，我有些失神地看着自己发出去的信息，失神是因为沉浸在歌词中，我的眼眶有些发热。我想起了曾经深爱过的恋人，和那些最好的伙伴，可就像歌词里唱的那样，如今的我们都已经变了模样，那些在一起无忧无虑的岁月，终究定格在一个不能触及的时空里，让此时的我狠狠怀念！

片刻之后米彩回了信息：“明明是一首温柔怀念的歌曲，为什么你却唱得撕心裂肺呢？”

“为了恶心你！”我毫无逻辑地给米彩回了信息。

“没有恶心到我，相反很好听……你猜我喜欢里面的哪句歌词？”

我又重新在脑海里梳理了一遍歌词，也不管米彩喜欢的是哪句，却将自己最喜欢的发了过去：“人生中最美的珍藏，正是那些往日时光，虽然穷得只剩下快乐，身上穿着旧衣裳。”

又点上一支烟，等待着米彩的回信，却又审视着自己，过去我真的穷得只剩下快乐，而现在却穷得只剩下悲伤，于是更渴望回到那往日时光！

第146章 我们拥抱了

一支烟快要抽完米彩才回了我的信息：“你说得不对，我喜欢的是，海拉尔多雪的冬天，传来三套车的歌唱，伊敏河旁温柔的夏夜，手风琴声在飘荡……，这句！”

我不意外米彩给我的答案，两者不同的喜好是因为迥异的经历造成的。所以我喜欢歌词中的生活，她却迷恋歌词里的景色，但这又何妨，至少我们都在这首歌里有所收获。

掐灭掉手中的烟，我不顾路人异样的眼光，就这么在一棵树的旁边躺了下来，却不认为自己在撒酒疯，而是真的有些疲倦了，倦了也好，至少睡去了，就听不到那些伤口崩裂的巨响了。

我的意识有些模糊，可是电话的铃声却再次唤醒了我，我在挣扎中接通了电话，断断续续地“喂”了好几声。

“昭阳，你喝酒了是吗？”

面对米彩的质问，我抵赖，道：“哪有？”

“那你把刚刚的那首歌再完整地给我唱一遍。”

在酒精的持续刺激下，我的意识已经模糊，甚至连歌词都记不得了，哪里还能完整地唱出来，便不耐烦地说道：“好歌不唱第二遍。”

却不想这样无厘头的回答让米彩更加怀疑，问道：“你现在在哪里？”

“我知道你现在在上海。”我继续酒醉后的乱扯。

米彩好似听到了街上的嘈杂声，语气顿时变得严厉：“你想不想好了，喝了这么多酒还在大街上晃荡着，赶紧告诉我，你在哪里！”

我终于将自己的位置告诉了米彩，随即挂掉了电话，但仅存的意识告诉我，待会儿来的一定是CC，因为米彩还在上海，她会让CC来搞定我这个醉汉！

不知道过了多久，昏睡中的我感觉到有人在推自己，却懒得动，她又捏我的鼻子，揪我的耳朵。

我“啪”一下打掉了她的手，不耐烦地说道：“别闹CC！”

“你就这么想CC吗？喝了酒都念着她的名字！”

“你个傻缺，你自己不就是CC吗？”我说着用手捂住额头，随后翻了个身，依旧不想动。

忽然人中传来一阵疼痛感，我蓦地睁开了眼，看到的却是米彩那张生气的脸……

“昭阳，你刚刚骂谁傻缺？”

她的到来让我欢喜，便冲着她傻笑，也不说话……

“这就是你喝了酒后的德行吧！”

“对啊、对啊，带相机了么，赶紧拍下来。”

米彩哭笑不得地对我说道：“拍了做什么，用来辟邪吗？”

我的反应严重迟缓，也不知道回什么，便又冲着米彩一阵傻笑。

“不知道说你什么了！赶紧起来吧，我送你回去。”米彩说着将手递给了我。

握住她温暖又柔软的手，我的心中一阵悸动，这突如其来的悸动竟然让我克服了生理上的眩晕又清醒了一些。于是她那美丽的容颜也在我的视线中越来越清晰，越来越真实，原来这真的不是梦，她的确是米彩，而不是我认为会来的CC。

将我从地上拉起了后，米彩又很细心地帮我掸掉了身上的灰土，这个举动好似滋润了我快干涸的生命。我的心中阵阵感动，因为已经许久没有一个女人这么体贴地对我了！

不知道是酒精的驱使，还是原始的本能，我就这么将米彩紧紧地拥在了怀里，紧到让自己难以喘息……

“昭阳，你松开……松开我。”米彩剧烈地挣扎着。

我却越抱越紧，贪婪地享受着她的体温和她的呼吸……

剧烈的疼痛感忽然从我的脚部传来，我不堪疼痛，终于松开了怀里的米彩，随之低落，原来她是这么排斥我的拥抱。

自尊心的驱使下，我又开始狡辩：“那个……我抱你没别的意思，就是感谢你今晚来搭救我……你应该知道，我平常和CC、颜妍在表达情感时，也会拥抱的！”

“是吗？抱得她们都不能喘息吗？”

“呃……”我呃了半天也没能答上来，这才发觉在刚刚的拥抱中，我自己都难以喘息，更不用说被我死死抱着的米彩了。

我终于对米彩说道：“不好意思啊，刚刚差点把你给勒死！”

米彩好似看穿了我的低落，对我说道：“那你抱一个勒不死我的看看……就像你抱CC和颜妍那样。”

我当然知道这是米彩赠送给我的一个安慰式的拥抱，但还是很没出息地轻轻拥住了她，因为我喜欢她身上的气息和拥抱在一起的温暖。

当我以为这注定是一个貌合神离的拥抱时，腰部却突然传来了让我迷恋的安全感，是米彩轻轻地拥住了我，这一刻我们真的拥抱了！

世界好似忽然静止，没有了喧嚣，没有了恐慌，没有了纷纷扰扰……这是多么宁静的一刻！宁静到我想沉溺在其中，永远不要醒过来。

我贪婪地想把这一刻永远保持下去，于是疯狂地想在她耳边说出“我喜欢你”这四个字……

我终究也没有说出口，只是抚摸着她垂肩的秀发，不让自己倒在自我虚设的梦幻空间里。

回到住处，我摇摇晃晃地去了自己的房间，脱掉外套，甩掉鞋子，便倒头躺在了床上，在昏沉中，我以为这个夜将到此结束，却不想米彩依旧守候着我。

她为我泡了一杯解酒茶，又拿来了热毛巾给我擦脸，她近乎无微不至的照顾让我产生一种错觉，在错觉中，她就是我的女朋友，或者是CC那样的异性挚友！

可是我仍明白，这些依旧是自我虚设出来的，如果不是这间屋子的缘故，我们永远在两个阶层，带着各自的无奈和孤独，却永远不会打上一个照面。

我喝了两口解酒茶，就这么看着坐在我床边的米彩，她声音很轻地问我：“你头还疼吗？想不想吐？”

“一个女人不要对一个男人太好。”半晌我答非所问道。

米彩笑了笑，道：“对你好，是因为你对我好。”

我沉默着，反复回味着米彩的这句话，忽然我的思维因为这句话被打开……我好似有了酒吧宣传营销的思路。

为什么我们一定要在意阶层的差别呢？世界又为什么不能简单一些呢？简单到你对我好，我就对你好，然后整个世界都是温情的……

所以我要用温情营销来表达酒吧的内涵，再利用网络朋友圈进行营销推广。我相信，将这两种营销方式组合起来，一定可以最有效率地将酒吧的文化和精髓传达给目标消费者。

“昭阳，你这么专注，在想什么呢？”米彩有些不解地问道。

“我想我找到酒吧的营销推广思路了……”我的言语间充满兴奋，因为这是一个符合酒吧自身特点又切实可行的营销方案，且基本不会产生营销费用。

因为温情营销的目的是为了打动消费者，让他们对酒吧形成归属感，然后在各自的网络朋友圈中自发地帮助我们进行推广宣传。比如利用微博或微信这样的网络平台，而且我相信，喜欢我们这个酒吧的消费者，他的朋友或多或少也有文艺情结和倾向，因为人以类聚，所以这种朋友圈的推广一定是极具针对性的，并且完全不需要我们的宣传费用，当然前提是做好温情营销，去真正打动他们的灵魂，让他们产生宣传的动力。

第147章 即将不平静的夜

我当即将自己的营销推广思路说给了米彩听，她点了点头说道：“以网络为载体的确会节省很多宣传成本，宣传的路径精确到朋友圈就更有针对性了，我一点也不怀疑这个营销思路的可执行性，但重点是你怎么去做温情营销，让消费者产生强烈的归属感呢？”

“我们的酒吧里有最美好的第五个季节，这是产生归宿感的一个原始动力。我想在酒吧内制造出另一个独立的世界，这个世界是简单的，简单到没有生活的奔忙，只有一群在一起喝啤酒、听音乐的朋友，我们这群朋友有一样的追求和向往……这种返璞归真型的温情营销，没有花哨，没有夺目的绚丽，只有用真诚和质朴去净化疲惫的灵魂！”

米彩好似进入了我所描述的那一个世界中，许久才对我说道：“听你说完后，我很想在里面喝上一杯啤酒，听上一首《往日时光》，在慵懒中感受着四个季节的变迁，然后四个季节融合，变成最美的第五个季节，灵魂也就纯净了，再美美地睡上一觉……”

看着米彩憧憬的神色，我笑了笑说道：“恍然醒来后，人已暮年，桌上还有半杯没有喝完的啤酒……”

“很好啊，虽然恍惚着过完了一辈子，可内心却始终是淡定和从容的，我很喜欢这种感觉！”

我想象着那半杯啤酒，一首歌，便过完了的一辈子，心中竟也如此的安逸和宁静，许久对米彩说道：“我也很喜欢！”

此刻，我的心中充满了表达的欲望，便克服了喝酒后的眩晕，打开电脑，准备将自己的思路用文字做成完整的方案。

台灯散发着朦胧的光，我的左手边有一杯冒着热气的柠檬茶，右手边是托着下巴安静陪伴着我的米彩，哪怕此刻窗外寒风肆虐，但这小小的一间屋子里却是安静、温馨的……

许久，米彩趴在桌角处睡了过去，她均匀的呼吸声，让这个夜变得更加宁静和安详，我凝视着她的眸子，心中那一片平静的湖面忽然泛起了涟漪，而她就是那片轻轻落入湖面的彩色树叶……

我轻轻地抱起她，将她送回到她自己的房间，盖上被子再关上灯，却在离开屋子的那段路上，用她残留的温柔将自己沉没在无际的夜色中。

次日等我起床时，米彩已经离开了。我依旧没有机会为她做上一顿早餐，也没有机会弄清楚，昨晚她是因为什么从上海赶回苏州的，如果只是为了酒醉后的我该有多好，也可能她给我打电话的那会儿已经回了苏州，否则怎么会那么快找到我。

于是整个早晨我都在这种揣测中度过，直到快中午时才终于厌倦了这种揣测，想起了昨天和米彩聊起的那简单又质朴的生活，所以我又何必把自己搞得如此复杂和凌乱呢，倒不如守着那份宁静的感觉，从容地等待着，等待缘分将我们安排在一起。

时间又飞快地往前推进了一个星期，而明天就是“第五个季节”主题音乐酒吧正式营业的日子。这一天，我一直和CC在酒吧里忙碌着，快到傍晚时分，两人才得以空闲，然后在一个角落里落座后各自点上一支烟聊了起来，话题自然是围绕乐瑶和罗本。

我重重地吸了一口烟，缭绕着吐出后，向CC问道：“这次酒吧开业，罗本和乐瑶都不回来吗？”

“早上刚联系过，都挺忙的，不会回来了。”

我应了一声，心中还是有点遗憾，我倒是蛮希望他们能回来，亲眼看看酒吧改造后的样子，毕竟这间酒吧是大家共同的心血。

CC又补充道：“马上就快要过年了，本来还想着他们能回苏州一起过个年呢，看样子这个愿望也落空了！”

“怎么，你今年不回重庆过年吗？”

“今年不回了，我爸妈都去香港陪着老姐了，我一个人回去也没啥意思，还不如待在苏州呢！”

我笑了笑说道：“你爸妈肯定是烦你老不结婚了吧，相比，还是你老姐省事儿。”

“得了吧，每个人的追求是不一样的，你说我姐图那香港小老头什么？不就是钱嘛！反正我受不了！”

“你那姐夫也就40多岁吧，怎么就被你喊成小老头了！”我笑着感叹。

CC白了我一眼，说道：“都快秃顶了，还不算小老头吗？不过那小老头，对我姐真不错，对我爸妈也不错，要不然这些年我还真不能这么安心地在外面飘着。”

我点了点头，在这点上CC确实要感谢她口中的那个香港小老头，不过她说的也未必全对，我相信她的姐姐对小老头还是有感情的，毕竟对方付出的不仅仅是金钱还有真心。

在我和CC的闲聊间，酒吧的门忽然被打开，戴着墨镜的一男一女就这么突然站在了我们面前，随即便听到了CC的惊呼声：“乐大腕、罗本……你们不是说不回来的吗？……”

乐瑶摘掉了墨镜，随即向CC张开了手臂，然后两人拥抱在一起，乐瑶笑着对她说道：“明天是酒吧开业的日子，我和罗本再忙也要抽空赶回来的……怎么样，够惊喜吧？”

男人没有女人表达情感时的激烈，所以我只是给罗本扔了一支烟，然后两人相视笑了笑，但心中的惊喜一点也不比CC见到乐瑶时的少。

乐瑶和CC拥抱过后，终于来到了我的身边，我打量着她，却发现她的穿着、打扮已经比曾经成熟了太多，眼眸中多了些凌厉少了些柔弱，我知道生活和灾难已经改变了眼前的这个女人，唯一没变的是她说话的腔调。

稍稍沉默后，她才对我说道：“昭阳，很久不见了。”

“嗯。”我应了一声，但这已经不是我们曾经的节奏，若是从前，一个见面后的拥抱是不会少的。

乐瑶站在与我一米远的地方环顾着酒吧，语气中带着些许欣喜说道：“改造得很不错，这段时间辛苦你了！”

我依旧如以前一般和她开玩笑，道：“乐大腕，别说这么见外的话，你难道看不出来，我是借你的酒吧实现自己的文艺需求，然后把自己规划到文艺青年的那一类中……这年头，能不做二逼就不做二逼！”

乐瑶笑着摇了摇头说道：“你还是那么臭贫！”

我下意识地想回一句“可你却不活泼了！”终究话到嘴边又噎回了肚子里，因为这句话会让气氛凝重。

至少在这间简单、质朴的酒吧里，不该去说生活的沉重。

几个人落座后再次聊了起来，而这却注定是一个不平静的夜晚，因为待会儿方圆和颜妍、简薇，也会来参观重新装修过的酒吧。

另外米彩和蔚然也会来捧场……这是昨天就约好的。

而乐瑶、简薇、米彩，这三个和酒吧有关联的女人，似乎也是第一次同时出现在这间酒吧里。

第148章 她会后悔的

工作人员给我们拿来些饮料和啤酒，我们四人在边喝边聊中消磨着时间，也等待其他人的到来。

我向罗本问道："在北京的这几天过得怎样？"

他重重吐出口中的烟，带着些疲倦说道："忙呗。"

罗本是土生土长的北京人，胡同串子一个，能把他忙到惜字如金，那可真不是一般的忙。

CC又问乐瑶："乐大腕，你呢？也忙得不行吧，我都好几次在电视上看到你跟着你们的导演上娱乐节目宣传要开播的新剧呢！"

乐瑶点了点头说道："是啊，后天还有一个访谈节目要录制呢，也不能在苏州待几天，反正今年是没得闲了，过完年就要进第二部戏的剧组！"

CC感叹道："等你第一部戏全国播出后，你这乐大腕的名号可真的就实至名归了呀！"

乐瑶只是笑了笑，端起啤酒喝了一口，随即沉默不语，这种沉默更强烈地放大了她的改变。

片刻之后方圆、简薇、颜妍一行人先来到了酒吧内，随即和我们打招呼，在场的人中，除了简薇和乐瑶是第一次见面，其他人都互相熟识，所以两人都打量着对方。

最后由CC为她们互相介绍，当然都是以她的朋友身份介绍的，却没有牵扯到我。

乐瑶向简薇笑了笑，道："原来你就是简薇，你的名字我已经听了快两年了。"

简薇当即看了看我，又向乐瑶问道："这话是什么意思？"

"准确说，是昭阳想念了你两年……你很漂亮！"乐瑶如是说道。

此刻真得庆幸向晨不在现场，否则乐瑶的这番话难免会引起误会，而这个时候救场的依旧是CC，她招呼方圆等人坐下又让服务员拿来一些喝的东西。

在简薇落座后，乐瑶从包里拿出一张银行卡递给她说道："这个酒吧是我的，所以当初你借给昭阳的那50万也就是借给我的，这张卡里有51万，连利息一起还给你……谢谢你当时的慷慨解囊。"

我震惊地看着乐瑶，那天，我只是说问一个朋友借的，却没有具体指谁，而她是怎么知道这个朋友就是简薇的？或者说只是纯粹的判断？

方圆和颜妍对视了一眼，因为他们根本不知道简薇借了我50万，因为那天我们一起吃饭时，向晨问简薇有没有闲钱借给我时，简薇很坚决地说了没有，而这个时候真的要再次庆幸向晨不在现场了。

简薇目光复杂地盯着乐瑶看了好一会儿，却没有接过银行卡，她说道："这个钱我是借给昭阳的，理应由昭阳来还，另外，我是以朋友身份借给他的，那什么利息的事情就不用提了。"

气氛因为简薇的拒绝有些尴尬，为了解除尴尬我从乐瑶的手中接过了银行卡对简薇说道："回头你留个卡号给我，我明天转到你账上去。"

简薇点了点头，而这因为还钱而产生的尴尬就这么被暂时带了过去，但我知道待会儿米彩来的时候，这一幕可能会重新上演。

我权衡了一下，还是对乐瑶说道："你出来我和你说点事儿。"

酒吧的小型办公室里，我和乐瑶坐在沙发上，没等我开口她却先开口对我说道："我知道你一定怀疑这个钱的来路，你放心，这是我签约影视公司拿到的酬劳，来路很正。"

我点头说道："我相信你不会重蹈覆辙的……"稍稍停了一会儿，我才又问道："你怎么知道那50万是简薇借给我的？"

乐瑶笑了笑："你身边的朋友我都清楚得很，有钱的不一定愿意借，愿意借的不一定有钱，但那个让你念念不忘的前女友是个例外……一开始我倒也不能确定，以为是米彩借的，后来米彩拿出那一百万的支票给我，我才确定先前那50万必然是你前女友的。"

乐瑶的解释让我意识到，她并不像看上去那么大大咧咧。比如之前一眼便看穿了米彩并不是我真正的女朋友，再比如现在又判断出钱的真实来源，实际上她的心思甚至要比一般的女人细腻很多。

沉默了一会儿，乐瑶声音低沉地对我说道："昭阳，你知道吗，当我判断出这50万是来自于你的前女友时，我心中说不出的压抑。从那天起，我告诉自己，无论如何也不会再让你承受这样的委屈，所以到北京后，我很努力，也很幸运，我为自己的人生争取到了机会……"

乐瑶说到此处有些哽咽，我心里却一"咯噔"因为害怕她努力和幸运的背后，是残酷的自我牺牲。

乐瑶迅速平复了自己的情绪又对我说道："总之很感谢你，感谢你为我做过的一切，今生我都不会忘记的。"

我依旧以玩笑的方式安慰道："乐大腕，你这戏里戏外都这么煽情，累不累？……呃，不过想想会被一个未来的影后铭记于心，我还是很有成就感的！"

乐瑶终于笑了笑，随即又从包里拿出一张银行卡递给我说道："这份是米彩的，回头你帮我还给她吧，我知道当着众人的面还钱挺不好的，但我就是不愿意欠着你的前女友，多欠一秒我心里都不舒服……她给了你太多的伤痛，也不懂得珍惜你！……总有一天她会后悔的！"

我和乐瑶又回到了酒吧的大厅里，前脚刚落座，后脚米彩便带着蔚然来到了酒吧，依旧是CC充当着介绍人把米彩和蔚然介绍给了众人。

米彩与蔚然坐在了一起却和我保持了最远的距离，我给罗本和方圆各扔了一支烟，随即又递了一根给蔚然，问道："抽吗？"

蔚然冷着脸对我说道："你不觉得在这么多女人面前抽烟很冒昧吗？"

我当即将烟盒扔在了桌子上，心里真想揍他一顿，经他这么一说，我抽也不是，不抽也不是，好似他的存在就是为了让我难堪，但他说得不错，确实，当着这些女人的面抽烟很不合适！可我粗犷惯了也就忽略掉了自己所处的环境。

就在我左右为难的时候，却不想罗本拿起打火机，“啪”的一声将烟给点燃，然后看了小海龟一眼，若无其事地抽了起来。

我心中不禁感叹，这北京的胡同串子就是牛，毕竟这爱咋咋地的境界可不是一般人能够拥有的，当然也知道他这么做的目的是出于力挺我。

气氛又一次变得尴尬起来，我却没有随罗本抽烟，更不想把这个夜弄得太复杂，于是让工作人员拿来了开业的宣传单和消费券对众人说道：“今天难得人来得这么齐，咱们一起出去狂欢吧。”

众人疑惑地看着我，我又对米彩说道：“米总，借你们卓美的场地，举办一场小型的演唱会没问题吧？”

“现在？”

“对，就是现在！”说完又对罗本说道：“本儿，你现在打电话给小五，让他喊上乐队的其他几个人，带上演出设备到卓美集合……演出完了，我请大家喝啤酒吃火锅！”

我说着从身后拿出了早就准备好的吉他，我觉得让这群复杂的人在一起度过一个和平且狂欢的夜晚，唯有靠音乐了。

要知道在座的里面，CC、罗本、米彩、简薇，包括我都是高手，想必那个小海龟也不差，毕竟米彩的吉他就是他教的。

这场即将开始的小型演唱会，高手云集、美女如云，我相信一定会在卓美掀起一场剧烈的风暴！

第149章

我们的小型演唱会

我的提议得到众人的支持，随即驱车向卓美赶去，路上米彩又通知卓美营运部的经理，为我们提供临时的场地和音乐设备需要的电源，等我们到达目的地时，卓美营运部已经很高效地为我们准备好了场地。

随即我和罗本、方圆等人从车上将一些宣传酒吧用的广告展架搬到了商场内，一番简单的布置后，已经有了些许广告宣传的氛围。

在等待小五和乐队的时间里，米彩、乐瑶、颜妍、简薇等人则帮忙散发宣传单，CC、罗本和我则在调试着各自的吉他。

随着传单的散发渐渐有人往我们这边聚拢，可好奇的点却不在我们要宣传的酒吧上，而是这几个发传单的女人。甚至乐瑶好几次被眼尖的顾客给认了出来，虽然她的剧现在还没有正式播出，不过也已经跟随剧组参加了很多场宣传活动，也算有了些知名度，最后不胜其扰，只得戴上了墨镜和口罩停止了散发传单的工作。

又过了一小会儿，小五终于带着乐队的成员来到了现场，他们清一色的摇滚打扮又吸引了不少好奇的目光，总之还没有开始表演，已经吸引了很多围观的顾客。

小五和乐队成员非常高效地安装和调试着设备，而我们几个人已经开始商量着开场的歌由谁来演唱，演唱什么样的歌曲符合酒吧主题这两个问题。

最后我们选定了那首《往日时光》作为开场曲，然后目光一致定格在米彩的身上，米彩疑惑地看着我们问道：“你们的意思是让我唱开场的歌？”

罗本点头说道："你的嗓音温婉细腻，可以把这首忧伤的歌唱出温暖的味道。"

我又说："卓美是你的主场，理应由你来第一首。"

蔚然补充道："你是最美的女子，你来首唱，才会吸引最多的目光！"

此话一出，立即冷场，虽然这小海龟说的是实话，但毕竟还有这么多漂亮的女人在场，这不是找不快活么。

米彩也因为蔚然的话而尴尬，好在有CC这个救场王在，她拉住米彩的手说道："反正都是玩嘛，你就当抛砖引玉了。"

我和罗本又附和道："来吧，姑娘，我们给你伴奏。"

米彩终于点了点头，接过了CC递给她的吉他，罗本充当键盘手，我担任贝斯手，CC则拉手风琴，所有人严阵以待，等待着注定成为焦点的米彩。

米彩闭上眼睛做了个深呼吸，随即站在了临时小舞台的中央，这个举动让卓美的工作人员集体兴奋了起来，毕竟米彩是卓美的CEO，这次献唱对他们而言是难得一见的，可又不敢靠得太近，纷纷趴在二楼、三楼的护栏上一边议论，一边等待着米彩开唱。

正当我们准备为其伴奏时，米彩却对我们做了个等等的手势，随即从支架上拿出了话筒，稍稍沉默后对围观的众人说道："明天是第五个季节主题音乐酒吧开业的日子，很高兴有这样一个机会可以把这间酒吧推荐给大家……假如这个世界是一片荒凉的沙漠，那么这间酒吧便是沙漠中闪烁着七彩光芒的宝石，虽然很微小，但足以安慰我们疲倦的灵魂。如果生活让你们感到沉重，不妨来这间酒吧坐坐，或许会有不一样的体会……一首《往日时光》送给大家！"

米彩说完后将话筒又放回到支架上，随即闭上了眼睛，轻轻地拨动了吉他的弦。

我却有些失神，这个女人真的很睿智、细腻，在所有人都忘记宣传酒吧时，她却记得。而这番得体的描述，虽然很短，却已经给了人安静、简单的感觉，不亚于广告公司顶级文案做出来的广告语。

米彩安静又温暖的声音随着伴奏在商场里飘荡开来，她的声音好似有一种让人安静的魔力，以至于原本嘈杂的商场都安静了下来。

副歌部分，CC即兴帮米彩和音，于是整首歌又有了一种在沧桑里怀念的味道，让聆听者们好似穿梭在春天的温暖和秋天的惆怅中，以至于所有的人都有些沉醉了。直到音乐声渐止，仍是满脸的意犹未尽，许久有了第一个掌声，然后才纷纷响起。

等掌声渐止后，我拿起了支架上的话筒，对围观的顾客们说道："我相信大家如此投入，绝对不是因为唱歌姑娘的美貌，如果只是因为美貌，我想姑娘一定会生气的，毕竟她真的不只是一只花瓶……"

围观的顾客们纷纷发出了善意的笑声，米彩却瞪了我一眼轻声说道："这个时候也不忘记臭贫！"

罗本更有才，恰到好处地用键盘弹出了一小段轻松幽默的配乐，以至于现场气氛又活跃了些。

我笑了笑继续说道："如果你们喜欢这首歌，喜欢歌声中宁静的力量，那么一定不要错过第五个季节主题音乐酒吧。因为这会是一段奇妙的经历，让我们在音乐的魅力中享受四季变迁的美丽……"稍稍停了停我又说道："现场如果有对第五个季节主题音乐酒吧感兴趣的朋友，可以和我们的工作人员领取免费的抵价券，凭此抵价券除了可以享受等量的折价外，还可以获得一瓶额外赠送的免费啤酒，希望大家不要错过！"

在我说完后，几个被米彩招呼过来的卓美内部的工作人员，开始帮我们向顾客派发抵价券，现场井然有序，并没有哄抢，也没有冷场。这证明来卓美消费的顾客们，综合素质还是很高的，当然也符合酒吧目标消费群体的特征，他们更注重的是情感体验，而不是物质的诱惑，所以抵价券的价值仅仅是一个让他们记住酒吧的道具。

米彩唱完一首歌后便将舞台交给了其他人，实际上我真的挺感谢她的，作为卓美的CEO，她不仅提供了这么优质的场地，还兼做酒吧工作人员的事情，相对于她的地位而言，这的确很是难得！

秉着女士优先的原则，第二首歌众人则力推简薇演唱，简薇也没有推辞，随即站在了小舞台的中央，她从支架上拿出话筒对身后的我们说道："有些遗憾，我不会弹吉他，所以麻烦各位伴奏了！"

我笑了笑将手中的贝斯换成了吉他对她说道："你要唱什么歌？我们很

愿意效犬马之劳！”

简薇给了我一个表达谢意的眼神之后，陷入到思考中，毕竟这是第二首歌，也不能乱选，至少要符合酒吧的主题，比如唱一首很吵闹的歌就有些不伦不类了。

我面露期待之色等待着简薇，相较于米彩，她的嗓音和情感表达能力丝毫不落下风，有差异的仅仅是风格。

第150章 Close To You

简薇稍稍思考之后对我们说道：“唱一首《Close To You》（靠近你）吧。”

在简薇说出这首歌后，我看向了罗本，这首带着些爵士蓝调风格的英文歌曲是很考验钢琴水平的。

罗本笑了笑对我说道：“小意思。”

我这才放心，我希望这首歌能够被完美地演绎，因为这是简薇最喜欢的一首歌，记得某一年我过生日的时候，她专门去录音棚录了这首歌送给我。我一直存在手机里，可惜后来那个手机在颜妍和方圆结婚的那天被我发酒疯扔进了护城河里，而那首歌也就随之沉没在河底永远不见天日。

我想这些巧合碰在一起后，便是所谓的宿命吧！

我做了个深呼吸，然后给了罗本一个眼神后，两人同时演奏起乐器，而简薇那曼妙的身体也随着慵懒的节奏轻轻地晃动了起来。

罗本的演奏技巧很高，简薇的音色也很好，充满女人的味道，加之英文流利，这首爵士蓝调风格的歌曲便被她完美地演绎，甚至是弹着吉他的我，都沉溺其中说不出的放松，直到她唱到收尾那部分……

“在你出生那天，天使齐聚决定，让梦想成真，因此他们在你的头发上撒下金色的月光，在你蓝色双眸中上撒上星光，这就是为什么全镇的女孩都跟着你，就像我一样，他们也渴望亲近你，就像我一样他们也渴望亲近你，亲近你，亲近你……”

我的心中忽然产生窒息感，曾经的她是多么在乎我，我也在乎她，所以那首歌她传给我时，我曾循环听了一天，哪怕是分手后的那些暗无天日的夜晚，我也不怕怀念的折磨，抽着烟一遍遍地听着，直到肺痛、心痛……

窒息中我弹错了一个音符，以至于让这首原本该完美的歌有了瑕疵。可观众们并不介意，甚至很多人拿出手机将简薇唱这首歌的画面和声音记录了下来，因为她太美了，歌声更美，而带来的冲击丝毫不亚于刚刚的米彩。

观众们私下又开始议论了起来，自然是好奇这个酒吧的背景，为什么会有如此多的美女为之献唱。要知道，无论是简薇还是米彩一点也不比那些所谓的明星差，比如混娱乐圈的乐瑶站在她们面前顶多算平分秋色，也不敢自称是美女。

可我却顾不上这些，仍懊恼自己最后弹错的那一个音符，甚至想让罗本和简薇配合我重新再来一遍。可是我知道这不可能了，这个弹错的音符就像我们的爱情，虽然有一个美好的开始和过程，却也有一个可以否定一切的糟糕结局。我们注定不能重新来过，所以那个弹错的音符更像是一个总结，总结了这一段刻骨铭心的爱情。

这首歌结束后，我以去洗手间为由离开了现场，然后躲在洗手间内抽烟缓解着自己的情绪，此时，我有些厌恶那些不小心被触及的过去，更厌恶自己，为什么简薇已经开始了新的恋情，我还时不时因为怀念而分心、而伤神？

难道我真的还爱着她吗？

不对，我已经不爱她了，爱的只是那曾经在一起的快乐和轻松。

一支烟快要抽完时，罗本也来到了卫生间，一边开闸放着尿，一边对我说道："哟，这厕所里面它能嗅到怀念的味道吗……"随后身子一抖，下面一句也没有说出来。

我当即回了一句："你说话就和你放尿一样。"

"这话怎么说？"

"尿不尽……"

"你说话真损！"

我没言语，随即又抽出一支烟点上，罗本洗了洗手来到我身边从烟盒里抽出一支烟也给自己点上，重重吸了一口后又重重地吐出，这才对我说道："刚刚那个音符你不应该弹错。"

我理解罗本话里的意思，也重重吸了一口烟才说道："错都错了，就当是残缺的美吧。"

罗本若有所思，沉默了许久才叹息说道："其实我挺能理解你的，这首歌虽然唱的是靠近你，可是两个人的距离却越来越远……就好比我，这次回北京，哪怕无限靠近她，也死活没敢去打听她的消息，两人的距离更没有因为地域的接近而接近！"

我点了点头，我知道在这一点上我和罗本是心有戚戚焉也是念念不忘的，而那些对此不能理解的人，只是因为不曾看到我们过去的那些刻骨铭心罢了。

我觉得，此刻我和罗本能够不主观、不刻意地去缅怀过去，已经是一种很难得的决然了！

但那些意外而来的怀念，却让人无力招架，比如刚刚那首被再次唱起的《Close To You》！

我和罗本抽完了一支烟后一起回到了活动的现场，此时正在唱歌的是小海龟，这就不难理解罗本为什么会抽空去卫生间了。

但是，必须要承认他在唱歌上还是很有水平的，此刻他正在用键盘钢琴自弹自唱，而演奏的水平甚至不比专业玩音乐的罗本差，难怪一些年纪不大的姑娘会像花痴似的看着他，毕竟长着一张有点类似王力宏的小白脸，看谁都深情款款的！

而帮他吉他伴奏的则是米彩，两人配合默契，时不时还有会心的眼神交流，这郎才女貌的组合让围观的人越来越多，然后便听到了某个吃饱了闲大发的人喊了一声：“在一起！”

再然后又听到一群吃饱了闲大发的人跟在后面附和着……

对此我只是静静地看着，也觉得他们挺般配的，不仅男的帅，女的美，而且还门当户对，如果能在一起，也算是天作之合了。

一直站在我身边的罗本推了推我说道：“昭阳，看他们这深情款款的架势，弄不好要牵手啊！”

“一个弹吉他，一个弹钢琴，怎么牵手？”

谁知我的话音刚落，蔚然便离开了钢琴向米彩走来，果然是起哄的人群给了他动力。

我当即心惊肉跳地想道：“该不会又要趁势表白了吧？”

结果证明我是多虑了，小海龟只是向米彩伸出了手，米彩笑了笑也放弃了吉他的演奏，随后握住了他的手，然后小海龟就这么清唱了起来，却仍引得围观听众们的一片掌声。

此景让罗本又对我说道：“昭阳，你这会儿是不是特想说一句：放开那姑娘让我来？”

我不为所动地回道：“合唱情歌的牵手礼节而已！多大事儿，至于说出那什么放开某某姑娘的话来么？”

罗本叹息却又笑了笑，说：“其实我还是挺羡慕你的，至少你已经有了喜欢另外一个女人的欲望，哥们儿却不知道还要煎熬多久！”

许久我才也叹息回道：“或许你那份感情来得更刻骨铭心吧……不过总有一天，你也会爱上其他某位姑娘的。”停了停我又补充道：“我希望那个姑娘是CC。”

罗本向不远处的CC看了一眼，终究也没有说什么，也许此刻他心中想的还是那个北京姑娘……有时候我真的挺好奇，更希望有机会能见见这个北京姑娘，看看她到底有什么特殊的魔力，能让罗本这个桀骜不驯的男人，念念不忘了这么多年！

就在我短暂的失神中，小海龟和米彩已经演唱结束，充当主持人的颜妍手持话筒对我说道："昭阳，该你上场了，赶紧准备好演唱曲目，然后选一个在场的姑娘与你合作，我想今天这么高兴的日子她们是不会拒绝的！"

我回过了神，当即便想好了要唱什么歌，却又一瞬间纠结了起来，心中想道："这几个姑娘个个美丽得让人眼花缭乱，我到底该选谁合作啊？"

第151章 我只是个怪人

虽然在场的女人每个都很美丽，但这与合作唱歌并没有必然的关联，而且好似和谁在一起唱都或多或少有些别扭，索性自己一个人唱得了。

于是我便对充当主持人的颜妍说道："你知道我这个人孤僻惯了，所以还是我独唱吧。"

颜妍开玩笑道："你是怕别人抢了你的风头吧？"

我笑了笑，随之正色道："这首歌适合独唱，我非常喜欢，给我个表现的机会，可以吗？"

颜妍终于没有再勉强，而在场的几个女人也表现得很平静，都没有对那所谓的合唱表现出太浓的兴致。这也很好理解，毕竟我没有罗本的音乐才华，也没有蔚然身上笼罩着的锃亮光环，所以这独唱的选择，此刻看来是多么明智，虽然是孤独了点，但也没什么，我更不稀罕和她们中的某某某合作。

我来到小舞台的中央又召唤来了罗本，因为我要唱的歌，鼓点很密集。现场对架子鼓驾驭能力最强的非他莫属，同时沉重的贝斯也贯穿整首歌，所以贝斯部分则由CC演绎，不过歌曲最后部分的钢琴音便缺了演奏的人，因为小五和乐队的成员将音乐设备送来后，便又去酒吧赶场了。

我对众人说道："接下来我要唱一首Radiohead的《Creep》，最后有一小段需要钢琴演奏，谁能来配合一下？"

蔚然接话，道："这首歌还不错，钢琴那部分我来吧。"

对于蔚然的毛遂自荐我完全没有意见，虽然我不爽他，可音乐应该是无障碍的，把个人情绪带到音乐中，是对音乐的亵渎。

我刚准备点头邀请蔚然的时候，却不想米彩忽然对他说道："Abner，把这个机会让给我，可以吗？我也很喜欢这首歌，一直希望有机会能够在现场演绎。"

蔚然对米彩似乎言听计从，当即便把参与的机会让了出来，于是米彩在众人的注目中面对着钢琴坐了下来。

CC、罗本、米彩，各自向我示意已经做好准备后，我闭上眼睛做了个深呼吸，心中希望这首歌能被完美演绎，也有信心，因为我和罗本、CC，已经无数次合作，而米彩负责的钢琴部分只有短短一段，应该也是没有问题的。

我睁开眼向三人点头示意，罗本率先敲动架子鼓，我和CC分别弹起吉他和贝斯，厚重的金属音乐顿时在现场弥漫了开来。

这首歌我并没有模仿Radiohead的演唱风格，时而唱得高亢，时而低沉，节奏更是时快时慢，好在CC和罗本都是Live高手，虽然事先没有排练过，但依然很完美地契合了我的演唱节奏。

"But I'm a creep， I'm a weirdo（但我只是一个懦夫，只是一个怪人）"唱到这句时，我的吉他开始轰鸣，罗本给了更密集、更沉重的鼓点，而CC带着拨片的手指也开始拉扯着贝斯粗厚的弦继而发出了沉重的电声。

在撕裂的声音中，我审判着自己，因为我就是歌词里的那个懦夫，那个怪人，懦夫到放弃挣脱现实的枷锁，怪到让自己都厌恶。

"I wanna have control（我仅仅想要一个主宰）I want a perfect body（想要拥有完美的身体）I want a perfect soul（想要拥有完美的灵魂）I want you to notice（想要你注意到我）when I'm not around（即使我不在你身边）……"

唱到这段时，我的声音急转直下，轻声却低沉，低沉中充满了乞求……

是啊！我已经受够了现在的生活，我想要完美的灵魂，想要完美的身体，想要那座晶莹剔透的城池，和……那个长发垂肩的女子，哪怕她仅仅是回头看上我一眼，一眼也满足！可是……

“She's running out again（她又跑出去了）she's running out（奔跑着）she runs, runs, runs, runs, runs（跑啊，跑啊，跑啊）”

整首歌伴随着最沉重的鼓声，被推向了高潮，嘶吼中，我好似掉落到这首歌的画面中，看到了那个用奔跑在逃离我的她。我拼了命地去追寻，问她到底要什么，可她却那么该死的特别，在沉默不语中将我越甩越远……

终于，米彩开始按动电钢琴的键盘，急促的钢琴音顿时响起，却越来越舒缓，最后结束……渐渐归于平静！

我闭着眼睛，手指依旧紧紧地拉着吉他的弦。我已经很久没有在唱歌时如此动荡过了，我需要平复，不需要回味，因为这首歌已经被完美地演绎！

现场没有掌声，很多人看神经病似的看着我。我知道，我唱歌时的撕裂和怪腔吓到了他们，他们不能理解这种演绎的方式。

是啊，我就是一个怪人，所以我喜欢这种油渍摇滚，而步履维艰地走过了那一段灰色的岁月后，我早已经不渴望别人能够理解我。

罗本和CC同时向我竖起了大拇指赞叹我对这首歌的重新诠释，而米彩却低着头沉默，然后我便被那群围观的听众给轰下了台。

我将舞台再次让给了CC，然后挤开了人群，打算出去呼吸夜晚的空气，再抽上一支烟。

人群中，一个男人却拍了拍我的肩膀，带着善意的笑容对我说道：“你的这首《Creep》是我听过的最好的版本了，你唱出了这首歌的灵魂，很棒！”

我向他回以笑容，心中稍稍轻松了些，哪怕全世界都觉得我肮脏，终究还是有那一小撮人可以发现那闪光的地方，所以我从来不愿意为这个世界活着，而是那一小撮懂我的人。

走出商场，卓美那巨型的霓虹招牌依旧散发着炫目的光线，空气中尽是潮湿的味道，好似刚刚下过一场小雨。

我在冷冽的风中为自己点上了一支烟，享受着一个人的宁静，可是不会享受太久，抽完这支烟我就该回活动现场了，然后结束这场即兴举办的小型音乐会，再由我做东请大家吃个晚饭。

不知道什么时候米彩悄然站在了我的身边，她对我说道："你还真是一个怪人呐，明明是你组织的音乐会，自己却中途离开了好几次！"

"你现在不也出来了！"

"商场里待久了很闷，说不定待会儿还会有其他人出来呢！"

我忽然来了兴致对她说道："那我们打个赌吧，赌下一个出来的人是谁。"

"赌什么？"

"秉承小赌怡情的原则就行，赌什么你定！"

米彩想了想说道："呃……行，如果我猜对了，你要回去唱一首正常一点、阳光一点的歌，可以吗？"

"你是否定我刚刚的那首歌吗？"

米彩摇了摇头说道："我没有否定，你唱得很好……可是，我不希望你像歌里那样生活，刚刚我沉浸在你的歌声中很难过……"

我沉默了片刻，对她说道："好吧，我输了就回去唱一首正常的歌，可如果你输了呢？"

"今天晚上我请客，请你们大家吃饭。"

我心中一算，这是稳赚不赔的生意，如果我输了仅仅是唱一首正常的歌；如果赢了那可是省下了一顿饭钱，怎么着也得上千，便赶忙答应了下来。

于是我们每人说了三个人的名字，米彩说的是CC、乐瑶和简薇，我猜的则是方圆、罗本和蔚然。至于颜妍，她要充当主持人对现场进行把控，肯定是不会临时退场的。

我觉得自己胜券在握，因为我的名单里有蔚然，他如果见不到米彩肯定是会出来寻找的。

我又点上了一支烟，不禁佩服自己的明察秋毫，然后沾沾自喜地随米彩一起转过身向出口处望去，一起等待着答案的揭晓。

第152章 狂欢的夜

大约五分钟的时间，忽然见到乐瑶从出口处走了出来，我顿时傻了眼，为什么不是蔚然，反而是乐瑶！

我不可思议地看着米彩，心里却不愿意接受这个结果，因为不合理。

米彩笑了笑说道：“她从刚刚进商场就已经戴着口罩了，我想她应该比其他人更闷一些吧。”

经她这么一分析，我只能愿赌服输，怪只怪自己以情感的角度去判断结果，而米彩以物理的角度去判断才更胜一筹，所以情感这东西果然是最不靠谱的。

乐瑶来到我的身边，她摘掉了口罩，看着我微微笑了笑，然后如释重负般地做了个深呼吸。

米彩很自觉地对我们说道：“你们聊，我先进去了。”

“嗯。”

米彩又提醒我：“记得愿赌服输哦！”

“放心吧，毕竟我是一个言出必行的人。”我当即拍着胸脯说道。

米彩瞥了我一眼，好似不屑，不过也没再说什么，随即向商场出入口走去。

乐瑶向我问道：“她刚刚说的愿赌服输是什么意思？”

“都赖你！”

乐瑶面露不解之色：“怎么赖到我头上了？是不是你们拿我去做赌博的素材了？”

“算是吧，我们刚刚在赌谁会先从商场里出来，她说的名单中有你，结果真的是你先出来了，然后我就输了。”

“输了会怎样？”

“我现在只想和你聊赢了会怎样……你要不出来，今天晚上就该她请我们吃饭了。”我带着些抱怨说道，毕竟那是等值于一千块钱的赌注，我现在穷得就快把自己给卖了。

“我当什么事儿呢，请吃饭的事情我来吧，毕竟大家都是在帮酒吧，也是在帮我。”

乐瑶的话让我一愣，潜意识里我总觉得她混得比我还惨，所以也没想起来让她请吃饭，可事实是现在的她已经不是从前的她，吃饭这种小事儿她分分钟就可以搞定。

我并没有和乐瑶客气，毕竟我并不是一个喜欢打肿了脸充胖子的男人。

聊完这个话题，我们就这么在冷风中站着，等待着对方的下一个话题。

“昭阳，你会不会后悔当初放弃了你的未婚妻来苏州帮我？”

这是一个让我没有心理准备的话题，以至于有些措手不及，但还是想象着，当初如果没有发生这件事情现在又是什么情形。

我相信此刻自己一定已经开始和李小允筹备我们的订婚礼，然后继续为了我们的事业和家庭奋斗着，虽然不会大富大贵，但也衣食无忧。

心中一声轻叹，也不知道现在的李小允过得怎样，是继续走在相亲的道路上，还是已经有了相处的对象了呢？

乐瑶又向沉默的我追问道：“你会后悔吗？”

“有些事情对我来说就是本能，所以别问这么傻的问题好吗？”

“你的意思是对我好就是你的本能吗？”

“……又是这个婆婆妈妈的问题！”我和从前一样不胜其烦。

乐瑶却一点也不在意。

我和乐瑶又回到了商场内，此时是CC和罗本在搭档演唱，蔚然负责钢琴演奏，米彩则站在人群中表情很专注地听着。

直到我站在她的身边，她才发觉了我的到来，向我问道：“聊完了。”

“嗯。”

“你是一个说话算数的人，对吗？”

“不就是唱一首阳光一点，正常一点的歌嘛，说吧，你要我唱什么？”

米彩似乎早有准备地对我说道：“小龙人。”

“啥？”

“小龙人，我们小时候都看过那个电视剧。”

我脸一沉说道：“这歌是挺阳光的，但你觉得正常吗？”

米彩据理力争地回道：“如果你觉得这首歌不正常，就是否定你的童年！”

“别玩儿，行吗？……你这不是作践我嘛，我丢不起那人！”

“我知道你喜欢有内涵、有深度的歌，可是物极必反，那些看上去幼稚的歌其实才是真正有意义的！”

“我呸！……就那什么我头上有犄角，身后有尾巴，也算有意义？”

米彩面露不悦的表情回道：“如果你输不起，就不要和我打赌。”

我立刻动起脑筋对米彩说道：“谁输不起了，我记不得那首歌的吉他谱。”

“我帮你伴奏，如果歌词记不住的话，我也可以写给你。”

我心中憋屈，却再也找不到反驳的理由，更加不理解，为什么这个女人总是变着花样地让我难堪。

在罗本和CC演出完毕之后，米彩走到了舞台中央，随即附在CC耳边说了几句，CC“扑哧”一声便笑了出来，然后连连点头。

“昭阳，上来吧，我和CC帮你伴奏，你得好好表现，因为这会作为这场音乐会的压轴歌曲。”

米彩这么一说，连观众们都面露期待之色，毕竟前面的演唱在众人的努力下精彩纷呈，那这首压轴的歌曲必定是精品中的精品。

我默不做声地走上了小舞台，然后站在了话筒的前面，却感觉莫名的紧张和极度的不适应，可偏偏台下的观众，脸上的期待之色更重了。

而罗本似乎也得到了米彩的讯息，又坐回到架子鼓前，一副严阵以待的表情，可他越是一本正经，越感觉他装逼，有种你上来唱啊！

欢快、活泼的音乐前奏已经飘荡了开来，我下意识地摸了摸鼻子，心中排斥，但还是本着专业精神，跟着音乐的节奏唱了起来："我头上有犄角，我身后有尾巴，谁也不知道我有多少秘密……我是一条小青龙，我有许多小秘密……"

台下先是发愣的表情，然后便哄笑了起来，而我自然是哄笑的对象，毕竟刚刚唱了一首让他们听不懂的油渍摇滚，现在又唱了这么一首歌……

我一边唱，一边在心里嘀咕："你们一个个各尽所能地表现自己，合着我就活该做那个负责活跃气氛的丑角……他大爷的，这交的都是什么狗屁朋友！"

因为带着负面情绪，我的声音越唱越小，却不想弹着吉他的米彩忽然将我推到一边，自己用童音接着唱了起来。

我顿时就愣住了，因为被她俏皮的童音所吸引，更确定了她并不是要给我难堪。

米彩唱了一段后，又把话筒让给了CC，CC也捏着嗓子唱起了童音，而这忽然的变故，让观众们措手不及，片刻后掌声却纷纷响起，竟也附和着唱了起来。

CC唱完后，又拿着话筒来到了罗本的身边，罗本即兴改编，穿插了一段很High的Rap，这让气氛更加活跃了起来，以至于最后连简薇、乐瑶、方圆等人也走上小舞台一起唱了起来……看着这狂欢的一刻，我这才意识到，原来整个场上最放不开的人竟然是我！

我不知道我们这一群人以后会如何，但此刻，我们的确摒除了所有的成见，带着最真的情绪合作着这首"幼稚"的儿歌。

而我也终于理解了米彩的良苦用心，身处都市高压下的我们，需要这样的方式来减压，而那些看似有内涵、有深度的歌曲，此刻看来也不过是无病呻吟的做作罢了。

时间的流逝下，终于结束了这首加长版的儿童歌曲，米彩因为随着众人蹦蹦跳跳，额头上已经有了些许汗水，她轻轻擦掉了汗水，拿着话筒站在了舞台中央，停了停终于言真意切地说道："再次感谢各位驻足参加这场即兴音乐会，最后之所以选择这首歌作为结束曲，就是想让大家感受到一种返璞归真的力量……我们都希望活得轻松一些，可现实终究给了我们太多的枷锁，虽然无法挣脱，但是我们可以用自己的方式缓解长期处于枷锁下的压抑……所以，请大家一定要关注我们第五个季节主题音乐酒吧，在这里你一定会感受到返璞归真的简单和乐趣……”

台下响起雷鸣般的掌声，此刻，我坚信，这些掌声无关于米彩的美丽，而是观众们发自内心的称赞，因为米彩的话已经触动了他们内心深处最隐秘的渴望。

她再一次用自己的智慧，无限放大了这场音乐会的作用，我相信这场音乐会便是酒吧扬帆起航的初始动力。

可这样一个集智慧、美貌、善良、财富于一体的女人，真的是真实的吗?

我似乎更加不能想象她成为我女朋友时的光景，更不敢去幻想有那一日……

第153章 各奔东西

结束了这场即兴的演唱会之后，我们一行人便去了酒楼。原本只是我们这些人还不算热闹，后来在酒吧赶完场的小五也带着乐队的成员来到酒楼，有了这几个酒桶的加入之后，我也就难免喝高了。

可我一点也不畏惧喝高后的痛苦，因为我很久没有经历过这样一个让灵魂去撒野的夜了，而我们这一群人也更不会像今天这般聚在一起举行这场即兴的演唱会了。

终究，罗本和乐瑶是要回北京的，还有那个让我厌烦的蔚然，也是要回美国的，但是他的乐器演奏水平很不错，少了他，也不能算是一场完整的音乐会。

于是，愈发怀念起这个夜，虽然它还没有走到尽头。

结束了晚餐，我步履蹒跚地混在人群中向酒楼外走去，大脑眩晕，却又习惯性地渴望着那座天空之城，便不愿再迈动步子，只是催促着众人离去。

颜妍担忧地向我问道："昭阳，你今天喝断片了吧？还有安全回家的能力么？"

我没有开口，乐瑶便将话接了过去说道："我送他回去吧。"

"看到没，有人送我回去，你们都赶紧各自散了吧……"我说着便坐在了走道的路沿上，又点上了一支烟，心中巴不得只剩下自己一人，因为我不愿意和他们分享那座只属于我的城池。

可自己却没有意识到，这没有道理的斤斤计较恰是因为酒后的失态，终究我那单薄的身体是装不下这座城池的，只有分享出去，才能让它散发出济世的光辉！

夜很深了，众人纷纷与我告别，于是留在我身边的只剩下乐瑶。

我对她说道："你也走吧，我坐一会儿就回去。"

"坐着让这冷风把你吹傻么？"

"那你还陪着我，小心把你也吹傻！"我又在酒后胡言乱语。

可乐瑶依旧不介意地笑了笑。

我盯着乐瑶看了半晌，从地上捡起一把石子塞到她手上，说道："都送给你了，你走吧。"

乐瑶握住石子，摇头说道："几颗石子就想打发我了吗，你真当是钻石了？"

"钻石和石子有区别吗？"

乐瑶不再言语却将那几颗石子握得更紧了，而我的大脑在酒精的刺激下一片混沌，早已经没有能力去揣测她的行为。

我又抽出了香烟盒上的薄膜然后覆在眼前，找寻着那座天空的城池。

一直沉默的乐瑶拿掉了我手中的薄膜，对我说道："我明天下午就要回北京了，今天晚上让我陪着你，好吗？”想了想又补充，道：“聊聊天就行。”

我看了她一眼，又从她手中抽回了薄膜，这才说道：“有什么好聊的，无非是那些旧得发臭的抱怨！”说完又将薄膜覆在眼前，却迟迟看不到那座城池，心中弥漫着沮丧。

乐瑶却突然翻了脸，一把将我推倒在地上，然后骑在我的身上，涌动着怒意对我说道：“我是一个女人，陪你聊天，你还不愿意，要大牌吗？……你是有多大牌？”

乐瑶身上的女人幽香随着冷风飘进了我的鼻腔里，眩晕感却越来越重，然后就这么没了意识，却不知道乐瑶在我身上骑了多久。

次日醒来时已经是中午时分，我坐在床上有些麻木地打量着自己正置身其中的房间，这才发现是CC的闺房。

我开始叫喊：“CC……CC！”

CC跑进了房间，紧张地问道：“怎么了？喊得这惊天动地的！”

“我怎么又到你这儿了？”

CC抱怨，道：“昨晚的事儿你记不得了吗？”

“记得我就不问你了。”

“乐瑶把你送来的，这一通吐，可把她给折腾的，直到晚上一点多钟才回的酒店。”

“那她人呢？”

“已经和罗本去机场了，待会儿该上机了吧。”

我下意识地往窗外看了看，阳光刺眼，心中却弥漫着些许惆怅，这就各奔东西了吗？

也许昨晚我真的让风给吹傻了，为什么不陪她好好聊聊天，为什么不关心她在北京的生活？

而下一次的见面却遥遥无期，要弥补这个缺憾又得等上很久，于是在懊悔中有了短暂的失神。

CC拍了拍我的肩膀催促，道：“赶紧起床，吃完午饭我们得去酒吧了，准备晚上的开业。”

这顿午饭，我是在CC的餐厅里解决的，吃饭过程中又想起了乐瑶留下的银行卡，我该将这笔钱还给米彩了。

于是一边吃饭，一边拨通了米彩的电话，片刻之后电话被接通，她的声音有些朦胧。

我有些诧异地问道：“你还没睡醒吗？”

“嗯。”

我这才想起，昨天喝断片的还有蔚然，自然是米彩照顾着他了，估计也被折腾得够呛，要不然能睡到现在嘛！

“你昨天晚上住哪儿的？”

“你问这个做什么？”

我当然明白自己为什么这么问，却装蒜，道：“担心你流落街头啊！你的屋子不是得让给小海龟住吗？”

“是的。”

我心中一凉，估计昨晚她是和蔚然住在同一间屋子，沉默了片刻才追问，道：“那你呢，你住哪儿了？”

“自己家。”

我心中透凉，果然被自己猜中了，虽然知道米彩是个正经的姑娘，可这夜深人静又孤男寡女的，而且都是成年人，有一方还喝了酒，保不齐头脑发热，做点出格的事情，比如曾经的我和乐瑶。

“你打电话给我就是问我昨晚住在哪儿的吗？”

我口是心非地回道：“也不是，不过你住在家里我就放心了，总算没有流落街头。”

米彩却沉默后才向我问道：“你昨晚怎么没回来？”

我有些诧异：“你怎么知道我昨晚没回来？”

“我就住在老屋子里，你说我知不知道！”

我霎时愣住了，原来米彩说的自己家便是那间老屋子，随即心中又一喜，昨晚她并没有和蔚然在一起。

缓过神，我赶忙解释："我昨晚住在CC这里的，不信你现在就可以打电话找CC核实。"

"你住哪里关我什么事，你不回来才好，省得我还得赶你出去。"

我又被米彩的话给噎住了，但还是厚着脸皮说道："你是不放心我吧，毕竟我也喝断片了！"

我的话好似让米彩有些无语，停了停才说道："你要没正经事我就挂电话了。"

"有、有、有……你先别挂。"

"那你赶紧说，我要起床了。"

"你留个银行账号给我，我待会儿把乐瑶欠的款转给你。"

米彩有些诧异地问道："她这么快就缓过来了吗？"

"混娱乐圈的么，随便签个公司，代个言就给赚回来了。"我如是说道，却淡化了这笔钱背后乐瑶的付出，虽然我还不确定她到底付出了些什么，但这个世界上从来没有谁能随随便便地赚上一笔巨款。

"待会儿我把账号发到你的手机上吧，对了，她还有一张欠条在我这儿呢！"

"今天晚上你去酒吧吗？如果去，到时候给我就行了。"

"今天酒吧开业，肯定要去坐坐的。"

我忽然又赌性大发，对米彩说道："要不咱们再赌一次，就赌今天晚上酒吧有多少人流量。"

"你怎么那么喜欢赌啊？"

我当即否定，道："错，不是喜欢赌，只是想扳回一局而已！"

"你和我一个女人也要较劲吗？"

我又开始乱扯："你又说错了，赌博这件事情是无国界无性别之分的，和你一赌再赌只说明我尊重女性！"

"好像蛮有道理的，那你说个人流量的区间吧。"

我想了想说道："100～150。"

"那我就说150～200。"

"好，你就等着输吧，这次输了，你得听我安排，为顾客们唱歌助兴！”

“没问题，你要输了呢？”

“你提条件啊。”

米彩也想了想回道：“你要送我一把吉他，我还没有自己的吉他。”

我顿时就郁闷了，她那么有钱，为什么老喜欢让我送东西给她，上次是油动力的赛车，这次又是吉他，而且还都不便宜……

第154章

你就是一个蛀虫

见我沉默，米彩又问道：“送把吉他让你很为难吗？而且你也不一定会输的！”

我一听到“而且”这两个字就涌起了一阵不祥的预感，经过这段时间的相处，我已经发现：一旦她用到这样转折性的词语，往往已经给我挖好了坑，然后诱导我心甘情愿地往下跳。

但又转念一想，打赌的事情是我自己提出来的，她完全没有挖坑的先决条件，所以这样的担忧是完全没有必要的。

“送你吉他是一件很鸡毛蒜皮的事情，可是……我送不起啊！”

虽然我的话是急转直下，但也确实是实话，如果我只是送她一把百来块钱的吉他，完全匹配不上她高超的演奏技巧。

米彩无言了许久，才对我说道：“你可以先欠着的。”

我笑了笑，当即应了下来，又说道：“就像你自己说的，我也不一定会输的，一切只是如果以内的事情。”

“嗯，那就祝你旗开得胜，不要让这种如果成为现实。”

“没问题，晚上见分晓！”

在CC的餐厅吃完饭之后，我便去银行转了账，分别还掉了简薇和米彩的那50万，心中松了一口气，好似一只蜗牛卸掉了沉重的壳，没有了后顾之忧的我，终于可以放开手脚去经营好酒吧了。

整个下午我和CC都在酒吧内做着开业前的准备，让我们意外的是：5点左右便已经有一些顾客来到了酒吧，据他们说，之所以提前来，是因为看了我们昨天在卓美的演出，想来提前感受一下“第五个季节”的魅力。

我心中喜忧参半，喜的是：自己对酒吧的定位，已经初步吸引了消费者的注意力；忧的是：按照这个趋势，我和米彩的对赌又必输无疑。

但这种担忧，转瞬即逝，因为在我的潜意识里，我还是很希望送一把吉他给米彩的。毕竟一把吉他会陪伴她很久，甚至是一辈子，就像简薇送给我的那把吉他一样。

第一批进入酒吧的顾客，不管是否带来了派发的消费券，我们都免费赠送了一瓶啤酒，于是顾客们喝着啤酒，评论着重新开业后的酒吧。

我混在顾客中间，听取着他们的评价，也征求了一些他们的意见，然后记在心中，等以后条件成熟了再做改进，不过，在总体上顾客们还是给予了很高的评价，对这种偏重于意识形态的酒吧也充满了期待。

冬天的夜晚总是来得很快，浑然不觉中天色已经完全暗了下去，而我一直守在酒吧的门外迎接着众宾客的到来。

快六点半时，我终于在翘首以盼中看到了那辆红色的Q7，然后便看到了坐在车内，一身休闲打扮的米彩。

米彩停好车后，来到了我的面前，我打量着她，笑着说道：“你身上这件红色的羽绒服不错。”

“我特意这么穿的，希望酒吧能够红红火火。”

我心中感动，但还是口无遮拦地说道：“酒吧红火了，我就赚钱了，我有钱了，就可以帮你买上一把吉他了……你还真是步步为营啊！”

“对啊、对啊……就等你赚钱了送给我了。”说完又环顾四周，恰巧又来了一辆商务车，随之从车上下来了一群来酒吧消费的顾客，米彩笑了笑说道：“看样子你今天要输咯！”

“输了也开心，来得越多越好，至少证明消费者是认可这个酒吧的！”

米彩似乎也很高兴，拍了拍我的肩膀说道：“好好加油，不枉我对你的期待！”

我没有言语，但期待这个词，却足够让我遐想，真希望她不是随口对我说说，而是真的充满期待。

米彩并没有立即进酒吧，她陪着我站在门外迎接着陆续到来的宾客，两人有一句没一句地闲聊着。

我又向她问道：“今天怎么就你一个人来啊，你的那个小海龟朋友呢？”

“他好不容易回一次国，也有其他朋友要见面的嘛……不过，你能不能别左一句小海龟，右一句小海龟地叫他？”

“他本来就是海龟嘛，再说了，指不定他在背后把我叫得更难听呢！”

米彩忽然就笑了……

我当即脸一沉问道：“你老实交代，他背后喊我什么？”

米彩连连摇头说道：“这个我不能说！”

“信不信我掐死你……”

“你掐我做什么，又不是我那么喊你的！”

我心中一阵好奇，一阵不爽，又对米彩说道：“你现在打电话让小海龟过来，我当面和他谈谈！”

“我才不打呢，而且我觉得他那么喊你也是挺贴切的！”

“你就是这么厚此薄彼的啊？我喊他小海龟你不乐意，他背后把我喊得那么不堪，你还当作乐子去享受！”

米彩一副理所应当的表情回道：“这是因人而异的，你也不看看你平时是怎么对我的！”

我趁势说道：“是啊，我可做不出来包下整个影院和你表白的事情，多矫情！”

“不许你提这个事情！”

“说出去的话泼出去的水，我就说了，怎么了？”我说完挑衅地看着米彩。

“蛀虫！”

从来没听米彩用这么新鲜的词儿骂我，当即反应了过来，怒道：“我靠，看你骂得这有模有样的，肯定是从小海龟那儿学来的吧？”

“你就是一个蛀虫！”

我当即抱住没有准备的米彩，一个抱摔，也没有把她完全放倒，让她躺在我的膝盖上，又说道：“再骂一句试试，信不信真给你扔地上，让你知道什么叫四脚朝天！”

米彩顿时变色，却不是惊慌，或者是害怕我的恐吓，她沉着脸对我说道：“昭阳，不要和我开这样的玩笑，我一点也不喜欢！”

她冰冷的语气让我手足无措，下意识地想把她从我的膝盖上扶起来，却不想前来捧场的陈景明和方圆恰巧从车上走了下来，然后便看到了这一幕。

好似我们每一次有过分的肢体接触时，都会莫名其妙地被熟人撞个正着，上次是板爹，这次是方圆和陈景明。

米彩因为躺在我的膝盖上，受限于视觉，并没有发现向这边走来的陈景明和方圆，而方圆和陈景明也更没有发现是米彩，在他们的视线中，根本看不到米彩的脸。

来到我面前的方圆和我开玩笑，道：“昭阳，和哪家的姑娘打情骂俏呢？”

我难以启齿，最后还是将一直被我按着的米彩从膝盖上扶了起来……

方圆和陈景明顿时吓了一跳，结结实实地吓了一跳，两人对视了一眼，半晌喊道：“米总……”

第155章 对我好一点

米彩将凌乱的鬓发别在耳后，这才向方圆和陈景明点头示意，然后便不去看二人，这种目光的转移，却恰恰是因为难为情和尴尬。

方圆和陈景明目光异样地看着我，我也学着米彩的样子转移视线看向了另一边。

其实我倒不是尴尬或者难为情，反正已经让她不痛快了，索性学着她的模样，再恶心她一次。

方圆冲我笑了笑，然后对陈景明说道：“陈总，外面风大，咱们到酒吧里面坐坐吧。”

陈景明也笑了笑，然后随方圆向酒吧内走去，于是现场再次只剩下我和米彩。

“好玩吗，昭阳？”米彩沉着脸问道。

我点了点头，又赶忙帮她将有些乱了的衣服理了理。

却不想米彩向后退了一步说道：“你别碰我！我真的很烦你！”

“上次你抱着我的时候，我有没有说烦你？你告诉我，为什么我们俩人的关系就不能对等？”

“你还好意思提上次的事情！还不是你先把我从车上抱下来的！”

“对啊，你要不是生病了，还不肯留在苏州，非要去上海，我会抱你，把你留下来吗……反观你呢？又是怎么对我的，像铁块似的焊在我身上，坑得我爬了五楼，我不都忍下来，不和你计较么？”说完又加重了语气问道：

“我要你自己说，为什么我们之间就不能对等？”

“因为我是女人……我可以……”

米彩的话还没说完，我便打断，道：“我还是外星人呢，你是不是得给我造一架航天飞机，满足我啊？”

米彩很无语地看着我，半晌说道：“你这是什么乱七八糟的逻辑？”

“高你一等的逻辑，在我这个外星人面前，你这个女人就必须得仰望着我。”

米彩看着我，然后就笑了，无奈地说道：“我真的是被你给气乐了！……”

我一看时机正好，趁势搂住她的肩膀，哄道：“你刚刚都笑了，就别和我生气了啊，最多以后我不那么干了。”

米彩也没有挣脱我，却严肃地问道：“先说清楚了，你干什么了？”

“被你言语攻击后，控制不住自己，对你动手动脚的。”

“什么动手动脚的！把你自己说得和流氓变态似的。”

我不解地问道：“那应该怎么说？”

米彩想了想回道：“不应该动手打我……你这是第几次动手打我，你还记得吗？”

这回换我无语地看着她，这么一个动手打女人的臭名，她就这么干净利落地扣在了我的头上，还不如我自己说的动手动脚呢！

“谁打你了！”

“都快把我摔在地上了，还不算打吗？动不动就要掐死我，拿蟑螂恐吓我，还有很久前，粗鲁地把我按在床上……”米彩忽然就停了下来，面露羞涩，意识到自己情绪激动下，说出了一句会产生误会的话。

我面带笑意，问道：“按在床上后，我又干了什么？”

米彩瞪了我一眼，好似找不到说辞，半晌才说道：“你没再干什么，后来被我揪了头发，然后从床上给推下去了！”

“明明是你在打我啊……”

米彩终于在和我的口舌之争中，落了下风，许久才底气不足地说了一声：“那是你活该！”

“对，你把我打死都是活该，我碰你一下，就是十恶不赦，我今天总算是明白了什么叫霸权主义！”

米彩低头不语……

她的模样，却让我心中慌了起来，生怕自己在不经意间说了什么刺激到她的话，于是拼命地回忆着，是哪句话说得不得体。

米彩终于抬头看着我，声音很轻地说道：“每次，你不管是真的发火，还是有心捉弄……我都很害怕，心里一点安全感也没有！……对我好一点，可以吗？”

我怔怔地看着她，她竟然和我要安全感，可是所谓的安全感，不是只有情人之间才会去要的吗？

我有些眩晕，更猜不透她要表达什么……

分神间，一辆红色的凯迪拉克CTS从远处驶来，渐渐接近，最后在我们前方的停车场停了下来，然后便看到了颜妍和简薇先后从车上走了下来，她们是今天最后到的一批宾客。

简薇和颜妍并肩走到我和米彩的面前，颜妍面带笑容，递给我一个红包说道：“我和方圆也没有准备礼物，所以送你一个大红包，祝酒吧生意兴隆！”

“你们来捧场我就很高兴了，还送什么红包啊！”我并没有去接颜妍手中的红包。

颜妍强行将红包塞进了我的口袋里，然后说道：“估计连买烟的钱都没有了，还装什么装，赶紧收着……”

被颜妍这么一揭老底，我脸上有点挂不住，尤其不愿意以一副落魄的姿态面对简薇。

却不想简薇也从皮包里掏出两只红包递给我说道：“向晨出国了，不能亲自过来祝贺，你见谅，他的那份我就帮他代劳了……”

我下意识地回了一句：“你们俩人一只红包就行了……”

气氛瞬间变得尴尬，颜妍赶忙从简薇手中抽出红包，笑着对我说道：“两份不更好吗，你赶紧拿着，我们得进去了，这外面死冷的！”

颜妍就这么将红包又塞进了我的口袋里，然后冲米彩笑了笑，便拉着简薇向酒吧里走去。

现场又一次只剩下我和米彩，似乎也不会再有其他人来了，人影萧条中，风吹得更冷了些！

米彩带着些歉意对我说道：“昭阳，忘记给你准备红包了，不好意思啊！”说着从钱包里抽出厚厚一叠钱，想递给我。

“你傻啊！……这酒吧你也有投资的，有必要送我红包吗？”

米彩却学着刚刚颜妍的模样趁我不注意将钱塞进了我的口袋里，然后拉住我的胳膊，不让我把钱抽出来。

她笑了笑对我说道：“你不是要帮我买吉他的吗？”

我不能肯定地问道：“用你送给我的红包买？”

“红包已经送给你了，你自己支配呗！”

我当然知道米彩是想通过这种方式解决我买不起吉他的窘迫，可有这个必要吗？

于是我向她问道：“你不觉得这很多此一举吗？你自己去买就好了啊！”

我的疑惑似乎触痛了米彩敏锐的神经，她皱眉对我说道：“我就是想你送给我，可以吗？……可以吗，昭阳？”

这个回答让我一阵悸动，忽然头脑一发热问道：“你是不是喜欢我啊？”

第156章

相约酒吧

我的话音刚落，来不及看米彩的反应，自己却已经心跳加速，继而窒息，在窒息中后悔，我好似亵渎了什么，然后亲手摧毁了自己苦心建筑的堡垒，让那些原本该藏匿的情绪，暴露出来。

米彩依旧像刚刚那般看向别处，那阵阵吹过的风，将直射的光线都吹得飘摇，于是朦胧了她的容颜。

“告诉我，我喜欢你哪儿呢？”许久她如是反问我。

我的灵魂霎时在烈火的炙烤中萎缩，疼痛……我只是一个肮脏的男人，我堕落过，她却纯洁，我一无所有，她如此富饶……所以她到底喜欢我哪儿呢？

如果我们是两根需要点亮的灯芯，却没有滋润的灯油，哪怕绞在一起，也窒息了彼此，逃不过那岁月的折磨……

我点上一支烟，然后将烟雾吐到了米彩那边，笑道：“开个玩笑嘛……何必弄得像做学问似的，非要刨个根，究个底的！”

米彩厌恶地驱散了烟雾，转身向酒吧内走去。

酒吧里，顾客和前来捧场的朋友们都已经落座，CC正在朦胧的灯光中为大家安静地唱着歌。

米彩此刻正和陈景明、方圆等人坐在一起，我想凑过去，却已经连一个空位都找不到。

简薇则和颜妍坐在另一个角落，倒是还有一个空位，我却犹豫着要不要过去，可是此刻的酒吧真没什么空位，连吧台前的座椅都被占了。

我终于向颜妍、简薇那边走去，准备坐下时，却发现座位上放着颜妍的手提包。

颜妍笑着对我说道："怎么样，姐姐够贴心吧，这个位置是专门帮你占的，话说今天来的人可真不少！"

我这才反应过来，难怪人满为患下，偏偏空出了这边的位置。

我将颜妍的手提包放在了茶几上，然后在她的身边坐了下来，问道："你怎么没和方圆坐在一起啊？"

"他们都是同事在一起聊天，我就不去凑热闹了，对了，真的要感谢你把方圆推荐到卓美，这是他职业生涯中遇到的最好机遇！"

"是方圆有能力。"我说着下意识向米彩那边看了看，此时的方圆和陈景明已经正式在卓美任职了，心中更期待他们能成为米彩的助力，让她彻底摆脱势单力孤的局面。

一直没有说话的简薇终于开口说道："昭阳，你转账的那51万我已经收到了。"说着又从手提包里拿出一万元的现金放在我面前说道："这一万块钱你拿回去，我不需要。"

我摇了摇头，说："这是乐瑶执意要给你的，你收着吧，她的意思，你应该明白的。"

简薇带着情绪笑了笑，道："因为我是你的前女友，所以她不想欠着我的人情！"

我没有否认，因为乐瑶确实很排斥简薇，但到底是不是因为前女友的身份，这很难去判断。

颜妍将那一万块钱又放回到简薇的包里说道："既然人家不想欠你的人情，你就不要勉强，更不要和钱过不去。"

这个时候我是感谢颜妍的，虽然她总是以世俗的眼光去看待事情，但很多需要调和的矛盾，恰恰用世俗的手段才能最果断地去解决。

在CC唱完后，顾客们又开始起哄要米彩和简薇上台合唱，而这些起哄的顾客，多半是在昨天观看了那场即兴举行的音乐会，之所以要求她们合唱，是因为米彩和简薇的表现给他们留下了极其深刻的印象。

我带着些许紧张看了看简薇，又看了看不远处的米彩，虽然对她们两人的合唱充满期待，但似乎又不太可能，在我的潜意识里，这两个优秀到极致的女人，是不兼容的。

CC先来到了简薇的身边，说道："薇薇，顾客们热情这么高，又是酒吧开业的第一天，咱们就不要扫他们的兴，好吗？"

简薇向米彩那边看了看，随即点了点头说道："她如果没有问题，我也没问题！"

CC点头笑了笑，道："我去问问她，应该不会拒绝的，毕竟今天大家都这么开心。"

CC说完后又向米彩那边走去，然后附在她的耳边说了几句，米彩便点了点头，随即起身。

CC给了简薇一个OK的手势之后，简薇也从座位上站了起来，于是酒吧内顿时响起了热烈的掌声！

我的心中忽然有了微妙的变化，虽然觉得不可思议，但仍期待她们的合作……

简薇和米彩一前一后向小舞台走去，CC为她们一人准备了一只麦克，又询问她们要合作一首什么歌。

简薇和米彩互相看了看，却谁都没有说话，天知道此刻她们心里在想些什么。

终于，CC这个救场女王又开始发话了，但却是对我发的话："昭阳，你觉得合唱一首什么合适呢？"

先是熟人的目光向我这里聚集，然后陌生的顾客也顺着他们的目光看向了我，我第一次成为了全场最瞩目的人。

我想了想说道："就那英和王菲合唱的那首《相约九八》吧！"

CC鼓掌说道："《相约九八》，相约酒吧，这首歌好，真的好！"说完又询问简薇和米彩："你们觉得呢？"

简薇和米彩同时点了点头，却依旧没有个只言片语！

CC抹了抹额头的汗，说道：“薇薇你唱那英的部分，米儿你唱王菲的部分，行吗？”

两人依旧只是点了点头，于是CC又做了个抹汗的动作，好似在抱怨：这救场女王真不好当!

音乐的前奏响起，我目不转睛地看着……此刻她们的身姿在灯光的映衬下，美到了极致，不得不说，这是一场视觉上的享受。

“打开心灵剥去春的羞色，舞步飞旋踏破冬的沉默，融融的暖意带着深情的问候，绵绵细雨沐浴那昨天昨天，昨天激动的时刻，你用温暖的目光迎接我，迎接我从昨天带来的欢乐欢乐，来吧来吧相约酒吧，来吧来吧相约酒吧……”

简薇的声音和米彩的声音交替在我的耳畔萦绕，我不禁陶醉了，这简直是一场天衣无缝的合作，甚至让我产生幻觉，幻觉中，简薇和米彩就是那相交多年的好友，她们同样的美丽、同样的富饶、同样的天之娇女……

歌声渐止，掌声、叫好声却不绝于耳，我瞬间被淹没了，而闪烁的灯光又让我失神，直到身边的颜妍推我，我才回过神。

颜妍将自己的手机递到我面前，对我说道：“你看我刚刚给她们拍的照片！”稍稍停了停又感叹，道：“天作之合，世界上怎么会有如此完美的两个女人呢？真是让女人嫉妒！”

忽然一个念头在我的脑中飞速闪过，当即对颜妍说道：“把这张照片传给我，我有用！”

第157章 机车女孩

颜妍很是疑惑，但还是将照片传给了我，我当即又去车里拿来了电脑，以今天的照片和昨天在卓美演出的视频为素材，撰写起软文广告，标题便为《第五个季节里的美丽世界》。

我截取了昨天视频的精华部分做成了一段简短的集锦，又花了一刻钟的时间写出了软文广告，然后走上了酒吧的演出台。

我拿过话筒对台下的顾客们说道："各位，冒昧打扰一下。"

现场很快就安静了下来，目光再次集中到我的身上。

我快速整理了思路，又说道："今天是第五个季节酒吧开业的好日子，很感谢各位能够过来捧场……我们这个酒吧有些特殊，对客户的定位很明确，所以也就注定了酒吧很小众，但是我们却有美好的愿望，让这里成为一个安静、独立的世界。如果各位喜欢这个酒吧，希望能够推荐给身边有同样需求的朋友们……我这里做了一篇软文广告，再次希望大家能够转发到自己的朋友圈，当然这个仅凭各位的意愿，不勉强的！……但凡转发的朋友，我们会赠送一瓶啤酒表示感谢，心意虽小，但是很真诚！"

在场的顾客消费素质都很高，当即表示理解这样的活动，毕竟酒吧是需要收入维持经营的，而今天来的顾客，也不可能每晚都在这里消费，所以需要更多有类似消费需求的消费者来填补。

我将微博的网址公布了之后，在场的顾客们纷纷拿出手机，在自己的微博上转发了这条信息。

消费者极高的配合度让我心中松了一口气，也初步验证了我的经营定位以及宣传策略是正确的，而这群消费素质极高的消费者将会成为酒吧发展的最原始动力。

时间已经很晚，前来消费的顾客和前来捧场的朋友们陆续散去，酒吧里只剩下工作人员，以及我和米彩、CC。

临近打烊时，CC带着喜悦对我说道："昭阳，统计出来了，你知道今天来了多少顾客吗？"

我看了看身边的米彩，我知道她一直没走就是在等待这个结果，随即摇了摇头对CC说道："不知道，肯定有百来人。"

CC点头说道："不算前来捧场的朋友，今天顾客来了198人，是198人，不是198人次哦！"

CC的特别强调让我顿时傻了眼，这个米彩似乎有一种魔力，这个结果和她区间上限200人的预测几乎相差无几……

所以我输了，而且输得心服口服。

正当我准备愿赌服输时，CC却突然对我说道："昭阳，餐厅那边也要打烊了，我现在得赶回去，酒吧这边你照看一下。"

"嗯，交给我了，你路上注意安全。"

CC点了点头又和米彩告别，随后便离开了酒吧，于是又给了我一个单独面对米彩的机会。

"昭阳，你会愿赌服输么？"米彩似笑非笑地看着我，言语间带着些小得意。

"你不问，我也不会赖账的，我欠你一把吉他！"

"那你现在就送给我……"

米彩的要求让我毫无心理准备，半晌说道："你不是说可以等等的嘛，而且这么晚了，我到哪里买给你啊？"

"就是不具备买的条件，才能显示你愿赌服输的诚意。"

"你怎么这么善变啊？之前都不是这么说的……"

米彩不言语，明显是不开心的表现，我这才想起稍早一些时候，她以送红包为由，给了我不少现金……好似说起过要拿这些钱去给她买上一把吉他的。

我稍稍犹豫了一下，还是从口袋里拿出了手机，随后找到小五的号码拨了过去。

片刻之后小五接通了电话：“喂，昭阳……这么晚给我打电话有什么事儿吗？”

我走到另一个角落，低声对他说道：“你不是有朋友开琴行的么？”

“有啊。”

“我要买把吉他……”

我话没说完，急性子的小五便打断，道：“你买呗，多大事儿啊，回头我让朋友给你打折……”想了想又补充问道：“你不是有一把很牛的吉他吗？你这是要换？我朋友的琴行真不一定有比你那把更牛的！”

我瞬间被小五搞得逻辑混乱，半晌才说道：“小五，你别打断我说话，先听我说……呃，我要说的就两点，第一，吉他是买了送给我朋友的，第二，这把吉他我现在就要买！”

“你没搞错吧，这都几点了！……明天买不行吗？”

“小五，这不行！否则我干吗现在给你打电话，难道你真的以为是为了那什么打折吗？……不缺那打折的钱，所以你现在、立刻、马上帮我把这个事情给办了！”

小五无言了许久，对我说道：“昭阳，你的逼格是越来越高了……成，你都开了口了，我现在就给朋友打电话，让他去店里等你！”

结束了和小五的通话，我心中松了一口气，却又不能理解自己这么兴师动众到底是为了什么，为博美人一笑吗？

好像也不是，毕竟我并不是一个特别会讨女人欢心的男人，只是害怕看到她失望的表情，因为她失望，我好似就会难过。

我再次回到米彩身边，向她问道：“你想要什么品牌、什么材质的吉他，我现在去帮你买！”

“我要和你一起去。”

“都这么晚了，你早点回去休息吧！”

米彩摇头，又坚决地重复了刚刚的话：“我要和你一起！”

“那行，不过你别后悔！”

“有什么好后悔的。”

我笑了笑说道：“让你做一次机车女孩！很刺激，不过有点冷！”

“啊！”米彩感叹了一声。

我没多说，直接拉着米彩来到了酒吧的储藏室，随即从里面推出了罗本留下的那辆赛道摩托，然后递给了米彩一个头盔，道：“咱们是去买吉他，那么肯定要有摇滚的范儿，机车是当然少不了的，不过你要怕冷，就算了！咱们可以开车去！”

“很刺激啊，为什么要怕冷呢！”米彩说着已经戴上了头盔！

我看着米彩笑了笑，难怪罗本用这辆机车泡了那么多女人，果然女人们都有一个机车情节，米彩也不例外！

我推着摩托来到了室外，米彩一直追随着我，我戴上头盔，跨上了摩托，随即米彩也跨上了摩托。

我发动了摩托，而马达的轰鸣声立即打破了夜的沉寂，我大声对身后的米彩说道：“你坐稳了啊，我要出发了！”

也听不清楚米彩说了什么，但她却紧紧抱住了我的腰部，于是一个机车男人带着一个女人的经典一幕就这么在我们之间上演了，我不知道这对米彩而言意味着什么，但我一定会牢记这个夜晚和这一幕的！

第158章

吉他换吉他

一路上我们穿破夜的囚笼、城市的束缚，飞速行驶在一条自由的道路上……

风在我的耳边咆哮着，可我的背后却传来了米彩的温度，这种温度好似快要将我融化，我已经记不得何时有过这种融化的感觉了，除了经历简薇把自己献给我的那一夜……

快要接近琴行时，我有了一种错觉，好似这一路已经让我穿过了人生的荒凉和繁华，哪怕就此老去，也没有什么遗憾了！

马达的轰鸣声渐止，我摘掉了头盔又将机车熄火，当即回头看着米彩，和我一样，此刻的她也已经摘掉了头盔，可能是闷在头盔里，她的脸有些微红，头发也有些凌乱，可这让她看上去更美了，一种不修边幅的美！

我笑了笑对她说道："怎么样，够刺激吧？"

"很刺激，充满惊喜呀！"

米彩说完将手放在嘴边哈着热气，她应该再补充一句"也够冷的"，之所以绝口不提，或许是不想破坏这肆意放纵后的快感吧！

"咱们赶紧去店里，到了店里就不那么冷了！"

米彩点了点头，随即与我向已经开了门的店内走去。

这个琴行的老板与罗本、小五都是熟人，不过，只听小五他们喊他"阿吉"却不知道真名叫什么，但这并不重要，玩音乐的大多如此，称呼往往只是一个外号或者小名。

我推开了玻璃门走进了店内，阿吉笑着和我打招呼："昭阳，好久不见了！"说完又惊讶地看着我身后的米彩说道："这位姑娘是？"

我抱怨，道："这个姑娘就是个麻烦精，要买吉他的就是她！"

米彩的注意力全部放在那些形态各异的吉他上，也没有在意我喊她"麻烦精"，倒是阿吉笑着说道："你不要忙着解释，我是能理解你的，如果这么漂亮的姑娘有求于我，天上的月亮我都给摘下来！"

我笑了笑，然后便走到米彩的身边，陪她看着吉他，她似乎并没有选择困难症，目光很快便定格在一款木吉他上，然后对我说道："昭阳，我就要这款了！"

我打量了一下，吉他的品牌是Taylor，背板和侧板都是用比较昂贵的东印度玫瑰木，指板和琴码是乌木的，尽管没有标价，我已经估算出这款吉他的价值不低于两万。

阿吉来到米彩的身边，笑道："你的眼力很好，这款吉他是朋友从美国代购的，整个苏州的琴行就这么一把。"

阿吉这么一说，我心里更有数了，对米彩说道："这款吉他的做工有点硬，不太适合女孩子用，你要不再看看别的？"

"我就喜欢这个，你是不想送给我吧？"

我心中大呼冤枉，我是想送给她，可也得有这个资本啊，连她给我的红包，加上简薇和颜妍那份，也没有1万块，哪里够买这把吉他的。

米彩依旧一副不冷不热的表情看着我，可总能感觉到那一丝不易察觉的失望。

我终于心一横说道："买，你喜欢就送给你！"

米彩的面色缓和了一些，我将吉他拿下来递给她说道："你先试试吉他的音。"转而又对阿吉说道："你这儿有卫生间么，你带我去，我尿急！"

"路边就成！"

"一起、一起……"我说着一把搂着他向外面走去。

冷清的路边，我向阿吉问道："你这吉他什么价？"

阿吉爽快人，也没有说你是朋友，我便宜点之类的矫情话，直接报出了一个数字："两万六！"

我顿时尿意全无，停了下来，道："金子做的吗？"

阿吉笑了笑说道："昭阳，你可是懂行的人，这吉他什么价格，你自己心里没数吗？"

我不语，只感到有些窘迫。

阿吉依旧面带笑意说道："小五给我打电话的时候可说得很清楚了，你真不缺钱！说是打折什么的事儿提都不会和我提，本来我还不信，一看你带了个这么漂亮的姑娘来，我利索地信了……你要没点儿财，真配不上这姑娘。"想了想又补充，道："有财也不大配得上。"

我顿时有点不爽，将已经解开的皮带直接抽了出来，做了个要抽阿吉的动作。他脑袋下意识地一闪，脑后留了十几年的辫子也就晃荡了起来，赶忙说道："昭阳，有话好好说，别动手、别动手……都是文明人！"

"就你这出去都破坏市容的货，还和我扯什么文明人，鸟辫子留得和老娘们似的！"

阿吉被我吓得心惊肉跳，半晌说道："难怪你和罗本好得能穿一条裤子，你俩这怪脾气都太吓人了！"

我又将皮带给系了回去，实际上刚刚也就是半开玩笑半认真，但是他说：我有财也配不上米彩，却真真切切地让我心中一阵不爽，可是更明白，不是我太平凡，是她优秀得太不真实！

阿吉又对我说道："昭阳，你要实在手头不宽裕，我倒有个提议……"

"你说。"

"你那把吉他，我真的不是一般的喜欢，要不你拿你那把吉他和我换，我亏点没关系……"阿吉说完面露期待之色看着我。

实际上当时简薇给我定做这把吉他也就花了两万块钱，如果换阿吉的这把Taylor的，他确实亏了好几千，但在玩音乐的人眼里，一把自己中意的吉他，不是亏几千块钱可以衡量的，阿吉也正是出于此，才提出这个条件。

可我却纠结了起来，且不说这把吉他陪伴着我的这些年，也更是一段对曾经的缅怀和纪念，难道真的要就此终结吗？

做了个深呼吸，我笑了笑，心中自语：何必将那些伤，刻在一把吉他上永远地折磨自己呢？终于对阿吉说道："行吧，换就换了……我也不想赚你便宜，再补贴给你6000块钱！"

阿吉喜出望外地说道："能换就行，那6000块钱就算了，我真的很喜欢你那把吉他的做工，太有艺术感了！"

我没有言语，只是从口袋里抽出钱，数了6000块钱塞到了阿吉的手上，然后示意他别说话，痛快收下。

阿吉拒绝。

我又强行塞到他手上说道："这事儿一码归一码，该怎么算就怎么算……"许久才又补充，道："这把吉他到你手上也算是一个不错的归宿！"

阿吉终于没有再拒绝，他将钱放进了自己的口袋里，随即对我说道："君子是不该夺人所好，可这真架不住喜欢，放心吧，这把吉他我一定会好好珍藏的！"

我强颜欢笑，道："也谈不上夺我所好吧，这把吉他，可能就不应该属于我！"

回到店内，米彩还在拨动着吉他，很爱不释手的样子，我向她问道："确定要买这把吉他吗？"

"嗯，用起来很顺手，音质也很好！"

我对阿吉说道："你帮忙装起来吧。"

米彩将吉他递给了阿吉，阿吉很快便将吉他装进了盒子里，然后又将盒子递给了我。

我笑了笑，再次将吉他递到米彩的手上说道："从现在开始这把吉他属于你了！"

"谢谢你，昭阳！"

我拍了拍她的肩膀示意别客气，然后又和阿吉告别，准备离去。

米彩却忽然想起什么似的问道："昭阳，你买吉他付款了吗？"

阿吉拍了拍自己鼓鼓囊囊的口袋说道："刚刚给过了！"

"哦。"米彩应了一声，也没发现那看上去鼓鼓囊囊的口袋里其实只有6000块钱，而阿吉之所以有这个举动，也是因为得到了我的授意，进店之前我曾叮嘱他：不要告诉米彩，我是拿吉他换的吉他。

而米彩也不一定清楚这把吉他的真实价值，所以这件事情也就很好对付过去了。

夜已经很深、很深了，我对米彩说道：“现在已经很晚了，我直接送你回住处吧，你的车放在酒吧的停车场没什么问题的。”

米彩摇头说道：“我要去酒吧。”

我不解地问道：“还去酒吧做什么啊，这都打烊了！”

“好想弹着这把吉他，在酒吧里体会第五个季节的意境！”

我看着米彩，她脸上的期待是真实的，更像一个孩子拿到心爱的玩具，忍不住要显摆显摆。

想了想，明天反正是周末，又一次选择迁就她，对她说道：“行吧，不过只能玩一会儿，女人这么熬夜不好！”

“嗯……对了，你的那把吉他也在酒吧吧？”

我愣了愣，才点头。

“我要你和我一起唱，我们一起弹着吉他唱！可以吗？”

这是米彩第一次给我与她合唱的机会，可是观众仅仅是我们自己，于是更像是一种离别的告慰……

或许以这样的一种方式去送别那把让我心花怒放更让我撕心裂肺的吉他，也是一个不错的结局吧！

第159章 做一个温暖的男人

回去的路上，米彩背着那把新买的吉他坐在我的后面，我将机车开得飞快，可那把吉他好似增加了风的阻力，米彩将我抱得更紧了，于是这个夜我又一次体会到了被融化的感觉，却又害怕自己沉溺其中，于是将机车开得更快，虽然依旧要走过五个街区，但时间终究是缩短了。

回到酒吧，第五个季节的霓虹招牌还在闪烁，可店门已经紧锁，这让夜变得如此平静，我喜欢这种平静，也喜欢那霓虹的恍惚，于是歌唱的欲望更重了，或许真的要感谢米彩的这个决定，因为夜，除了用来休眠，也可以用来放纵……

我掏出钥匙打开了酒吧的门，然后将机车推了进去，米彩则在同一时间打开了酒吧的灯，于是五个季节散发着各自的魅力在光线中讨好着我们，好似把我们变成了这个夜里最璀璨的宝石。

米彩向我问道："昭阳，你说灯光是全部开着好，还是朦胧一点好呢？"

"朦胧一点好，只要能看清你的脸就行！"

"可那就看不清这五个季节的美丽了！"

我笑了笑，道："这五个季节早就被我烙印在心里了，只要给我一个轮廓，脑海里便是全部的季节。"

"哦，那就朦胧一点吧！"米彩应了一声，便关掉了照明的灯，只留下了几盏做效果的舞台灯，果然我能看清的只剩下她的面庞。

我们各自抱着吉他，盘坐在小舞台的中央，我一时想不起要唱什么歌，便给自己点上了一支烟，可那些弥漫着的烟雾，混合着闪烁的光，让我置身的这个世界愈发朦胧，朦胧到不真实，朦胧到仿佛一场梦！

失神中，米彩已经弹起了自己的吉他，那熟悉的旋律再次响起，正是那首《爱的箴言》。

我紧紧盯着身边的米彩，好似已经看穿了结果，这首歌于她而言就是一颗催泪弹，哪怕是别人唱起，她都会哭，何况她自己。

可是我又一次错误地估计了这个女人，她并没有哭，甚至是平静，平静却又饱含深情。

副歌结束后的间隙，她笑了笑对我说道："昭阳，和我一起唱，好吗？"

"哦……好！"

我一愣，赶紧拨动吉他的弦，这才跟上了她的节奏，附和着她唱了起来："我将真心付给了你，将悲伤留给我自己，我将青春付给了你，将岁月留给我自己……"

因为米彩平静，我也很平静，我们在平静中唱完了这首歌，而那些被我吐出的烟雾，也渐渐散去，眼前的一切随之立体了起来，可我仍觉得虚幻。

我终于向身边的米彩说道："我总觉得现在只是我的一场梦！"

"为什么这么说？"

"可能是因为夜太黑了吧，而且……刚刚那首歌，你竟然没唱哭！我更怀疑是做梦！"

米彩笑了笑对我说道："那你让我打你一下看看。"

我赶忙身子后仰，说道："别打，我不想醒，这是一场美梦！"

米彩放下了吉他，双臂环抱着自己的膝盖，脚尖轻轻点着地，许久仍带着笑容说道："你知道吗？每当我自己唱起这首歌时，我都感觉，爸爸一定在他的那个世界注视着我……所以，我一定会安静地唱给他听，因为他是一个喜欢安静的人！他也不喜欢我哭鼻子！"

她的叙述让我感到难过，每次说起她的父亲，她就像一个温柔、听话的小姑娘。

我不想让气氛太沉重，便笑道：“那你怎么知道别人唱的时候，你爸爸就不会注视着呢？”

米彩看了我一眼，道：“每天KTV里那么多人唱这首歌，他注视得过来吗？他那么忙！”

“有道理。”

米彩点了点头，继续说道：“嗯……而且像你这样的人，就算唱这首歌，他愿意看吗？”

“我觉得自己唱得还不错啊！”

“这不是唱得好坏的问题，是因为他生平最讨厌你这样的……”

我笑了笑代替米彩说了下去：“最讨厌我这种游手好闲的蛀虫，对吗？”

米彩看着我，不肯定也不否定，许久才反问道：“但你会改的，对不对？”

“你希望我改成什么模样？”

“做一个温暖的男人！”

这句话让我心中产生了一种奇异的感觉，许久，好似产生一种力量，对她说道：“那你现在抱着我……看看够不够温暖！”

米彩目光很复杂地看着我，我们拥抱过，但一直是我主动抱她，却没有要求她抱过我，可此时这个理由看上去又是那么名正言顺，所以我一点也不惶恐。

于是我又蛊惑，道：“这又不是投怀送抱，只是看看有没有达到你所说的那个温暖的标准，很纯洁的，好吗？”

米彩想了想，终于对我说道：“那你张开双臂吧。”

我赶忙张开双臂，却在彻底张开的那一刹那，脸红、心跳，因为待会儿她将缩在我的怀里……

米彩闭上眼睛，轻轻地靠在了我的肩膀上，可她的手却与我保持着距离，这一点也不像拥抱，更像是在听我的心跳。

我鼓足勇气，嗫嚅道：“你的手……你的手也抱着。”

米彩并没有回应我，却说道：“昭阳，你的心跳得好快！”

“咳咳……”我借咳嗽掩饰着自己的慌张，却掩饰不掉那心跳，于是又跳得快了一些，我更不知所措了起来，心中自语：我到底是怎么了？哪怕是钻进陌生女人的被窝，也没有像此刻这么不堪……

慌慌张张中，我终于找到一个还算说得过去的借口，道：“心跳得快，是为了更活跃，活跃了，才会达到你说的那个温度！”

我忐忑地等待着米彩的回答，她只是轻轻“嗯”了一声，双手却终于抱住了我，夜深人静中，我们再次拥抱了。

我快窒息，更想摸摸米彩的心跳，可又觉得不合适，因为在感知心跳上，男女是不平等的，比如米彩摸着我的胸口便叫感知，我要摸着她的胸口就叫流氓……除非某一天成为男女朋友，甚至是夫妻，才能解除这种不平等！

可我真的想知道她的心跳……如果她的心跳没有变化，我会很失落！

于是我又放低了要求，决定看看她的脸，可是那朦胧灯光下，她靠在我的胸口，早被一片阴影挡住，连她的脸色都看不清了！

唉！或许我们之间注定不能平等吧……想必此刻，我的心跳已经让她感知到我对她的喜欢，可她呢？至少看上去安静得像一朵没有盛开的百合！

第160章

去美国过年

米彩就这么缩在我的怀里，这种依偎，真的让我们之间产生了温暖，我的心渐渐平静了下来，随后陷入到迷恋中。

“昭阳，你的心不跳了！”

米彩似乎一直在听我的心跳，但这句话却吓了我一跳，赶忙摸了摸自己的脉搏，脉象很平稳，证明我还是有心跳的。

刚准备说话，米彩却主动纠正了自己刚刚的说法：“你不要紧张，是跳得慢了！”

“我紧张什么，该紧张的是你吧！……如果我没心跳了，你怕不怕？”

米彩离开了我的身体，然后看着我点了点头。

我笑着摇了摇头，感叹道：“你的胆子可真小！”

米彩看向别处，许久才轻声说道：“我怕的不是面对一具尸体，而是……这个世界没了你！”

世界忽然更静了，静到能听到她的心跳声，我的心跳声，我感觉这一刻自己那座精心建造的堡垒忽然有了裂纹继而有垮塌的迹象。

却笑着问道：“你很在乎我……吗？”

如果此刻米彩点头，我会再次拥抱她，哪怕只是反问一句“你呢，你在乎我吗？”我也会回答一句“在乎、很在乎”然后拥抱她。

可是她却迟迟不作答，然后她的手机便响了起来，打破了安静，让我瞬间回过了神。

米彩从口袋里拿出手机，好像是一条微信语音，然后便听到了CC的声音：“亲爱的，你睡了吗？”

米彩回了过去：“还没有，有事吗？”

“马上要过年了，想问你今年在哪儿过。”

米彩刚想回答，我却按住了手机不让她发语音信息，然后对她说道：“你先别回答CC，我有事和你说。”

米彩面露疑惑之色：“什么事情？”

“板爹说：你如果一个人过年孤单的话就和我回徐州，我们家过年很热闹的。”

我说完很诚恳地看着米彩，她脸上却出现了犹豫之色，半晌才对我说道：“谢谢你的好意了，今年过年，我要去美国……蔚然一直没走，就是等着我处理完公司的事务！”

我的心忽然就好似掉进了冰窖中，半晌才缓过来，然后用开玩笑的语气对米彩说道：“他是在中国表白不成功，又准备转移战场再来一遍吗？毕竟美国是他的主场，会加分的……”

米彩却没有理会我的玩笑，说道：“他妈妈对我很好，在美国一直很照顾我，还有一些美国的朋友，回国很久了，我有些想他们。”

米彩的话让我意识到：美国她是非去不可了，而我更没有什么理由留住她，可是我的心却又为何堵得如此难受？

在我的沉默中，米彩终于重新按了手机的语音键对CC说道：“今年我去美国过年。”

很快CC便回了信息：“哦，以为你留在苏州呢！”

“你呢？你回老家吗？”

“我爸妈都去香港过年了，今年我就留在苏州。”

米彩想了想，说道：“要不你和我一起去美国吧，当散散心咯！”

我心中忽然渴望CC能答应，有她跟在米彩的身边，至少我会有米彩的消息，可是CC却回了一条让我失望的信息：“亲爱的，我就不去了，突然想去北京找罗本和乐瑶，还是在国内过年有气氛！”

“那好吧，提前祝你新年快乐！”

“嗯，你也要快乐，亲爱的！”

CC和米彩的对话就这么结束，我的世界却透凉，瞬间好似对什么都没有了兴趣，唯独抽烟，于是又从烟盒里抽出一支烟点上，而米彩好似曾经的简薇一般，不再厌烦那不断从我嘴里制造出来的烟雾。

我却很自觉地远离了她，在另一个角落找了个吧台椅坐了下来，也忘记了来酒吧之前还想邀请她合唱那首《明明白白我的心》。

米彩将吉他又装进了盒子里，我知道这预示着我们该离开了，然后结束这两个人在一起的夜。

果然她对我说道：“昭阳，我走了，要一起吗？”

“又不顺路，你先走吧。”

米彩点了点头，走到门口，却又停下了脚步对我说道：“很晚了，你也走吧！”

我笑了笑，应道："我看一下今天的账目，一会儿就好，麻烦你帮我把吧台的灯打开。"

米彩替我打开了吧台的灯，又看了看我，终于背着那把新买的吉他离开了酒吧。

我心中有点堵，掐灭掉手中的烟，又点上一支，然后打开了吧台的POS机查看起了今天的账目。

似快接近黎明，过完账目的我，终于又回到了小舞台上，然后盘坐在地上，陪伴着我的只有那把已经快不属于我的吉他。

我有点累，便躺在了吉他的旁边，可是意识却忽然清醒了起来，便又睹物思人地想起了简薇。

如果当初我们爱下去，现在又是什么模样呢？

我不知道，但却记得曾经的我们将爱情当作信仰，爱到疯狂！

我知道：在那段失败的爱情中，我丢掉了信仰，收获了沮丧……我已经不能带着单纯的炙热去追寻下一份爱情。

等等，现在的我还相信爱情吗？

我没有答案，因为我现在的世界里根本没有爱情，唯一走到一起的李小允，似乎也无关爱情，更像是疲倦了生活后的一个避风港！

从地上坐了起来，拿出手机，为这把陪伴了我多年的吉他拍照留念。

将吉他再次握在手中，轻轻地拨动弦，却把持不住自己，在快要黎明时，一个人声嘶力竭地唱起了那首《私奔》。

可是，和谁私奔呢，我的生活只剩下我自己，体味着孤独！

次日，我一直睡到中午时分才醒，连中饭都不想吃，打算睡到下午，却接到了阿吉的电话。他迫不及待地让我将吉他送给他，我表示还没起床，他又说来我的住处取，这让我不能理解，恐怕夜晚他对自己的老婆也没有这么强烈的欲望吧！但还是答应了他来取的要求。

起床后，刚刚洗漱完毕，没来得及为自己泡上一碗面，阿吉已经赶到了我的住处，在我为他打开门后，目光直直刺向我放在沙发旁的吉他上，然后满面笑容地跑了过去，像得了宝贝似的拿起了吉他。

“昭阳，你不会反悔吧，听小五说这把吉他可是你的初恋女友送给你的！”

没等我回答，他又说道：“咱们一言既出驷马难追，反悔也不行！”

我撕开桶面，往里面倒上开水，这才对他说道：“我像反悔的人嘛，吉他你拿走，然后永远也不要再出现在我的面前！”

阿吉讪讪地笑了笑，道：“咱们都是玩音乐的，一把陪着自己多年的吉他，对我们意味着什么不用多说……我是不该夺人所好，可真的是太喜欢这把吉他了……”

我打断，道：“同样的话你昨天已经和我说过了，能不能管住你这张老娘们似的嘴，叨逼叨、叨逼叨的！”

阿吉也不理会，又把玩起了吉他，简直爱不释手，忽然就将吉他装进了盒子里，对我说道：“昭阳，我琴行还有点儿事，这吉他我就先拿走了……对不住了，兄弟！”说完脚下踩着风火轮似的从我面前消失，速度之快，丝毫不弱于当初的房东老李！

看着阿吉背着吉他离去的背影，我的心忽然就被抽空了，这种空乏来得太突然，以至于毫无准备。

我仿佛又看到了那个深冬，我在CC的餐厅驻唱的画面，那时候的简薇无论多晚都会陪伴在我的身边，而我也总是用这把吉他为她取乐，一切看上去困苦，可内心却是充实的。

现在，我终于失去了这把吉他，那过去的充实似乎也一并流失，我空乏到好似只剩下了一具躯壳，可谁还能来拯救那躯壳里萎缩的灵魂呢？

没有谁能拯救我，我只能自救，于是赶忙为自己点上一支烟，却在烟雾弥漫中又想起米彩，想起了她即将与蔚然同赴美国，当即心好似更空乏了起来……空乏到像丢了魂，以至于那一碗面泡烂了都没有察觉！

直到屋门被打开，直到米彩拖着行李箱再次站在我的面前，我才回魂般从失神中醒了过来……

第161章 她对你的感觉

米彩放下了自己的行李箱，看了看桌上摆着的泡面问道，“你中午就吃个吗？”

“吃泡面省事儿。”说完看了看她的箱子又问道，“你是来收行李的吗？”

“嗯，来拿几件衣服，明天下午的飞机。”

本来就糟糕的心情因为米彩的回答更加糟糕了起来，以至于不愿意再说话，端起已经泡烂的面吃了起来。

米彩看了看我，也没有再多言，拖着行李箱向自己的房间走去。

看着她消失在我的视线中，忽然不愿意再吃泡面，继而找了件外套给自己披上，打算到楼下走走，再去便利店买上一包烟。

室外，太阳毫不吝啬地往地面撒着温暖的光线，风虽寒了些，可却吹动了那蓝天上的白云，一切美得好似在安慰我那一片狼藉的灵魂。

买上一包烟，坐在便利店门口的电动木马上抽了起来，心中什么也不愿意去想，却又一次体会到那种得过且过的糜烂。

我有点烦自己，便从口袋里摸出几个硬币，然后塞进了电动木马里，于是身体便跟着木马摇晃了起来。

几分钟过去，木马停止摇晃，我又投了一个硬币，就这么周而复始了起来，却懒得理会路人或嘲讽或不理解的目光。

摇晃中又为自己点上了一支烟，然后习惯性地抽出了烟盒上的薄膜，覆在眼前向天空张望着。

我好似又看到了那座城池的轮廓，心中充满了惊喜，于是更迫切地想看清楚那城池里的女子，可是除了长发垂肩，我仍看不清她的面貌……我的心中愈发焦急，因为害怕丢掉这一闪而逝的机会后，便再也看不到这座城池和城池里的女子。

我恨不能从木马上站起来，却忽然被耳边传来的声音打破了这幻象。

天空的城池渐渐消失，可米彩的面容却越来越清晰，她又用手在我面前晃了晃问道："昭阳，你在干吗呢？"

"坐木马玩啊！"我说着又往投币口里塞了一枚硬币，于是木马又唱着儿歌摇晃了起来。

"不会超载吗？"

"不会，我经常坐着玩！"

"哦……那你给我玩一会儿吧。"

我指了指旁边的那辆电动木马说道："你去坐那个，我还有好几个硬币呢！"

米彩放下了自己的行李箱，然后爬上了另一个电动木马，我扔了一枚硬币给她，道："你塞进那个投币口就行了。"

米彩点了点头，随即将硬币塞了进去，然后木马便唱着歌摇晃了起来。

我没有再理会身边的米彩，继续抽着烟，随着规律的节奏摇晃，想着自己的心事。

"昭阳……昭阳，你能再给我一枚硬币吗？"许久，米彩又对我说道。

我点了点头，又扔了一枚硬币给她，也想往自己的木马里投上一枚，却放弃了，因为我知道米彩还会和我要，而我的手上只剩下两枚硬币了，看她那不亦乐乎的模样，索性让给她玩儿……

果然几分钟过后，米彩又和我要硬币，这次我直接将两枚硬币都扔给了她，她和我说了声"谢谢"后便又开始玩了起来。

这时候奇异的现象发生了，原本那些该嘲讽的目光统统变成了善意的笑容，我有些不懂这样的转变，再往身边的米彩看了看，才明白，一个男人玩这样的木马便叫神经病，而一个美女玩儿，便叫童真。

看看，我们之间就是有这么多的不平等，我又何必以卑微的灵魂却渴求她迁就于我呢？所以她爱去美国便去美国，我不必因此而失落。

“昭阳，你在想什么呢？”米彩问我。

“玩你的，别管我。”

米彩从木马上下来，又走到我面前，对我说道：“我请你吃饭吧，你刚刚的泡面都没吃。”

“我就下来买包烟，回去吃。”

“我请你吃饭不更好吗？你那桶面都泡烂了！”

“真的不用了，你不是明天要去美国么，赶紧回去养足了精神！”

米彩终于不再勉强我，却拿出手机，将我坐在木马上抽烟的样子给拍了下来，然后提起自己的箱子对我说道：“那我走了啊！”

“把你刚刚拍的照片删喽！”我面色不悦地说道。

“谁理你……你还偷我的照片呢！”

我想从木马上跳下来，却被绊得一个踉跄，而米彩早已经拖着行李箱跑向了自己的车，然后随着车流消失在我的视线中……

我却再也骂不出那个“操”字，只是有些发愣地看着她离去的方向。

我有些惆怅：下一次再见到她要等上很久了吧！

我有些凄凉：或许即将在美国开始的那段生活，会让她沦陷在蔚然的攻势中，因为在这快节奏的时代里，一个月可以改变很多、很多……

回到住处，吃完了那桶泡烂了的面，然后又躺回到床上睡了一觉。

我做了个噩梦，梦里米彩已经从美国回来了，可是她却带着婚戒邀请我去参加她和蔚然的婚礼。

我从梦中惊醒，抹掉额头上的虚汗，才发现自己被这个梦折磨得有气无力，赶忙倒上一杯白开水，一边喝一边缓解着那压抑得我快喘不过气的情绪。

喝完一杯白开水，才向窗外看了看，天色却已经暗了下去，远处那排路灯以数年不变的姿态散发着轻浮的光线调戏着蠢钝的大地，可远处那万家灯火渲染出的温馨，又让芸芸众生忽略了路灯对大地的调戏。于是路灯更加肆无忌惮，大地也慢慢学会了逆来顺受，可谁懂那逆来顺受下的无奈和痛苦呢?

拍了拍自己的脸，让自己清醒，赶忙穿上衣服，因为此刻我该去酒吧了。

开着车行驶在车流拥挤的马路上，却觉得这座即将没有了米彩的城市是如此空乏，好似她的笑、她的哭、她的快乐、她的痛苦，才让这座城市有了魅力……

此刻我有点明白，其实并不是这座城市不够魅力，而是她已经成为了我在这座城市的全部!

酒吧里，我和CC找了个角落，一边抽着烟，一边聊着天。

CC的目光环视酒吧一圈对我说道："昭阳，今天咱们酒吧的上座率将近70%，比我想象的要好太多了！"

我点了点头，的确酒吧的经营状况比我们初期预想的要好很多，但仍需要继续推广，70%的上座率只能作为经营的基础。

CC弹了弹手中的烟灰，又对我说道："米儿明天去美国了，你知道吗？"

"知道，她今天到我住的那边拿了些衣服。"

CC笑了笑，道："心里很舍不得吧？"

我嘴硬，道："不至于。"

"听说某人想邀请米儿回徐州过年呢！"

"CC……你大爷的！别这么阴阳怪气的行吗？什么某人，除了我，谁能和徐州搭上边！"

我抱怨过后，CC幸灾乐祸地说道："可人家米儿和蔚然去美国喽……"

"信不信我掐死你！"我说完瞪着CC。

却不想我这个举动让CC摇头感叹，道："昭阳，你知道米彩她对你的感觉吗？"

我心跳骤然增速，直愣愣地看着CC，我相信CC这么问我，那么米彩就一定和她说起过对我的感觉。

我很想知道真相，可又排斥去揭晓真相，因为真相很可能意味着痛苦。

第162章 不能再受伤的女人

我依旧直愣愣地看着CC，心却跳得更快了，而CC并不管那么多，准备开口告诉我米彩对我的感觉。

我赶忙做了个制止的手势。

CC有些意外地向我问道："怎么，你不想听吗？"

我给自己点上一支烟，这才对CC说道："你可以说了。"

CC笑了笑，道："你好像很在意她对你的感觉嘛！"

"我从来没有否认过自己喜欢她。"我说着重重吐出了口中的烟。

CC点头，道："……其实，她也弄不清楚对你到底是什么感觉。"

我抬头看着CC，心中涌起万般情绪，以至于沉默了很久才说道："我知道，所以她一直对我若即若离的！"

"你有这样的感觉就对了，她和我说过，见不到你的时候会想你，见到你的时候又烦你！"

我心中一半甜蜜，一半沮丧，终于无奈地笑道："你继续说。"

"她说：你会带她去玩赛车、让她做机车女郎、骑电动木马……可这些明明很幼稚的事情，她却无法抗拒……"

"这些她都和你说！"

"废话，什么叫闺蜜，闺蜜就是小到内衣的款式，大到感情，再大点，时事要闻都是我们可以交流的话题！"

我脱口问道："那她穿什么款式的内衣？"

CC白了我一眼道："你正经点！要不然咱们没法往下谈。"

我端正了态度，然后点了点头。

"你们男人都把她当作高高在上的女神，其实她也就是一个女人，有正常女人所有的需求，渴望被男人爱护，准确地说，她比一般女人更渴望被男人爱护！"

我点头表示认同，往往家庭破裂的人，更缺乏安全感。

CC继续说道："可你呢？心里恐怕还没有完全忘记简薇。而且脾气还臭，肯定也没少冲她发脾气吧？"

CC这么一说，我更无地自容，半晌说道："我知道自己配不上她，脾气臭，还没钱……"

"你觉得她是一个在乎钱的女人么？"

"这很难说，毕竟物质条件已经快要成为女人们衡量男人的唯一标准了！"

"你就放屁吧！我不是女人吗？只要罗本愿意和我在一起，我就是和他流浪也开心，他没钱，我养他一辈子！"

"你是异类，你见过有几个女人像你这样又抽烟又喝酒的？"

CC摇头说道："昭阳，你要这么认为就真的太让我失望了，你只是一个伪理想主义者，我告诉你，如果米儿真的在乎那所谓的物质条件，分分钟可以让那些大款、公子哥儿排着队去追求她。"

我觉得自己此时有点缺少逻辑思考的能力，便选择了沉默。

CC也随着我沉默了很久，才说道："想想怎么改变自己吧，不管怎么说，很难在你昭阳身上看到温暖两个字，你一直就是一匹迷失在黑夜里找不到方向的狼，女人或许会迷恋你的桀骜和特立独行，却又害怕靠近你，因为没有安全感！"

我又一次抬头看着CC，也好似明白了米彩在面对我时的情绪，又想起我们第一次在那个老房子见面时，我是以怎样不堪的形象展现在她面前的。

"那我该怎么改变？"

CC想了想说道："你在徐州不是有一个差点成为你未婚妻的女人吗？你就想想你和她相处的时候是什么状态。"

我回忆着自己和李小允在一起相处时的心态和细节，半晌对CC说道：“我想努力工作，然后买上房子，买上车子，再然后和她结婚生子。”

“对啊，你把李小允换成米儿，然后保持这个心态不就是你要改变的吗？”

我自语道：“我要为了米彩努力工作，我要为了米彩买上房子、买上车子，我要娶米彩为妻子，让她替我生孩子……”

我忽然便说不下去了，又求助似的对CC说道：“CC，我怎么觉得这么别扭啊？跟喝完酒躺床上做春秋大梦似的。”

“别扭吗？……你不是一直在她面前很自卑吗？那就自己努力做事业呀，达到一定高度后，你还会觉得别扭吗？另外米儿做你老婆，为你生孩子怎么了？这些不都是女人该做的吗？”

我又盯着表情严肃的CC看了很久，才说道：“你让我消化、消化这段话。”

“别消化了，这就是一件很简单的事情，你扔掉身上的糟粕，保留精华，做一个靠谱、上路子的男人，然后给米儿一个家，要不然我真得好好劝劝米儿，让她接受蔚然得了，怎么看他都要比你强！”

“CC，别这么说，我本质上还是不错的！”

CC却不屑地看了我一眼，道：“真不理解那些女人是怎么看上你的？一个不伦不类的人而已，论理想，没有罗本彻底，论现实，又比不上方圆和向晨，不过，你能在这夹缝中活下来也真够不容易的！”

我又一次被CC说得无地自容，可想起和米彩组建家庭，还是觉得不怎么真实，毕竟那些根深蒂固的认知，不是三言两语就能改变的。

于是CC又恨铁不成钢地问道：“昭阳，你告诉我你现在到底是怎么想的？”

这一次我没有再沉默，几乎是下意识地回道：“其实我更想知道她现在到底是怎样想的。”

“和你一样的不自信，怕你不能全心全意地喜欢她，怕见到你，又怕见不到你……她和你不一样，感情上完全空白，按说就应该不顾一切的，可是她又比一般的女人聪明、理智太多，所以才给了你若即若离的感觉，但是你应该能够理解她，她是一个不能再受伤的女人……”

“那她……那她对我有男女间的喜欢吗？”

CC点头赞道：“这个问题终于问到点子上了，今天下午她一直在我的餐厅，我们聊了很多，其实她去美国就是想离开你一段时间，然后弄清楚对你到底是什么感觉，她也怕对你只是一种习惯和依赖，而不是真正男女间的喜欢。”

“如果喜欢呢？如果不喜欢呢？”

“这个等她回国后再说呗，现在她自己恐怕都没有答案吧！”

我再次陷入到沉默中，抽了一支烟后，才又对CC说道：“再问最后一个问题，她对蔚然是什么感觉，当初为什么拒绝了蔚然的表白，这个她应该和你说了吧？”

CC点了点头，回道：“想见蔚然，但却不害怕见到蔚然，这就是和对你的区别，可是你要明白，她虽然害怕见你，但还是找了各种理由去见了你，这种感觉不是喜欢是什么？……你还真以为她要把衣服放在那个老屋子里啊？只是给自己一个去找你的理由罢了！……唉！真是傻得可爱又傻得让人心疼！”

我不言不语，心中却产生了一阵非常强烈的冲动——我想去找米彩……

“昭阳，假若说米儿喜欢你，也不是偶然的，毕竟你身上也不是没有优点，首先你有正义感，所以你甚至牺牲了自己的工作前途帮过米儿，再者你虽然不靠谱，但仍有自己的担当和责任感，是一个堂堂正正的男人……真的希望……”

我渐渐听不清CC在说些什么，终于从桌上拿起车钥匙，向外面跑去。

身后的CC冲我大喊：“昭阳，你要去哪儿？”

“我要去找她……就现在！”

第163章 我的转变

CC追着我跑到了外面，然后拉住了我说道：“她下午离开我的餐厅后就直接去了上海，你在苏州找得着么？”

我顿时就傻了眼，仍不死心地问道：“不是说明天下午的飞机吗？”

“对啊，所以今天晚上到上海，省得第二天赶嘛！”

这腊月寒冬里，好似一盆透凉的水从头浇到了我的心，可心中想见米彩的欲望却没有熄灭，半晌低沉着声音说道：“……我去上海找她。”

“那你也得先联系上她，知道她住哪个酒店吧。”CC说着从口袋里拿出手机，然后找到米彩的号码拨了出去。

许久，无奈地耸了耸肩对我说道：“她关机了，应该已经休息了吧。”

我在呆愣中点上一支烟，重重抽了几口，心中渐渐平静了些，于是问自己：假如现在找到她，要和她说些什么呢?

多半也没什么可说的，然后让两个人都陷入到尴尬的沉默之中，毕竟此时的米彩说喜欢我也很牵强，否则她不会随蔚然去美国的。

而一份成熟的爱情，终究不是靠冲动得来的，倒不如静静等待那一阵温柔的风吹来……

CC又将我拖回到酒吧里，于是我终于熄灭了刚刚的冲动，可想喝酒的欲望却燃烧了起来。

我没有停歇地喝了一瓶啤酒，然后向CC问道：“其实，你是不希望我现在去找她的吧？”

CC点了点头，道：“你去只会让她为难，因为美国她是一定会去的。”

“我没想留下她，只是突然想见她。”

“对啊，你也知道是突然……我更希望你们的感情是基于理性的，而不是冲动，当然，冲动也不是米彩所希望的！”

我又一口气喝了半瓶啤酒，这才说道：“CC或许你是对的！”

CC拍了拍我的肩膀说道：“不过你也不要担心，如果米儿愿意和蔚然往男女关系上发展，在美国同学的那几年就已经是男女朋友了，这次去美国除了想静一静，主要目的还是想见见她那些在美国的老朋友！”

我没有再回应CC，只是仰靠在沙发上，看着天花板发呆，然后米彩的面容便挥之不去地出现在我的脑海中。

回到家，已经是深夜，我洗漱之后，不想让自己过于烦乱，便打开了电视机看起了电视节目，企图转移自己的注意力。

手持遥控器一阵乱按，终于定格在某台的一档访谈节目上，我在这档节目里看到了乐瑶，不过她却不是重点访谈的对象，大部分时间里只是充当陪衬，偶尔才说上几句话。而围绕她的话题，便是上次被曝光的绯闻事件，乐瑶倒是应付自如，称此男演员只是她敬仰的前辈，这让我觉得：她已经渐渐适应了那个圈子。

我又联想到了自己，想起了刚刚在酒吧与CC的那一番对话，然后审视这段再次回到苏州的日子，只觉得自己并没有适应现实生活，相反偏离得很严重，因为在这段日子里，我从来没有静下心想过，要怎么在苏州这座城市生存。

算上毕业后那些被荒废的日子，我也已经在这座城市里生活快4年了，按照常规，我应该和方圆一样，在这座城市里，有一份稳定的工作，有一套属于自己的房子，还有一个能在夜晚陪伴着自己的女人。

可是，我仍一无所有，难怪每次对米彩产生冲动时，都被自己给生生压制了下去，因为实在是少了点儿底气，以现在自己所拥有的，哪里敢去想要米彩为妻，让她为我生孩子这两件事情。

这个时候，我倒真庆幸今天晚上未能见到米彩，实际上相对于带着冲动去见她，我更应该想想，怎么去规划自己的未来，因为一个负责任的男人，必须要懂得在向一个女人索取爱情前，要先看看自己能够给予她什么。

如果只是一些无知的冲动和空乏的承诺，那是远远不够的……毕竟我和简薇的那段爱情便是死在了承诺不能兑现，激情渐渐消退之后。

于是我开始规划起了人生，不过并没有规划太远，因为，等酒吧走上正轨后，我会面临一个选择：我是该继续留在苏州，还是回徐州？

实际上现在的我，并没有特别倾向于哪座城市，待在苏州也可以，回徐州陪着父母，好似更不错！

不过，最后不管是选择那座城市，我都该为自己准备一些买房的钱，还有事业，如果留在苏州，便继续将酒吧做大，如果回徐州，就去找一份稳定的工作。

夜深人静中，我就这么给自己确立了近期的目标，而最后到底选择在哪座城市生活，便取决于她，如果我们之间没有爱情的可能，我便没有理由继续待在苏州，如果我们恋爱了，我依旧愿意迁就她，在苏州陪伴她，然后安家立业！

如此一想，我的心便不再烦乱，因为确立短期目标后的我，对生活多了一丝期待，更多了一份动力！

次日，醒来时，已经快接近中午，打开手机准备看看准确时间，却意外地收到了一条微信，是米彩发来的，内容很简单，一个得意的表情附加一句“我去机场了”。

我有些想不通：去机场便去机场，为什么要附加一个得意的表情，又有什么好得意的，欺负我没出过国吗？

我笑了笑，给她回了信息：“一路顺风……对了，准备在美国玩多久？”

发完信息，我看了看时间，还没有到12点，如果她是下午的飞机，那么此刻她应该还停留在机场，所以手机多半也是开着的，于是便陷入到等待中，以至于连洗漱都忘记了。

手机铃声终于响起，我赶忙从茶几上拿了起来，却略感失望，这不是米彩的回信，而是颜妍打来的。

我接通了电话，情绪不高地问道："啥事儿？"

"和姐姐说话客气点儿……"颜妍不满地说道。

"姐姐，啥事儿。"

电话那头的颜妍这才笑了笑说道："中午来我家吃饭，陈经理和赵里也在，你们喝几杯，都好久没聚了！"

"行啊！"我当即应了下来，实际上除了吃饭叙旧，更想和他们聊聊，了解他们在卓美这段时间的工作，因为很希望他们能分担米彩身上的压力。

"想喝什么酒，告诉姐，姐去帮你买。"

刚想回答，手机里又传来了微信的提示音，当即对颜妍说道："啤酒，挂了。"

说完不给颜妍再说话的机会，真的就挂了，然后迫不及待地打开了米彩发来的微信消息。

第164章 再续前缘吗？

米彩所回的信息至少在字面上看来是如此简单，她说："你希望我在美国待多久呢？"

我却疑惑：她这是在征求我的意见吗？

许久给她回了信息："我觉得待多久，你自己肯定有安排的。"

这次米彩过了片刻才回信："你说对了。"

"那你还问我？"

米彩没有再继续这个话题，只是回道："马上要登机了，我关电话了，拜！"

我又将手机放回到茶几上，然后靠在沙发上，刚闭上眼睛，就好似看到了此时的米彩和蔚然正坐在飞机的头等舱内谈笑风生。

心中有点郁闷，终于不愿意再想下去，重重抹了抹自己的脸，让自己平静下来，这才去卫生间洗漱。

来到方圆和颜妍的住处时，陈景明和赵里已经到了，颜妍也买好了酒，准备好了一桌丰盛的饭菜。

我先和陈景明打招呼："陈经理，不愧是开奥迪的啊，就是比我这个开奥拓的速度快！"

陈景明笑了笑，道："你小子什么时候才能改掉这臭贫的毛病！"

我不以为然地笑道："您是年纪大了，不爱听我们年轻人臭贫，记得上大学那会，随便找个历史上的段子，就能让方圆和他媳妇听上一个下午，那得多喜欢！是吧，方圆？"

方圆还没回应，颜妍却拍了我一下，道："还历史上的段子呢，弄得自己多博古通今似的，都不知道从哪儿听来的野史，就拿来忽悠我们。"

众人笑了笑，方圆又招呼我们吃饭，随即众人围着桌子坐了下来。

我帮陈景明倒上一杯酒，又借机问道："陈总，在卓美工作了一段时间，感觉如何？"

陈景明正色对我说道："目前正在熟悉阶段，但已经参与商场的管理工作了，米总是一个很开明的CEO，很舍得放权！"

方圆也附和，道："是的，米总很愿意给下属自由发挥的空间，在她手上工作还是很轻松的……不过卓美的水有点深，比宝丽百货要深太多！"

此刻在场的并没有外人，所以我很直白地问道："是不是最近米仲德一直在谋划架空米总的权力？"

陈景明点了点头说道："米仲德想在卓美扳倒米总这件事情，我们在宝丽百货的时候就已经有所耳闻，不过通过这些天与米总的相处，我觉得他想轻易扳倒米总恐怕没那么容易，且不说董事会有一帮米总生父的忠实旧部，就米总的个人能力而言，在与米仲德的较量中也是不落下风的。”

陈景明的话让我心中稍安，方圆又对我说道：“听说米仲德在生活上对米总其实还是非常疼爱的，在米总没有回国的那几年，每年逢米总过生日，无论再忙他都要飞到美国去陪米总，给她过生日，只是……在卓美的所有权上，他是一点也不妥协，米总也不妥协，于是关系弄得很僵！”

方圆的话让我明白，为什么上次我当米彩的面对米仲德不敬时，她会那么反感，因为米仲德和她其实是有叔侄感情的，只是……那感情最终也战胜不了对权力的欲望，但是，卓美按道理就应该是米彩来继承的。

一直沉默的赵里又说道：“其实吧，我觉得米总要是退出卓美的争夺也是一个不错的选择，以米仲德对她的疼爱，肯定也会让她一辈子衣食无忧的，怎么说，做个千金小姐也要比做个职场女强人好上太多了！”

“你放屁，你这就是混吃等死的娘们心态……卓美的所有权，米彩怎么可能放，那可是她爸爸的产业！”我当即骂了赵里，因为他不懂米彩对她爸爸的感情。

赵里讪讪地笑了笑，道：“你别激动嘛，这只是我个人的看法，我就是一个喜欢安逸的人，所以我也注定达不到米总那个高度。”

吃完饭后，陈景明和赵里相继离去，客厅里只剩下我和方圆。

我们各自点上一支烟，随即聊了起来，方圆又旧事重提，道：“昭阳，我上次和你提议到卓美去工作的事情，你考虑得怎么样了？”

“暂时还没考虑。”我实话实说。

方圆语气认真地提醒我：“卓美在总部迁到上海之后，内部人员有重大调整，所以我和陈景明才有机会相较于在宝丽各自升了一级，这个机会你如果能抓住，真的是一份很有前途的工作，而且米总不止一次和我表达过，希望你能到卓美任职的愿望。”

我没有言语，却想起了自己此时与米彩这尴尬的关系，而且我已经打定主意，如果我和米彩没有在一起的可能，我会在酒吧走上正轨后回到徐州重新开始。如果侥幸米彩对我有感觉，我们成为男女朋友，我更不会到卓美去任职，毕竟男人要有男人的追求和抱负，而不是依附着自己的女朋友去谋生活，所以无论是哪种结果，我都不会加入卓美的。

方圆又道："这事儿你能给我个答复吗？毕竟你到卓美后，我们兄弟之间也互相有个依仗。"

我终于摇头对方圆说道："以后别和我提这个事情了，去卓美任职对我来说真的不太现实，等酒吧走上正轨之后，我或许还是要回徐州的，我的根在那里！"

"怎么，你还是放不下那个李小允吗？……如果你俩还有可能再续前缘，哥们儿也就不劝你什么了，因为李小允那姑娘确实靠谱！"

我有些失神，却又想起了那几个月和李小允在一起的安逸，这种安逸是我感情生活中从来没有经历过的，虽然缺了些激情，但这恰恰是在过日子，不是吗？

或许于我而言，李小允才是那个真正代表了现实和生活的女人，可终究还是错过了。

离开方圆和颜妍的住处，我一个人坐在了那个曾经和米彩玩闹过的广场上，看着那些已经放了寒假在广场上玩耍的孩子们，终究觉得有些孤独，于是习惯性地点上一支烟排遣着孤独。

悠长地吐出口中的烟，不禁往天空看了看，此刻的米彩应该已经飞向了那大洋彼岸！

我有点想她，于是就这么一直盯着那蓝天白云望着，看了很久，直到电话铃声响起。

我从口袋里拿出了手机，才发现竟然是老妈打来的，这让我充满惊喜，因为在来到苏州之后，我给她打过许多次电话，她却从来没有接听过，一直气着我。

"妈……妈。"我因为激动一连喊了两声。

老妈在电话那头沉默了很久才有些哽咽地问道："在苏州过得还好吗？"

我的心中充满歉疚，无论老妈多么气我，终究她还是那个世界上最关心我的人，我做出一副轻松的语气回道："挺好的，您就不用替我担心了，倒是你自己注意身体！"

“臭小子，老妈不要你关心！”

我当然听得出老妈话里的抱怨，但更听得出她已经渐渐释怀了我当初的行为，随即说道：“我是你儿子，我不关心你，谁关心你！”

老妈终于笑了笑，然后问道：“今年过年你回徐州吗？”

“不出意外会回去的，我老想你了！”

“想就回来。”稍稍停顿后，老妈又说道：“听你张阿姨说，自从你和小允那孩子散了后，她就一直没有再处过对象，我寻思她是不是心里还有你……要不你这次回来，我再托你张阿姨去说说，姑娘家都心软，你去认个错，说不定小允她也就原谅你了……你说，你要是和小允结婚，待在徐州，我和你爸心里得有多踏实！”

老妈的话让我霎时就愣住了，难道她还有让我和李小允再续前缘的打算吗？而李小允没有再相亲也真的是对我还有所眷念吗？也或者只是老妈一相情愿的揣测而已？

第165章 找个更靠谱的姑娘

我陷入沉思中，随后李小允的无微不至和温婉动人化作一个个片段浮现在我的脑海中，我想我对她是有所依恋的，但那是爱情吗？

我又想起了CC之前对我的评价，她说论理想我没有罗本彻底，论现实我又比不上方圆和向晨。

此刻看来这番评价是多么中肯，如果我有罗本对理想的执着，我会抛却一切杂念坚持去追寻那个长发垂肩的女子，如果我有方圆对现实的认知和妥协，我会选择李小允，踏踏实实地过上一辈子。

可偏偏两边都靠不上，便注定自己在面对感情时是如此飘忽……

终于我对一直在等待答复的老妈说道："妈，我和小允的事情你就不要再操心了，就算我们勉强在一起，也不能保证就顺顺利利地把婚给结了，如果到时再出点差错，不是让小允伤上加伤吗？"

"你就是一个混蛋，说到底你还是对小允没男女朋友间的感情，要不然你就不能这么伤她。"

我不言语，实际上老妈说的对，也不全对，但我却不知道怎么去和她解释。

"昭阳，该说的我都说了，不该说的也和你说了，希望以后你后悔的那天，不要怨恨我这个做家长的没有提醒你就好。"

"妈，别这么说，行吗？弄得你好像要放弃我这个儿子似的……"

"不说了，昭阳……要不然你就找个比小允更靠谱的女朋友带回来让我看看，否则你就好自为之！"

"妈，你先别急着挂电话，我还想和你唠唠……"

话音未落，老妈的电话已经挂断，我愣了半晌，这才给她发了一条信息："妈……过年你还要我回去么？"

"等你找到比小允更靠谱的姑娘再回来。"

我无奈地苦笑，用手握住了电话许久，然后抬头看着刺眼的阳光，甚至不知道此刻的自己该去想点儿什么，于是躺在了长椅上，用手遮住阳光，另一只手遮住风，便想睡上一觉，睡到傍晚。

不知道睡了多久，感觉有人在推我，我迷迷糊糊地醒来，却发现是小胖子魏笑。

他语气喜悦地对我说道："大哥，我都在广场等了你好几天了，终于等到你了！"

"你找我有事儿？"我说着叼上一支烟点上。

魏笑重重点了点头。

"我不是给你留过电话号码的吗？"

“弄丢了。”

我又从包里拿出纸和笔把自己的号码写给了他，这才问道：“说吧，找我有什么事儿？”

魏笑从口袋里掏出两张一百块钱，笑眯眯地对我说道：“昨天有个姐姐给爷爷送了好多钱，说是爷爷编的篮子换来的，然后爷爷就给我钱，让我请你和裁判姐姐吃肯德基！”

我明白魏笑嘴里那个送钱的姐姐应该是卓美的工作人员，可多少有些伤感，此时的米彩已经在那天空之上离我们越来越远了。

我笑了笑对魏笑说道：“你的裁判姐姐已经走了，她不爱和我们一起玩了。”

魏笑当即低垂着脑袋，半晌才说道：“可是我很想请她吃肯德基呀，要不大哥你给她打电话吧，你们都有电话。”

我重重吸了一口烟，迎着阳光向天空看了看，片刻才指着天空对魏笑说道：“她在飞机上面，电话也够不着。”

魏笑快哭了，我拍了拍他的肩膀安慰道：“她不爱和咱们玩，咱们也别和她玩，就我们俩人吃，才吃得爽、吃得饱！”

“那好吧，就我们俩去吃，能吃很多呢！”

魏笑到底是小孩子心性，所以米彩的离去终究不会太触动他，可我呢？嘴上不挂念，心底多半是挂念着的吧。

可还是点头笑道：“你说得很对，多她一个嫌多，少她一个不少，咱们肯德基，走着。”

魏笑一蹦老高，然后踮着脚以一个极其滑稽的姿势，与我勾肩搭背着向肯德基走去。

肯德基内，我和魏笑一人要了一个全家桶，很无聊地比谁先吃完，结果我没什么胃口，完败于魏笑。作为输了以后的补偿，我又买了一个全家桶送给他，他说这个全家桶带回去给他爷爷吃……然后我们就分别了。

看着魏笑抱着全家桶风一般离去的速度，我不禁想：幸福到底是什么呢？

对魏笑而言，或许就是吃一次肯德基，然后再让他的爷爷也吃一次。

呼……这是一个多么单纯、美好的幸福，可为什么我却不能以此为幸福呢？也许是我要的太多了，也许是我丢了童年，也许是我还不够苍老……

离开肯德基之后，我又去了酒吧，此时苏州的公司已经开始陆续休年假，所以才开业几天的酒吧又迎来了低潮，便是如此，今晚的上座率也有50%，这比没有改造之前要好上太多了。

我找了一个角落，拿出平板电脑浏览着顾客们帮酒吧转发的微博，然后对微博转发活动的效果进行评估。

片刻之后，演唱完的CC来到我身边，很关心地向我问道："昭阳，今年过年准备在哪儿过？"

我下意识地想起老妈的话，愣了一下才回道："还没有想好呢？"

"要不咱们一起去北京找乐大腕和罗本得了！"

我当即噎了CC一句："我爸妈又没有去香港过年。"

CC掐着我腰间的肉怒道："你损不损？这也要拿出来调侃我一下，说得你爸妈多宝贝你似的！"

"嘿，你别说，我爸妈就是宝贝我，大肉馅的饺子、包子早就给我准备好了。"

CC白了我一眼说道："那行，既然你爸妈这么宝贝你，我就不劝你一起去北京了。"

我强颜欢笑着点了点头，实际上去哪儿过年，心里还真没个谱。当然，我是可以厚着脸皮回家，但如果老妈是真的气我，那不是过年也给她添堵么！所以再等等，说不定板爹会打电话让我回去过年，到时候有板爹罩着，就好办多了。

CC又对我说道："我明天早上的飞机，你明后天就让酒吧歇业吧，早点回去陪陪你爸妈。"

我摇了摇头，说道："还有一个多星期才过年呢，现在歇业太早了，再说咱们酒吧的调酒师和几个服务员都是外省的，到现在还没有买着回家的票，酒吧开着让他们也有个落脚挣钱的地儿。"

"嗯，那这些天你就辛苦一下吧。"

我点了点头示意没事儿，又对CC说道："你明天早上的飞机，今天就早点回去休息吧。"

CC轻轻拍了拍我的肩膀，说了句"明年见"后，便拿起了自己的手提包，离开了酒吧。

我看了看时间，已经是晚上的十点，我差不多也可以走了，因为酒吧有专门聘请的管理人员，我并不需要在营业时间里都待在酒吧。

我想去护城河边坐坐，在身边的朋友陆续离开后，我多少感到孤独，而那条护城河就是解救孤独的地方，在那里抽上一支烟，看着水波流动的河面，会忘记许多事情……

第166章 简薇的建议

开着那辆奥拓，穿破夜的束缚之后，我终于来到了护城河边，还是那个熟悉的河段，却只有自己孤身一人。

这也没什么，我早已习惯了在这里的孤独，也不孤独，至少还有烟，还有那些光秃了的树木，以及一阵阵吹过的冷风。

从口袋掏出烟盒，抽出一支烟放进嘴里，反复摸着自己的口袋，才惊觉火机被我忘在酒吧的桌子上了。

我有些懊恼，却又不值得为了点上一支烟，大费周折地从郊外开车进市区买上一只火机。

可是没有了烟的陪伴，我便中了孤独的毒，这个时候我想起了简薇，如果她此刻在，一定会用那支蓝色的火机为我点燃香烟。

可这终究是如果，此刻的她多半是不在苏州的，否则今天中午颜妍请吃饭，为什么没有她？

于是我强行熄灭了对一支烟的欲望，躺在枯了的草坪上，望着天空，眼睛里尽是那闪烁的繁星，心中却空白一片。

此刻的护城河边真的很静，静到可以听清自己的心跳声和风吹动枯叶的声音，而我也终于不堪忍受没有烟的孤苦，放声歌唱了起来，直把那包罗万象的世界唱得只剩下自己……

“昭阳，是你吗？”

声音很轻，我以为是错觉，可她却已经站在了我的身边，来人不是简薇是谁。

“你怎么还在苏州？怎么又来这里了？”我因为不可思议一连向简薇问出了两个问题。

“我一直在苏州，因为广告公司已经在组建了……最近压力有点大，所以每天工作完都会来坐一会儿。”

我看着她，却好似在她身上看到了一丝凄凉，毕竟一个女人，每天夜深人静时独自坐在这人迹罕至的护城河边，是多么孤独！比我的孤独还要孤独！

我沉默许久对她说道：“何必呢？”

简薇笑了笑，答道：“你是在可怜我吗？……我不觉得自己可怜，因为我时常把这里想象成一幅美丽的油墨画。”

“可你却是这幅画中，最飘零的一片落叶！……只要你愿意，你可以生活得很好，何必让一个广告公司成为自己的负担呢？”

简薇一副质问的表情看着我说道：“你上次不是这么说的，你说我一定会成功，成功经营一家顶级的广告公司！”

“那是有前提的，前提是你可以轻松一些，而不是像现在这样。”

“现在怎么了，我每天活得很充实，来这里只是一种放松的方式，就和某些人去酒吧找消遣一样！”

看着她强势的模样我不想再与她争执，于是晃了晃手中的烟向她问道：“带火了吗，借个火。”

简薇没有想到我这么轻易便偃旗息鼓，愣了愣才从自己的手提包里拿出了火机，然后在寒风中帮我点燃了那支烟。

我重重地吸了一口烟，又重重地吐出，这才向简薇问道：“你不回上海过年吗？”

“上海离苏州这么近，随时都可以来回的。”

我沉默了许久才说道：“我的意思是你爸妈对你现在做的事情是什么态度？”

“那你直说就是了，干吗要拐着弯问？”

“彰显我的内涵，培养你的智力……”

简薇看着我“扑哧”一声就笑了出来，好似在我的记忆中，自她回来后，从来没这么笑过。

“你还是和从前一样的口无遮拦，让人哭笑不得！”

“我们之间不应该再说起从前，虽然我还是那个我。”

“我知道，因为我已经不是那个我……”简薇说着脸上已经没有了刚刚的笑容，然后带着些许的茫然看着水波流动的河面。

“你还没有告诉我，你爸妈对你做广告公司的看法。”

简薇回头看着我，皱眉说道：“不要再问我这个问题，我记得我和你说过，不管谁反对，我都会把这件事情当作梦想去实现的。”

“简薇，你不觉得自己很任性吗？”

“呵呵，是吗……可你想过没有，我要是不任性，当初为什么要爱上你、跟着你，否则随便爱上某某，也不会有那么多的痛苦！”

简薇的话让我自责且低落，此时的她已经否定了我们曾经的一切，她后悔了，后悔当初的任性，后悔那任性后承受的痛苦。

“你是后悔当初和我在一起了吗？……是的，我从不否认，我配不上你，一切都是我的错！”我低沉着声音说道，却并不是讽刺简薇，而是发自内心的自责，如果有如果，我当初一定会做一个识相的人，不和她开始这段最后撕裂了彼此的爱情。

简薇却注视着我，说道：“昭阳，我并没有后悔，因为我还任性着，你也没有错，错的是我……”

我和简薇对视着，记得刚刚我们明明说起过不谈从前，为什么此刻还说了这么多，而这对我们又有什么意义？只会让彼此沉溺在过去中痛苦、压抑！

却不想简薇在我之前转移话题说道：“不说这些了，说说你吧，最近酒吧经营得如何？”

“比以前好了很多。”

简薇点了点头，道：“这是预料中的，因为你的营销手法准确地抓住了目标消费者心理需求……不过，你前面所说的温情营销目前还没有体现出来。”

“你是有什么想法吗？”

“一点小建议，呃……那些在酒吧消费的顾客，我最近有关注他们的微博，他们中间有很多因为各种原因不能回去过年而在微博上表示遗憾的，你觉得这是不是一个做温情营销的契机呢？”

我看着简薇，当即问道：“你的意思是邀请他们到酒吧过除夕之夜，让他们在异乡也能体会到过年的气氛和家庭的温暖？”

简薇点头说道：“对，就是这个意思，要知道在节日的时候人往往是最感性的，这个时候做温情营销，效果也是最好的。我们可以根据不同顾客他们家乡的特点，为他们准备合口味的年夜饭，这样的温情营销会让他们对酒吧产生强烈的归属感，后面便可以趁势转会员制经营，然后往会所型酒吧过渡，一旦过渡成功，也就意味着酒吧转型成功，甚至已经产生品牌动力，再进一步发展，最终便可以形成品牌。”

我为简薇鼓掌，这是一个很精准、很完整的思路，不愧出生于广告世家，她的洞察能力让我这个长期做企划工作的人都自叹不如。此刻的我有一种预感，或许这一次我真的可以彻底解决酒吧的经营问题，完成对乐瑶的承诺，然后恢复自由之身，重新选择自己的人生。

只是不知道此时还在飞机之上的米彩又是如何抉择的呢？或许她真的需要时间去弄清楚对我的感觉，而我要做的便是给自己一点耐心继续等待着……

第167章

乖

夜色中，我和简薇几乎停止了交流，直到我又起了抽烟的欲望，才对她说道："借个火。"

"别抽了。"

我没有言语，抬头往天上看着，简薇有些不解地随我看向天空，我趁机从她手中抽过了打火机，平静地将烟点燃，悠悠地抽了起来，然后将心中那些乱七八糟的情绪随烟雾一起吐了出来。

简薇也不和我计较，双手环抱着自己的膝盖，许久向我问道："昭阳，还记得我们是怎么认识的吗？"

"记得……"我说着又重重吸了一口烟，随后，那初见时的画面也浮现在我的脑海中，可现在回忆起，只像是一场久远的梦。

简薇却笑了笑对我说道："就好像是昨天发生的事情。"

我诧异地看着简薇，为什么一起经历爱情的两个人，却对时间有着不同的认知，为了解除这个疑惑，我向简薇问道："我们在一起时，什么事情让你印象比较深刻？"

简薇不假思索地答道："举办校园十佳歌手比赛时，你为我弹吉他伴奏……你呢？"

"每个周末，你爸爸开着大奔在学校门口接你。"我的回答也不假思索，好似从那个时候开始我便有了些不舒服的情绪，但在学校时终究也没有放大那些负面的情绪，只觉得俩人在一起开心就好。可现在回忆起来，那些和简薇在一起时的差距，恰恰是让我最深刻的，当然也有美好的画面，但对此刻的我而言，那些美好只是一场久远的梦！

简薇在我的回答中沉默，许久才对我说道：“很晚了，我该回去了。”

“嗯，路上开车慢一些。”

“我没有开车，现在住的地方离这边很近。”简薇说着已经顺着阶梯向河岸上走去。

我看着她的背影，总觉得似乎有什么话没有说出来，可又不知道是什么话，随即心中有些烦闷。

这个时候简薇又停下了脚步，回头对我说道：“昭阳，如果除夕夜酒吧很忙的话，给我打电话，我去帮忙……电话号码没换！”

我只是看着她，脑子里又想起了初次见面时和她要电话号码的画面，尽管她说号码没换，却也已经不是当初那个我能倒背如流的号码。

回到家，我冒着严寒洗了个澡，然后习惯性地躺在床上抽着烟，想着怎么做好酒吧除夕夜的温情营销，越想思路越开，整个人便进入到兴奋的状态中，然后我便失眠了，失眠到夜里4点。

我躺在床上，在百般无聊中打开了微信，浏览起自己曾经与米彩的对话记录，因为这对我来说是一个可以排遣无聊的方式。

忽然发现米彩的微信头像换了，换成了那把我送给她的吉他，还更新了个人动态，动态里有好几张吉他的照片，另有一段附加的文字：谢谢你，我很喜欢！

我笑了笑，看样子她真的很喜欢，因为她的微信里也就只更新了这一条动态。

回看我们那几百页的对话记录，这才发现，我们真的已经认识很久了，可那第一次见面时的画面却好像发生在昨天一般。

我渐渐有了些倦意，电话从我的手中滑落，却又震动了起来，在这三更半夜中我收到了一条微信，当即睡意全无，因为是米彩发来的。

“昭阳，我到咯！”

“到了啊！”

米彩回了个震惊的表情：“国内快天亮了吧，你还没睡吗？”

“你知道是天亮，还给我发信息！故意吵我的吧？”

“不是故意的呢？我刚下飞机。”

“所以你是想第一时间和我报平安？”

“那你有没有担心我？”

“有什么好担心的，毕竟飞机是号称全世界最安全的交通工具……美国人民欢迎你！”

虽然我说不担心，米彩似乎也没有生气，回了个微笑的表情：“你起来喝一杯牛奶，赶紧睡吧。”

我的心情忽然就起了微妙的变化，此刻她给予我的俨然就是女朋友似的关心，我不禁想：难道等她从美国回来，我们真的会展开一段恋情吗？

我真的迅速起床，用温水泡了一杯牛奶，一饮而尽后又给米彩回了信息：“喝完了！”

“拍张照片过来看看。”

我一点也不觉得麻烦，又将喝完的空杯子拍成照片，然后发给了她。

米彩很快回了个满意的表情：“乖，赶紧睡吧！”

“你才乖！”

“还是你乖。”

“我没你乖。”

“你最乖！”

我们就这么隔着一万多公里的距离，开始了这段无聊的对话……

无聊吗？不无聊，至少在我心里，我是渴望她能做一个很乖的女人，让我不必太揪心，而她呢？希望也是如此要求我的。

次日醒来时已经是中午，匆匆吃了个中饭之后，便收到了CC的短信。她告诉我，此时她已经和罗本、乐瑶在一起了，这让我很是羡慕，毕竟他们都有人陪着或陪着他人，而我却要独自在苏州熬过这个除夕夜。

整个下午，我依旧闷在家里做着除夕夜的活动方案，直到简薇打来电话。

我带着些诧异接通了电话：“喂，有事儿吗？”

“如果你现在有空的话，可以陪我一起去买一些公司要用到的办公设备吗？”

我并没有立即回应，只感觉这个事情似乎有点不妥。

简薇又说道：“你白天应该都有空的吧，如果白天你帮我的忙，晚上我再去酒吧帮你的忙，是不是更有效率呢？”

我想了想，没有拒绝简薇，因为自从CC离开之后，酒吧便缺唱歌的人，如果简薇愿意的话，完全可以填补CC的空缺，如此看来，倒真是一件互惠互利的事情了。

结束通话后不久，我便和简薇在本地的一个广场上见了面，然后分工合作，我去电脑市场采购一些电脑、投影仪之类的办公设备，简薇则去家具市场采购办公桌椅。

再次见面的时候已经是黄昏，我们在路边选了一家快餐店吃起了便餐，然后我又将下午采购的成果和她交流了一下。

在听完我的诉说之后，简薇面露轻松之色对我说道：“昭阳，谢谢你，有了你的帮忙，这效率高多了，这些天满苏州地跑，真的挺累的！”

我笑了笑，道：“你可别谢我，咱们是有交换的，晚上你得到酒吧客串表演。”

“这个很轻松的啊……对了，今天晚上你得用那把吉他为我伴奏！”

简薇的话没说完，我便傻了眼，那把她送给我的吉他已经被我用来和阿吉交换另一把吉他，然后送给米彩了……

第168章 爱情转移

慌乱中，我在心里飞快地思考着要怎么去回答简薇，无论我们现在是什么关系，但那把吉他终究是她送给我的，如果我说拿去换了另一把吉他，她心里多半是不舒服的。

于是我决定对她撒个谎，说撒就撒："那把吉他被CC带到北京去了。"

简薇果然一皱眉问道："带到北京去做什么？"

我又在谎言中撒了一个谎："罗本说要用。"

"如果我没有记错的话，你和我说过，这把吉他会陪伴你终老，不会让任何人触碰。"

我点上一支烟，也皱眉，道："你干吗这么较真，一把关于吉他的承诺而已，你难道看不见情侣之间的海誓山盟到最后还赊了呢！"

简薇被我说得哑口无言，她一定还记得自己曾经在车窗上用口红写下的"等待"，可最后却没有和我兑现。

沉默中，简薇拿起筷子，低头吃着餐盒里的快餐，直到吃完也没有再说过话，我也是如此。

此刻，我有些明白，为什么情侣分手之后很难再做朋友，因为俩人有争吵，便表示还不能释怀过去，假如其乐融融，那更证明分手后的彼此是快乐的，可曾经在一起的选择又显得是如此的错误和荒谬。

再比如像我和简薇现在这般重复沉默，那就索性做一对陌生人，何必见面，何必相处？

吃完这顿便餐之后，简薇终究还是兑现了承诺和我来到了酒吧，充当起了驻唱歌手，而酒吧也因为她的到来，弥补了CC不在的缺憾。

自始至终我也没有去小舞台为她伴奏，而是坐在角落里准备着除夕之夜的活动方案。

时间很快便到了晚上九点，简薇唱完几首歌后从小舞台上走了下来，然后坐在我的对面休息。

我让服务员为她准备了一杯牛奶，依旧将精力放在活动方案上，而简薇也不言语，我们很有默契地将沉默进行到底，直到我手机的微信提示音响起。

我当即停止了手头工作，打开微信果然是米彩发来的。

“朝阳，我起床咯，今天费城的天气很不错！”

我笑了笑，回道：“谁让你给我改姓了，我爹可不同意！”

“你们家板爹给你起这个名字就是希望你能像朝阳一样吧，所以我觉得没改错！”

“行不改名、坐不更姓，我说不能改就不能改。”

我发完这条信息，又将注意力集中到方案上，而简薇也终于开了口：“昭阳，你交女朋友了吗？”

“什么？”

“米彩是你现在的女朋友，你们复合了是吗？”

我终于抬起头看着简薇，这才想起我和米彩在她的认知里是分分合合的。

半晌我才回道：“谈不上复合，算是朋友吧。”

“如果我没有猜错的话，刚刚给你发信息的就是她吧？”

我又一次注视着她，因为不知道她是凭什么判断出信息是米彩发给我的。

“你刚刚的笑容是男人在恋爱中才会有的笑容。”简薇很平静地解了我的疑惑。

于是我又冲她笑了笑问道：“那现在这个笑容呢？”

“夹杂着一丝时过境迁的敷衍。”

“难道我就这么不会隐藏自己的情绪吗？”

简薇摇头，答道：“不是你不会隐藏自己的情绪，而是有些情绪根本就不需要隐藏。”

我刚准备应简薇的话，米彩的信息又来了，于是我暂时搁浅与简薇的交流，打开了米彩的回信。

“从来没觉得你是个行不改名、坐不更姓的人，所以朝阳我叫定了！”

“行啊，怎么爽你怎么叫，反正你现在在美国，我也不能用意念去灭了你！”

发完信息将手机放在一边，这才向简薇问道：“你刚刚说什么？”

简薇看着我，摇了摇头，示意不是特别重要的话题，然后又向小舞台走去，继续为顾客们唱着歌，而我这才意识到：自己因为米彩的信息而冷落了她。

我随即疑惑，难道我对爱情的感觉真的已经转移了吗？

我又假设出一个情景，如果简薇回国后，没有和向晨在一起，依旧是独自一人，我现在又是什么情绪呢？

当这个假设在我心中越来越立体的时候，我的心顿时躁动了起来，我想：我无法释然和忘怀，所以现在这看上去的放下，只是因为我们中间多了一个向晨，我不可能再去为了那曾经的爱情做些什么，倒不如学会遗忘，学会将简薇当成一个普通朋友，而事实证明，我快要做到了，所以我更应该为自己感到高兴，也为简薇感到高兴，至少在面对向晨的时候，我是无愧于心的！

简薇在11点多的时候离开了酒吧，而一直到打烊前，米彩也没有再回我的微信，可能是因为我把话题弄得过于无聊。

回到住处，就在我已经放弃等待米彩的回信时，她却又给我发了一条信息：“你今天的工作做完了吧？”

“对，已经到家了。”

“最近天气干燥，你记得给阳台上的那些植物浇一些水。”

“嗯，我这就去浇。”

我一只手拿喷壶帮植物浇着水，一只手拿着手机等待米彩的回信。

“你今年在哪里过年？”

“唉！徐州是回不去了，就待在苏州吧。”

“为什么不能回徐州？是不是你妈妈还在生你的气？”

“倒不是生气，她说我要找不到一个比小允姑娘更靠谱的女朋友，就别回去……你说说看，我到哪儿去找？毕竟现在靠谱的姑娘不多！”

米彩过了很久才回了我的信息：“那就还去找你的小允姑娘呗，毕竟她在你眼里是那么的靠谱。”

我拎着喷壶从阳台这边走到那边，如此反复，也没有想出怎么去回米彩的这条信息，因为我隐隐在这条信息里感觉到了醋味，可又不想自作多情。

却不想这个时候的米彩又发来一条微信：“你怎么不回了？”

印象中这是她第一次发信息问我怎么不回了，若是从前，她发完一条信息，我就是一整天不回，她也不会追着问的，于是我更加不知道怎么去回了。

半晌，终于回了一条信息：“因为我在帮植物浇水啊！”

然后便陷入到忐忑的等待中，心中希望这个理由能让自己蒙混过关。

第169章 生来就是孤独

我放下手中的喷水壶，然后坐在阳台的小板凳上，从口袋里摸出一根烟叼在嘴里却不点燃，然后盯着手机屏幕等待着米彩的回信。

“哦，那你浇完水了就回答我的问题吧。”

果然还是没能蒙混过关，我掏出打火机，“啪”一声将夹在指尖的烟点燃，然后在烟雾中眯着眼睛，挠了挠头，终于回道：“我纳了闷了，她靠不靠谱和你有关系吗？”

“和我当然没有关系，只是不想看到你一个人在苏州孤独而已。”

米彩这冠冕堂皇的回答让我嗤之以鼻，当即给她回了信息：“谁生来不孤独？陪着我们的永远就那一个太阳，一个月亮，有时冷、有时热的风！”

“那些花花草草呢？它们也在陪着你的啊！”

“不对，所谓花花草草，只是麻痹你的幌子，因为它们总有一天会枯萎，最后还是只剩下你一个人孤独！”

“那要怎样才会不孤独呢？”

“孤独是人的宿命。”

米彩回了一个大哭的表情：“……我不想孤独！”

“啊哈哈……我们生来就是孤独！”

“昭阳，快别这么说了，想想真的很孤独！”

“你的孤独算什么，至少还有那么多人喜欢你，恋着你！”

“难道你的孤独很孤独吗？”

“不知道，但曾经孤独到一个人睡在桥洞里，听着来往船只的汽笛轰鸣声，一个人在星空和黑夜里与那座偌大的城市说声晚安！”

发完这条信息，我重重地吸了一口烟，又回想起那身无分文待在上海的日子，为了等待被家人困住的简薇，真的住过桥洞，拥抱着那把弹着孤独的吉他。

所以孤独对我来说又算什么？只是经历岁月后留下的一段代码而已！

许久米彩才回了我的信息：“一定会有一个女人永远陪着你，让你不再孤独，她自己也不会孤独。”

我盯着这条信息看了很久，大脑里涌现出无数个因为和这个女人在一起而迸发的绚烂画面，于是我想问米彩：你是否就是这个永远陪着我的女人？

可终究只是回道：“困了，睡了！”

米彩：“……”

结束了和米彩的微信交谈，我躺在床上，习惯性点着烟，想着心思，想来人就是孤独的，比如我和简薇，在毕业后费尽心思地在一起，自以为不孤独了，可最后还是分了手，把孤独扔给了对方，却不愿意再想起那些在一起时不孤独的日子。

唉！既然活得如此孤独，为何又要停留在这个世界上呢？

再想想也就明白了，毕竟那天空的城池也就只有一座，又怎么能装得下那所有孤独的人呢。

我又想起了米彩，假如有了她的陪伴，我们是否可以安慰彼此的孤独呢？

我想是可以的，只要想起她在我的身边，哪怕什么也不说，什么也不做，心里也是充实的，因为她的善良、美丽，已经化为温暖驱赶了那所有的孤独。

时间又往前穿行了一个星期，此时离除夕夜仅仅只剩下了三天，而在这过去的一个星期里，孤独始终陪伴着我，就连方圆、颜妍夫妇都已经回方圆的老家过年了，至于米彩也没有再联系过，准确地说，是我联系了她，可她没有回复，我当然也没有再纠缠她。

而昨天晚上忙碌过后的我，曾带着孤独去了护城河边，也未能再遇到简薇，所以连她也已经离开了苏州。

于此时的我而言，苏州便成了一座空城，在这座空城里有一条装满了孤独的河流，我纵身跳进去，从东面游到西面，如此反复，却没有一个在岸边呼唤我，指引我上岸的女子……

此时，已经是夜里的十点，出了酒吧的门，我照例做了个深呼吸，搓了搓有些冰凉的手，然后抽出一支烟，给自己点上，等抽完这根烟，也就预示着今天一天的工作结束了。

只抽了两口，眼睛忽然被一双温热的手蒙住，然后便听到了那熟悉的声音："昭阳，猜猜我是谁呀！"

"别闹……"我说着拿开了她的手。

乐瑶从身后绕到了我的面前，微笑着向我问道："惊喜吗，昭阳？"

我当然有惊喜的感觉，但还是保持镇定问道："你怎么回苏州了？"

"CC陪着罗本，我就不打扰他们了，再说你为了酒吧要忙到除夕，我能不回来帮忙吗！"

"嗯，总算还有点良心！"

“这可不是良心，是惦记着你，剧组刚放假，我就马不停蹄地飞回来了。”乐瑶拽着我的胳膊说道，看上去心情要比上一次回来好多了。

我掐灭掉手中的烟，又顺带拿掉了乐瑶挽住我的手。

乐瑶并不在意，依然是快乐的腔调向我问道：“吃饭了吗？”

“回去煮面吃。”

“这么可怜呀！……你还是别吃面了，我请你吃大餐！”

我笑看着乐瑶说道：“你现在这可是暴发户的嘴脸啊！”

“能有幸请你吃一顿大餐，我一点也不介意摆一次暴发户的嘴脸。”

“那行，准备好银子，我想去啃鸭脖子。”

乐瑶倍感无语地说道：“瞧你这点出息……”

路边的长椅上，我手持一袋热乎乎的馒头，乐瑶则帮我拿着鸭脖子，我们紧挨着彼此坐着。

我吃一口馒头啃一口鸭脖子，只觉得这就是生活，我所希望的生活，至少此刻的我是不孤独的。

“喝口茶，别噎着了。”乐瑶说着将手中的茶递给了我。

我一边喝一边感叹道：“我这可是太上皇的生活啊，竟然有个大明星伺候着！”

“我是女明星，我只崇拜你！”

“挤对我呢！一个把啃鸭脖子当乐趣的人，有什么值得你崇拜的！”

“如果你愿意，我很乐意陪你啃鸭脖子的啊！”

我打开方便袋看了看，只剩下两根鸭脖子，随即和乐瑶开玩笑，道：“就俩根了，你愿意陪我啃，我还不乐意给你啃呢！”

乐瑶以迅雷不及掩耳之势从袋子里抓起一根鸭脖子，飞快地咬了一口，然后得意地看着我。

我当即从口袋里拿出手机，将她抓着鸭脖子满手油腻的模样拍了下来，向她问道：“你有偶像包袱么？”

乐瑶点头，道：“当然有，我是偶像兼实力派的！”

我将拍好的照片给她看，又笑道：“就冲你的偶像包袱，这张照片要是以后卖给什么娱乐报刊，准赚！”

“切，你威胁人的水平越来越差了！”

乐瑶说着用抓着鸭脖子的手搂住我的肩膀，拿出手机与我来了一张合照，然后就要发到自己的微博上。

我赶忙制止：“你别，贵圈贼乱，我可不想和你传绯闻。”

“那你还觉得刚刚拍的那张照片能威胁到我吗？”

我赶忙摇头：“不能，我们之间的较量已经不是一个级别的了，你最近都在喝脑白金大补吧？”

乐瑶一愣反应了过来，然后将满是油腻的手往我脸上抹来：“昭阳，你可真损！”

我一边躲，一边严肃地训斥她：“别闹，小心操你啊！”

“操吧、操吧……”

嬉闹间，我的手机微信提示音又响了起来，我知道一定是好几天不联系的米彩发来的，因为只有她发来的信息，我设置了铃声提醒！

第170章 以身相许

我一只手架住乐瑶的肩膀不让她靠近我，另一只手从口袋里拿出了手机，然后打开了微信。

“这几天过得孤独吗？”

我心里想：前面给你发信息，你不理我，我也过会儿再理你，毕竟身边还有乐瑶，冷落了不好，于是又将手机放回了口袋里。

这个时候乐瑶已经不愿意再和我闹腾，从手提包里拿出了湿巾对我说道："手给我。"

"我自己擦就行了。"

乐瑶却不理会我的拒绝，将我的手拉了过去用湿巾擦掉了手上的油腻，这才又拿出另一片湿巾也擦掉了自己手上的油腻。

她将擦过手的湿巾扔进了垃圾箱后，便亲昵地挽住了我的胳膊。

这次我并没有甩开她，疑惑地问道："我记得你上次回来的时候还和我保持着距离，怎么现在又勾勾搭搭的了？"

"那天有罗本和CC在。"

"所以你就端着？"

乐瑶点头，道："只有单独和你在一起时，我才会拿下面具，难道你不愿意看到一个最真实的我吗？"

"CC和罗本又不是外人，不至于！"

"至于。"乐瑶皱着眉，语气说得很重。

我盯着她看了好一会儿，也不愿意和她较真，便转移话题问题："你酒店找好了吗？"

"先别管酒店，你再陪我一会儿。"

"行吧，可咱们也不能这么在街上傻转着吧！"

乐瑶想了想说道："我们去看火车……"

我抬头看了看天空，一颗闪烁的星也没有，空气又是这么的湿冷，弄不好待会儿会有一场雨，也可能是雪，便拒绝，道："别了吧，这天要变了。"

"我不管，我想去。"

我皱了皱眉，道："找个理由说服我，要不然就给我找酒店休息去。"

乐瑶低着头，许久才轻声说道："你知道我在北京过的是什么生活吗？……每天在名利场中沉沉浮浮、每天穿梭在各种会所里应付着一个个饭局、每天都感觉心中那根紧绷的弦要被生生扯断，太累了！……真的太累了！……只有和你在一起时，才是安静的，才觉得自己还像自己！……昭阳，体谅我一些，不要拒绝这么一个对你来说很简单，对我来说却无比珍贵的要求，好吗？”

看着她期盼的眼神，我心中不忍，做了个深呼吸，然后拉住了她的手，高喊道：“走吧……忘了名利场，忘了要来的雨……我们看火车去。”

我就这么拉着乐瑶，迎着寒风向路边停着的车子奔去……

还是很久前，我和乐瑶坐过的那段铁轨边上，只是如今的风吹得更冷了，而驶过的火车也因为临近过年不再轻便，我们好似看到了车厢里不断散发出的，归乡的迫切。

乐瑶躺在了我的腿上，我不忍推开她，却将自己的外套披在了她的身上。

“昭阳，听着铁轨的声音，我多想在这里睡上一觉。”

“我也想睡，可就是风大了点儿，我们别坐太久，行吗？”

“我知道，美好的时光总是短暂的。”

我轻声叹息，心中想的却是人生的无奈，哪怕这段铁轨旁的风光再美好，终究不能让我们温饱，我们还要为了生活继续奔忙。

伴随着火车驶过铁轨的声音，俩人陷入沉默中，我甚至以为乐瑶已经睡了过去，她却从手提包里拿出一份文件递给我说道：“这是酒吧的股份转让合同，我想转让50%的股份给你。”

我愣了一愣，却没有从她手中接过合同，终于摇了摇头说道：“乐瑶，我不要你的股份，对于酒吧，完全只是出于朋友间的帮忙，等酒吧经营好转后，或许我还会回徐州。”

乐瑶离开我的身体，坐了起来，很不理解地问道：“为什么？

“为了另一种生活。”

“可是我想补偿你。”

“我不需要补偿。”

乐瑶低着头，许久才语气低落地说道：“我知道我补偿不了你，你为了我，甚至丢掉了一个愿意与你结婚的女人和安稳的生活。”

“不要说这些，都已经是过去的事了，我们得抬头往前看，对吗？……我相信你会在演艺圈越走越远，也相信你会祝福我越过越好。”

“我当然会祝福你，甚至……甚至怨恨自己不能以身相许。”

我笑了笑：“你可别以身相许，我这人低调惯了，可不敢高调地娶一个未来的大明星，怕闪光灯把我闪晕！”

乐瑶只是看了看我，却没有回应，抬手将手中的股份转让合同扔在了风中，然后又躺在了我的腿上。

而片刻之后雨真的落了下来，可她却绝口不提要离去的话。

我的头发已经被雨水淋湿，而乐瑶的裤脚上也已经有了一片水渍，我们真的不该再待在这里了。

我终于推了推蜷缩在我腿上的乐瑶说道：“走吧，再淋下去，我俩都得着凉，这要来的除夕夜，我可不想打着喷嚏过。”

“我不想住酒店，我要去你那儿住！”

“说过了，做朋友，你就不应该去我那里住！”

“我说去你那里住，又不是说去让你睡，住沙发也行啊！”

“不行，我怕自己把持不住！”我坚决拒绝，毕竟她要比一般的女人漂亮太多，毕竟我是一个有正常需求的男人。

“为什么把持不住，你不是和米彩也住在一起过吗？”

我愣了一愣，才发现自己的确没有对米彩生过那种心思，却不是因为她没有魅力，而是过于完美，完美到不忍亵渎，但乐瑶却不同，毕竟我们曾经发生过关系，假如有孤男寡女同处一室的机会，便很难去克制。

这时，乐瑶附在我耳边小声地说道：“我来大姨妈了，你一定不会那么禽兽的！”

“不信！”

“我要能证明我来大姨妈了，你是不是就让我过去住？”

“……”

“昭阳，真的没骗你……这会儿好像还有点痛经！”

“无处不在的演技啊！”

“你摸摸我的额头。”

我伸手摸了摸乐瑶的额头，真的好像有冷汗，但还是半信半疑地问道：“不会是雨水吧？”

“你就这么不信任我吗？我一直闷在你的外套里，雨水哪里淋得进来。”

我倍感无奈，却更担心她的身体，心想：反正米彩也不在，就让乐瑶去住她的房间，而我也能给她煮上一碗红糖水，省得她在酒店里无依无靠的。

终于带着乐瑶回到了住的小区，我背着她向楼上爬着……

“昭阳，这就是你一直住着的地方啊！”

“嗯，虽然破了些，但是有它的内涵。”

“以前就想来参观参观，你都不肯给我机会，今天总算是如愿了！”

“你可别这么说，要不然我又得觉得你是刻意的，根本就没有大姨妈痛经这回事儿！”

说话间，我已经背着乐瑶来到了五楼，然后咳嗽了一声，让楼道的感应灯亮了起来。

就在我准备从口袋里掏出钥匙时，门却忽然被打开，我惊得张开了嘴……眼前站着的竟然是米彩，她从美国回来了！！

第171章 我这暴脾气

米彩原本面带喜悦的表情，霎时转冷，她看着我，气氛在彼此的沉默中越来越僵硬。

我终于在窘迫中打破了沉默：“你回来了怎么也不给我打个电话啊？”

米彩没有理会我的疑惑，却看着乐瑶向我问道：“她怎么了？”

我这才想起将乐瑶从背上放下来，挤出笑容对米彩说道：“她身体有些不舒服！”

“哦，那进来吧。”

我和乐瑶刚进了屋子，米彩却拿着自己的手提包离开了，这个突如其来的举动让我有些发愣。

乐瑶推了推我说道：“还不快去追，等她上了车你就追不上了。”

“哦……哦！”

我回过了神，随即撒开腿向屋外跑去。

等我跑到楼下时，米彩也刚到楼下，但是她的手上已经拿着车钥匙。

总算我临危不乱，没有拖拽她，却一把将她手中的车钥匙给抽了过来，然后紧紧地攥在手中，这样她就走不掉了。

果然她停下了脚步看着我，表情却平静得有些发冷。

我摸了摸鼻尖又挤出笑容说道：“你回来应该给我打个电话的啊！”

“微信都不回，还打什么电话。”

我这才想起米彩那条被我暂时放置的微信，此刻想来，难怪她会问我“这几天过得孤独吗？”

如果我告诉她孤独，想必她就会给我一个惊喜，可这扯淡的自己，却生生篡改了原先的剧本。

“车钥匙还给我。”米彩的言语依旧很冷。

我并不理会，当即将车钥匙塞进了衣服最里层的口袋里，然后将拉链拉上，捂得严严实实，她要不把我衣服撕烂，休想拿到车钥匙。

此时，我心里巴不得她能骂我一句“臭无赖”，可她却只是皱了皱眉，然后转身向小区外走去。

此时的雨不大，但足够淋湿我们，我一路跟随米彩，与她拉扯了数次，最后将她拖到了一个店铺的屋檐下，双手按着墙壁，将她堵在自己的怀里。

“昭阳，你到底想干吗？”

“就是不想让你走。”

“去哪里是我的自由，你再不让开，我打电话报警了。”

“这鸡毛蒜皮的事情，值得你报警么，就算警察叔叔来了，也只是当作两口子闹家庭矛盾……”

话没有说完便被米彩打断：“我不想听你臭贫……”

我也打断她："你不就是要报警吗，报去……我帮你报。"

我说着从口袋里拿出手机，然后按出了110，递给米彩说道："按啊，只要你按个拨号键，人民警察分分钟就来把我当烂白菜给收拾了！"

却不想米彩真的从我手中将电话接了过去，然后按下了拨号键……

我一把又从米彩的手中将手机给抽了回来，然后挂断，怒道："我怎么你了，你就真把我往局子里送啊！"

"号码是你拨的，手机也是你递给我的，你现在又冲我发什么脾气？"

"我那是装腔作势的你看不来吗？还是你真觉得我孤独，打算找一帮警察叔叔陪我过除夕夜啊？"

"你会孤独吗？分分钟有女人陪着你……还说什么一个人孤独到睡桥洞，装可怜吗？博同情吗？……也就只有我这个傻子会信你的鬼话连篇。"

她的话让我心中莫名一疼，也终于明白她提前从美国回来是为了拯救我的孤独。

我终于低声向她解释，道："别生气了好吗？乐瑶今天晚上刚回来，然后来了例假，有些痛经，我才带她回住处的……"

米彩的面色更难看："是吗？我记得我来例假的时候，让你去买一包……买一包那个，你也不愿意……我发现自己真的挺可笑的，把所有事情都建立在自以为是的基础上！"

我的思维忽然就停滞了，无法再进行二次解释，而米彩也终于丢掉了耐心，重重推开了我向路边跑去，伸手拦了一辆出租车。

我回过神，拔腿向她追去，然后再一次拉住了她，不想让她这么离开。

出租车司机看到了我们的拉扯，随即从车上走了下来，来到我面前训斥，道："小伙子，现在可是法制社会，你不好这么和一个姑娘闹的啊！"

"我警告你别多管闲事，没看出来我们是两口子吗？"我依旧拉扯着米彩瞪着司机说道。

司机带着疑惑向米彩求证，道："姑娘，你和这小伙子是两口子吗？"

我很冲地接过了话："废话，就冲我们这郎才女貌的般配样，不是两口子是什么？"

米彩挣扎中皱眉说道："司机师傅，你别听他胡说。"

司机一副了然的表情，一边拿出电话一边说道："这事儿好办，咱们报警解决……"

我在愤怒中打断："你敢报警，我他妈砸你的车！"

"嘿，你个小兔崽子，你砸一个试试……我这暴脾气！"

我当即就松开了米彩，顺手从路边捡了块板砖向他的车走去……

米彩拉住了我，怒道："昭阳，你这是要干吗？"

司机却一点也不在乎地对米彩说道："姑娘，你松开他，我开了这么多年的出租车，什么样的人没见过，今天我倒要看看这小兔崽子有多横！"

我停下脚步对米彩说道："听到没，他骂我小兔崽子，你松开我，让我去砸了他那破车！"

米彩却将我拉得更紧了，言语间已经到了不能忍受的极限："你不要再发疯了！好不好？"

我忽地就扔掉了手上的板砖，随即将米彩搂在怀里对还在瞪眼的司机说道："大哥，首先我得认可您的暴脾气，然后再和您说叨说叨。我毕竟也是个受过高等教育的良好青年，绝对不会真的去砸您的车……我相信以您这120向上的智商，肯定已经看明白了，要不是自己亲媳妇，她能这么劝我吗？所以，我们真的只是闹了点家庭小矛盾，这小夫妻床头打架床尾和的，您就给高抬贵手，别掺和了，成吗？"

司机看了看我，终于语气缓和了些说道："这话还算中听。"

我趁势从口钱包里抽出50块钱递给他说道："耽误您跑车了，这算打车费，您拿去买烟抽！"

司机没有接，冲我挥了挥手，道："钱就算了，古人云，宁拆十座庙，不毁一桩婚，这事儿我就不掺和了。"

"大哥，你们的哥不愧是苏州的城市名片，热情、大度，还通情理！"我赶忙竖起大拇指赞道。

司机拍了拍我的肩膀与我一笑泯恩仇，临走时又对我说道："小伙子，你这媳妇这么俏，有点脾气也正常，你让着点儿！多哄哄，看得出来她还是蛮紧张你的！"

我回头看了看米彩，厚颜笑道："自己的男人，能不紧张么！"

司机笑着摇了摇头，随即向自己的车走去，很快便开车消失在我们的视线中，现场又一次只剩下我和米彩。

第172章 零下五度的夜

我转身看着米彩，带着些许得意说道："见识到我的手段了吧？我劝你赶紧断了打车的念头，来一个的哥，我如法炮制地弄走一个。"

米彩没有理会我，转身带着倔强又走在了风雨中。

我心中叹息，但还是跟上了她的脚步，也下定决心就这么一直跟着，她去哪儿，我去哪儿。

我们就这么将一条街走到了尽头，米彩忽然停下了脚步，跟在她后面的我来不及克服惯性，直直撞在了她的身上，两人同时一个踉跄，却庆幸都不曾跌倒。

我有点儿尴尬地看着她，她似乎已经不胜折磨，问道："你到底还要跟多久？"

"你走多久，我就跟多久。"

"你不觉得自己很烦吗？"

我摇头："不觉得，我只觉得我们之间一定有误会！"

米彩并不理会我所说的误会，问道："你知道现在的温度吗？"

"零下五度。"

"你还知道是零下五度啊！……请你不要再缠着我了，我现在真的很冷，只想回去睡觉。"

我顺口说道："那我也去你那边。"

“你怎么好意思提出来的呢？占了我那间老房子，还想再去强占我的另一套房子吗？”

我：“……”

“去陪着你那个来了例假的朋友吧，我觉得她更需要你……我走了，不要再缠着我了。”

我依旧惯性地想跟着她，她又转身对我说道：“昭阳，现在是零下五度！”

从她嘴里说出的零下五度，好似冰冻了我的四肢，就这么僵在了原地，然后无力地看着她走到街边，最后乘出租车离开。

重重一叹息，从烟盒里抽出一支烟，手却在这零下五度的夜里冻僵，然后夹不住那一支烟，从手中滑落。

又一声叹息，这才转身走在了来时的路上。

回到那个老屋子，却不想在茶几上看到了一张便条，是乐瑶留下的：“昭阳，我又给你惹麻烦了，真的很抱歉，我去住酒店了！”

我哭笑不得，此刻不正验证了人生来就是孤独的吗？最后在这零下五度的夜里，留在这间屋子中的只有我自己。

一个人独自在沙发上坐了很久，这才从口袋里拿出手机给乐瑶发了一条信息，提醒她睡觉的时候不要着凉，毕竟还来着例假，身子又比一般的女人虚弱很多。

很快乐瑶便回了信息：“嗯，不会着凉的……对了，米彩呢？你追到她了么？”

“你知道今天夜里的温度吗？”

“零下五度。”

“是啊，所以我也不能在这样的夜里死缠着她吧？”

乐瑶发了个可怜的表情：“对不起啊，我也不知道她突然回来。”

“别说对不起，毕竟我们现在也没有什么……我和她也没有什么。”

“可是你不能否认自己喜欢她吧？而且听CC说她去美国了，突然赶回来，也是为了给你惊喜吧？”

我用冰冷的手，重重地从疲倦的脸上抹过，这才回了信息：“就当好事儿多磨呗。”

很久过去，乐瑶也没有再回我的信息，茫然中我终于去卫生间弄了一盆热水泡着脚，依然犹豫着要不要给米彩打个电话。

终于下定决心给她拨电话时，手机却突然响了起来，下意识以为是米彩打来的，拿起才发现是板爹。

我接通了电话，带着一丝忐忑问道：“板爹，你这么晚打电话该不是要说什么大事儿吧？”

“这马上就要过年了，你回来吗？”

板爹的语气依旧没有一丝感情色彩，也听不出他是希望我回去还是不希望，沉默了半天终于试探着问道：“我回去不会给你们添堵吧？”

“这说的是什么话？”

“板爹，你该不是不知道前些天我妈给我打电话的事儿吧？”

“知道。”

“那你知道她让我找一个比小允还靠谱的姑娘再回家吗？……这事儿我真不觉得她是和我说笑的。”

“那你顺她心找一个。”

我抱怨，道：“您当这靠谱的姑娘是商品，说找就找到的啊！”

板爹却不理会我的抱怨，说道：“上次不是让你把小米带回家过年的吗？”

我有些烦闷地挠了挠头，要是没有今天这事儿，说不定还真能和米彩一起回徐州过年，可现在活活被我给弄砸了，再加上米彩这不好捉摸的脾气，天知道我要多久才能让她释然。

于是叹息说道：“你是我爹，我就不瞒你了，这小米同志现在正和我置气呢！”

“你是不是又犯了什么浑？”

“天地良心，真没有，就是一点误会，可她死活不愿意听我解释，您说这算是靠谱的姑娘么，身上公主病就太重！”

板爹当即低沉着声音训斥，道：“人家一个无依无靠的姑娘，感情上缺乏安全感很正常，你要有点儿耐心。”

被这么一训，我觉得板爹说得也不错，又改口：“您说的有道理，其实她有时候也挺不错、挺靠谱的！”

“肯定比你靠谱。”

我被说得有些尴尬，想来还真是，我要不和别的女人扯着关系，真就没有今天晚上的事情。

越想越觉得自己不应该，便向板爹求助，道：“那您说我该怎么办？”

板爹言简意赅地答道：“多拿出点诚意，加倍的耐心。”

“我知道了……我一定争取在年初一把她给带回徐州过年，我妈那边您也得替我担着点。”

“不管是小允，还是小米，你妈只希望你能把日子过好，以后自己少犯浑，知道吗？”

“您说的是，以后我每天照一遍镜子，提醒自己做个稳重、靠谱的人。”

结束了和板爹的对话，我又站在米彩的角度重新审视今天的事件，越想越替她感到委屈，终于咬着牙做了一个疯狂的决定：我要在这零下五度的夜里，拿出绝对的诚意和毅力在她住的那个小区死守着，直到她能释怀今天晚上的事情。

我就这么顶着严寒驱车向米彩住的那个豪华小区驶去，然后又给她发了微信，告诉她：我在小区外面等她，直到她愿意出来。

为了表现自己的诚意，我并没有待在车子里，而是踱着碎步在小区传达室的走廊里等着她，可她却迟迟没有回信息表个态。

我心里犯起了嘀咕，害怕她已经休息没有看到这条信息，又害怕她是在考验我的诚意，于是在这天寒地冻中愈发地纠结了起来……

我冻得瑟瑟发抖，终于按捺不住想给她打个电话，弄清楚此时的她到底是什么状态！

如果她不接，多半是睡着了。如果拒接，可能就是在考验我，我只要保持耐心继续等下去，她一定不会眼睁睁地看着我冻死在这零下五度的夜里，毕竟我觉得她还是有点儿喜欢我的，虽然我不那么靠谱……

第173章 要不要这么傻

我在忐忑中拨打了米彩的电话，又在瞬间陷入到绝望中，因为电话那头传来的是已经关机的语音提示，这代表着什么？

米彩一定已经睡了，我的心中弥漫着一种说不出的绝望，只感觉自己被撕裂了扔在这毫无感情的冷雨夜中。

手指微颤地从口袋里抽出一支烟，冻僵了的手按了数次打火机，才终于蹿出一丝散发着温柔的火苗，却又转眼被一阵无端吹来的风给扑灭。

我心中躁狂，抬手将烟扔在了地上，又无奈苦笑，为什么越想念她，她却越来越远……

冷雨夜里，我缩在墙角，却仍被那一阵阵湿冷的风切割着，我一阵阵发抖，于是又想抽烟，却发现烟盒里已经没有了烟。

弯下腰将扔在地上的那支烟又捡了起来，吹掉了上面的灰尘，努力了数次，终于又嗅到了那安慰我的烟草味。

我有些失神，只是麻木地吞吐着烟雾，却又不想离开，至少之前我已经对米彩有所承诺，我说：一直会等到她愿意出来为止，却没有想到，她可能在收到那条微信前就已经关了机。

时间在流逝，我双手交叉着放在身体前，不停地踱着步子驱赶寒冷，记忆中苏州好似已经很久没有出现过这么冷的天气了。

传达室的门被打开，从里面走出来一个中年门卫，他向我问道："小伙子看你在外面站很久了，是在等人吗？"

"是啊，大哥！"

门卫好心说道："进来等吧，屋里有暖气。"

我笑道："没事儿，大哥……在屋里怕她出来看不到我！"

"赶紧进来吧，南方的湿冷不比北方，这零下五度的低温，是要冻死人的。"

"大哥，很谢谢您，不过真没事儿，我年轻扛得住。"

门卫大哥真是个好人，走到我身边拉着我说道："不碍的，屋里有监控，她出来你就能看到她了！"

刺骨的寒冷让我犹豫了一下，但这种犹豫转瞬即逝，我坚决摇头，道："大哥，您给我整一杯热水就行了，我就在外面等她。"

门卫大哥终于松开了拉着我的手，带着些疑惑问道："是等你女朋友吧？"

我没有和这个热情又客气的门卫大哥信口胡诌，而是实话说道："不是女朋友……您不晓得，其实我在她眼里特不靠谱，从来也没对她做过一件正儿八经的事情，所以今天想正儿八经一回，冷就冷点儿，只要能在她出现的第一时间里看到她，心里也就热乎了，屋里那监控录像容易看走眼！"

我的话并没有能说服门卫大哥，他又语重心长地劝道："小伙子，在这个小区住的姑娘，要么出生于大富之家，要么是企业高管，一个个谱大得很，你这么傻等不一定有结果……就前些天有一个小伙子比你还会折腾，把这门口弄得像花园，气球满天飘，结果啥好没讨到，反而落得一顿臭骂，最后灰溜溜地走了！"

听着门卫大哥有理有据的描述，我好似看到了那一幕，想想还真是，现在但凡有点姿色、有点物质基础的女人，男人费尽心思也不一定能在她们那里找到尊严。

我下意识地往小区内看了看，半晌笑着说道："大哥，她和那些女人不一样，可能还没看到我的信息，要不然一定会出来的……您让我再等等！"

门卫大哥终于不再劝我，叹息说道："唉，你这小伙子还真是轴！算了，我也不劝你了，给你去弄杯热茶。"

"谢谢大哥。"

看着门卫离去的背影，不禁自我疑问，为何此时的自己是如此执着，难道真的是板爹的话敲醒了我？抑或者是突然的自我，突然地去恪守原则？

半晌我也未能给自己答案，也许只是想复杂了，其实特简单，就是想她，不计后果地想她。

门卫大哥给了我一杯热水，又帮我点了一支烟，于是我又在这冷雨夜里带着越来越沉重的孤寂张望着。如果此刻她能出现在我的面前，我一定是这个世界上最幸福的人，因为经历了地狱和天堂的转换，更懂那来之不易的幸福。

原本滚烫的杯子已经和我的手是一样的温度，气温好似也随着夜又降了一些，我再次颤抖起来。

门卫大哥又来到我面前叹息说道：“小伙子，我是真不忍心看你在这儿站着了，可这没有业主的同意也不能破例放你进去的……”

“大哥您不用为难，就算您放我进去，我也不知道她住哪一栋楼！”

门卫大哥摘掉了自己的保安帽挠了挠头，忽然拍着我的肩膀语气颇激动地对我说道：“小伙子，你看看，是不是那个姑娘……”

朦胧的灯光下我看不真切，只看到一个穿着睡衣的身影向这边接近，她似乎在跑……

时间一秒一秒的流逝，我终于看清了她的样子，嘴都不利索地答道：“是她……就是她……”

我在狂喜中冲米彩挥着手：“快跑……小米同志，你跑快点儿……”

米彩终于来到我的面前，她在喘息，我却像在做梦……然后冲她笑。

“你还傻乐？”米彩的语气很轻，却有些许的责备。

“你美得那么赏心悦目，为什么笑不出来。”

米彩就这么看着我，眼眶却渐渐湿润，她有些哽咽：“……外面冷成这样，你傻不傻呀，冻坏了怎么办？”

我不语，只想抱着她，手却冻得有些僵。

门卫大哥拉着我和米彩说道：“这姑娘穿着睡衣就跑出来了，可不能在外面受凉，有话进屋说……”

我迈着僵硬的步子向屋内走去，却有些不太懂地看着米彩，因为穿着棉睡衣的她看上去是来得如此匆忙，那之前的她在做什么？

传达室里，门卫大哥帮我和米彩泡着热茶，米彩拉住我的手将她手中的温度传递给我，又带着责备问道："你是不是从发信息时，就已经来这里了？"

"也就等了一会儿。"

门卫大哥插话，道："这都快站了一个小时了，还嘴硬呢！让他进屋等也不肯！"

米彩握紧了我的手："对不起……让你等了这么久，我前面关机了，后来失眠才又打开……可是你要不要这么傻？如果我没有失眠，睡了过去……你难道真的要等到明天吗？"

第174章 彩色的叶子与卑微的心

米彩虽说我傻却是一种责备的关心，这种关心似乎已经驱赶掉了这一个小时所承受的严寒，我笑了笑对米彩说道："你也够傻的，穿着睡衣就出来了，一般傻大姐都爱穿着这种厚睡衣去逛街、买菜！"

米彩看了看自己，指着衣服上的图案向我问道："你不觉得这衣服很好玩吗，有小熊，还有小猫。"

"还真是，挺有趣的！"我附和着。

米彩笑了笑，道："我打开手机看到你的信息，就立刻出来了，要是你缺心眼一直不走，把你冻傻了我会有负罪感的。"

"事实上证明我是有点儿缺心眼，不过……"

“不过什么？”

“你那么急着出来，绝对不仅仅是因为你所说的负罪感，而是你紧张我。”

米彩看着我沉默了一会儿才说道：“好吧，我承认是紧张你，所以为了不让我继续紧张着，你是不是可以回去了呢，回去喝点姜汤，赶紧休息，别着凉！”

“你不厚道！”

米彩有些疑惑：“这怎么说？”

“秉着人人为我，我为人人的原则，这姜汤是不是该你煮给我喝？我可为你煮了好几次了。”

“可你也经常把我气得半死不活，按这个逻辑我是不是也要同样还给你？”

我笑了笑，没有去接米彩的话，心里却希望她也可以时常把我气得半死不活，至少证明我们的生活还有联系，我真的不希望未来的某一天我们会沦为陌生人，或者离开彼此的世界。

这个夜，米彩终究放弃了冤冤相报选择了人人为我、我为人人，她陪我回了那个老屋子，而我也确实是受了凉，躺在床上不停地打喷嚏。

片刻之后米彩为我端来了一碗她煮的姜汤，然后坐在床边看着我，可我对这碗姜汤并不太有信心。

“你喝呀，都是按照你说的方法去煮的，还多加了些红糖。”

“哦，没加毒就好。”

米彩没有理会我的口无遮拦，却看着电视柜上的相框，相框里是不久前从她办公桌抽屉里偷回来的照片。

“昭阳，你能不能把这些照片收起来？”

我重重打了个喷嚏，摇头说道：“不行，你不知道那相框是板爹亲自装上去的吧？”

“啊！……”

“他说照片夹在书里会掉色，就用相框装上了。”

“哦，可是……”

我打断：“你是怕自己那些嘟嘴、卖萌、剪刀手的模样，恶心到别人吧？……其实你多虑了，这个房间除了你我，基本上是不会有人来的。”

“知道了，你爱收不收，反正恶心的是你又不是我。”米彩的语气有些不悦。

我又火上浇油：“每天看，早就恶心不到我了，放着辟邪，晚上睡觉踏实，哈哈……”

米彩不动声色地看着我，却看得我心慌，往往她表现越平静，心里肯定在酝酿着折磨我的想法，可没办法，我就是有点欠，就是爱和她闹。

事实证明米彩倒真没有和我置气，只是催促道：“昭阳，你现在一口气把姜汤给喝完。”

“一口气喝完不把我嘴给烫歪啊？”

米彩质疑着说道：“你真的感冒了吗？姜汤不喝，还有精神笑得和鬼似的！”

我当即从床头的柜子上抽出一张纸巾，擤了一把鼻涕，又递到米彩跟前说道：“看，大鼻涕不会骗人吧，真感冒了！”

米彩不言语，身子却往后仰了仰，与纸巾上的大鼻涕保持着距离。

我有点无趣地将纸巾扔进了纸篓里，抱怨，道：“我这么恶心你，你能给点反应么？”

米彩依旧一脸平静地对我说道：“你这样低级趣味的人，我越答理你，你越来劲……你啊，赶紧把姜汤喝了，我收拾一下该睡觉了！”

我终于收起了那颗作祟的心，端起已经凉了些的姜汤几口喝完，然后将碗递给米彩，米彩接过，准备离去。

“等等……”我看着她离去的背影，喊住了她。

她回眸却未笑：“怎么了？”

我难以启齿，最终选择了一种隐晦的方式问道：“有没有觉得我们之间没有想象中那么接近，就好比现在……虽然在一间屋子，却……”

米彩沉默了一会儿后看着我说道：“也没有想象中那么遥远。”

我注视着她，或许她是对的，我们并不遥远，可却是一片彩色的叶子，落在了一颗卑微的心上，但还是鼓足了勇气说道：“年初一和我回徐州吧，那里过年会很热闹。

“你上次和我说过了。”

“你说你要去美国过年……”

“嗯，可是我现在回来了。”

“所以，你无路可去，只有和我去徐州了……”

“是啊、是啊……我无路可去了，你收留我吧。“

我欣喜若狂，而她笑了笑，在我的欣喜若狂中离开，我却忘记了和她说声“晚安”。

这没关系，因为我从来不喜欢在喜悦中说晚安，因为这会打断我的喜悦。

这个夜，我做了一个梦，梦中一只彩色的蝴蝶落在我的掌心中，如此赏心悦目。我带着贪婪注视着她，却不必担心，因为捕捉后的挣扎而擦掉她美丽的色彩，她一直停留在我的掌心，许久才扇动翅膀，我抬头用目光追随着她，却忽然看到那座晶莹剔透的城池，渐渐与彩色的蝴蝶融为一体。

梦中我便想明白了：也许那只彩色的蝴蝶便是那长发垂肩的女子。

次日醒来时已经快到中午，习惯性地打开手机看时间，却发现了一条乐瑶发来的信息，她让我起床后给她打电话。

我当即给她拨了过去，她很快便接通了电话，我问道：“你有啥事儿？”

“今天中午你约米彩吧，我请她吃饭，再帮你解释一下昨天的事情。”

我笑了笑道：“不用解释了，我们现在没问题。”

“哄好了？”

“不能算哄，但是没问题了。”

“你是怎么做到的？”

我刚想回答，乐瑶却又说道：“是我多问了，如果她真的在意你，一定会原谅这本身就子虚乌有的误会。”

我沉默着，心中也觉得乐瑶说得有道理，此刻我绝对相信米彩是在乎我的，可昨天晚上我却为什么没有表白呢？

我还是有些不太过得去那道坎，因为一片彩色的树叶落在一颗卑微的心上，树叶暂时找到了栖息之地，可卑微的心却怕自己留不住那片彩色的叶子，因为叶子的离开只需要一阵吹过的风，除非我有能力筑起四面围墙，挡住那该死的风，可现在的我够能力吗？

结束了和乐瑶的通话，我还没有洗漱便点上了一支烟坐在床上吸着，烟吸了一半，猛然又想起了乐瑶，如果我带着米彩回徐州了，她怎么办？

她是特意从北京赶回来陪着我的，我总不能让她孤身一人留在苏州，可也不能带她和米彩一起回徐州，因为这太不合适了！

第175章 希望，以后

起床后与米彩一起在小区外的快餐店里吃了饭，然后俩人又坐在便利店门外的电动木马上一边晃荡着，一边商量回徐州过年的事宜。

“昭阳，待会儿我们去商场买些礼物吧，这次不能再空手去你家了。”

米彩坐的那辆木马已经不动，我又帮她塞了一枚硬币，才说道：“不用的，我们家不重这些。”

“不行，你待会儿一定要和我一起去。”米彩很坚持。

“好好好，一起去，马上就去。”

米彩这才笑了笑，一束中午的阳光落在她乌黑的发丝上，随风飘动，我有些失神，心想：如果这个女人以后能够成为我的老婆该有多好！

失神中手机铃声又响了起来，我从口袋里拿出了手机，这些天因为临近过年，信息很多，这条信息是CC发来的。

“昭阳，在干吗呢？”

“骑电动木马玩……”

CC回了一个流汗的表情：“你还有心情玩呀？听米儿说年初一要和你去徐州。”

“有这事儿。”

“那乐大腕怎么办啊？你不会把她扔在苏州吧？”

CC的疑问戳到了我的烦心处，顿时没了玩的兴致，从木马上下来，又坐在便利店前的长椅上，点上一支烟，却更不知道怎么解决这个事情。

半晌给CC回了信息：“你说我该怎么办？要不你给支个招。”

CC好似在想给我支什么招，也过了半晌才回了信息：“我待会儿给乐大腕打个电话，看她愿不愿意回北京。”

“好，回头你和她聊完了跟我联系。”

“嗯。”

片刻之后，米彩驱车载着我向商场驶去，我心思在CC和乐瑶的沟通结果上，一路上也没和米彩说上几句话。

“昭阳，你有心事吗？”

“没有啊。”

为了表现自己没有心事，我开始打量着米彩，最后目光在她的衣服上定格，问道：“你这外套是CHANEL这个季度出的新款吧？”

米彩笑了笑问道：“嗯，好看吗？”

“好看是好看……”

“你继续说。”

“你日常的开销一定很大吧？”

“干吗这么问？”

“随便问问呗，有点好奇你们这类人的生活。”

“能不能不回答？”

我没来得及表态，手机铃声忽然就响了起来，我知道多半是CC打来的，她应该已经和乐瑶沟通过了。

我从口袋里拿出手机，却倍感意外，这个电话是乐瑶打来的。

我接通电话，那头传来了乐瑶听上去很轻松的声音："昭阳，呃……我打电话是告诉你……我下午去丽江了。"

"怎么了？"

"忽然想去散散心。"

实际上我已经明白，她之所以要去丽江是为了成全我和米彩，沉默许久我才问道："是不是CC和你说什么了？"

"和CC没关系，就算她不给我打电话，我也已经决定去丽江走走了，只是酒吧除夕夜的活动要你多费心了。"

"没关系的，不过……你去丽江有人陪吗？"

"为什么一定要有人陪，你不觉得一个人的旅行更自由，更能享受到那份轻松吗？"

我心中有些堵，不愿意去想象她一个人在丽江古镇过新年的模样，尽管她一再掩饰，但那新年时，只是一个人坐在古镇的黄昏中喝茶也必定是孤独、失落的。

"昭阳，我要收拾行李了，先不说了啊！"

"等等……要不你和我……一起回……"

乐瑶笑着打断了我："不用，你就踏踏实实和米彩在一起吧……作为一个交心的朋友呢，真心希望你能找到自己的幸福，也真心希望，以后她会是那个让你快乐、幸福的女人……好了，真的要收行李了……祝你和米彩新年快乐！"

"谢谢，你也新年快乐。"

"嗯。"

电话里传来了"嘟嘟"的挂断音，可是那仅有的一个"嗯"字却让我无法辨别挂电话的那刻她是什么心情，只能祝愿她的丽江之旅可以很愉快。

结束了和乐瑶的对话，我已经记不得刚刚和米彩聊了什么话题，于是再次陷入沉默中。

小片刻后米彩才向我问道："乐瑶要去丽江吗？"

"对啊，她说去散散心……挺好的，过年这段时间，丽江的天气不错。"

"其实心里挺不舍的吧？"

"我吗？"

"对，就是你昭阳。"

"不至于，去丽江而已，又不是上刀山下火海。"

米彩没有再接话，将注意力又放在开车上。

片刻之后我们到达了市中心，可是米彩却把车开到了宝丽百货的停车场。

我有些不解地问道："不去你们卓美购物吗？"

"去宝丽。"米彩说着已经解下了安全带，随即拿起自己的手提包下了车，我也随她下了车。

两人很快便随着拥挤的人群进入宝丽百货，我有些唏嘘，自从离开宝丽百货后，我就再也没有回来过，可毕竟是自己工作了数年的地方，甚至这里每一个商铺在几楼、几区我都了然于心。

上电梯的过程中米彩终于对我说道："昭阳，知道我为什么要到宝丽购物吗？"

我摇了摇头。

"我相信你熟悉这里每一个商铺，我们想买什么东西也就不必费时间找了。"

"难道卓美你不熟悉吗？"

"只能记住一小部分，我很少和商场里的商家打交道，但是你们做企划工作的不一样。"

我点头，米彩说得不错，在宝丽的这几年，我几乎每天都在与商家沟通。

米彩又问我："昭阳，你对商场企划这份工作有感情吗？"

我并没有立即回答米彩，却环顾四周，实际上是有感情的，至少是一份正儿八经的工作，终于点头说道："有，常常为自己有一个好的企划思路而兴奋。”

“嗯，我和陈景明陈总聊过你，他很欣赏你的创意能力，虽然为人散漫了一些，但还是很值得去培养的。”

我笑了笑应道：“原来陈经理是这么评价我的啊！”

“是的……我记得你说过等酒吧走上正轨之后，会另做打算，我相信第五个季节很快就会走上正轨的，你是不是也应该考虑一下自己的未来了？”

我这才明白米彩为什么要来宝丽百货购物，目的就是为了让我触景生情。

果然米彩又对我说道：“希望，以后，你可以来卓美。”

“希望，以后”这四个字此刻看来有些奇妙，因为乐瑶刚刚也对我说过，难道这两个女人都对我的未来有所期待吗？

乐瑶期待我在感情上能够圆满，米彩期待我在工作上有所突破。

一阵沉默之后我终于向米彩问道：“为什么一再和我提起去卓美工作的事情？”

米彩没有一丝拖泥带水地回道：“信任，因为信任，你明白这两个字的含义吗？”

我当然明白米彩为什么信任我，也更明白在这尔虞我诈的商场中，她是多么需要这样的信任，可是我依旧很难决定去卓美工作，就像很难决定和她表白一样。

两人的沉默中，一行人迎面向我们这边走来，正是宝丽百货的CEO杨华清，我看了看米彩，有点好奇苏州这两家最高端百货的CEO是否互相认识，便推了推她说道：“看到对面的那些人没有，走在最前面的是宝丽百货的总经理杨华清。”

第176章 谢谢你维护我

米彩向对面看去，她的目光与杨华清碰在了一起，随即便看到了杨华清的脸上露出笑容，这证明他和米彩是互相认识的。

杨华清在宝丽一众高层的陪同下来到了我们的面前，笑道："米总，您这可是稀客啊！这是来我们宝丽做市调吗？"

面对杨华清略带挑衅的话，米彩回以笑容，以一贯的淡然说道："买些东西。"

"您贵为卓美的总经理能到我们宝丽百货购物，是对我们最大的认可啊！"杨华清又笑着说道，他身后的人也附和着笑。

米彩依旧很淡然："你们宝丽不错，购物环境很好。"

"是吗？和你们卓美比可差太远了，要不然我们宝丽的那几个中层管理也不会跳槽到你们那边去了。"

杨华清的话音刚落，他身后与陈景明有过利益冲突的副总李君仁接话道："听说陈景明到卓美后反而晋升成副总了，以前也不过是我们百货的一个部门经理，这么看来，卓美也没有想象中那么不可逾越嘛！"

米彩终于皱了皱眉，却没有发作，而我已经对这种一唱一和的耀武扬威十分不爽，便向前一步，挡在了米彩的身前对杨华清和李君仁说道："你俩人还记得我吗？……应该记不得，毕竟我只是个小人物，当初在宝丽百货，也就是企划部的一小职员。不过我辞职了，现在天天混吃等死，照李总那狗屎逻辑，是不是证明宝丽更不行，毕竟我情愿做个无业游民，也不愿意待在宝丽混！”

李君仁脸色顿时变得难看，而杨华清则有些诧异地看着我，这两种截然不同的表现是因为李君仁认识我，杨华清则真的不认识。

在李君仁没有发作前，我又对他说道：“李总，你是从事零售行业的，职业素养一定很高，所以我觉得你肯定会认可我刚刚的话，毕竟我现在是宝丽百货的顾客，顾客就是上帝嘛，当然我也是个很文明的上帝，所以刚刚没动手抽你个孙子！”

李君仁脸色煞白，杨华清则示意他在这大庭广众之下克制，他忍耐着，但依旧恶狠狠地瞪了我一眼，之后选择了沉默，我则无所谓地笑了笑。

杨华清看着我，许久低沉着声音说道：“想不到我们宝丽百货曾经还有你这么一个能说会道的职员，但是，我觉得你的离开对公司而言并不是损失。”说完又对米彩说道：“米总，真心希望我们公司弃用的那几个中层管理，能够在卓美大放异彩，很期待看到他们即将为卓美做的贡献！”

米彩很平静地回道：“那就借你吉言了。”

杨华清笑着点了点头，然后带着那帮人从我和米彩的身边绕过，而米彩根本不理会他们的离去，却注视着我。

“干吗这么看着我啊？”

米彩的声音很轻：“谢谢你这么维护我。”

我笑了笑，道：“小事情，我就是不愿意看别人欺负你！”

米彩没有言语，可面色却不是刚刚那般淡然，她带着些许温柔看着我。

我轻轻拍了拍她的肩膀说道：“咱们赶紧买东西吧，待会儿我还得去酒吧准备明天晚上的除夕夜活动。”

“嗯，我也去帮你。”

当离开宝丽百货的时候，我的手中已经提满了大大小小的购物袋。当然，这些都是米彩买的，我也借此对她的消费水平有了一个更直观的了解，只刚刚那一小会儿她便刷了好几万块钱的卡，要不是我坚决阻止了她要送我东西的想法，恐怕那消费的数额还得翻上一番。

在将买好的东西送回到老屋子后，我便和米彩赶到了酒吧，然后又和服务员们一起准备着除夕夜活动中要用到的物料。

快忙到傍晚时，我和米彩才终于得到片刻的空闲，两人坐在一个角落里的位置上喝着东西解渴。

我向米彩问道："你累不累？"

米彩摇了摇头，忽然又想起来什么似的说道："昭阳，这次除夕夜的温情营销是你的创意吗？"

"不是。"我简单地回道。

"这个活动很有针对性，我刚刚看了那些顾客的微博，他们都对除夕夜充满了期待，所以明天的活动效果一定不会差的。"

"但愿吧！"

"那你可以告诉我是谁的创意吗？这个创意真的很不错！"

我终于不再隐瞒，但还是稍稍沉默后才答道："这是简薇的创意。"

这个答案显然有些出乎米彩的意料，许久她才点了点头，说了句"知道了"然后便陷入沉默中。

我明白，哪怕我和米彩还没有走在爱情的路上，但简薇这个名字也是我们两个人之间的禁忌，只是不知道明天晚上简薇会不会来帮忙，记得她和我说过，如果活动当天忙的话，她会来。

夜色又深了一些，米彩去外面帮我买晚餐，我依然在忙碌，忙到乐队的事情上，为了预防出意外，我要提前打电话和小五确认一下明天晚上乐队能不能过来帮忙。

我当即拨通了小五的电话，他很快便接通："喂，昭阳，我正准备给你打电话说事儿呢？"

"怎么了？"

"乐队的鼓手今天买到车票了，明天得回家过年……"

"不是吧！"我顿时有点不淡定，如果是吉他和键盘我还能找到人代替，可如果是鼓手，就真的没辙了，而缺了鼓手，明天的活动一定会有遗憾。

小五却笑了笑说道："你别紧张，我已经给阿吉打过电话了，明天他来代替乐队的鼓手。"

“阿吉？开琴行的那个阿吉？”

“对啊，他没问题的，玩吉他之前就是个鼓手。”

我心中顿时安定，又有些抱歉地对小五说道：“挺不好意思的，让你这除夕夜也不能陪家人过了。”

“是兄弟就别这么说，再说也不是帮你，是帮乐大腕……等她下次回苏州，你得让她好好宴请我们乐队的兄弟。”

“肯定没问题。”

刚刚结束了和小五的通话，米彩便拎着两份外卖回到了酒吧，帮我打开饭盒后才招呼我吃饭。

吃饭过程中，米彩向我问道：“乐队那边你打电话确认过了吗？”

“嗯，确认过了，没问题的……不过明天晚上要辛苦你多唱几首歌了。”

“说什么辛苦啊，能和大家一起玩儿我也很开心的！”

看着米彩期待的表情，我也更加期待了起来，期待明天她的演唱，期待活动可以达到预期的效果，更期待可以度过一个让自己难忘的除夕夜！

第177章 难忘的除夕夜（1）

这个夜晚我和米彩放弃了车子的疾行，徒步晃荡在已经有了年味的街头，我抽烟，她拿出卡片相机拍着自己喜欢的人和景，于是悠闲便烙印在我们的身上，让我觉得这一整年自己都没有像此刻这么轻松过。

抽完了一支烟，我终于推了推身边的米彩说道：“咱们聊一会儿天，行吗？”

“聊什么？”米彩说着又帮我拍了张照片。

“聊之前能不能把你的相机给收起来？随身带相机可不是什么好习惯！”

米彩不解地问道：“不是好习惯！这有什么说法吗？”

我笑道：“你知道一个陈姓的男演员吗？他就爱带着相机，相机这东西是邪物，容易弄出惊天动地的大事情。”

“什么惊天动地的大事情？”

“你真不知道？”

“我只知道你现在看上去神叨叨的。”

“反正你把相机收起来就对了，尤其是女人更不能随身带相机，有伤风化！”

米彩没有再理会我，依旧手持相机乐此不疲地拍着街景，于是我更无聊了，想再点上一支烟，却感觉嗓子干燥、难受。

无聊中我踢着地上的空易拉罐，一直踢到这条街的尽头，直到一阵强风吹来，吹走了易拉罐，又将我的无聊吹大了一倍，让我不堪忍受，终于趁米彩不备从她的手中抢过了相机。

“昭阳，你干吗呀？”

“看看你拍的啥东西。”

我说着开始翻看起相机里的照片，却倍感意外，因为照片里大多是年轻的父母带着可爱的孩子，而不是我所以为的街景。

“你很喜欢孩子吗？”

米彩点头，道：“喜欢啊，如果以后我有了baby，他就是我的全部。”

我嘲笑，道：“你一点都不像新时代的女性，要知道，有了孩子后，生活的空间就会被挤压，所以现在都流行丁克！”

“关我什么事，我喜欢baby就行！”

“好吧，毕竟人各有志……不过我觉得：你的baby一定会很漂亮！”

米彩好似对这个话题很感兴趣，追问道：“有多漂亮？”

“就像你这么漂亮啊！白得好像是瓷做的……你说你怎么能这么白呢？还不是林妹妹的那种病态白！”我说着又从头到脚地打量了米彩一遍，想象着她夏天的模样，说来我们是在秋天认识的，还真没见过她穿短裙的模样，想必那时候的她会更美。

米彩没有理会我的感叹，又向我问道：“那你喜欢baby吗？”

我很认真地在大脑里虚拟出一副画面，画面中米彩是我的老婆，我们一人抱着一个baby，顿感温馨和甜蜜，赶忙点头说道：“喜欢，特别喜欢！”

“那你不怕有了baby后生活空间被挤压了吗？”

“我脑袋被门挤了，才怕被挤压呢？我刚刚说的只是那些不想要孩子的新人类，是特指，不是泛指！”

米彩笑了笑，好似对我的这个回答还算满意，于是我又装模作样地感叹道：“唉……要是以后谁能娶你做老婆得多幸福啊，不过我觉得你对自己未来老公的要求一定很高！”

“对我好，对我们的baby好，就可以了！”

我嗤之以鼻：“得了吧！女人都是这么说的，实际上呢？隐性要求成堆似的在肚子里憋着，别以为我不知道！”

米彩似笑非笑地说道：“你看上去很懂女人的样子嘛！”

我下意识地回道：“那当然，因为类似的经历我有，女人总是表现得几乎没有要求，实际上却是最难满足的！”

“我不认同这个说法，因为你还没有真正理解那好的含义！”

“那你说真正的含义是什么，我愿意洗耳恭听！”

米彩沉默片刻后才说道：“所谓好，是要用一辈子去付出的，而不仅仅是一个承诺，或者只是一个阶段的好……”

“如果有一个男人能做到呢？”

“那我就愿意嫁给他，做他的妻子，为他生baby！”米彩说完看着我。

她的话让我一阵阵悸动，继而迫切地想表达自己，可最后还是选择了沉默，因为就像米彩所说，“好”并不只是一个冲动之下的承诺，而是一辈子的付出，真真切切的付出。

渐渐平复了心情后，我才对米彩说道：“你一定会遇到那个用一辈子去对你好的男人……然后你就嫁给他，为他生baby吧。”

米彩点了点头，随后沉默，而我终于将相机还给了她，两人又踩着路灯的光影走在了另一条街上。

快要走过第二个街区，我才又向米彩问道：“明天晚上唱什么歌想好了吗？还是准备即兴发挥？”

米彩摇了摇头，道：“还没有想呢，要不你给我点建议吧。”

“嗯，来两首�子的《春分》和《立秋》吧，这两首歌很应景，毕竟酒吧是以季节为主题的。”

“没听过，不过我可以学。”

“好，晚上回去我把这两首歌的吉他谱给你，你提前练一下吧。”

“好啊，不过你送给我的那把吉他，我放在柳岸景园那边的屋子里了……”

我立即打断：“那我们现在就过去拿吧。”

“我的意思是用你的那把吉他，你不觉得现在去那边拿很麻烦吗？”

我慌张地说道：“不觉得啊，而且那把吉他你还没有上手的吧，正好借今天晚上这个机会熟悉一下嘛！”

米彩皱了皱眉：“怎么，是不是因为那把吉他是你初恋女友送给你的，所以别人就不能碰？”

我心中大呼“冤枉”，虽然曾经的我的确不愿意让人碰那把吉他，但现在已经用来和阿吉换了另一把吉他，此刻完全不再属于我，甚至我怀疑阿吉已经对那把吉他做了改装，毕竟上面刻有我和简薇的姓名。

我板着脸对米彩说道：“你干吗把事情想得这么复杂！咱们有必要为了用哪把吉他而争执不休么？”

“我也不愿意和你争执，只是你太讨厌了，每次就好像故意要和我作对似的……我不管，今天我就要用你的那把吉他！”

看着米彩坚决的模样，我忽然有了一种骑虎难下的感觉，但她的这个要求，现在的我实在没有办法满足，于是又快速思考着应对的办法。

第178章

难忘的除夕夜（2）

片刻的思考之后，我决定用曾经应付简薇的谎言应付米彩："那把吉他被CC带到北京去了，罗本要用。"

"是吗？"

我又是一阵慌张，毕竟米彩不是简薇，最厌烦被欺骗的她可能真的会打电话找CC求证。

毕竟是一个心理素质过硬的男人，很快掩饰慌张，笑了笑说道："是的，你要不相信，现在打电话找CC求证就是了。"

"可是你刚刚为什么不说？"

"现在说也不迟，都和你说了，你要不信就给CC打电话。"

"打电话就算了，已经这么晚，不想打扰她和罗本。"

我心中顿时就松了一口气，随即又对她说道："你还是回去拿一下吉他吧，咱们争取今晚就把这两首歌练熟。"

"嗯。"

老屋子里，米彩手持吉他坐在椅子上，我则坐在对面的沙发上为她举着吉他谱，让她练习。

飘荡的歌声中，我有些失神，又想起了这两首歌的原唱筠子，心中弥漫着遗憾，这是我很喜欢的一个女歌手，那首《立秋》被她唱出了伤感童话的味道，曾经震撼了我许久，可这样一个女歌手最后竟选择了用自杀的方式结束了自己的生命。

米彩忽然停止了演唱，她向我问道：“昭阳，你怎么看上去心不在焉的呀，是我演唱的感情不对吗？”

“不是，和你没关系，只是想起这两首歌的原唱，当年她那张《四季》的专辑，我循环听了很久。”

“四季？难道你第五个季节的灵感就是来自于这张专辑？”

“有一定影响吧，曾经很喜欢歌词中的意境……不过，这个歌手自杀了！”

“啊！为什么要自杀？”

“可能是感情吧，不太清楚，也不重要……唉！活着真的艰难到要靠自杀的方式去解脱吗？”我忽然伤感。

米彩不言语，眼神中却流露出悲痛，这源于她也曾遭受过生活的剧痛。

许久她才向我问道：“昭阳，你说生活中为什么有那么多的生离死别呢？”

“宿命，谁都逃不过宿命，终究有一天我们也会离开这个世界的！”

“生命苦短，所以我们活着的每一天都要让自己快乐！”

“是啊！可是快乐谈何容易呢，人始终是一种充满欲望的动物，只要有欲望就一定有痛苦！”

“那欲望又来源于何处呢？”

“人之本性，如果某一天你忽然对这个世界没了欲望，你也就不会留恋人的生活了，这看上去是个悖论，可事实就是如此，我们为了欲望痛苦，又因为欲望而生存！”

米彩若有所思，片刻后笑了笑，道：“昭阳，你看问题挺深刻的，这个时候的你，一点也不像我们第一次见面时那样。”

“那样不堪吗？”

米彩没有直接回答，表情却带着些回忆说道：“你给了我很多种感觉，我很难形容出这些感觉，但你在我眼中却越来越真实。”

“你也给了我很多种感觉，可是却越来越虚幻，为什么……为什么你会是一个这么完美的女人呢，完美到不真实！”

我因为这特定的环境，说出了自己一直以来对米彩的感觉，然后静静地看着她，看她会说些什么。

“所谓的完美只是你眼中的，我也会因为无助而一个人在夜晚躲在被子里哭泣……”

“哪怕你哭泣也是一个美丽的童话！”

米彩有些无语地看着我：“昭阳，你怎么这么肉麻啊？”

“有感而发！你太白了，就像白雪公主！”我很没有逻辑地回道。

米彩：“……”

“你说你为什么能这么漂亮呢？每次我们在一起，无论认识的不认识的人，都说你太美丽了，我就一绿叶陪衬着你，可能绿叶都算不上！”

“你现在很肤浅哎！……”米彩终于不耐烦地感慨道。

“肤浅就肤浅，谁让你那么白，那么漂亮，全苏州你最漂亮！”

“受不了你了……我们练歌可以吗？让我明天晚上唱好这两首歌，不辱没了那位你喜欢的女歌手！”

我终于正色说道：“她叫筠子，一个能把歌唱成童话的歌手！”

“嗯，记住了，她叫筠子。”

这个夜，我们一直练歌到深夜，可我一点也不觉得疲倦，好似随着米彩的歌声穿梭在四季的变迁中，她对这两首歌的演绎同样很有意境，却又区别于筠子，我相信，明天的她一定会给那些顾客们带去许多惊喜。

已经是深夜的一点，我用胖大海和蜂蜜给米彩泡了一杯热茶，让她润嗓。

米彩喝了一口对我说道：“我发现你其实还是蛮贴心的，你对我很好。”

“你真这么觉得？”

“对的。”

我故作小心翼翼地问道：“那按照你前面的说法，是不是意味着你愿意做我的老婆，给我生baby？”

哪怕我曾经口无遮拦说一些没羞没臊的话，米彩也表现得很淡然，但这次忽然就脸红了，然后回避着我的目光，久久不言语。

“你说啊，能不能做我的老婆，给我生baby？”

“不能。”

米彩的答案并没有让我沮丧，因为刚刚我那么问她，以开玩笑成分居多，心中更没有期待她会怎样，但还是笑了笑向她问道：“为什么不能？”

“因为你对我时好时坏，谁知道哪天我为你生了baby，你会不会忽然异变成坏的那面。”

尽管知道米彩的话也是以玩笑成分居多，但还是让我心中产生了一种奇异的感觉，尤其是那句“谁知道哪天我为你生了baby”，好似真的让我脑海中浮现出某天她为我生了baby的画面。

我想：如果真的有那一天，我一定会是这个世界上最有幸福感的男人，从此不必再被任何欲望所困扰，因为她已经给了我想要的全部。

次日，我和米彩在下午时分便来到了酒吧，而服务员们也已经严阵以待，具体统计了一下，今天晚上来第五个季节过除夕夜的顾客足足有168位，庞大的人口基数已经决定这会是个很热闹的除夕夜。

大约下午五点钟的时候，小五也带着乐队的几个成员来到了酒吧，没来得及喘口气便投入到紧张的设备调试中。

我趁空隙叫来了小五，向他问道：“今天晚上阿吉那边没有问题吧？”

小五特肯定地说道：“你就放一百二十个心吧，估计这会儿他已经在来的路上了！”

我点了点头，小五却忽然拍了拍我的肩膀说道：“昭阳，你看后面，是你的前女友吗？”

我下意识地转过头，顿感意外，此刻向我这边走来的真的是简薇。她兑现了之前的承诺，在这个除夕夜过来帮忙了。

简薇就这么站在了我的面前，而为了迎合过年的气氛，她穿的是一套红色的女款唐装，看上去很应景，也很漂亮。

第179章 难忘的除夕夜（3）

我与简薇对视了许久，才向她问道："你今天不陪家人过除夕夜吗？"

简薇笑了笑，道："12点之前赶回去就可以了……新年快乐，昭阳！"

我也回以笑容："新年快乐……谢谢你今天能过来帮忙，先找个地方休息一下吧。"

简薇点了点头，随即在旁边找了个座位坐了下来，而米彩就坐在她的附近，两人点头示意后便没有多余的交流。

大约六点的时候陆续有一些顾客来到酒吧，他们在工作人员的安排下，开始在设置出的活动区域包饺子、做汤圆，而那些刚刚张贴起的对联和亮起的灯笼顿时让现场有了过年的气氛。

我来到简薇的身边，将活动的台本递到她面前，说道："待会儿你来客串主持人，行吗？"

简薇拿起台本看了看，点头说道："没问题。"

"那就麻烦你了。"

简薇放下了台本，语气有些不悦地说道："昭阳，能不能别把我当成一个局外人，又是谢、又是麻烦的，我也希望今晚能度过一个难忘的除夕夜，所以我是一个带着希望来的参与者。"

我冲简薇抱歉地笑了笑，又说道："你说得对，是我狭隘了，那就希望今晚我们都能度过一个难忘的除夕夜。"

简薇这才点了点头，拿起台本继续看了起来，然后在台本上写着主持时要用到的串词。

我又来到米彩的身边，此时的她也没有闲着，正默记着《春分》和《立秋》这两首歌的吉他谱。

“昭阳，乐队的鼓手怎么还没有来呀？这两首歌这么小众，他要是没听过，待会儿很难配合的。”

我嗤之以鼻地笑道：“所谓小众只是针对你们这部分人，我们这些玩音乐的，谁不熟悉这两首歌！”

米彩被我说得有些不好意思，半晌才对我说道：“你们这些人都是怪咖，专找那些生僻的歌听！”

“对啊，不找生僻的歌听，怎么表现个性？”

“个性需要刻意去表现吗？”米彩很疑惑地问道。

“当然，你以为谁都像你这样与生俱来就有个性啊！……我们的个性基本上靠装，也就是通常所说的逼格。”

“逼格是什么意思？”

“就是装逼的能力，给你举个例子，比如那个琴行的老板阿吉，你说他为什么留着一头老娘们似的长发？……就是为了装逼啊，但说实话，他的逼格不算高！”

米彩点头说道：“我懂了，那你们这帮一起玩音乐的朋友中，谁的逼格最高？”

“罗本……说到逼格，他是不可逾越的存在！”

米彩很感兴趣地追问道：“为什么是他呢？”

“给你说两个他的段子，你注意他平常抽什么烟了吗？”

米彩摇了摇头。

“3块钱一包的红梅，这就是绝对的逼格，上次他那红梅掏出来给人家收破烂的抽，人家都不乐意，直接掏出一包10块的白沙给他来了一根，末了还说了一句：小伙子你咋穷成这样了，我收了这些年破烂，还真没见过有年轻人抽这烟的！”

米彩抿着嘴笑。

我又继续说道：“还有，他爸一直以为他在苏州有正儿八经的工作，每次来苏州看他，他就起大早，然后西装革履，夹个公文包和人家那群上班族一起去挤公交车……这逼格高得简直让人不敢直视！装逼都装到他老子身上去了！”

这次米彩终于忍不住笑了出来，道：“哈哈……西装革履，夹个公文包，想起他那模样，真的很好笑！”

米彩的笑声引得简薇向这边看了看，不过很快便转移了视线。

又和米彩聊了几句之后，我抬手看了看手表，此时已经快6点半，按照事先的安排，活动马上就要开始了。

我冲小五喊道：“小五……阿吉怎么还没有到，你赶紧给他打个电话催催。”

小五带着些焦躁说道：“刚打过，没人接……”

“什么情况？”

“你先别急，可能这会儿路上有点堵，我再打过去看看。”

我点了点头，这个时候隔壁不远处的简薇又向我招了招手，示意我过去。

我又来到简薇那边，在她对面坐了下来问道：“怎么了，是不是台本有问题？”

“台本没问题。”说着又将台本递给我，“我在台本上写了一些串词，你看看行不行，不行的地方给点意见。”

我从简薇的手中接过台本看了起来，简薇好奇地问我：“你们刚刚在聊什么呢？”

“随便聊了些。”

“不随便吧，能把她给逗乐，可绝对不是一般的话题。”

我下意识地往米彩那边看了看，想想也是，在我们相处的过程中，她“哈哈”大笑的次数，一只手都数得过来。

我笑了笑，于是把刚刚和米彩聊的内容又向简薇复述了一遍，而简薇只是微微笑道：“你的那帮朋友包括你都有点闷骚！”

“闷骚就闷骚……”

我的话音刚落，阿吉忽然便出现在酒吧里，然后走到小五面前抱怨着说道：“你孙子可把我给坑惨了，非说要用我这把吉他，弄得我半途折回去拿，路上车子被一货车给蹭了，车身瘪了一大块！”

“你那车不是上全险了么，蹭了也是保险公司赔钱，你心疼个啥？”

“今天是大年夜，出这事儿就不吉利！”

“你孙子就别迷信了，赶紧把吉他拿来给我爽爽！”

阿吉又嘀咕了一句，这才从背上将吉他盒拿了下来递给了小五。

忽然，吉他盒背面的那两根醒目的银色线条出现在了我的视线中，而简薇和米彩的目光也几乎在同一时间看向了吉他盒。

我的体内骤然升起一阵恶寒，此刻阿吉带来的这把吉他，正是当初简薇送给我的，因为吉他盒上那两根银色的线条也是独一无二的。

我飞快地离开了座位，然后来到阿吉和小五的面前，此刻我只能寄希望于米彩和简薇没有看到吉他盒背面的那两根银色线条，毕竟刚刚我也只是在一闪而过中看到了，而此刻吉他盒的背面正对着小五的身体，恰巧挡住了两根银色的线条。

我压低声音对阿吉说道：“你这孙子，尽他妈给我惹事儿，这把吉他你带来做什么？”

阿吉环顾四周忽然发现了坐在不远处的米彩，也意识到自己不该带来这把吉他，压着声音对我说道：“这事儿坏在小五身上，是他非要用这把吉他。”

小五有些不明所以地看着我和阿吉。

我又急忙说道：“小五，你赶紧抱着这把吉他去后台，别用了，这是我前女友送给我的吉他，你知道的！”

小五看了看简薇，这才恍然大悟，道：“我操……我怎么忘了啊！”

“你别说话了，保持现在这个姿势抱着吉他，别让她们看到后面的银色线条，然后赶紧去后台！”

第180章 难忘的除夕夜（4）

小五在得到我的指令后，当即转过身以一个极其别扭的姿势抱着吉他向后台走去，可我心中的忐忑却丝毫没有减少，因为我不确定米彩和简薇是否看到了那两根银色的线条。

我故作平静地回到简薇身边，她看上去比我还要平静，修长白皙的手指轻轻地敲击着桌面，而注意力却在台本上，看样子并不打算再和我说些什么。

半晌我终于向她问道："你台本看得怎么样了？"

简薇笑了笑，道："差不多了，活动准备什么时候开始？"

她的笑容终于让我松了一口气，也笑着回道："七点准时开始。"

简薇看了看时间，道："还有20分钟，我再把台本过一遍，你去忙你的吧。"

我点了点头，随即离去，然后又来到米彩那边，刚刚才平复的心情又开始忐忑了起来，但还是一副很平静的模样问道："你那两首歌准备得怎么样了？"

"没什么问题了。"

看着她淡然的模样，我心中又松了一口气，笑了笑才说道："那就好、那就好……"

"为什么连说两个那就好？你是害怕我会演砸吗？"

我真感谢米彩主动给了我一个这么好的理由掩饰慌张，连忙点头说道："对，就是怕你演砸了，毕竟你以前没有接触过这两首歌。"

“放心吧，不会演砸的。”

米彩说完后对我微微一笑，而我因为这个笑容更加宽心了些，也确定吉他的风波就这么有惊无险地化解了。

时间很快便到了晚上的七点，酒吧外面也已经响起了密集的鞭炮声，新的一年还有几个小时便要到来了。

活动正式开始，服务员为顾客们准备好饮食，而简薇也站在小舞台上主持这场小型晚会，照例代表酒吧为顾客们送上新年寄语后，便进入到活动的正式环节。

首先上去献唱的是米彩，演唱曲目则是那首《春分》，她的演唱不负众望，很快就带来了第一个小高潮，很多顾客也附和着她去唱，而现场很多人会唱这一首歌也证明了来这里消费的顾客有着很强烈的文艺倾向。我也因此更相信，这个酒吧会成为这座城市一部分人心灵栖息的地方。

米彩演唱结束后，很多顾客要求与她合影，实际上米彩在酒吧里的多次演唱，已经培养了一小部分忠实的歌迷，米彩心情似乎不错，并没有拒绝这些人的合影要求，甚至还陪他们喝了几杯酒。

而简薇的主持人工作也做得很到位，活动的中途又煽动有才艺的顾客们表演节目，现场气氛在她的调动下始终非常活跃，而这也让我一度以为她的情绪很好，直到九点活动结束后，才发觉自己错了！

此时是晚上的九点半，酒吧里顾客们依旧情绪很高地喝酒、聊天、唱歌，我则来到酒吧外面为简薇送行。

呼吸着室外新鲜的空气，我点上一支烟才对简薇说道：“这次你必须让我说声谢谢，今天晚上的活动你真的帮了大忙！”

“是吗？”简薇皱了皱眉。

她的皱眉让我以为自己出现了幻觉，毕竟从离开酒吧前笑容几乎没有在她的脸上断过，于是我没有太在意，又叮嘱，道：“你路上开车慢点，现在离12点还有好几个小时呢，肯定能赶到上海的。”

简薇的眼眸忽然闪烁着泪光，她紧咬着嘴唇看着我。

这一刻我才终于肯定，刚刚她的皱眉并不是我的幻觉，随即关切地问道："你怎么了？"

一阵极长的沉默之后，简薇终于向我问道："昭阳，关于那把吉他，你不打算和我说点什么吗？"

我心中顿时一紧，重重吐出一口烟才问道："你都看到了？"

简薇含着泪却带着讽刺笑道："那个吉他盒子的每一处细节都深深地刻在了我脑海里，你是不是以为遮住了那两根银色的线条我就认不出了？"

"可你？……"

"可我为什么还装作若无其事，对吗？"

我心中堵得慌，但还是点了点头，我确实想知道是什么力量支撑她做出一副若无其事的模样。

"我不想因为自己的情绪搞砸了你的活动，但是现在活动结束了，你必须给我个解释，你之前说吉他被CC带走了，为什么却出现在那个鼓手的手中？"

我掐灭掉手中的烟，又接上了一根，许久才低沉着声音说道："吉他我卖给他了。"

一直在简薇眼眶里转动的泪水，霎时就顺着她白皙的脸颊落了下来，她带着痛苦哽咽着问道："你为什么要卖了这把吉他，又凭什么卖？"

"这把代表着过去的吉他我不想留在身边了，可以吗？"

简薇点了点头："对，你说得对，代表着过去的东西，我们都不应该留在身边！"

我又重重吸了一口烟，心中沉闷到不知怎么去回简薇的话。

简薇忽然放下了手中的手提包，然后坐在了地上，脱掉了自己的红色长筒皮靴……

我震惊地看着她，不知道她要做什么。

这个时候她又脱掉了自己的袜子，然后我便看到了她脚脖子处的那条彩金脚链，回忆顿时翻涌了起来，因为这条脚链是多年前我用在酒吧驻唱挣到的钱，买了送给她的。

简薇解开了脚链，然后起身，赤脚站在冰冷的地上，将脚链递到我面前言语冰冷地说道："这条你送给我的脚链我现在还给你……那把吉他也请你还给我。”

“你先把鞋子穿上行吗？这样肯定要着凉的！”

简薇一点也不理会我的关切，眼眸中依旧有泪，声音却充满坚决：“从我手中拿走这条脚链。”

因为极度的寒冷她赤着的脚已经开始痉挛，然后站立不稳倒在我的身上，此刻不容我多想，从地上捡起她的鞋袜，双手抱起她向她的车子走去。

当准备打开车门的那一刹那，却在车子的后视镜里看到了身后正站着的米彩。

我没有多想，拉开了车子的车门，然后将简薇抱了进去，这才对她说道：“吉他的事情我确实做的不妥，如果真的不愿意留在自己身边也应该还给你，而不是卖掉……你放心，我会拿回那把吉他再交还给你的。”

“好，等着你把吉他还给我。”说完她便将那条脚链塞在了我的手上，然后将我推开，关上车门，鞋袜甚至还没有穿上，便启动了车子，然后在我的身边拉出一道气流，彻底消失在了视线中。

第181章 冷的是心

带着简薇体温的脚链，很快在我手中没了温度，我感觉自己好像赠送给了她一场空欢喜，按照原先的剧本，这除夕夜是不应该这样度过的。

我将脚链放回到自己的口袋里，转过身，米彩还在原先的地方站着，冷风吹得她发丝飘动，在这极寒的夜晚，她看上去是那么的单薄。

我迈着沉重的步子向她走去，却并不认为她会介意刚刚那一幕，因为我们自始至终没有开始过，所以也就不会有那些恋人之间才会有的负担。

我来到米彩的面前，冲她笑了笑，这才说道："风这么冷，干吗站在外面啊？"

"天上吹来的风就算再冷，也只是冷身体，人吹起的风，冷的却是心……"

我还沉溺在刚刚的恍惚中，半晌才向米彩问道："这话我该怎么理解？"

"随便你怎么理解，不过我们该进去了，很多顾客还等着和你这个酒吧老板喝几杯呢？我是替他们出来喊你的。"

"哦。"

我应了一声，米彩已经低着头向酒吧里走去。

我看着她的背影，又向天际处看了看，那不间断在空中爆裂的烟火阻碍了我的视线，于是目光便停留在那闪烁的绚烂中，我有些眩晕，在眩晕中感觉到风吹来的彻骨寒意。

我掖了掖衣服，又给自己点上了一支烟，或许这个夜我是等不来春天吹起的风了，我的心好似被一阵莫名的力量困在这寒冬里，而时间也带不走我，走进那春天里，尽管春天近在眼前。

这个夜我喝得烂醉如泥，甚至不知道自己是怎么回到住处的，直到次日早晨在鞭炮的炸裂声中醒来。

我在床上坐了很久，这才想起今天我该回徐州了，回去给板爹和老妈拜年，我想此刻他们是等待着我的，也等待着米彩。

我立刻穿上衣服起了床，没有去卫生间洗漱，直接去敲了米彩的房门，一边敲一边说道："新年快乐……新年快乐，你起床了没？"

久久没有人回应，我这才扭动房门的把手，却发现被锁死了，随即心中升起一阵不太好的预感，赶忙翻箱倒柜找到房门的钥匙，打开后却愣住了。

房间里根本没有米彩的影子，被子却叠放整齐，也就是说，此刻米彩并不在这间屋子里，也可能昨晚她把我送回来之后便离开了。

这时，我才明白那句"天上吹来的风就算再冷，也只是冷身体，人吹起的风，冷的却是心……”是什么意思。

我也明白，是我和简薇的纠缠不清刺痛她的神经，所以她在这新年的第一天选择避开我。

可是她避到哪里去了呢？

带着些沮丧回到了自己的房间，想给米彩打一个电话，却意外发现放在柜子上的手机下压着一张便条。

我当即抽出了便条，和预料的一样，的确是米彩留给我的。

“昭阳，我去叔叔家过年了……祝你新年快乐，也代我向你爸妈说声新年快乐。”

看着文字后附加的笑脸表情，我只感觉自己的心在瞬间被刺透，然后那后知后觉的痛苦挡也挡不住地将我淹没。

我明白：她的骄傲让她的眼里容不得一粒沙子，她的缺乏安全感又让她敏感、多疑，所以她和我一样，一直用一道自我虚设的围墙将自己隔离在爱情之外，她渴望接近我，却又害怕接近一个不纯净的我。

所以我一直以来的担忧和自卑并不是空穴来风……我所有的痛苦来源于我喜欢她，却又不是她心中最需要的那个男人。

我将这张便条折叠好放进了柜子里，在大清早便给自己点上了一支烟，然后半躺在床上吸着，却不想和米彩解释些什么，因为她也没有质问我什么。

再者一份爱情如果靠不停的解释得来，又有什么意义？

这一刹那，我忽然不愿意再对米彩抱有任何期待，情愿与她保持默契忘掉之前的暧昧，做个普通朋友就好。

做了这个决定之后，我霎时好像丢掉了一个沉重的负担，随即掐灭自己手上的烟，然后打开微信给她回了信息：“也祝你新年快乐……回苏州后再联系！”

发完信息，我将手机装进了口袋里，然后简单收拾出一份行李，开着那辆奥拓驶上了回徐州的路。

漫长的路上，我多少感觉孤独，心中或多或少有些遗憾，但也庆幸，庆幸昨晚简薇的事件给我敲响了警钟，更让我看清了自己。

我凭什么带着一段狼藉的过去和一具与许多个女人有染过的躯体去玷污

米彩的纯净？

如果说我心中有那座晶莹剔透的城池，那么米彩也一定有，可我却没有资格成为她那座城池里的男人。

如果我真的喜欢她，就应该有自知之明地默默守护在她的身边，直到她遇见那个应该和她在一起过一辈子的男人。

直到下午的两点钟我才回到了徐州这座久违的城市，站在家门口时却不太好意思按下门铃，毕竟前面我已经和板爹说过会带米彩回来，可现在我失信于他了，想必他是要失望的。

足足站了一分钟，我才按下了门铃，给我开门的是老妈，她左看右看，问道："昭阳，你爸不是说你要带个靠谱的姑娘回家给我瞅瞅的吗，人呢？"

我嬉笑着抱住了她，说道："妈，新年快乐啊！……我可想你了！"

老妈推开了我，终究也没有和我发作，无奈地说道："你啊……去苏州这么久，也没见你变得靠谱些！"

"是啊，所以我总是找不到靠谱的姑娘。"

老妈叹气："唉……拿你没有一点办法，先进屋，我去给你热饭菜。"

走进屋子里，板爹坐在沙发上回看着昨天晚上的《春节联欢晚会》，见我回来了，下意识地往我身后看了看，这才放下遥控器问道："小米呢？不是说一起回来的吗？"

我依旧嬉笑，道："是啊，可是她临时去她叔叔家过年了……呃……也挺好的，毕竟有她的家人陪着她嘛，比来徐州过年好多了！"

我的刻意解释让板爹皱了皱眉，一向木讷的他，此时的表情却比老妈听到这个消息时更失望，这让我意识到：自从我和李小允有过一段恋情后，老妈便对其他的姑娘不感冒，而板爹却始终认可米彩，也许在这一点上他们俩是有分歧的，但这种分歧却让我产生了更大的压力，因为此时看来，无论是李小允或是米彩，都不太可能和我在一起。

而除了感情，当务之急，我最该想的，或许是如何赎回那把吉他，然后还给简薇。

第182章 荒唐的人生

我坐在桌旁吃着老妈热好的饭菜，老妈则坐在对面陪着我，板爹依旧保持着原有的姿势坐在沙发上看电视。

心不动则不痛，所以我没有让情绪影响自己的胃口，在饥饿感的支配下狼吞虎咽地吃着。

“昭阳，知道过完这个年你多大了吗？”老妈终于开口和我说了第一句话。

“27。”

“嗯，还没活糊涂！”

我停止了咀嚼，看着老妈，半晌说道：“妈，我怎么感觉你老把我当傻子啊？平常也就算了，这新年开头的第一天合适么？”

“你要不傻，能做出那么多不着调的事情吗？你告诉我，27岁的男人应该是个什么样的生活状态？”

“娶妻生子，稳定事业，这回答靠谱么？”

“靠谱是靠谱，但是你看看自己，现在这个八个字和你有一点关系吗？”

我底气不足地摇了摇头说道：“没有……但是从去年下半年开始我就一直遵循着这八个字苦苦努力着，这点您可千万不能否定我。”

“我不否定你，但是你要告诉我你努力后的成果。”

“妈，这又不是一蹴而就的事情，哪能这么快就有成果的？”

“怎么说你，你都有法子狡辩过去……这大过年的我也不想唠叨你，就问你一件事情。”

“您问，我保证给您一个着调的说法。”

老妈点了点头说道：“你告诉我，忙完苏州那边的事情，到底打不打算再回徐州？”

“这个……这个我现在还真没底。”

老妈的面色顿时变得不悦：“你这不着调的孩子，我也不指望你自己醒悟了，这个主我替你做，我再给你两个月的时间，两个月后你给我回徐州……正好我和你爸也用这段时间，问亲戚朋友们借点钱，帮你交个房子的首付，以后你就踏实待在徐州找份工作，自己还房贷！”

“妈，房子的事情我怎么能让你和我爸操心啊，都这么大年纪了，我真不落忍，就算买房子，也是我自己想办法……”

老妈一声冷笑：“自己想办法？等哪天徐州房价降到两三千一平，我还得掂量掂量你行不行。”

我顿时脸上无光，更知道老妈手段的高明，她就是想用一套房将我彻底困死在徐州，假如真的买了房，有了高额的房贷，我想不老实也不行了。

可是又有什么办法，我这不堪的几年，早就让老妈彻底对我失去了信心，想来我也真够失败的，失败到没有人再愿意给予我一丁点信任。

一直沉默的板爹这个时候终于发了话，他对老妈说道：“借钱买房我不同意，这个事情应该让他自己解决，我们供他读完大学，已经尽了为人父母的义务。”

“老昭，你这么说就不对了，我们忙了一辈子不就为了儿子吗？给他买房不是为了纵容他，而是给他身上加点压力，要不然他不知道收心。”

“他的路让他自己走，你这么搀着他、扶着他，他一辈子都走不稳。”

“老昭，你怎么就这么宽心呢？我告诉你，咱这不省心的儿子变成现在这样子，一半原因就是你给纵容的，要是你当初肯多管管，他也不至于和小允弄掰了……多好的一个姑娘，我现在想想都心疼！”

我心中感到窝囊，更害怕两人在年初一为了我的事情吵起来，赶忙说道：“板爹、妈，你俩千万别吵，尤其是别为了我，真不值得……”

板爹没有言语，老妈却气不过地说道：“昭阳，你要不想看到咱们这个家弄得鸡犬不宁，就赶紧给我踏实下来。”

“妈，您就说怎么才算踏实下来吧？我听您的还不成吗？”

老妈又坐回到椅子上，对我说道：“我待会儿给小允打电话，晚上你们找个地方约着聊聊，看看小允现在是什么想法。”

我顿感无奈，半晌苦笑着说道：“您说我还好意思去找小允吗？”

“你一个男孩子怎么就这么多不好意思啊？我现在就给小允打电话，要是小允说不愿意见你，我绝对不勉强你，要是小允愿意，你晚上就出去和她见上一面。”

老妈说完后根本不给我说话的机会立刻拿出手机拨通了李小允的电话。

片刻之后电话接通，老妈说了几句话后便将电话递给了我，说道：“小允要和你说话，你看看人家一姑娘都不像你这么扭扭捏捏的！”

我有苦说不出，李小允当然不用扭捏，因为她从来没有对不起我，而我却愧对她。

从老妈的手中接过电话，我顿感心跳加速，拼了命在脑海中想着开场白，却在将电话放在耳边的那一刻彻底沉默了，直到电话那头传来李小允那陌生又熟悉的声音。

“昭阳，你在听电话吗？”

“嗯……这个，那个……我在听！”我的第一句话说得语无伦次。

李小允笑了笑，道：“在苏州过成结巴了？”

被李小允开了一个玩笑，我终于轻松了些，这才以正常的语调，说道：“没结巴……新年快乐啊，小允！”

“新年快乐。”

我再次陷入沉默，因为分手的两个人不能说过去，也不能谈未来，实在是找不到话题。

老妈向我使着眼色，而我也亟待解决这尴尬的沉默，便索性让老妈如意，终于对李小允说道：“今天晚上有空吗，我请你喝咖啡。”

李小允笑了笑，却没有说话。

我赶忙说道：“你要没空就算了，不必勉强的！”

“有空是有空，但是你得告诉我，这次是不是又空手而来，最后让我买单！”

面对李小允的调侃，我心中一阵窘迫，一阵难过，此刻想来李小允真的是一个很不错的姑娘，在第一次见面时就迁就着我的贫穷和落魄。

沉默许久后，我用开玩笑的语气说了一句极其认真的话：“放心吧，我还是攒了一些钱的，只要你愿意，咖啡让你喝到吐。”

“那行吧，晚上八点，还是那个咖啡厅。”

“嗯，八点见。”

结束了和李小允的通话，我又将手机还给了老妈，老妈一脸赞赏地看着我说道：“这才像个男子汉，晚上和小允好好聊聊，女孩子的气性也就一阵子，如果小允真的还惦记着你，会给你机会的。”

“妈，你可别抱多大期待，今天晚上和小允约会，完全就是你强加的，估计小允也和我一样，不能抹了你的面子，才勉为其难答应的。”

“小允是不是看我的面子，我不管……还是那句话，如果小允愿意原谅你，你就好好和她过日子，如果她对你昭阳没有一点感情了，我也绝对不勉强。”

“妈，您这番话说得真是深明大义、滴水不漏！”

“少臭贫，晚上给我好好把握机会，那个苏州姑娘是什么情况，我多少也有点了解，她不适合你昭阳，你也别再做那个想吃天鹅肉的梦了，赶紧把心收收，知道吗？”

我心中又是一阵烦闷，也没有再言语，至于李小允，我更愿意以一个久别重逢的朋友身份与她聊聊天。

结束了老妈给的煎熬后，我终于回到自己的房间休息，然后从包里拿出了那枚当初送给李小允的订婚钻戒。

盯着这枚钻戒看了很久，我做了一个决定，我打算把这枚戒指给当了，然后去阿吉那里赎回那把简薇送给我的吉他。

这看上去很荒唐，可我已经活得够荒唐了，也不在乎多荒唐一次，至少这次的荒唐过后可以兑现给简薇的承诺，从此坦坦荡荡地面对她，如此看来，也算不上荒唐了。

第183章 昭阳，振作一些

晚上七点时，我随着人流、踩着光影，走在喧嚣又拥挤的街头，想点上一支烟，却放弃了，只是买了两根肉串解着烟瘾。

吃完了两根肉串又买了几个小麻团，就这么一路走走吃吃，然后便忘记了那些困扰着自己的事情，沉溺在自己刻意营造出来的轻松世界里。

可快走到和李小允约定的那间咖啡店时，那轻松的世界便在顷刻间碎裂，我又被拉回到这个让我感到烦闷的现实世界中。

将手中装食品的方便袋扔进了垃圾箱里，我做了一个深呼吸才向咖啡店内走去，一路想象着李小允现在的模样，潜意识里我觉得她会有所改变。

依旧是当初的那个角落，李小允身穿红色的外套一边喝咖啡一边看着杂志，看上去比以前更加稳重了一些。

我来到她面前，她抬头打量着我，然后笑了笑说道："来啦！"

"嗯，一路走过来的，迟到了五分钟，抱歉！"

"没事儿，坐吧。"

我点了点头随即在李小允的对面坐了下来，为了掩饰没有话题可说的尴尬，我点好东西之后，也拿起一本杂志看了起来。

于是五分钟里我和李小允真的没有再说上一句话，这更显得我们此刻的见面只是单纯地为了应付。

终于李小允合上了杂志向我问道："昭阳，咱们不聊点什么吗，又不是陌生人！"

我也合上了杂志，笑了笑说道："聊呗……最近过得怎样？"

李小允摇了摇头。

“怎么，生活上面遇到困难了吗？”

“我摇头不是因为我过得好或不好，而是我觉得你变了，在你身上好像看不到第一次见面时的那种混不吝和洒脱。”

“是吗？那你说说我现在是什么样子？”

“整个人是恍惚的，无奈中又带着些怯懦……我说得对不对？”

我下意识地往玻璃窗上看了看，便看到了自己倒映在上面的模样，却只有一个模糊的轮廓，是不是恍惚，是不是怯懦，我一点也判断不出来。

李小允伸手抹掉了玻璃窗上的一些水汽，于是我的影像忽然变得清晰起来。

“昭阳，你的胡须该刮刮啦！头发也得好好打理打理。”

我摸着自己的下巴，手被胡须扎得难受，又摸了摸头发，感觉有些油腻，身上隐隐传来阵阵烟草的味道，不禁佩服自己，就这颓靡的模样也敢出来和姑娘约会。

我又冲李小允抱歉地笑了笑，实际上一个男人在和女人约会时邋遢不堪，是对女人的不尊重，可我没想那么多，也许是因为我们很熟，也许是因为潜意识里压根就没有想过要在她面前博好感。

李小允忽然起身对我说道：“走吧。”

我不解地看了看李小允，瞬间明白，我们的约会到此结束了，想必我这颓靡的模样也引不起李小允聊天的兴趣，毕竟这只是一场应付家人的约会，何必弄得那么煞有其事。

我去收银台买了单，然后和李小允一起下了楼，准备和她告别时，她却已经走向了停车场，我无奈苦笑，心中叹息：“昭阳啊昭阳，你现在到底是一副什么鸟样子，把女人们弄得纷纷唯恐避之不及！”

点上一支烟，转身向街道的另一边走去，却被李小允的车子给挡住了，李小允按下车窗对我说道：“昭阳，赶紧把烟给灭了，带你去美发店收拾收拾！”

“啊？”我一时没反应过来，有些发愣地看着李小允。

“快上车呀，男人一定要有精气神，尤其是这大过年的，更不能一副死气沉沉的模样。”

李小允开车带我来到一个商场的美发店内，随即出示了VIP卡，然后我便在服务员的引导下先去洗了头，然后开始了漫长的理发、刮胡须的过程，在这过程中李小允一直坐在我的身边陪着我，我们也开始闲聊了起来。

这次我主动向李小允说道："小允，你还没有告诉我这段时间过得怎样！"

李小允笑了笑答道："还是和以前一样上班、回家，每天过着规律的生活，不过两个多月的时间已经足够让人想明白很多事情了。"

我当然知道李小允所说的两个月是我们分手后的两个月，一阵不是滋味的沉默之后，我才问道："想明白了些什么？"

"这个就没必要告诉你啦，还是聊聊你这段时间的生活吧，你那个朋友的酒吧现在怎么样了？"

"还不错，已经快走上正轨了。"

"既然工作还不错，那你现在的颓废就肯定和感情有关了吧？"

李小允当真是做客户关系管理工作的，心思极其细腻，此刻她的确看穿了我，可我也不适合和她聊感情上的事情，于是笑了笑沉默，而她也没有再追问什么，对我说了句"去商场买些东西"后便暂时离开了。

在发型师的努力下，我终于改头换面，至少看上去不那么颓了，而几乎同一时间，买好东西的李小允又回到了美发店内，她打量着我，颇为满意地向发型师表示感谢。

离开美发店后，我们并肩站在商场的外面，两人的身体之间有着不小的空隙，可橱窗上我们的倒影却是那么亲密无间。

李小允从手提袋里拿出一盒香水递给我说道："送给你，这款男士香水挺不错的，味道很淡，但足够遮住你身上的烟草味。"

"小允，你送我东西，我真的挺不好意思，也挺尴尬的！"

李小允正色说道："你没必要不好意思，这盒香水加刚刚在美发店的费用一共562元，上次我从你那儿拿走了1000块钱，所以这些是花的你自己的钱。"

经李小允这么一提醒，我这才想起，分手时她确实拿过我1000块钱，但是我从来不知道她拿这些钱的动机。

李小允又将香水放回到手提袋里，然后将手提袋塞到我的手上，笑着对我说道："昭阳，振作一些，想想那个在徐州工作时意气风发的自己，直到现在公司里的领导还在为你的离开感到惋惜呢！……人生一定会经历低谷，所以低谷并不可怕，可怕的是不具备走出低谷的能力，所以希望你能时刻保持自信，做一个有能力、有魅力的男人！"

久违的感动好似融化了我的心，我注视着李小允很久，才说道："谢谢你，小允，很庆幸今天晚上有机会接受你的改造，我会牢记这个夜晚的。"

"不用谢我，实际上你也让我想明白了一些事情，这对我来说也是一种帮助，我现在的行为不过是投桃报李罢了！"

我有些疑惑，疑惑自己到底让李小允想明白了些什么，可刚刚我已经问过，她却不愿意告诉我。

李小允又对我说道："这里还有438元，可以治疗你下一次的颓废，当然，我希望是用不到这些钱了。"

"希望如此吧。"

李小允笑了笑，又抬手看了看表说道："也挺晚了，我该回去了休息了。"

"嗯，路上注意安全。"

李小允点头，又冲我挥了挥手，随即向商场的地下停车场走去，看着她离去的背影，我心中滋味莫名，更觉得自己愧对她对我的好，忽然有些舍不得将那枚订婚戒指拿去当了。

第184章 倒不如洒脱些

回到家中已经是晚上的10点，板爹在看电视，老妈则和几个朋友打着麻将，见我回来了，赶忙让板爹顶替她，然后将我拉到房间里，关上门关切地问道："今天晚上和小允聊得怎么样了？"

"还行吧。"

老妈不满地说道："你这回答也太敷衍了！"

"真的只是随便聊了些。"

"你就没有向她表达一点要复合的想法？"

"这……这刚回来见上面就聊复合的事情，您觉得合适吗？"我倍感无奈地回道。

老妈终于也意识到不妥，半晌对我说道："也是……可我这心里不是替你着急嘛！对了，你们后来有没有约着再见面？"

"这大过年的，人家肯定也有亲戚要走的，约着见面的事情等她有时间再说吧。"

"反正你给我盯紧一点，我觉得小允这孩子对你还有些感情，你可千万不能再错过了，而且她父母也真是通情达理，就你上次做出那么混账的事情，人家父母都没来我们家要个说法，要是寻常人家的父母，早就和我们闹翻天了！"

"知道了，您赶紧去打牌吧，板爹那牌技真不如你，这大过年的可不能让他输钱。"

老妈不理会我的催促又叮嘱了好儿句才终于离去，实际上我真的能够理解她的心情，可要说和李小允复合这件事情，真的要慎重再慎重，毕竟我不知道李小允现在的真实想法；再者，此时的我也很难找回当初在徐州的状态，如果复合后再次辜负了李小允那就真的禽兽不如了！

洗漱后，我躺在床上无所事事，拿出手机看了半天也不知道该和谁联系，索性点上一支烟，盯着天花板发呆。

快要11点时，一直沉寂的手机响了起来，我赶忙从柜子上拿起手机，却有些失望，因为这个电话是CC打来的，并不是我想象中的她。

我接通了电话，情绪不高地说道："新年好啊，CC！"

"新年好，昭阳。"

我笑了笑，问道："在北京待得怎样？"

"能陪着罗本当然很充实，倒是你，到底是怎么回事儿……先是乐大腕去了丽江，这倒也能理解，毕竟米儿回来了嘛，可是为什么最后她也没有和你去徐州反而去她叔叔家过年了？"

我刚想回答，CC又说道："你先别说话，我现在最好奇的是吉他的事情，下午简薇打电话问我，你为什么将那把吉他卖给了阿吉，而且之前还骗她说，吉他被我带到北京给罗本用了？"

我又想解释，CC再次阻止我说道："昭阳，你还是别说话，这事儿我自己可能想明白了……你之前送了一把Taylor的吉他给米儿，肯定是用简薇送给你的那把吉他和阿吉换的，对不对？"

我抵赖，道："没有，送给米彩的那把吉他，是我用酒吧开业收的份子钱买的。"

"别装了，那天来的大部分朋友都没有出份子钱，就算你收到了，能收多少啊？米儿那把Taylor的吉他市价将近三万，以我对阿吉的了解，你要不出点儿血，他是肯定不会给你赊这么多账的，所以简薇那把吉他无疑是被你拿去换了，要不然也不可能出现在阿吉的手上。"

我一阵无言，许久才说道："CC，你这逻辑思维能力已经可以去做侦探了！"

“你不用抬高我，这事儿只要不是白痴都想得明白……现在米儿还不知道你拿吉他换吉他的事情吧？”

“这事儿你就别告诉她了。”

“给我一个不告诉她的理由。”

“这还要什么理由啊？你要明白，我送给她吉他只是为了让她开心，没有其他目的，这事儿要是让她知道，多半心里又有负担了！”

“你怎么确定她知道真相后就一定是负担不是感动啊？”

“CC姐，你就踏踏实实地在北京待着，我们的事儿你别管了，行吗？”

“那可不行，既然这事儿简薇已经打电话问我了，我就必须要管！”

“怎么管，告诉简薇我之所以卖掉那把吉他，就是为了给米彩买一把吉他吗？”

“这当然不能和简薇说！……但是这个事情你真的做得不妥，你要是没钱买，可以和米儿说啊，或者问我们借，干吗要拿那把吉他去换？”

“如果和米彩说，最后让她买单，那送她吉他还有什么意义，再说阿吉也确实喜欢那把吉他，给他也算是给了一个对的人，至于简薇……至于简薇，她在意那把吉他，我会想办法赎回来的。”

CC沉默半晌叹息说道：“唉……你让我说你什么好啊，昭阳……要是其他男人，早恨不能拿这事儿去讨好女人了，偏偏你不愿意让米儿知道，你这样，她很难知道你对她有感情的。”

我有些烦闷，点上一支烟重重吸了一口才说道：“CC，其实我现在也是有苦说不出，很矛盾、很挣扎……”

“那你就和CC姐说，说你的矛盾和挣扎。”

“我们之前就聊过这个话题，你劝过我，可是我和她相处时真的有太多压力，每想到自己那混乱不堪的过去，我就觉得整个人在她面前都是矮小的，而且我们之间特别容易产生误会，比如前些天乐瑶痛经，我背她上楼，恰好就被她给撞上了，好不容易把这误会给解除了，谁知道隔天因为简薇的事情又被她给误会了……我想和她解释，可是一份爱情也不是靠解释得来的吧？……真的，只要一想到因为自己让她受到伤害、让她难过，我这心里就像被那钝刀拉过似的疼痛！”

CC陷入到沉默中，许久才说道：“其实我能理解你的矛盾和挣扎，但是不管你和哪个女人相处都要去磨合的吧。”

“是需要磨合，区别是，有些人越磨合越和谐，有些人却越磨合越痛苦，也许我和她真的没有爱情上的缘分吧……我配不上她，倒不如洒脱些，解脱她，也解脱自己。”

“你如果真的这么想，我就不劝你了，不过你得给米儿打个电话，就告诉她：你配不上她，你们之间不可能，让她也断了对你的念想，从此俩人干干净净！”

“没事儿吧你！我们都没有开始过，忽然你让我打电话和她说这些，她不得以为我是神经病吗？”

“我现在明确地告诉你，她对你昭阳有念想、有期待，你把你心中真实的想法告诉她，她不会以为你有病的，相反对她来说可能也是解脱。”

“CC……你别折腾我了！我这会儿在她眼里已经像个小丑了，你还要让我继续去丢人现眼吗？”

“我要不折腾你，你就认不清自己……你说你过去劣迹斑斑，可人也不是为了过去活着的吧……”CC说着好似忽然丢了耐心，又加重了语气，“行了，你自己再好好琢磨琢磨，我马上给米儿打电话，现在吉他的事情已经牵扯到简薇了，我必须要让她知道真相！”

“别给她打电话……这事儿我能解决……”

我的话没有说完，CC已经挂断了电话，那传来的“嘟嘟”声，让我有些措手不及！

第185章 给你点个赞

我愣神了片刻，赶忙再次拨通了CC的电话，却传来了正在通话中的语音提示，除了感叹她办事效率之高，更担忧那被米彩知道真相后的结果，弄不好没有多少感动，却在意我又欺骗了她。

在烦闷中等待了10分钟，电话再次响了起来，赶忙接通，依旧是CC打来的，想必她已经和米彩做过沟通了。

“昭阳，我刚刚给米儿打过电话了。”

“你什么都和她说了？”

“说了，告诉她你把简薇那把吉他给卖了，简薇现在和你要回吉他。”

我被气乐了：“……CC，你这么一告诉她，不弄得我们之间像小孩子怄气一样吗？这事儿就不适合真相大白！”

CC同样被我气乐：“你还知道像小孩子怄气啊？……你拿简薇送你的吉他去换另一把吉他，又送给米彩，这本身就不是成年人能做出来的事儿！”

“得了，你别说了，这事儿说到底就是我没钱，还打肿了脸去充胖子，到最后弄得里外不是人！”

我说完心中愈发烦闷，此刻我更加清晰地意识到没有物质基础的悲哀，假如当时我有足够的金钱去买下那把Taylor的吉他，就不会有今天这一连串的误会。

“昭阳，抱歉，我刚刚不该那么说。”

“该说抱歉的是我，这些我处理不好的事情，一直都是你在费心帮忙……但是CC，这个事件折射出来的东西，你该看透了吧？……就算蝴蝶再美、再斑斓，也不是每个人都有能力去捕捉的，我之所以对米彩瞒着这件事情，就是不想把初衷变成苦衷……可现在看来，再好的初衷也变成苦衷了！”

CC叹息：“为什么爱情就不能变得简单一些呢？喜欢就在一起，不喜欢就拒绝，这样瞻前顾后、来来回回，真的让人觉得疲倦！”

“因为我们活在一个复杂的世界里，而爱情本身就是一个随波逐流的东西，它只是时代的附属品，所以当下的爱情要靠金钱去实现……你说对吗？”

CC沉默后很执着地说道：“我不信，这个世界上一定会有超脱一切而存在的爱情。”

“有啊，一定会有，可是我们已经没有气力和光阴去追寻了，30岁以后，你我都得学会妥协这两个字……也许，现在的我已经妥协了！”

我的话好似戳到了CC的痛处，她在沉默……这些年尽管她一直再坚持，可总有一天，岁月会让她放下一切坚持，蛰伏在生活的平淡中。

CC忽然笑着对我说道：“昭阳，今天可是大年初一哎，咱们能不能别把话题聊得这么沉重，而且我给你打电话也是为了说米儿和你的事情吧。”

“你说呗……我已经做好心理准备了！”

“其实我告诉她之后，她什么也没有说，反而一个劲地问我在北京过得怎样……有时候我也弄不清楚她的性格，时而简单、时而复杂，简单得可爱，复杂到让人生畏！”

“简单是生活中的她，复杂是职场中的她，最怕的是她把职场中的复杂带到生活中来，显然这个事情她是不愿意用生活中的简单去处理的。”

“那你觉得她现在是什么想法，会不会帮你去和阿吉赎回那把吉他？”

“不知道。”

“那你希望她去赎回吗？”

我没有一丝犹豫地答道：“当然不希望，如果她去赎回了那把吉他，那我送给她的吉他又变成了她自己送给自己的了！”

“说得也是，你还是很喜欢她的，所以希望自己能送她某样东西，陪伴她很久。”

我一阵沉默之后才说道："CC，时间不早了，你挂了电话早点休息吧，至于我和米彩的事情就选择顺其自然，因为我们之间谁都勉强不了谁，或许这强烈的个性也是我们迟迟靠不近的原因。"

"嗯，我能做的也只是在你们中间搭上一座桥梁，至于能不能在桥的中间相遇，还是要看你们自己是否愿意接近……那我就先挂电话了，你也早点休息。"

结束了和CC的通话，我又陷入到夜的深邃中重复着茫然，许久才想起看看手机转移自己的注意力。

我也不清楚自己是带着什么目的打开了微信，可终究是值得的，因为我发现了此时还在丽江的乐瑶更新了自己的朋友圈动态，大多是她在丽江旅游的照片，照片里的风景很美，她也很美，让我忍不住给她点了一个赞。

很快乐瑶便给我回了一条微信："昭阳你给我点了一个赞耶，还没睡吗？"

"没睡呢！"

"那你在干吗？"

"晃荡在夜的深邃中……"

乐瑶回了一个微笑的表情："是什么又触动了你的文艺细胞啊？连深邃这样的词都用上了！"

"夜。"

乐瑶这次回了一条语音信息："哈哈……你是寂寞了吧，昭阳！"

"那你现在给小爷唱一首《彩云之南》解闷，唱好了小爷有赏！"

"那小女子就献丑啦！"乐瑶接着又给我发了一条语音信息，唱了一小段那首和丽江有关的《彩云之南》。

"不错，再给你点个赞！"

"点个赞就是你给我的奖赏啊？！"

"对，我这人一向没什么诚意……倒是你这么讲究的人，这大过年的不送我一个红包么？"

原本我只是和乐瑶开了个玩笑，却不想她回道："早就为你准备好了，等我从丽江回来给你……对了，你不是和米彩在一起吗，怎么会寂寞呢？”

这是一个揭我伤疤的问题，于是带着情绪回道：“把刚刚给你点的赞还给我。”

乐瑶：“……”

半晌又回了一条：“你们怎么了，是不是又闹矛盾了？”

“这事儿没法和你细说！……唉！生活就是滚刀肉，忒不要脸！”

“昭阳，你这脸变得可真快，刚刚的文艺劲儿哪里去了？”

“没意思，不聊了，我得继续晃荡在夜的深邃中，切割了那一坨又臭又硬的滚刀肉！”

乐瑶并没有理会我这无聊的话题，又回了一条信息：“要不你也来丽江散散心吧，这里的酒吧不错，风景也不错，美女更多，你肯定会喜欢的！”

我有些被乐瑶给蛊惑了，点上一支烟思量着要不要去丽江的时候，却又收到了一条微信，可并不是乐瑶的。

“昭阳，我明天去徐州，你会带我去打电动、吃地锅么？”

我连眨几下眼睛，这才确认真的是米彩发来的，可她到底是为了打电动、吃地锅，还是为了我而来呢？

这是一个值得在深邃的夜里，去深思的问题。

第186章 再次相见

我盯着这条信息看了许久，忽然自己就笑了，我当然知道米彩来徐州的目的，而刚刚那番怀疑更像是在是是非非中对自己的嘲笑。

我终于给米彩回了信息："说，你来徐州到底是为了打电动、吃地锅，还是另有目的？"

米彩并没有立即回复信息，而我又想起了乐瑶让我去丽江散心的提议，一瞬间有些纠结了起来。

许久才给乐瑶回了信息："不去了。"

乐瑶也没有追问我为什么不去，只是回了个鄙视的表情，然后又说了句"晚安"后便结束了我们之间的对话。

我扪心自问，如果不是米彩要来徐州，我是否会接受乐瑶去丽江的提议，实际上我是不可能去丽江的，因为不适合与乐瑶孤男寡女地待在丽江这个艳遇之都。

我平躺在床上，依旧盯着天花板发呆，心里却想着米彩会给自己什么样的答复。

片刻后我终于收到了米彩的回信："当然是另有目的呀，不过打电动、吃地锅，也是行程内必不可少的两件事情。"

"另有什么目的？"我几乎瞬间便回了过去。

依旧等了很久，米彩才回了信息："想见你……"

区区三个字，让我心中那已经凋谢的花又奇迹般地怒放了，又觉得如果去掉"想见你"三个字中的见字，会更一针见血，更有穿透力，于是回道："能不能把见字给去掉？"

米彩回了一条语音信息："你可真会找话题……睡觉啦，不和你说了，明天还要早起呢。"

我并不介意被米彩避开了那带着暧昧的调侃，回道："不说就不说……那你要来我家吃中饭么？"

这次米彩很快便回了信息："你觉得好吗？"

我思量着，有点担心老妈会因为我和李小允的事情不给她好脸色，于是打算找板爹聊聊这个事情，如果板爹说没问题，我这心里才有底。

我当即给板爹发了一条信息："俺爹，你睡了么？"

"马上睡。"

"我有点失眠，把你那老陈酒拿出来陪我喝两杯呗。"

客厅里板爹拿来了一瓶老陈酒，一人倒上一小玻璃杯，随即聊了起来。

“板爹，和你说个事儿。”

“嗯，你说。”

“你肯定知道我这会儿和你喝酒不是因为失眠吧？”

“嗯。”

我下意识摸了摸鼻尖，这才说道：“小米同志明天要来徐州……您说到咱家来吃中饭合适么？”

板爹喝了一口酒反问道：“难不成她在徐州还有其他亲戚朋友？”

我赶忙摇头，答道：“没有，这个真没有……”

板爹没有言语，我恍然说道：“您这是觉得没问题，对吧？”

“人家既然是来徐州找你的，不来我们家吃饭，难不成还让她这大过年的下馆子吃吗？”

我心中松了一口气，随即和板爹碰了一个杯，笑道：“有您这句话就成，我妈那边你可得帮忙兜着点，小米这姑娘脸皮薄，你是知道的，别到时候我妈对她冷着个脸，这就尴尬了！”

板爹点了点头算是把这个事情应了下来。

回到房间后我立即底气很足地给米彩回了信息：“没什么不好的，明天我到高速出口去接你，然后到我们家吃饭。”

“不用，我认识你家的。”

“对哦，你来过……”

“嗯，那就明天见。”

“好，路上开车注意安全！”

次日，我一早便起了床，然后又和正在做早饭的老妈聊了起来，我试探着问道：“妈，你知道今天我有一个朋友要来徐州吗？”

“听你爸说了。”

老妈不冷不热的语气让我有些担忧，又问道：“那您是什么说法啊？”

“买菜做饭的说法。”

我稍稍宽心又叮嘱，道：“这毕竟是跨地区的拜访，您可一定要表现出我们徐州人的热情！”

“我心里有数。”

我冲老妈笑了笑，感谢她的配合，准备离去时，却不想老妈拉住我问道：“你老实和我说，你跟那个苏州的姑娘到底是什么关系？”

“刚刚不是说了吗，就朋友啊！我在苏州住的房子就是她的，我们关系不错。”

老妈面带不满之色说道：“我就知道从你这嘴里问不出什么真话……你啊，要真能踏踏实实找个女朋友，我倒也不是说非要勉强你和小允在一起，但是……你自己看看，现在这算什么？”

“妈，我们能不能先不聊小允，能不能忽视她的性别，把她当作一个来拜访的朋友啊？……我实话和您说，我目前和她真没什么，非要说关系，就类似于CC，CC你见过的吧，前年也来咱家玩过，您就把她当CC，该笑的笑，该招待的招待，好不好？”

“我配合你也没有问题，但是你自己要好好想想，今年你多大了！是不是该找个姑娘让我和你爸安心了？”

“您说得对，今年我一定努力，不辜负您和板爹的期望！”

“希望你不是嘴上说说才好。”

“你放心吧，如果能找到合适的姑娘，谁还愿意自己一个人单着啊！”

吃完早饭后，我便拿了一包烟、泡了一杯茶在阳台上坐着，生怕错过了米彩的到来，却不想想从上海一路开车到徐州要多久。

大约中午11点半的时候，我终于看到了米彩那辆红色的Q7驶进了小区里，“噌”一下便从楼上跑到了楼下。

我引导着米彩停好车之后，她拎着自己的手提包从车上走了下来，我们站在相隔不远的地方对视着，只觉得才几天没见面，却好似已经分开了数年。

我终于开口说道：“见到你挺开心的。”

“我也是。”

又是一阵沉默后，我才对米彩说道：“走吧，上去吃饭，板爹亲自下厨做的。”

“等等，给你爸妈带了些礼物，你帮忙去后备箱拿出来吧。”

“带啥礼物，去年你买的礼物还在老屋子里放着，都没带回徐州。”

“乖啦，快去帮我拿出来。”

由于米彩用了“乖”这样的字眼，瞬间让我们之间变得亲昵了起来，以至于我盯着她看了很久。

米彩笑问道：“干吗这么看着我，是不是待会儿又要问我为什么会这么白？”

“对啊，你为什么这么白，还长这么好看？”

“你先把东西拿出来，然后我们再慢慢聊。”米彩依旧一副好心情的模样催促我。

我这才从她车子的后备箱里拿出了东西，好奇地问道：“你都买的啥？”

“给你妈买了一只包包，你爸爱钓鱼就买了一支鱼竿咯！”

我扒开购物袋看了看，果然看到里面有一只Prada的包包，有些好笑地说道：“你信不信我妈能拿这只包去菜市场装菜，你真不用这么破费的！……估计我爸那支鱼竿也没少花钱吧？”

米彩却不在意，故意带过话题说道：“你刚刚不是问我为什么会这么白吗，还要不要答案了？”

我一边引着米彩往楼道走去，一边说道：“当然要啊，快说你为什么这么白？”

米彩故作神秘，许久却给了我一个敷衍的答案：“因为我是江南水乡的姑娘啊……哈哈！”

“我呸，真敷衍，江南姑娘千千万，也没见多少白成你这样的！……你一定是妖精变的！”

第187章 你希望我做你女朋友吗

我和米彩一路说笑着上了楼，全然忘记了前些天的不快，在我准备打开屋门的时候，米彩却忽然拉住了我，示意我等等。

我不解地问道："怎么了？"

"我忽然有些紧张！"

我恍然笑道："对啊，我怎么忘了上次你赖在我身上，被板爹撞了个正着，这事儿影响真不好，毕竟你是个姑娘……唉！真希望板爹已经记不得那不堪的一幕！"

米彩又委屈又生气地看着我："昭阳，你怎么能这样……你这么说我就更紧张了！"

"你现在的样子真可怜！"

"那你能不能怜香惜玉一点？"

我终于收起了玩笑之心，实际上心中是感动的，米彩之所以紧张是因为在乎，她希望在我的家人面前能够有一个好的形象。

我轻轻拍了拍她的肩，柔声说道："我刚刚是和你开玩笑的，放心吧，这会是一顿很愉快的午餐，吃完饭后，我就带你去打电动。"

"嗯……那你开门吧。"

我这才将钥匙塞进锁孔里，然后打开了屋门，此时板爹在厨房准备饭菜，老妈则在拖地打扫卫生。

米彩很礼貌地和老妈打招呼："阿姨，新年快乐。"

老妈放下手中的拖把笑道："新年快乐……赶紧坐着歇一会儿吧，昭阳你去帮小米泡一杯茶。"

老妈还算热情的表现让我宽心了些，将米彩买的一些节日礼物放下来之后，赶忙去泡起了茶水。

米彩在沙发上坐了下来，我将茶水端给她，然后在她身边坐了下来，小声问道："我妈这么热情，你该不紧张了吧？"

"你妈妈又没有看到我赖在你身上，见到你们家板爹才紧张！"

我笑了笑，看她此时能够和我开玩笑就已经证明她放松了些，这个时候板爹也端着刚煮好的汤来到了客厅里。

米彩依旧很礼貌地起身和板爹打招呼："叔叔，新年快乐，祝您在新的一年里工作顺利、身体健康！"

板爹笑得很开心："谢谢，也祝你工作顺利！"

片刻之后，我们一家三口加米彩围着桌子吃起了中饭，板爹依旧习惯性地沉默，倒是老妈好像憋了许多的问题，她一边招呼米彩吃菜，一边问道："小米啊，你今年多大了？"

米彩笑了笑，答道："阿姨，我今年27，和你们家昭阳同龄！"

"哦，年纪也不小了！……处对象了吗？"

米彩摇了摇头。

老妈继续问道："那你是做什么工作的？"

米彩看了看我，还是很耐心地答道："我在百货商场上班。"

我生怕老妈问到米彩的家庭情况，赶忙解围，道："妈，咱们这是吃饭，您能不能别弄得和面试一样！要不待会儿吃完饭，我让小米同志给您一份个人简历，你慢慢看，慢慢了解！"

我说完后，米彩抿嘴浅笑，老妈抱怨道："你看你爸像块木头，一句话也不说，我要再不说点儿什么，这不就冷场了吗？"

"那您就和小米说点儿咱们徐州的风土人情呗，显得您多有学问！"

一直沉默的板爹终于接了话，说道："这点我赞同昭阳，不过聊什么风土人情也确实难为你妈了，让她说怎么和牌倒是很在行的。"

板爹难得的幽默让我和米彩都笑了起来，气氛也随之轻松了很多，之后那介绍风土人情的技术活便被板爹给接了过去，他讲得很耐心，米彩也听得很认真，很快便在和谐的气氛中结束了午餐。

为了避开老妈饭后的盘问，我和米彩早早便离开了家去游戏城打起了电动游戏，这一玩便恍然过了整个下午，等从游戏城出来时已经是黄昏了。

之后我又陪米彩去商场的美发店洗头发，而理发师也在初见米彩时被她惊为天人的相貌给震惊了，直赞叹这么多年的职业生涯中没见过米彩发质这么好的女人，对此我已经见怪不怪，似乎每次和她出现在公共场合里都会听到类似的赞叹。

无聊中，再次打量镜子里的米彩，发现她真的很美，哪怕看得久了也不会腻，只觉得她有些不太真实，这种感觉让人很享受，却又很失落，因为潜意识里总觉得自己是靠不近她的，更别说去妄想那亲密的男女朋友关系了，而前些天老妈让我断了想吃天鹅肉的心思，便是那最好的证明……就算某一天我们真的在一起了，恐怕也不会有多少人会看好我们吧？想来真是让人失落！

愣神中，却忽然发现李小允拎着手提包走进了美发店，她向服务员出示了VIP卡，好像也是来洗发的，不过并没有在第一时间发现坐在角落里的我，而我此时倒是有点后悔带米彩来这间李小允常来的美发店洗发了，因为碰到一起真的挺尴尬的。

李小允很快来到了与米彩相邻的座位处，下意识地看了看米彩，却不认识米彩，然后便看到了坐在后面的我，面露诧异之色。

我起身来到俩人身边，硬着头皮挤出笑容为她们做起了介绍，我先对李小允说道：“这是我的朋友米彩。”

又看着李小允对米彩说道：“这位是李小允，我们也是朋友。”

在我介绍过后，两个女人点头示意，可我却在她们的眼神里看到了意外，尤其是米彩，她一直知道有李小允的存在，更知道李小允就是那个差点成为我妻子的女人。

洗发的过程中，李小允和米彩并没有一点交流，而米彩也在李小允之前洗完了头发，准备先行离去的我们要和李小允道别了。

我对李小允说道：“小允，我们先走了，空了联系。”

李小允看了看我又看了看米彩，面色有些复杂，然后笑了笑，道：“昭阳，这个时候我终于能理解你当初为什么会那么决然地要回苏州了……”

我知道李小允误以为我当初回苏州是为了米彩，可是也无法在这尴尬的场合中与她解释，也很难解释，索性将错就错，而知道真相的米彩也没有去解释什么，她只是看着美发店外的车来车往，好似并不太愿意在这里久待。

我终于回应了李小允一个不被理解后的苦笑，然后再次与她告别，带着米彩离开了美发店，心中却有一种说不出的滋味，如果当初我真的是为了米彩，事情倒真的简单、明朗了！

走在夜晚初至的街头，我和米彩谁都没有言语，直到快到街的尽头，米彩才停下脚步，看着我许久，问道：“昭阳，为什么我们总会被别人误以为是情侣呢？”

这突如其来的问题让我愕然，沉默许久才说道：“因为命运总是将我们撕扯在一起，你避不开我，我也避开你！”

米彩注视着我许久许久，终于轻声问道：“那你希望我做你的女朋友吗？”

第188章 找回信仰

我就这么注视着米彩，而那在爱情中沉寂了数年的心却阵阵悸动，半晌言语不出，在车水马龙的街头，为自己点燃了一支香烟，撇过头看着米彩映在橱窗上的身影，有点恍惚，有点像做梦。

我吐出一口长长的烟，直冲米彩而去，她却没有避开，依旧是刚刚那副神情看着我。

我只是将烟捏在手上，没有再吸一口，笑了笑问米彩："你知道我在想什么吗？"

"不知道。"

"如果时间定格在这里，然后嗖一下我们就老了，眼眉低垂、两鬓斑白，我们互相搀扶着过马路，缩在炉火旁取暖，如果还有气力，我愿意为你弹着吉他，让你歌唱……可是，你我才26岁，不对，是刚过27岁，以后还有太长的一段路要走，而我却是短的那条腿，无法配合你那条修长的腿，所以我们会跛着走一路……"

米彩不语，可她一定理解我话里的意思，她是那么聪明。

我弹掉那积攒了很长的烟灰，重重吸了一口，让烟雾从肺里痛苦地走了一圈后才吐出，笑着说道："我爱慕你的美丽，喜欢你的一颦一笑，可这些都不如爱上你暮年时的皱纹更踏实，所以……"

米彩打断了我，回以笑容："昭阳，我想听你唱歌，就现在……"

我不解地看着她，手中的烟头却已经燃到了尽头，烫了我的手，赶忙扔掉。

"我要你唱《私奔》……唱给我听好吗？"

看着她期待的表情，我再也拒绝不了，点了点头，在人潮涌动的街头低声唱了起来。

"……我梦寐以求是真爱和自由，想带上你私奔奔向最遥远城镇，想带上你私奔去做最幸福的人，在熟悉的异乡我将自己一年年流放，穿过鲜花 走过荆棘 只为自由之地，在欲望的城市你就是我最后的信仰，洁白如一道喜乐的光芒将我心照亮，不要再悲伤我看到了希望，你是否还有勇气随着我离去，想带上你私奔 奔向最遥远城镇，想带上你私奔，去做最幸福的人……"

歌词好似撕开了我内心最原始的欲望，我不能把持，由低声过渡到声嘶力竭，以至许多路人驻足，与我们站在同一盏路灯下，看着我们……

"昭阳，就像歌里唱的一样，如果你渴求真爱与自由，就一定会走过荆棘、穿过鲜花……想问你，还有没有勇气在欲望城市里找到最后的信仰，带着我奔向那最遥远的城镇？”

我张望着四周拥挤的人群，在各色的目光中有些眩晕，世界再次恍惚了起来，在我的剧本里，从来没有书写过此时这般的情节，米彩她是怎么了？就算要表白也应该是我这个爷们先表白，而不是她这个落入凡尘的仙子……

我蹲在了地上，示意米彩到我的背上来，米彩没有犹豫，弯下身子趴在了我的背上，我托住她克服阻力从地上站了起来，然后冲破人群的束缚向那远方奔跑着，却意外在侧目的一瞬间发现了站在人群中的李小允，她的身影随着那议论的声音渐渐模糊，直至消失不见。

避开了城市的喧嚣，我背着米彩来到了那条古老的护城河边，与苏州的护城河不同，徐州的这条护城河更显斑驳和苍老，却也更加安静。

我停下了脚步，米彩也离开了我的身体，我弯着腰重重地喘息，这一路除了释放疯狂和喜悦，也给我的身体带来了沉重的负担。

我躺在已经枯萎的草坪上，米彩坐在我的身边，她拿出一张纸巾递给了我。

“谢谢。”我从她的手上接过了纸巾，擦掉了脸上的汗迹。

一阵风吹过，吹来了一片爆竹声，吹起了远处的烟火，也吹得我们陷入沉默中。

米彩似乎也有些疲惫，她在我的身边躺了下来。

我想从口袋里摸出烟，却发现烟盒已经在刚刚剧烈的奔跑中遗落了，我顿时有些紧张，但还是遵从自己内心的想法对身边的米彩说道：“等我……等我休息一会儿和你……表白。”

“嗯……你要烟么，我去帮你买。”

“要，可是要走很远才能买到，你不怕累吗？”

米彩摇了摇头：“不怕，我可以走走歇歇，但是待会儿你别忘了要和我表白。”

“好，等你回来。”

“嗯，你要什么烟？”

“点八的中南海。”

米彩点了点头，准备离开，我又喊住了她："等等……"

"怎么了？"

"你……紧张么？"

"紧张……所以，我需要走走，你需要烟。"

"说得对，那你走慢一些，但是一定要回来。"

米彩笑了笑："你是怕抽不到烟，还是怕我不回来？"

"怕你不回来，烟总是能买到的，你不买，我自己也可以买。"

"我明白了。"

"嗯，去吧，带着烟，带着你，带着我的信仰一起回来……无论多久都等着你。"

米彩离开了，我的世界里只剩下自己，于是带着惆怅、带着些失落从草坪上坐了起来，然后失神地看着那水波荡漾的河面。

我能想象到，半个小时，也可能是一个小时后会发生些什么。

去年，她26岁，我遇到了她，她是我的房东也可以说是房客，今年她27岁，却成了我的女友，一并帮我找回那丢失了许久的信仰。

可现在我是什么心情呢？很难说明白，但是我知道，该奋斗了，我不希望自己做那只矮她一截的腿，更不要她迁就我，搀扶着我向前走。

可是到底要达到什么样的高度才能与她顺畅地走下去呢？我有些失落，因为现在的自己对于事业一点规划也没有，思维甚至依旧停留在寻求一份安稳的工作上，显然这所谓安稳的工作已经不能满足我。

喜悦与茫然并存中，我收到了一条信息，这条信息是简薇发来的："昭阳，吉他我已经和阿吉要回来了，欠阿吉的钱你自己还清。"

我知道当简薇见到阿吉，多半已经知道我用这把吉他换了另一把吉他送给了米彩，所以她才没有给阿吉钱，这很好理解，如果她给了阿吉钱，那把Taylor的吉他便成了她间接送给米彩的，这不是黑色的幽默么？

我又重复将这条信息看了很多遍，却感觉到命运的齿轮好似在我们之间转动了起来，当这把吉他再次回到简薇身边，也就意味着我们至少在物质上彻底划清了界限，从此抹掉那刻骨铭心的印记，而同一天，我因为喜欢与米彩走到了一起，而这到底是巧合还是命运呢？

我希望是命运，倘若是命运至少有迹可循，假如是巧合，我们只能在巧合的风浪中不安地沉浮！

第189章 如此表白

我一只手重重从自己的脸上抹过，终于给简薇回了信息：“知道了，欠阿吉的钱等我回了苏州就还给他。”

简薇没有再回我的信息，实际上也没有必要回，因为我们之间的关系已经随着吉他事件的水落石出而告一段落。

将电话再次放回到口袋里，我忍不住回头张望，尽管知道米彩并不会这么快回来。

风阵阵吹起，吹起了湖面的波纹也吹起了我的想念，哪怕米彩只离开这么一小会儿我也忍不住想她，因为心已经被那风吹动。

时间一分一秒地向前推进，我渴望她快些回来，却又不想她太快回来，因为我还没有找到表白的方式。

当别人表白，都费尽心思地用浪漫去讨好时，我却让米彩为我买烟，想来真是不着调，也觉得委屈了她，所以此时的我无比渴望能想到一个让自己去弥补的表白方式。

焦虑中，听到河岸边传来了脚步声，回头望去，正是米彩，她的手中提着一只小方便袋，里面装着烟，好像还有几罐啤酒。

我的呼吸霎时变得急促了起来，心里念叨着："怎么表白，怎么表白，我该怎么表白？"

米彩越来越靠近我，我好似听到了自己"突突"的心跳声，随之丧失了思考的能力，只是怔怔地望着她。

米彩来到我身边，随后盘腿坐了下来，将方便袋递给我，轻声对我说道："你的烟。"

"谢谢啊。"

我想从米彩手中接过方便袋，却因为碰触了她的手一恍惚中没能接住。

米彩捡起方便袋又递给我，问道："你很紧张吗？"

"有点……别人表白时都弄得特浪漫，我还让你去买烟，多不着调的！"我说着又想起了蔚然向米彩表白时包下整个影院的气势，如此一比，我顿时无地自容。

"重要的是表白的人，而不是表白的方式……你快一点好吗？要不……我也很紧张！"

"那你帮我点上一支烟，就和……那个大力水手吃菠菜一样，我需要力量！"

米彩撕掉了烟上面的薄膜，打开烟盒抽出一支对我说道："张嘴。"

我立即张开嘴，米彩将烟塞进我的嘴里，从我口袋里摸出打火机帮我点燃，然后将手放回到自己的腿上，静静地看着我。

我吸了一口烟，歪过头吐向别处，然后又回过头向米彩问道："我要是表白了，你会不会拒绝我啊？"

"你还没有表白，我怎么知道呢？"

"说的也是……"

我直到一支烟快要抽完，也未言语一句，而米彩始终保持着耐心，没有再催促我。

我终于掐灭掉手中的烟，心中鼓足了勇气，米彩却忽然从方便袋里拿起一罐啤酒递给我，道："要不你再喝一罐啤酒吧。"

我接过米彩手中的啤酒，带着疑惑向她问道："是不是你又紧张了？"

"……对！"

我忽然受够了这迂回的紧张，一阵热血上涌，抬手将手中的啤酒罐扔进了河里，说了句“我们都别紧张了”便将米彩扑倒在地上，压住她，注视了一秒，向她的嘴唇吻了过去，对此刻的我而言这就是最好的表白。

米彩措手不及被我亲了个正着，双手紧紧握住我的手，指甲深深地嵌入了我的肉里，我忽地停了下来，咬住了她的嘴唇，米彩闭着眼睛，掐着我的手指却又加了一分力，于是我咬住她嘴唇的牙齿也加了一分力。

米彩更加用力，我也再加一分力，终于，我感觉到手上的皮肤被她掐破，却顾不上疼痛，害怕自己也咬破她的嘴唇，赶忙张嘴松开，而她也几乎在同一时间松开了死死掐住我的手。

我离开米彩的身体在她身边躺下，重重呼出一口气，笑了笑说道：“……我喜欢你，想你做我的老婆，为我生孩子，却只敢想想，想多了，最后连想都不敢想了，因为感觉像是做梦，越想越不真实……”

米彩侧身抱住了我，轻声说道：“昭阳，我想给你讲一个故事。”

我张开手臂让米彩枕在上面，这才说道：“你说，我听。”

“花园里有一朵很美丽的花，来往的游客纷纷赞赏她的美丽，拼了命想去摘下她、占有她，但有一个园丁一直守护着她，不让那些游客伤害她，并且每天为她浇水、施肥，看着她盛开，心里便会喜悦，却从来不计回报……”

我沉默了很久，才问道：“你觉得我就是那个园丁吗？”

“嗯……所以我愿意做那朵只为你盛开的花！”

我扪心自问：我真的是那个一直默默守护着米彩的园丁吗？实际上我并不能确定，至少在与米彩相识的过程中，我心中还惦记着另一朵花，但可以肯定的一点是，无论我为米彩付出多少，也不曾想过要从她身上索取些什么，我愿意默默地满足她，守护着她，看着她快乐。

我拥紧了米彩，让她更加靠近我，轻声在她耳边说道：“我明白了，希望在这欲望的世界里，你是我最后的信仰，更希望，我能带着你纵身跳进那条幸福的河流，一直游到尽头！”

“你可以的……自从上次方圆告诉我那件事情的真相之后，我就相信，你一定是爸爸派来守护我的人！”

我笑了笑，道："你这么一说，倒真的可以解释我们之间为什么会有那么多巧合了……可是，我这么尽心尽力地守护着你，他老人家是不是得开我一些工资？"

米彩轻轻地拍了我一下，随我笑道："他把女儿都给你了，你还好意思要什么工资呢？"

我心中一阵喜悦和甜蜜，将米彩拥得更紧了些，此刻我感觉得到，我拥着的就是米彩，我的女朋友米彩，而不是那个让人敬畏的卓美CEO。

我们在紧紧的相拥中沉默，许久米彩才对我说道："昭阳，以后除了我，你不可以再想着别的女人，我可以不在乎你的过去，但却在乎我们的未来，也不愿意再看到上次那样的误会。"

"你是说我在除夕那天晚上抱着简薇的那一幕？"

"嗯，CC和我解释过了，我才知道是误会，可是我们之间不可能永远去靠CC解除误会，对吗？"

我点了点头，示意米彩放心，于我而言，我确实该和过去的生活说再见了，因为此刻，我真的很满足能够与她相拥，好似再次握住了那丢失已久的信仰！

一阵风再次从我们身边吹过，吹来了春的暖意，我有些沉醉，有些迷恋，恨不能就这么与她相拥着到老。

米彩又轻声问我："你睡着了吗？"

"没有，感觉有些醉，这不会是一场梦吧？"

"让我咬你一下，如果痛就不是梦了！"

"你还在记恨我刚刚咬了你的嘴唇吗？话说，你也掐得我够痛的……咦，刚刚已经痛过了，那肯定就不是梦了！"

米彩笑了笑，语气却忽然变得认真："对了，昭阳……下个星期五，是我叔叔五十岁的生日，会有一场宴会，到时候你和我一起去吧。"

我默默念叨着："米仲德的生日！！"

心中倍感意外，下意识地问道："下个星期五就是年初八吧？"

"对，有时间吗？"

我稍稍犹豫，哪怕很不喜欢米仲德的为人，仍不打算拒绝，于是笑着和米彩开玩笑，道："你是借这个机会带我去见家长么？"

"……随便你怎么理解，但是我希望你会去。"

"到时候场面一定会很大吧？我怕淹没在那群富豪中，给你丢脸！"

米彩有些无语地看着我……

"和你开玩笑的，哪怕刀山火海我也愿意为你闯，所以一场生日宴会，肯定陪着你了！"

第190章 关于未来

米彩依偎在我的身边，我抚过她那被露水染湿的鬓角，才渐渐有了真实感，心中充满了喜悦，这种喜悦让我暂时忘记了之前的种种担忧，在意的只是那开到荼蘼前的美艳。

风阵阵吹过，我再次拥紧了她，她轻声在我的耳边与我聊起了未来："昭阳，今年你有什么打算？"

我思量着，片刻后答道："你现在是我的女朋友，我当然是留在苏州陪着你。"

米彩点了点头，稍稍沉默后又问道："打算做些什么呢？"

我当然知道米彩所说的"打算做些什么"是指工作，没太思考便说道："等酒吧稳定之后，便交还给乐瑶，按照目前的态势，很快就能稳定，然后找一份工作做着吧。"

"一定不会考虑卓美，对吗？"

我笑了笑，道："你希望我们在一起时，总要被那无休止的闲言碎语所困扰吗？……我们只要开心地在一起，不要自寻烦恼，好不好？”

米彩没有表态，陷入沉默中。

我双手搭在她的肩膀上，依旧带着笑容说道：“开心点！……你知道就算我去了卓美，充其量也只相当于多了一个方圆或是陈景明，并不会产生太大作用的！”

“你和他们在我心中的位置是不一样的！”

“可是我的能力没有比他们强到哪里去啊！…… 你越是重用我，越是把我留在身边，越是表明，我需要活在你的庇护和光环下，这并不是我想要的，哪怕潦倒、哪怕困苦，至少我还是我。”

米彩摇头：“当我们决定在一起时，我的一切便是你的，你的一切也是我的，何必再理会那些无聊的目光呢？”

“你说的对，我们的确属于彼此，但仅限于心，并不包括物质……”

米彩不愿意再与我争执下去，许久说道：“也许你是对的，我一直明白你追求的是什么……”

她的神情让我有些不忍，劝慰道：“以后我会在生活中做你最坚实的后盾，每天你回家了我就为你做好饭，保证可口，累了，就给你按摩，保证让你舒服，让你解除一天工作后的疲劳，这多好！何必两个人都要在工作中忙得没有一丝业余活动的空间呢？”

“说得你到其他公司就不忙似的？”

“还真就不忙，不信你去和方圆打听、打听，当初在宝丽百货企划部工作时，我是怎么混着过日子的……告诉你：整个公司就我每个月都拿不到全勤奖！而且这个记录被我整整保持了21个月，简直前无古人后无来者！”

米彩无奈地看着我，半晌说道：“亏你还笑得出来，要是在卓美，早就解雇你了！”

“是吧！与其让你解雇，还不如我自己识趣呢！我可不能去卓美做那匹害群之马，丢了你这个总经理的脸！”

“怎么说都是你有理！”

虽然米彩依旧很无奈，但是我知道：关于未来工作的事情已经暂时在我们之间翻了篇，于是半开玩笑、半认真地问道：“我记得以前你对我说过，只和自己的男朋友住在一起，现在是不是可以考虑搬回老屋子住了呢？”

这个问题似乎让她有些不好意思，下意识地理了理自己的发梢才说道：“再议……”

“别议了，要不趁热打铁，今晚你就和我回家去住得了，我的床虽然不大，但也是一张双人床！”

“可你的房间却是一间单人房！”

“你这是在嘲笑我一直找不到女朋友吗？”

“对啊，光棍好几年了吧？”

“所有的光棍都是为了积攒力量找到最好的姑娘，你看，我现在不就找到了吗，这媳妇多赞……快，让我给你点个赞！”我说着开始用手指在米彩的脸上点了起来。

米彩给予还击，伸出双手在我脸上胡乱是按着，许久，我们才在嬉闹中抱住了彼此，然后累得喘息，而我终于在这喘息声中再次有了真实的感觉。

抚着她的发，看向远处的天空，烟火好似勾勒出一座绚烂的城池，虽然足够美，终究不是晶莹剔透的，更不奢望会见到那个长发垂肩的女子……等等，之所以见不到那座城池里的女子，是不是因为此刻我已经拥着米彩？

我情愿是，情愿她就是那座城池里从来没有被我看清楚面容的女子！

这个夜，我和米彩一起吃完地锅，然后将她送到了离我家很近的一个酒店里，自己则带着心花怒放后的喜悦回到家中，一边开门，一边情难自禁地哼唱着被自己改过歌词的《明天我要嫁给你》。

“明天你要嫁给我啦，明天你要嫁给我啦，要不是每天的交通烦扰着我所有的梦，明天你要嫁给我啦，明天你要嫁给我啦，要不是你问我，要不是你劝我，要不是适当的时候你让我心动……”

歌声就这么从我口中婉转地飘了出去，以至于打开门的一刹那，板爹和老妈以一样惊诧的表情看着我。

老妈问道：“昭阳，明天是哪个姑娘要嫁给你啦？”

我将钥匙放进口袋里，笑了笑，道：“没有姑娘要嫁给我，就是一首歌。”

老妈点头说道："也是，这不晚上了吗，又开始做梦了！"

我盯着老妈看了很久，忽然发现自己爱损人的行为就是从她身上遗传过来的，不过也不错，总比遗传板爹的古板要好上太多。

板爹一边调台，一边好似不经意地问道："小米呢？"

"她住酒店了。"

板爹点头，停了片刻又说道："家里面还有一个空房间，她来住也没事，省得住酒店花钱。"

"酒店住着宽敞。"

我话音刚落，电话铃声便从口袋里传了出来，我拿出手机看了看，是方圆打过来的，心中责怪自己大意，这么多年的朋友，过年也没有打个电话向他送上新年的问候，相反每次都是他和颜妍关心我多一些。

接通了方圆的电话，没等他开口，我便说道："祝你俩小夫妻新年快乐啊！"

方圆笑了笑，道："新年快乐……这个年在徐州过得怎样？"

"老样子呗！……对了，你和颜妍准备什么时候回苏州？"

"明天，你呢？"

"我后天。"

"那行，等你回来咱们一起聚聚……"稍稍停了停又补充，"向晨也从国外回来了。"

不知为何，听到向晨这两个字，我心中一阵莫名的压抑，以至于未能第一时间回应方圆。

"怎么不说话了？"

我不愿意让方圆察觉到自己的异样，笑着说道："聚呗……到时候等你通知。"

"行啊，昨天我还和颜妍聊起大学时，我们几个人一起去吃烧烤、喝啤酒的事情呢！这次咱们就找一家烧烤店聚吧，找找大学时的感觉……"

方圆的话让我陷入到回忆中，而那吃烧烤、喝啤酒的过去，对我而言也确实是一段难以忘却的美妙回忆，那时候的我们总是喝到骂骂咧咧却又勾肩搭背，而现在多少是有隔阂的，当然所谓隔阂仅针对我和向晨。

我应了方圆一声，表示没问题，他又对我说道："昭阳，到时候记得带着米总，这样热闹一些，大家也不必太尴尬！"

我一愣，随即感叹时间的力量，犹记曾经我一直强迫米彩假装自己的女朋友陪同着参加聚会，而现在她却真的成了我的女友，只是不知道，当我名正言顺地牵着米彩的手出现在聚会上时，我们各自又是什么样的心情？

我想：我会信守对米彩的承诺，放下心中的包袱去祝福简薇和向晨，也更希望他们能够同样放下包袱给予我和米彩祝福！